Puerto escondido

Crimen y Misterio

Biografía

María Oruña (Vigo, 1976) es una escritora gallega que desde pequeña visita con frecuencia Cantabria. Allí ha ambientado la serie de novelas «Los libros del Puerto Escondido», todas publicadas en Destino: *Puerto escondido* (2015), un exitoso debut en el género negro; *Un lugar a donde ir* (2017); *Donde fuimos invencibles* (2018); *Lo que la marea esconde* (2021); *El camino del fuego* (2022), en la que trasladó la investigación a tierras escocesas, y la más reciente *Los inocentes* (2023). En todas estas historias de misterio, los protagonistas son los paisajes cántabros y el equipo de la teniente Valentina Redondo, que se ha ganado la admiración de cientos de miles de lectores. Es autora también de *El bosque de los cuatro vientos* (2020), su primer libro independiente de la saga, ambientado en su Galicia natal. Sus novelas han sido traducidas al alemán, al francés, al italiano y al portugués, entre otros idiomas.

@maria_oruna

@Maria.Oruna.Reinoso

@mariaoruna

María Oruña

Puerto escondido

Los libros del Puerto Escondido, 1

DESTINO

PEFC Certificado

Este libro procede de
bosques gestionados
de forma sostenible

PEFC

PEFC/14-38-00305 www.pefc.es

Ediciones Destino, un sello editorial de Editorial Planeta, S. A.
Avda. Diagonal, 662-664, 08034 Barcelona (España)
www.edestino.es
www.planetadelibros.com

Diseño de la cubierta: Booket / Área Editorial Grupo Planeta
Imagen de la cubierta: © Silas Manhood / Trevillion Images
Ilustración de la página 5: © José Luis Merino
Primera edición en Colección Booket: enero de 2017
Primera edición en esta presentación: enero de 2025
Segunda impresión: octubre de 2025

Depósito legal: B. 20.129-2024
ISBN: 978-84-233-6661-3
Impreso en España

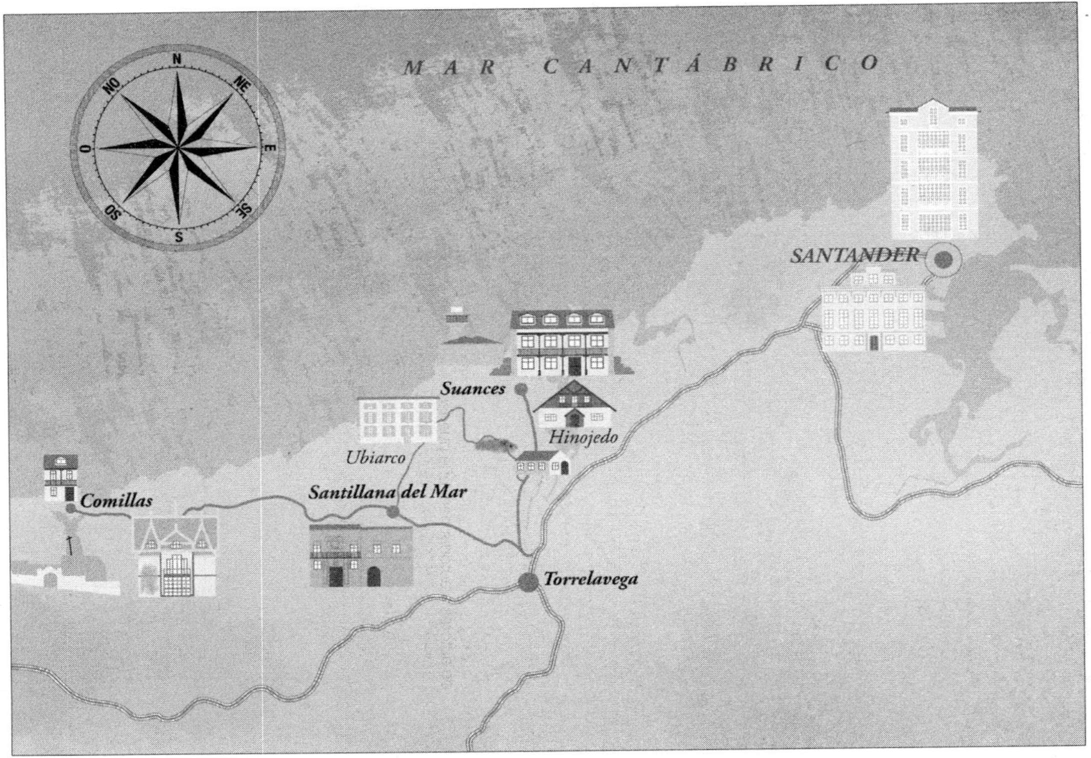
MAR CANTÁBRICO
N
NE
E
SE
S
SO
O
NO
SANTANDER
Suances
Hinojedo
Ubiarco
Comillas
Santillana del Mar
Torrelavega

Para ti, amor, que nunca leerás este libro

Y para todos esos jóvenes que, sentados en los bancos de los parques, guardan dentro de sus cuerpos ancianos secretos e historias maravillosas

Si algo tienen en común los psicópatas es una habilidad consumada para hacerse pasar por gente normal y corriente, mientras detrás de la fachada, de ese disfraz brutal y brillante, late el corazón refrigerado de un predador implacable y glacial.

Extracto del libro *La sabiduría de los psicópatas*, de Kevin Dutton (1967), doctorado en Psicología y miembro de la Royal Society of Medicine de Londres

Verano
En la actualidad

El paisaje lo iba sumergiendo, de forma progresiva e inexorable, en un suave aire veraniego, en esa resuelta alegría estival que se respira de forma ligera y sin pretensiones.

Casi podía sentir ya el bullicio del pueblo, marinero y vital, que renacía cada verano, cuando regresaban a él las pequeñas masas humanas de las ciudades interiores, desplegando barreras de olvido temporal hacia sus trabajos y hacia sus otras rutinas, no bañadas por el mar ni por el sol con sabor a salitre. La imagen de postal era desordenada: las casas salpicaban los prados sin norma urbana aparente, como si se tratase de flores de manzanilla coloreando el verde de una pradera.

Oliver empezó a relajarse, aunque conducir por la derecha no se tradujese en un descanso para los sentidos de un urbanita londinense, que habitualmente lo hacía por la izquierda. Dejó atrás, lentamente, a la derecha, la montaña de Masera de Castío, cuya fachada norte miraba hacia la aldea de Cortiguera, mientras la cara sur besaba el pueblo de Hinojedo. La singular meseta, como un promontorio rectangular, opaco en su base, emergía de la tierra, simulando ser un enorme y ancho taburete sin respaldo, para cualesquiera de los dioses que habitasen por allí.

Según seguía avanzando, las viviendas se apretujaban más, rascaban metros de suelo, de vistas privilegiadas e inmensas, de acceso a la felicidad bucólica de anclarse a aquella tierra.

El tráfico se ralentizó justo cuando vio el cartel de «Bienvenido a Suances», y dedujo que, dado lo cerca que ya se intuía la costa, se estaba fraguando una incipiente caravana, como una larga y sudorosa lombriz de coches llenos de sombrillas, bronceadores, toallas de vivos colores, cubos y palas creadoras de castillos chapuceros e infantiles.

Oliver suspiró, previendo una larga espera al volante. Peinó con la mano su pelo denso y moreno, mientras arrugaba levemente su nariz de corte romano y sus ojos azul cobalto escrutaban el paisaje de la derecha: la ría de San Martín de la Arena —o de Requejada, como era conocida por los lugareños— se extendía y crecía hasta el mar viajando en suaves meandros, y pudo contemplarla nítidamente desde la carretera, surcando y construyendo estuarios allá abajo, tras un suave precipicio. Decidió investigar, para amenizar la espera y sin mucha confianza, entre los botones de la radio del coche que le habían dado en la compañía de alquiler, un Fiat 500L negro que le había parecido absolutamente femenino. Como surgiendo de la nada, sin presentación aparente del interlocutor, comenzaron unos acordes, suaves, de guitarra española y piano, seguidos de una voz firme, melódica y masculina, que inundaron el vehículo.

Reconoció la triste melodía al instante; *Let Her Go* («Dejarla marchar»), de Passenger, que sonaba en inglés. La canción evocaba, de forma suave, el aprecio de los hombres por todo aquello que ya no se tiene.

Oliver no necesitaba ninguna canción para recordar a Anna, ni a su larga melena pelirroja, lisa como la línea del horizonte de un desierto, porque la llevaba siempre consigo, como parte de su anatomía, como una herida invisible y tatuada en su torso, que no terminaba nunca de cerrar, aunque los rasgos de su rostro empezasen ya a desvanecerse, de forma inevitable. Pero la música lo transportó a aquellos últimos días. Un tiempo ya lejano, hueco, guardado entre paréntesis.

—Ven. ¿Estás bien?

—Sí, claro que estoy bien. Menuda pregunta. La cuestión es si tú estás bien —le había replicado Oliver, con ternura disimulada.

—Tenemos que hablar. —Ella lo miraba desde la sabiduría del que cree que ya no tiene nada que perder—. Quiero que salgas, que conozcas gente, que conozcas a alguien. No me importará si es una semana o una hora después de... no me importará; ¿entiendes?

—No digas tonterías; si tú no estuvieses, desde luego que no iba a salir con una chica, sino con veinte a la semana —le había replicado él—. Además, todo va a ir bien, y punto. O eso, o me voy de fiesta, tu verás —le había dicho, terminando la frase con un guiño.

Ella había contestado con una sonrisa, pero sus ojos ya habían empezado a vaciarse en el abismo.

—Oliver, tú y yo sabemos... —Ella suspiraba, casi en un resoplido, cansada, mirándolo directamente a los ojos—. Oliver —había repetido—, la felicidad completa, la real, es la compartida.

—No me hagas esto.

—¿Que no te...? —Pero él ya la había interrumpido.

—No te despidas.

STOP. Un oportuno «stop» con formales letras blancas, enmarcado en un octógono rojo en el margen derecho del asfalto, aunque circulaba tan despacio que la señal casi parecía una broma del camino. Oliver regresó del pasado y de los pasillos enrevesados de su mente, reclamado por la carretera, por el paisaje, y por el incesante bip bip de su teléfono móvil.

—¿Diga? ¿Sí? ¿Oiga? —respondió, frunciendo el ceño y estrechando más la mirada, como si así mejorase la cobertura.

—¿Oliver Gordon? —preguntó una voz masculina, que parecía lejana, y que de fondo se acompañaba por lo que parecía una orquesta de martillos, taladros y algo similar a una cuchilla radial a toda potencia.

—Yo soy; ¿quién es?

—Soy Rafael Bernárdez, el socio de Antonio, de la empresa constructora... ¿recuerda? Hablamos hace unas semanas por teléfono.

—Ah, sí, claro. Por supuesto que me acuerdo, es usted el jefe de obra, ¿verdad? ¿Qué tal va todo? —preguntó Oliver.

Se hizo un breve silencio al otro lado de la línea.

—Bien... —Nuevo silencio— ... estoy en su casa trabajando ahora, precisamente, con todo el equipo de albañiles y el carpintero. Tengo que comentar algo importante con usted... urgente. ¿Puede hablar ahora?

—Estoy conduciendo, pero sí, estoy en una caravana; puedo hablar.

Se escuchó un carraspeo al otro lado de la línea, como si el interlocutor buscase las palabras.

—Eeeh... ¿volverá pronto de Inglaterra, a todo esto?

Oliver empezó a impacientarse, aunque sonrió y contestó:

—Depende de lo que entienda por pronto. Aterricé a primera hora de la mañana en Bilbao y ahora estoy a unos quince minutos de Suances. Así que podemos decir que sí, que vuelvo pronto si me deja avanzar esta caravana de veraneantes. ¿Se puede saber qué es lo que pasa? ¿Algún problema con las reformas de la casa?

—Qué alivio que ya esté aquí; no lo esperaba hasta dentro de una o dos semanas.

—Ya. Al grano, por favor, Rafael, ¿qué es lo que pasa?

—Pasa que hemos encontrado algo entre los tabiques del sótano... donde dijo usted que abriésemos espacio para la zona infantil, ya sabe, la zona de juegos.

Oliver resopló y enarcó las cejas, mientras disminuía la marcha del vehículo a primera para acompasar su velocidad a los pasos de la caravana, que se deslizaba ya como un caracol.

—Vale; y de qué se trata, ¿de una roca no taladrable, de cañerías oxidadas, de un cuarto oscuro secreto...? ¿Qué es tan importante? —Y tan misterioso, pensó, mientras esperaba, escéptico y con una sonrisa cansada, una respuesta absurda del jefe de obra, al tiempo que la radio seguía sonando. La música, tranquila y nostálgica, contrastaba con el cariz progresivamente suspicaz de aquella conversación.

—Pues verá, estas cosas hay que tratarlas con cuidado, porque nos pueden parar las obras, y claro, ahora usted decide si avisa a las autoridades o qué hay que hacer. Vamos, digo yo.

Oliver empezaba a enfadarse.

—Pero ¿se puede saber qué demonios habéis encontrado emparedado en el sótano? Si son ánforas romanas, nos las quedamos —replicó, burlón—, ¿o está por ahí dormitando un primo de Drácula? —preguntó, irónico, enarcando las cejas.

—No. —El jefe de obra pareció hacer caso omiso al sarcasmo de Oliver. Nuevo silencio al otro lado de la línea, solo reventado por el repiqueteo incesante de un martillo—. Es... el cadáver de un bebé, señor Gordon. El jodido cadáver de un bebé —repitió, exhalando aire, como liberando una información que le pesase de forma física.

Y, justo en aquel instante, el locutor de la radio interrumpió la canción y pasó a comentar los últimos éxitos de las listas musicales. Pero Oliver, tras colgar al jefe de obra dándole instrucción de que lo esperase, sin más, ya no escuchaba nada: un silencio poderoso y sordo lo arrastró, como un sonámbulo, a conducir de forma automática, escuchando el latido seco de su corazón, hasta que por fin, tras quince minutos de agonía al volante, llegó a la casa y, sobrecogido y guiado por Rafael, visitó el último reposo de aquella criatura, siendo consciente por primera vez de que, al bajar a su sótano, entraba en una tumba.

> De vez en cuando vale la pena salirse del camino, sumergirse en un bosque. Encontrarás cosas que nunca habías visto.
>
> Alexander Graham Bell (1847-1922)

El sargento Riveiro aparcó el coche patrulla de la Guardia Civil, camuflado de turismo corriente y sin logotipos de la Benemérita, a la entrada de la casa, en cuyo muro exterior de piedra pudo observar un cartel diminuto, que la bautizaba como Villa Marina.

Era curioso que, precisamente allí, hubiese aparecido un cadáver: una casa ante la cual, de forma necesaria e inevitable, pasaban diariamente decenas de personas, para ir al Faro de Suances o a la playa de los Locos, entre otros destinos de aquel brazo de tierra, estrecho, que se adentraba en el mar, y en el que la mansión se situaba justo a su entrada, sobre la curva final de la playa de la Concha.

Él mismo había pasado con su mujer y sus dos hijos pequeños delante de aquella casa multitud de veces, pensando que estaba abandonada, posiblemente con sus dueños fallecidos, y fuera de las posibilidades económicas de la mayoría de los mortales. Ahora, por fin, parecía que el caserón sí pertenecía a alguien: a una persona que, paradójicamente, pretendiendo inyectarle vida a la mansión, reconstruyéndola y reformándola, se había tropezado con un muerto.

El sargento trabajaba en la Sección de Investigación de la Unidad Orgánica de la Policía Judicial (UOPJ) de la Guardia Civil, en la Comandancia de Cantabria, en Santander, de modo que, habiéndose encontrado un cadáver, la teniente Redondo, jefa de su sección, había decidido enviarlo a él, no solo por su amplia experiencia en homicidios, sino porque unos años atrás había trabajado en el cuartel de Suances, y conocía bien la zona.

Riveiro bajó su metro ochenta de estatura del vehículo y observó detenidamente a Oliver mientras este paseaba, nervioso y aparentemente ajeno a su llegada, de un lado a otro de una parte del jardín de aquella impresionante casa rodeada de hortensias, higueras, arbustos de mirto y árboles tropicales.

Se dirigió al cabo Antonio Maza, destinado en el cuartel de Suances, quien, junto con un guardia, había sido el primero en personarse en el lugar. Lo sorprendió, ensimismado, admirando el ambiente de la playa de la Concha de Suances, que, exuberante, mostraba coloreadas sombrillas, a pesar de ser un día entre semana. El cabo, de complexión delgada, con ojos de niño que escondían a un treintañero, pelirrojo y risueño, parecía perseguir con la vista el vaivén de algún biquini femenino en concreto.

—Maza, despierta, hombre.

—Perdone, mi sargento, estaba viendo la playa: qué bien viven algunos. Mire, fíjese, la casa tiene incluso acceso directo al arenal —dijo, señalando un sendero en pendiente descendente, simulado entre maleza, arbustos y árboles, que debían llevar años sin cuidado alguno. Riveiro siguió con la mirada hacia donde señalaba Maza y comprobó que, apenas visible, una puerta negra de hierro, estrecha, daba fin al sendero, que terminaba donde lo hacía aquella selva artificial descuidada, para dar paso a la arena fina y tostada de la playa de la Concha.

Según descendía aquel camino, dentro de la propiedad y a la derecha, había una gran cabaña, con una arquitectura confusa, a camino entre un refugio canadiense y una casona montañesa cántabra, entremezclando piedra y maderos de gran tamaño en su apariencia exterior. Al sargento le pareció una edificación extraña, como anacrónica y fuera de lugar, quizá construida en otro tiempo distinto al de la mansión donde habían encontrado el cadáver. Observó unos segundos la impresionante vivienda principal: se situaba en lo alto del terreno, y disponía de amplios ventanales, cuyos contornos se dejaban maquillar por pintura marrón mate, en contraste con el resto de los muros exteriores, de blanco níveo, de forma que todo el conjunto navegaba entre los estilos colonial, afrancesado e indiano, y aparentaba por lo menos medio siglo de antigüedad.

Las vistas hacia la playa de la Concha, la desembocadura de la ría e incluso hacia la rocosa e inhóspita Isla de los Conejos eran espectaculares.

—Maza, cuéntame lo que tenemos —solicitó Riveiro, aproximándose al cabo.

—Lo que le dije por radio, mi sargento. El cadáver de lo que parece un bebé, envuelto en sábanas amarillas y viejas como las de una momia. Eso debe de tener más años que Matusalén.

—Ya —asintió Riveiro con un gesto de cabeza—, habrás hecho que no toquen nada y limitado la zona, entiendo —inquirió a Maza, mirándolo a los ojos.

—Por supuesto. Al mismo tiempo que informaba a la Comandancia de Santander, ya solicité que nos mandasen a los del SECRIM.

—¿El servicio de criminalística ya está en camino? Estupendo, bien hecho. ¿Y el juez y la forense?

—Avisados y a punto de llegar. Lo he verificado —contestó Maza, simulando una suave sonrisa en conclusión a su eficiencia.

—Joder, Maza, hoy te vamos a dar la medalla al mérito. ¿Quién está dentro... Martín? —preguntó, refiriéndose al guardia que, igual que el cabo, era conocido del sargento y estaba destinado en el cuartel de Suances.

—Sí, está controlando a los obreros, charlando con ellos, que son los que encontraron el cuerpo.

—¿Qué hacían? Reformar el caserón, supongo —se contestó a sí mismo Riveiro, señalando con la mirada varios andamios, una hormigonera y materiales de construcción que se apoyaban en una de las paredes de la casa.

—Sí, llevaban ya dos meses con las obras. El dueño es ese de ahí, el que no para de moverse —contestó Maza, indicando con un gesto de su mano a Oliver, que, como si los hubiese escuchado, volvió la mirada hacia ellos.

—¿Lo has interrogado ya? —preguntó el sargento, al tiempo que comenzaba a caminar hacia la casa.

—No, solo los datos básicos; esperaba por usted, Riveiro.

—De acuerdo. Iré primero a ver el cadáver, y dile a este que vengo ahora a hacerle unas preguntas. Y... Maza, ¿quieres hacer el favor de tutearme? Debe de hacer ya ocho años que nos conocemos.

—Sí, mi sargento. A partir de ahora lo tutearé.

Riveiro sonrió.

—Anda, ve.

El cabo Maza, contestando solo con un asentimiento de cabeza, se dirigió hacia Oliver, mientras Riveiro accedía a la casa principal. Dentro lo recibió Martín, que custodiaba el lugar de los hechos para preservar la escena del crimen, si es que había habido alguno.

Por lo que pudo ver de la casa, Riveiro se sintió decepcionado: esperaba un interior fantasmagórico, lleno de muebles antiguos cubiertos de telas amarillentas, pero en su lugar se topó con un gran despliegue de material de albañilería, espacios blancos y diáfanos, y mucha luz.

Martín indicó a Riveiro la entrada al sótano, y bajó con él a grandes zancadas. Allí, entre material de carpintería, cemento fresco y un sinfín de tuberías, el guardia le mostró los tabiques que aquella mañana los obreros habían procedido a tirar, apuntalando en otras zonas para, aparentemente, lograr un espacio más diáfano. Entre los tabiques ahora demolidos había aparecido aquel ser, amortajado sin grandes reverencias.

La sensación que tuvo Riveiro allí abajo era como la de invadir un espacio íntimo, ancestral, privado. El aire era denso, lleno de partículas de polvo, visibles a la menor claridad. Algo que se intuía como similar a una calavera, desteñida de marfil y coloreada de marrón poco intenso, les miraba desde su envoltorio mortuorio, a través de cuencas huérfanas de ojos.

—Mire, sargento, no son más que huesos —dijo Martín, señalando el espacio visible que permitía la mortaja, amarillenta y carcomida.

—Eso parece. No habréis tocado nada, espero —preguntó al guardia, sin mirarlo más que de reojo, absorto en el pequeño paquete descolorido que conformaba aquella criatura, que ahora reposaba sobre un gran madero, apoyado en el tabique que le había hecho de tumba.

—Por supuesto que no, Riveiro.

—Bien. Aquí va a hacer falta el antropólogo forense, porque el forense poco va a poder hacer.

—Ya.

—Y el biólogo forense.

—¿Para el ADN? —preguntó Martín, sorprendido—. Pero mi sargento, si esto que tenemos aquí a lo mejor es de la guerra civil. A saber.

Riveiro miró al guardia, a su impresionante metro noventa de estatura, a su barba y perilla, negras como el carbón, y suspiró.

—Quién sabe, Martín, quién sabe. Además, el cuerpo puede parecer humano, pero es posible que no lo sea.

—¿Un animal? Mi sargento —contestó el guardia, revisando visualmente, de nuevo, el cadáver—, a mí este cráneo me parece humano. A ver qué dice el médico.

—A ver qué dice, sí —asintió Riveiro—, voy fuera a hablar con el dueño de la casa. ¿Lo conoces o te suena de por aquí, del pueblo?

—No, creo que viene de fuera. Menudo figurín. Ropa de marca, guaperillas, con el corte de pelo ese, que parece un modelo italiano. ¿Le ha visto el coche?

—¿Cuál?, ¿el Fiat negro que hay aparcado fuera?

—Sí, ese mismo. Con ese coche y esa planta, marica seguro.

—Martín, contrólate. Esa envidia. A ver si va a resultar que te gusta —le replicó Riveiro sonriendo. Ni siquiera le dio turno a réplica, se volvió y subió a la planta baja, seguido por el guardia, para ir a hablar con Oliver.

Cuando salió al exterior, a pesar del calor intenso, sintió el alivio fresco del que sale de un panteón fúnebre después de tener que asistir a un obligado funeral. Se sorprendió al percatarse de la existencia de una pista de tenis, agrietada y con decenas de ramilletes de hierba emergentes en sus fisuras, a la izquierda de la casa, en un margen de terreno ligeramente más elevado. La propiedad, en definitiva, había aprovechado los desniveles de terreno hacia la playa, haciendo bancales de tierra: en el superior, la pista de tenis, en el siguiente, la casa. Más abajo, una piscina con forma de riñón, bordeada por el sendero que, semioculto por un bosque de maleza, bajaba hasta la cabaña y terminaba besando la arena.

Oliver lo esperaba, de pie, al lado del hueco de la piscina, huérfana de agua, de cloro y de cualquier tipo de limpieza, según se deducía del verdín y de la maleza que surgía, incluso, de su fondo seco y desnudo. El sargento lo observó con descaro mientras se aproximaba: un tipo atractivo, de porte atlético suave, sin alardes musculosos ni estéticos; de esos que, inexplicablemente, parecen tener buena planta sin esfuerzo alguno, enfundándose despreocupadamente unos vaqueros y una camiseta para quedar tan elegantes como un Richard Gere uniformado en *Oficial y Caballero*. El sargento Riveiro, a pesar de su envidiable estado físico, había traspasado de largo el umbral de los cuarenta, y no pudo evitar sentir cierta nostalgia de la vitalidad y buena apariencia que daba la juventud.

—Buenas tardes, soy el sargento Jacobo Riveiro, de la Sección de Investigación de la UOPJ de la Guardia Civil —se presentó a Oliver, estrechándole la mano.

—Yo soy Oliver Gordon, el dueño de la casa.

—¿Es usted inglés? —le preguntó, en clara alusión a su apellido.

—Sí, pero también español. Tengo doble nacionalidad. Mi padre es inglés y mi madre española —respondió de carrerilla, como si fuese una explicación que estuviese acostumbrado a ofrecer.

—Vaya —asintió Riveiro, al tiempo que sacaba una libreta de notas de su chaqueta—, ¿y vive aquí normalmente o en otro sitio? Me refiero a un sitio tipo Inglaterra.

Oliver sonrió, afable, clavando su mirada azul en el sargento.

—He pasado muchos veranos aquí, algunos en esta casa —contestó, señalando con un gesto de cabeza la vivienda—, aunque he nacido y he vivido normalmente en Londres. También en Escocia. Ahora pensaba establecerme aquí.

—Pues no tiene usted acento, parece español. Nativo, quiero decir.

Oliver asintió, complacido.

—Sí, mi madre me hablaba en castellano siempre, desde pequeño. Y estudié filología hispánica en la University College de Londres.

—Ah —acertó a decir Riveiro, admirado por el perfecto cambio de entonación y acento cuando Oliver pronunció las palabras en inglés. Le sorprendió el aplomo del joven al hablar, su forma directa de mirarlo a los ojos. Le pareció un hombre agradable.

—De acuerdo, veamos... parece que sus albañiles encontraron ahí abajo un cuerpo, cuyo origen y causas de fallecimiento, como supondrá, tendremos que investigar. ¿Desde cuándo le pertenece esta casa? A usted o a su familia, quiero decir —aclaró, viendo que Oliver no tendría, probablemente, más de treinta y cinco años.

—Si le digo la verdad, no lo sé. La heredó mi madre y, tras su muerte, la he heredado yo. Por eso me disponía a arreglarla, como vivienda y para hacer un pequeño hotel, aquí, a pie de playa.

—Ya..., entonces, ¿piensa establecerse en Suances? Quiero decir..., ¿va a trabajar aquí y dejar definitivamente Inglaterra? —indagó, suspicaz.

Oliver suspiró.

—Decidí aprovechar la casa que me había dejado mi madre, venirme a España y empezar una nueva etapa.

El sargento intuyó antiguas turbulencias. No había que ser ningún lince: ¿una nueva etapa? Tan lejos de casa, si el chico estaba solo, suponía una medida radical. Cada uno tiene sus propios diablos, pensó.

—Ya. ¿Y está casado? ¿Tiene familia aquí?

—No. No estoy casado. Creo que tengo algún primo segundo por Suances, pero no tengo contacto.

—Ajá... entonces, su familia está en Inglaterra, entiendo.

—Sí, mi padre, mis tíos y mi hermano. Bueno, él no sé dónde está ahora mismo.

—¿Él?, ¿quién?, ¿su hermano?

—Sí, Guillermo.

—¿Está desaparecido? —preguntó Riveiro, sorprendido. A lo mejor aquello se ponía más interesante.

—No exactamente. Desaparece por temporadas. Algunas, muy largas. Desde que estuvo en la Operación Telic quedó un poco... trastornado —aclaró bajando la cabeza, como si no lograse encontrar las palabras adecuadas.

—¿Operación Telic? —preguntó el sargento, asombrado y levantando la vista, al tiempo que tomaba notas.

Oliver levantó a su vez la mirada, que devolvió su asombro durante dos segundos, hasta que comprendió, con una sonrisa.

—Claro, perdone. Aquí le llaman de otra forma. Me refería a la guerra de Irak. Ya sabe.

—Claro —contestó Riveiro, prometiéndose a sí mismo revisar el tema por la noche en internet—. ¿Y cuánto hace que no sabe de su paradero? —preguntó, con sincera curiosidad, aun a pesar de que el tema poco o nada tenía que ver con la nueva investigación.

—Un año y medio —contestó Oliver, sin dilación y sin levantar la vista, completamente serio.

—Vaya, lo siento. ¿Y no tienen idea de su posible residencia actual?

Oliver mostró una sonrisa cansada:

—Con mi hermano nunca se sabe: Ibiza, Australia, Sudamérica... según la ONG a la que se aliste. O la comuna espiritual. Ya hemos hecho muchas gestiones, muchísimas, para localizarle. Pero la última vez se fue nueve meses y reapareció como si tal cosa en la casa de mi abuela, en Stirling, para Nochebuena.

—Sus padres tienen que estar desesperados, imagino.

—Mi madre falleció hace un año.

Riveiro se habría dado de bofetadas. El chico ya le había dicho que había heredado la casa de su madre.

—Es cierto, me lo dijo antes, lo siento. —El sargento dudó unos segundos—. Entonces... ¿su hermano no sabe que su madre ha fallecido?

—Supongo que no. Desde luego nosotros no lo hemos localizado y él no nos ha llamado ni a mi padre ni a mí. Pero entiendo que esto no tiene nada que ver con lo que ha aparecido en el sótano de la casa —replicó Oliver, cansado.

—Nunca se sabe, muchacho —contestó Riveiro, paternalista. Pero el chico tenía razón; debía centrarse en lo que acababa de ver en aquella casa—. En todo caso, dígame, ¿cómo es que se decidió a tirar esos tabiques del sótano?

—Pensaba hacer ahí una zona de juegos, infantil, para los huéspedes. Cuando la gente viaja con niños hay que entretenerlos en alguna parte, ya sabe. Al menos cuando llueve —contestó Oliver, amable.

—Sí, no parece mala idea —reflexionó Riveiro al tiempo que jugueteaba, pensativo, con su libreta—, no quiero adelantar acontecimientos, pero según los informes que nos facilite el antropólogo forense, necesitaré los datos de que disponga de la vivienda, para determinar quiénes eran sus propietarios en la fecha aproximada de la ocultación del cuerpo —concluyó, señalando hacia el sótano. Acto seguido, decidió hacer una aclaración—. Por supuesto, haremos nuestras propias comprobaciones, pero sería de gran utilidad que nos facilitase la documentación de que disponga.

—Claro, pero tendrá que esperar unos días, porque todo lo tiene mi abogado y ahora, según creo, está fuera de la ciudad. Hoy mismo lo llamo; se lo entregaré tan pronto me facilite las copias.

—De acuerdo. Debe saber que también es muy posible que en el día de hoy, y quizá en los siguientes, paralicemos las obras de la vivienda, para registrarla y verificar que no hay nada más oculto entre sus paredes o en las placas. Entretanto, ¿dónde lo podemos localizar? Se hospeda por aquí, supongo.

—Aquí mismo.

—¿Aquí? —preguntó Riveiro, sorprendido, sabiendo que la mansión era territorio de albañiles, carpinteros, fontaneros y electricistas. Oliver sonrió, casi divertido.

—Más bien ahí —dijo, señalando la cabaña.

—Pero ¿eso está habitable?

—Y tanto. No se deje engañar por la jardinería selvática que ve por aquí. Pensaba dejar los arreglos florales para el final.

—Ya veo. Pues tiene trabajo por delante.

—Sí, eso creo. —Oliver sonrió de nuevo, paseando su mirada por toda la propiedad—. Por no hablar de la piscina, el garaje y el refuerzo de los muros... por eso hice arreglar primero esa casa —dijo, señalando la cabaña—, porque es donde viviré yo todo el año. La vivienda principal será solo un hotel playero más; aunque con encanto, espero. Quizá también lugar de reunión para estudiantes de español, o de inglés. Iré viendo cómo funciona el negocio. He hecho estudios de mercado para esta zona y he obtenido buenos resultados. Estoy ya preparando las campañas de publicidad, la página web y gestionando futuros intercambios universitarios. Activaré el proceso lo antes posible.

Riveiro estaba sinceramente sorprendido. El joven tenía todo perfectamente calculado, al milímetro. Salvo el detalle del cadáver, al parecer.

—Entonces, ¿vive en esa cabaña? —preguntó, como para confirmar una información que ya le había sido dada, pero que no terminaba de asimilar. Oliver sonrió una vez más. Una de esas sonrisas cansadas.

—¿Cabaña? Si quiere llamarla así... es bastante grande, tiene dos plantas. No lo aparenta por el desnivel del terreno, pero las tiene. Y por dentro parece un enorme apartamento de Ikea, se lo aseguro. ¿Quiere verla?

Riveiro iba a contestar de forma afirmativa, pero en aquel momento llegaron varias personas en tres vehículos. Los reconoció al instante: en un coche, el corpulento, amigable y cincuentón juez Jorge Talavera, acompañado de la forense, Clara Múgica, rubia trigueña, tan chiquitina y delgada que siempre parecía que se la iba a llevar el viento. En el segundo, el secretario judicial, que acostumbraba a ir por libre, siempre haciendo diligencias fuera del juzgado, y que completaba la comisión judicial para el acto del levantamiento del cadáver. En el tercer vehículo, los agentes del laboratorio de criminalística, el SECRIM, que mandaban desde Santander. Al sargento no le quedó más remedio que recibirlos, mientras ordenaba a Maza que terminase de recoger los datos a Oliver.

Comenzó el delicado y minucioso teatro de toma de fotografías, grabación de vídeo, rescate de huellas dactilares, toma de muestras, estudio y primeras impresiones sobre aquel cuerpo diminuto y frío. Riveiro no se despegó de la forense: quería saber, al menos y a primera vista, la antigüedad que ella creía que tendría el cadáver. El sargento tenía la extraña e inquietante sensación de que aquel resto humano tenía oculta una gran historia, envuelta dentro de aquellas sábanas acartonadas y raídas por el tiempo que solo destilaban soledad.

Diario (1)

Por si el tiempo termina por borrar los ecos del pasado, de su energía y de su luz, difuminando los rostros que fueron nuestra propia génesis, debo dejar constancia escrita de todo lo que ocurrió. De lo que todavía está sucediendo: sé que han encontrado ese minúsculo despojo en Villa Marina. Casi había olvidado que estaba allí, reposando su conciencia. Pero todas las historias tienen un principio, y este nos obligará a navegar por el tiempo, buscando visualizar el origen de la Bestia.

Para comprender su esencia, deberás regresar, de mi mano, al pasado.

¿No lo notas? Este olor a salitre, esa alegría despreocupada de los humanos. Es verano y es, y estás, en el año 1936.

Una playa del norte de España, en la que por entonces se llamaba provincia de Santander, se deja bañar por las olas, que la peinan sin descanso. El sol quema la arena, con la que juegan, felices, un par de docenas de niños.

La playa de la Concha, del pueblo marinero de Suances, acoge, maternal, familias enteras. Las abraza al abrigo de las olas cantábricas, poderosas y titánicas, amparándose en un enorme brazo de tierra y roca que la separa del mar abierto, que barre otra playa mucho más brava y furiosa, y a la que llaman de los Locos. El vértice de esta península estrecha y alargada que invade el mar se cierra en la punta del Torco, donde un antiguo faro, a intervalos, da besos de luz a la costa cada noche.

Suances se dibuja en el paisaje como dos pueblos en uno: en la loma de la meseta que desciende hacia la costa crece el pueblo compacto, su ayuntamiento, su plaza de mercado, su puesto de la Guardia Civil. Sin embargo, allá abajo, bordeando el puerto, al lado de la enorme playa de la Concha, en la desembocadura de la ría y donde hay otras playas menores, crece otra vida, más estival y estacional, que empieza a salpicarse de hoteles nuevos y casonas de verano, cercanas a la lonja, a los barcos pesqueros y a la arena.

Suances... en mi mente, puedo dibujar esta tierra con los ojos cerrados. Al norte, el mar Cantábrico; al sur, Torrelavega; al este, Miengo; y al oeste, Santillana del Mar. Dentro del conjunto marinero acariciado por el agua salada, las aldeas de Hinojedo, Cortiguera, Ongayo, Puente Avíos y Tagle son coloreadas por docenas de leyendas.

Vuelve tu mirada a los niños, a la arena tranquila, a las dunas suaves que salpican de brotes verdes los bordes de la playa.

Sabrás quién es ella por su forma de moverse y de mirar. Tiene casi ocho años: es tan insignificante, tan diminuta, tan delgada. Cabello castaño, ondulado, largo y brillante. Los demás la siguen siempre con la mirada, como si portase algo más que su presencia física por donde pasa. Ni siquiera es arrebatadoramente hermosa, pero su sonrisa y su mirada son hipnóticas, seductoras.

Su nombre es Jana. Sé que no lo olvidarás.

Es una niña humilde, que juega con sus tres hermanos a pelearse con las olas mientras el sol dibuja contornos dorados en su piel. Dispone de una elegancia natural, de esa belleza secreta que los demás admiran en silencio mientras intentan escudriñar su pensamiento tras sus enormes ojos verdes y gatunos.

Es un día excepcional: un regalo de su padre, un día de descanso. Él, su padre, ha remado casi una hora por la ría de San Martín de la Arena, que recoge las aguas de los ríos Saja y Besaya, para llevarlos a la playa de la Concha. En unas horas tendrán que regresar a Hinojedo y retomar el sudor del trabajo y de la rutina campesina y obrera.

Pero ha sucedido algo inesperado. Un revuelo entre las gentes se propaga y lo invade todo. Un soplo de palabras que convertirá la playa en un desierto, lleno de horas muertas que esperarán, pacientes, mejores tiempos.

—¡Niños! ¡Venid! ¡Ahora mismo! —grita, desesperado, un padre.

Es el padre de Jana: alto, delgado, fibroso, de nariz aguileña y ojos marrones, mirada noble. Su nombre es Benigno. Los niños, que juegan y miran al mar, cuya línea de horizonte inmediato solo es rota por la rocosa y gris Isla de los Conejos, giran sus cabezas, sorprendidos. Demasiado temprano. Esa forma de gritar no es para llamar al almuerzo; cualquier idiota se habría dado cuenta. Se quedan quietos, asustados.

—¡He dicho que vengáis! ¡David, Clara, Antonio... Jana! ¡Salid del agua ahora mismo! —El hombre grita mientras camina hacia la orilla, con el rostro rojo, colorado, desencajado—. Nos vamos para casa, ¡rápido! ¡Ya! ¡Ahora mismo! Venga, ¡a vestirse! —termina por gritar, haciendo un gesto hacia las toallas, donde la madre, Carmen, recoge con prisa sus ropas. Es una mujer de pequeña estatura, de cabello trigueño y mirada desconfiada, de ratoncillo inquieto, coloreada de azul intenso y claro.

—Papá, ¿qué pasa? ¿Qué hemos hecho? —pregunta David, el mayor, saliendo ya del agua, corriendo hacia su padre, atemorizado.

—Nada. No habéis hecho nada. Para casa, y punto en boca.

—Pero ¡papá! —se atreve a intervenir Jana—, ¡si acabamos de llegar!

—Nos vamos. ¡Andando! —Y el padre termina la conversación cogiendo del brazo, con urgencia, a Antonio y a Jana, y ordenando con una mirada glacial a David y Clara que lo sigan. Los niños, aterrados, observan el éxodo inexplicable y masivo de todas las familias que transitaban la playa: todos se marchan.

—Papá, pero ¿qué...?

—Ha habido un golpe de Estado. Ha caído la República. Estamos en guerra. ¿Entendéis? En guerra. Una puta guerra civil. Me cago en Dios y en toda la Corte Celestial. —Y el hombre terminó la frase absorbiendo un gruñido, lleno de desasosiego.

De aquella mañana del 18 de julio de 1936, Jana no guardaría en la memoria sus juegos con las olas, ni el olor a sal de su espuma suave, amable y fresca, sino el terror y destemple plasmado en el rostro de sus padres, y el viaje veloz de regreso a casa, en aquella barca prestada que nunca volvió a ver.

Aquel día, todo, absolutamente todo, se inundó, de pronto, de silencio contenido, miseria e inquietud.

A mí, cuando veo un muerto, la muerte me parece una partida. El cadáver me da la impresión de un traje abandonado. Alguien se fue y no necesitó llevar aquel traje único que había vestido.

FERNANDO PESSOA (1888-1935)

Clara Múgica, como médico forense especializada en antropología, estaba literalmente encantada con el hallazgo del pequeño cadáver en Suances. No es que hubiese perdido su sentido de empatía por las víctimas de crímenes y de sucesos más o menos truculentos, pero hacía ya tiempo que había ensayado y aprendido la práctica de discernir el trabajo de los sentimientos.

Normalmente, no podía hacer mucho uso de sus conocimientos de antropología, ya que los restos humanos que tenía que estudiar solían ser recientes, con orígenes poco literarios, como violencia de género, drogas o peleas callejeras. Ahora, por fin, y aun a pesar de que sabía que tendría que enviar casi todas las muestras al Instituto Nacional de Toxicología y Ciencias Forenses de Madrid, podría examinar de primera mano lo que a simple vista parecía un resto humano antiguo, esqueletizado.

Tras más de una hora dentro de aquella mansión, hueca y desangelada, el juez había ordenado el levantamiento del pequeño cadáver. Ella, jugando al despiste con el sargento Riveiro, había evitado contestar sus preguntas sobre la antigüedad del hallazgo, porque sabía que la metedura de pata podía llegar a ser considerable, y, rigurosa hasta el extremo, acostumbraba a hablar con propiedad, con pruebas científicas de por medio.

Durante el camino de regreso en coche, de Suances a Santander, mentalmente se detallaba a sí misma todos los pasos a seguir cuando llegase a su laboratorio, en el Instituto de Medicina Legal de Cantabria. Le resultarían muy útiles los conocimientos que había aprendido el año anterior, cuando había visitado durante cinco días lo que para ella era el mejor equipo de antropología forense del mundo, el EAAF, en Argentina. Aquella semana en Buenos Aires, Clara tuvo la sensación de haber ampliado sus conocimientos mucho más que en todo un año de carrera universitaria.

Por curiosidad, y no por una real convicción de que profesionalmente le fuese a servir para algo, durante el mes completo que pasó con su marido en América, no solo visitó Argentina para aquel fugaz seminario sino que, de camino a Nueva York y Washington para realizar turismo convencional, hicieron escala en Tennessee, al sur de Estados Unidos, para visitar el Centro de Investigación Antropológico, conocido popularmente como Granja de los Cadáveres.

—Múgica, cuando vas tan callada es que algo andas maquinando —le dijo el juez Talavera a la forense, que estaba sentada en el asiento del copiloto mientras él conducía hacia Santander. Los ojos de ella, marrones y esquivos como los de una ardilla, sonrieron.

—Las mujeres, que somos maquiavélicas.

—Ya. Eso lo sabía. Tengo tres en casa —replicó Talavera, aludiendo a su mujer y a sus dos hijas, ya casi adolescentes.

—Pobrecitas, de todos los varones de la tierra, haber ido a dar contigo —bromeó Clara, que conocía al juez desde hacía siete años. Entre ambos se había desarrollado una amistad familiar, y quedaban de vez en cuando con sus parejas para cenas caseras y tranquilas.

—Muy graciosa la arqueóloga forense.

—Antropóloga forense, si no te importa.

—Qué me va a importar. No soy yo el que se pasa el día jugando a la brisca con los muertos. Cuéntame, qué pensabas, ¿en la antigüedad de los restos? ¿Serán de la guerra civil?

Clara meneó la cabeza, cavilando.

—No lo sé, no creo que sean tan antiguos... habrá que esperar a las pruebas de laboratorio, pero tiene pinta de llevar en ese hueco de pared, al menos, décadas. Espero que los obreros no estropeasen nada cuando empezaron a deshacer el paquete.

—¿El paquete?

—Sí, ¿no te has fijado? El cuerpo estaba completamente envuelto en esas sábanas viejas, y ellos quitaron un par de vueltas, hasta que vieron el rostro del cadáver.

—La calavera, quieres decir —dijo Talavera, exagerando el tono, como si fuese un profesor corrigiendo a su pupila.

Clara comenzó a reírse, inundando el vehículo del baile de su sonrisa.

—Concedido, señoría: la calavera.

—Vale, ¿y podrás determinar la antigüedad con exactitud? Quiero decir, ¿con oscilación de error de cuánto, de un mes, de un año, de un lustro?

—No es tan fácil. Siempre igual. Eres como los polis, siempre hacen la misma pregunta: «¿cuánto tiempo lleva ahí?». Y no cuestionan quién es. Quién podría ser, cuál es su historia. Es curioso.

Talavera meditó un par de segundos.

—Es que eso viene después.

—Ya. Pues, precisamente, ahora estaba pensando en los apuntes que tomé cuando fui a la Granja de Cadáveres en Tennessee, el año pasado.

—¿Adónde? ¿Has dicho Granja de Cadáveres? No me lo habías contado. ¿Es eso lo que haces en tus vacaciones? Joder, no sé cómo Lucas te aguanta. El pobre hombre debe de pensar que en cualquier momento lo sumerges en formol —dijo Talavera, aludiendo al marido de Clara. La forense hizo caso omiso de las bromas del juez, negando con la cabeza, mientras sonreía.

—Para empezar, te recuerdo que Lucas también es médico.

—Ya, pero de vivos; gente que camina y tal, ya sabes.

Clara hizo un mohín y continuó:

—Y para que lo sepas, sí, pasamos un par de días en Tennessee, y la Granja es un centro de investigación antropológico, orientado a determinar el proceso de deterioro y descomposición del cuerpo humano en las más variadas situaciones.

—Situaciones como cuáles, ¿haciendo el pino? ¿Bajo tierra, tomándose el café de media mañana?

—Estás muy graciosillo hoy. Pues no vas desencaminado, ya ves. Los cuerpos se colocan en toda clase de posturas y situaciones: dentro de charcas, de vehículos, desnudos, vestidos, enterrados, al aire... supone una fuente de datos increíble para criminalística, para saber cuánto tiempo puede llevar un cadáver en cualquier sitio. Te sorprenderías de los resultados, y de cuántos diagnósticos equivocados se han podido subsanar gracias a sus estudios, avalados por la Universidad de Tennessee.

—¿La universidad?

—Eso es. De hecho, la hectárea sobre la que trabajan la cedió la propia Universidad de Tennessee.

—Joder. ¿Y a quién se le ocurrió eso? A un primo tuyo, seguro.

—Seguro que no. Mi primo creo que no ha salido en toda su vida de Palencia. Se le ocurrió a un médico forense que en los años ochenta la cagó en un diagnóstico de antigüedad de un esqueleto. Unos cien años de diferencia, básicamente, en un cadáver de la guerra civil americana. Entonces, pensó que tenían que dejar de experimentar con cerdos y pasar a los humanos para lograr resultados fiables.

—Me matas. ¿Cómo que con cerdos?

—Son los que, por su fisiología, más se parecen al humano. Mirándote, ya ves, me dejo de hacer preguntas respecto a eso —dijo Clara, observando descaradamente la gran barriga de Talavera, que, dándose cuenta, frunció el ceño, sonriendo.

—Vale, son de paz, forense. En cinco minutos llegamos a tu laboratorio. Seguro que está esperándote Frankenstein en la puerta —dijo, girando en una rotonda—. Cuéntame, ¿descubrieron algo en la Granja esa o dejan los cuerpos por ahí y ya, en plan *Matanza de Texas*?

Clara suspiró, haciendo caso omiso, nuevamente, a los comentarios sarcásticos del juez.

—Descubrieron muchas cosas, y siguen haciéndolo. Gracias a ellos sabemos, por ejemplo, que un cuerpo se descompone antes en verano que en invierno, y que no es lo mismo que lleve ropa o no, con relación a su deterioro.

—Pues vaya cosa. Eso lo podía deducir hasta yo.

Clara continuó, sin sentirse aludida por el comentario escéptico de Talavera.

—Sabemos, también, que puedes pasar todos los días cerca de un muerto sin enterarte, porque el hedor alcanza solo la longitud media de unos diez metros.

Ante esta afirmación, Talavera iba a abrir la boca, pero Clara lo interceptó y siguió hablando:

—Sabemos, su ilustre señoría, que cuanto más profundo está enterrado un cuerpo, más tarda en descomponerse; que un cadáver obeso —y aquí Clara volvió a mirar descaradamente la barriga del juez— se esqueletiza más rápido que otro delgado, pudiendo perder hasta dieciocho kilos al día; que un cuerpo puede pasar casi intacto un invierno y una primavera, para esqueletizarse casi por completo en una semana de calor... imagínate, qué de bichos. Los primeros en aparecer, por cierto, son...

El juez Jorge Talavera la interrumpió.

—Vale, vale, me basta por hoy. Me vas a hacer vomitar, joder. Mira, ya llegamos —dijo, preparándose para aparcar en doble fila y dejar a Múgica en el Instituto de Medicina Legal.

—Eres un flojeras —le replicó ella, mientras bajaba del coche, sin ocultar su sonrisa.

—Ya. Llámame cuando tengas algo, ¿vale?

—Vale, hablamos.

Y Clara cerró la puerta del coche, apurada, de camino a su oficina. El cuerpo de la pequeña criatura llegaría enseguida y ella aún tenía que terminar dos informes para el juzgado. La gente pensaba que se pasaba el día diseccionando cadáveres, en plan CSI, pero la verdad es que trabajaba la mayor parte del tiempo en su despacho, redactando informes, supervisando pruebas técnicas y gestionando el laboratorio.

Dos horas más tarde, despachado un modesto sándwich de atún con una salsa indefinida, cortesía de la cafetería del Hospital Universitario Marqués de Valdecilla, Clara Múgica entró en el servicio de patología, que ocupaba la planta baja de los antiguos mortuorios anexos al hospital, para examinar el pequeño cuerpo encontrado en Suances. Según iba caminando por los pasillos, deseó en secreto, como en otras muchas ocasiones, que su cocina estuviese la mitad de limpia y aséptica que las instalaciones de aquel laboratorio, a pesar de que este se encontrase repleto de estanterías por todas partes, sobre las que reposaban fémures, tibias, mandíbulas y otros restos humanos de compleja definición, algunos en tarros, otros al aire; todo era material de estudio, o incluso prueba de proceso judicial.

Por fin llegó a la mesa de autopsias donde ya reposaba aquel minúsculo bebé, que no parecía haber respirado nunca vida alguna. Sus ayudantes de aquella tarde, Pedro Míguez y Almudena Cardona, la esperaban. Ulloa, un agente de la Guardia Civil del laboratorio de criminalística, también estaba presente, como una sombra quieta y callada, acostumbrado a hablar poco y a intervenir menos, y a pasar prácticamente desapercibido, de manera que en la sala de autopsias, a menudo, se trabajaba casi como si él no estuviese delante, como si fuese un fantasma tangible y necesario para preservar la cadena de custodia del cadáver.

Tras los saludos de rigor, Múgica solicitó a Míguez que preparase todo en el depósito para hervir más tarde los huesos, de forma que pudiesen eliminar las partes blandas que aún permaneciesen unidas al esqueleto, y poder así examinar los restos adecuadamente.

Mientras Míguez preparaba los materiales, Múgica, ayudada por Cardona, comenzó a deshacer el paquete amarillento, acartonado y raído que eran aquellas sábanas sobre el diminuto cuerpecito. Tras retirar el primer gran trozo de tela y comenzar a abrir el segundo, ambas forenses se quedaron, literalmente, congeladas y ancladas en sus movimientos. Sencillamente, no se lo esperaban. La primera en reaccionar fue Cardona.

—Múgica, ¿estás viendo lo que yo?

—No me lo puedo creer —contestó ella, atónita.

—¿Qué demonios es eso? ¿Una figurita maya o algo por el estilo? —preguntó Cardona frunciendo el ceño, incrédula, al tiempo que Múgica ya sostenía, entre sus manos, aquella pequeña figura, extraña, de color verde, gastado y apagado. Ulloa, que normalmente apenas se movía de su ángulo habitual en la sala, se acercó también a observar el objeto. No medía más que un pulgar, y parecía representar, a cuerpo completo, a un hombre tribal, adornado con algo parecido a unas plumas en su cintura y en su cabeza. La boca estaba desproporcionadamente representada, enorme y abierta, y de ella parecían salir o entrar dos serpientes sinuosas.

—Sí... —comenzó a decir Múgica—, parece algún tipo de símbolo azteca, o inca... algo por el estilo, pero no puede ser. Sencillamente, es imposible. El cadáver estaba en una casa en la playa de la Concha de Suances, y era un caserón que no debe de tener más de ochenta años. Cien, a lo sumo. Tendrán que consultar con patrimonio —dijo, pensando en la Guardia Civil y mirando primero a Ulloa, inexpresivo, y después a Cardona, para volver a posar su mirada sobre la figura, que, grotesca, parecía burlarse de ellas, impasible.

—Pues a mí me recuerda a los *souvenirs* que nos ofrecían en Tulum, o en Playa del Carmen, no sabría decirte, cuando estuvimos en la Riviera Maya —replicó Cardona, aludiendo a la semana de vacaciones que había pasado con su novio en un complejo hotelero mexicano, un par de años atrás.

Clara Múgica asintió, en silencio, mientras miraba con detenimiento aquello que parecía un símbolo ancestral, telúrico e inquietante.

—Fíjate —le dijo a Cardona—, parece que iba unido al hilo que hay aquí suelto en la sábana. Podría ser un colgante, incluso.

—Un collar bastante feo —replicó Cardona, frunciendo el ceño y sonriendo. Clara le devolvió la sonrisa.

—Sí, este pitufo verde no es muy guapo, la verdad —dijo, al tiempo que se tomaba unos segundos para meditar, observando la figura.

—Habrá también que revisar qué material es este... esmeralda no creo. Color verde... ¿olivina? Tendrá que verlo un experto —concluyó Clara, hablando consigo misma, incapaz de dilucidar qué estaba viendo, de qué época era, el material de que estaba compuesto, y mucho menos qué simbolizaba en aquel cadáver. Porque estaba claro, al menos, que estaba vinculado al cuerpo.

Entretanto, Ulloa, con su mutismo habitual, parecía concentrado en la misteriosa pieza verde, que miraba con detenimiento. Sin duda, pensó, aquella era una pieza curiosa para incluir en una mortaja. El mundo estaba lleno de chalados.

Con cuidado, ambas forenses continuaron desenvolviendo el envoltorio mortuorio. No hubo más sorpresas. Un cadáver diminuto, que con carne apenas habría pesado, en apariencia, dos kilos y medio, y que conservaba muchos retazos de piel, como cuarteados, agrietados y secos: puro cuero.

—¿Has visto? —le preguntó Cardona a Múgica—. ¡Está casi completamente momificado!

—Sí —asintió Clara, pensativa—, esto me hace pensar...

—... que ha sido expuesto a una fuente de calor, ¿verdad? —se apresuró a añadir Cardona, a pesar de que ella no había hecho la especialidad de antropología forense, como Clara, que sonrió ante el comentario.

—Sí, puede ser. Pero no pensaba solo en esa posibilidad, sino en que este cuerpo debe de pertenecer a un bebé que, o ha nacido muerto, o lo han dejado morir de inanición y frío.

—¿Y eso por qué?

—Porque los cuerpos de los recién nacidos son una de las pocas excepciones al proceso normal de descomposición. Carecen de flora bacteriana interna, que es la que genera gran parte del proceso de putrefacción; de modo que un cuerpo que jamás ha ingerido alimentos, si ha estado en un lugar moderadamente seco, tiende a momificarse.

—Ah —acertó a decir Cardona, evidentemente contrariada por no haber intuido esa posibilidad.

—Claro que, en efecto, posiblemente, haya estado expuesto a alguna fuente de calor, como dices —le ayudó Múgica—. Quizá hubiese alguna chimenea o caldera cerca del tabique donde estaba el cuerpo; la verdad es que no recuerdo haber visto alguna cuando bajé a aquel sótano. —La forense hizo una pausa, mirando el cadáver—. Pobre criatura —susurró.

Clara Múgica, de cuarenta y ocho años, no tenía hijos. No podía tenerlos, a causa de unos miomas intrauterinos que, tras dos operaciones, habían aniquilado su útero hacía ya casi veinte años. Había decidido que era feliz por sí misma, con su marido y sus tres sobrinas alocadas, ya que, además, su instinto maternal apenas se había dignado a asomar, salvo cuando se supo estéril, momento en que hizo leve acto de presencia, de forma fugaz y poco contundente. Sin embargo, aquella tarde en el laboratorio, sobre aquella mesa de autopsias ocupada por un cadáver infantil, ajena al misterio de la extraña figura verde, sintió una lástima densa y afilada por aquellos huesos, sobre los que comenzó a trabajar con tanto cariño y delicadeza como si los meciese.

Diario (2)

Dicen los libros de historia que la guerra civil española duró tres años desde que explotó, para Jana, en su playa de Suances, salpicándolo todo de dardos de arena, hasta que terminó, cuando nacía el mes de abril del año 1939. No hagas caso; esa es solo una mentira de las que navegan, como olas, en las mareas de nuestras voces y silencios, y que se esconden tras verdades diminutas firmadas en un papel. Lo que dicen los libros de historia no siempre es *exacto*. Los matices son los que le dan dimensión y acierto a la realidad. Pero fueron tiempos grises, y no es grato recordar.

Abrígate: corre el mes de octubre de 1936. Hace ya tres meses que ha comenzado la guerra. Es una fría y temprana madrugada.

—Coge las mantas y ese par de boronas y deja todo lo demás —le dice un hombre a su mujer, con apuro, con prisas no disimuladas.

—Voy. —La mujer le contesta sin mirar, registrando con su mirada azul la estancia y la ropa que ya lleva entre sus manos, y cogiendo las mantas y el pan de maíz que le ha ordenado su marido. Sin despegar los ojos de lo que va metiendo en la bolsa de tela, llama en voz alta, comedida, a su hijo mayor—. David, ponle la chaqueta a Antonio, vamos.

David tiene doce años, la mirada oscura, del color de la hoja del roble en otoño, y un cuerpo delgado y proporcionado, guiado por la fortaleza y decisión de un carácter que comienza a despertar. Obedece a su madre, y le pone la chaqueta a Antonio, que, a pesar de tener ya tres años y medio, mantiene el gesto de bebé en el rostro, con facciones redondeadas y expresión de eterna inocencia, en unos ojos perfilados entre el verde de los prados y la miel de las abejas. Ojos brillantes y asustados, una mañana más, desde hace varias semanas.

Jana y Clara ya están listas. Bien abrigadas. Pero allá arriba no hay nunca abrigo ni amparo que resulte suficiente, sino humedad, frío y respiraciones contenidas.

Clara tiene diez años, la tez pálida, casi de aspecto enfermizo, y los ojos de un gris transparente que, en ocasiones, inquieta a los demás cuando mantiene la mirada. Tiene una belleza carismática, singular, aunque extraña. A veces, su padre dice que parece una princesa de porcelana, blanca, fina y delicada. Su cabello castaño y ondulado hace juego idéntico con el de su hermana Jana, tan diferente a ella, tan soñadora, tan cálida, tan viva.

Ambas bellezas castañas esperan sentadas a los pies de la cama que comparten los cuatro hermanos, enfrente del dormitorio de sus padres, Benigno y Carmen. La casa no es grande: planta baja, dos dormitorios, pequeño pasillo hasta la cocina, y un gallinero donde liberar el cuerpo de los desperdicios humanos. Es una vivienda discreta, cercana a la fábrica Asturiana de Zinc, donde trabaja Benigno, y rodeada de numerosos árboles plataneros que, como guardianes, flanquean la entrada a las diversas huertas familiares.

—¿Tienes miedo? —le pregunta Clara a su hermana pequeña.

—No. ¿Por qué? —contesta Jana, sin despegar la mirada de sus zapatos.

—Porque estás callada.

—Tú también estás callada.

—Pero eres tú la que parlotea siempre todo el día. Yo no tengo miedo. Ni un poco. Nada de nada.

—¿De verdad? —pregunta Jana, levantando la mirada.

—Claro. No va a pasar nada malo. ¿Sabes por qué?

—No. ¿Por qué?

—Porque estamos todos juntos. Lo importante es nuestra familia, estar unidos. Además, no tienes de qué preocuparte, porque yo te cuidaré. Soy la mayor. —Y al terminar la frase, Clara estira su espalda y su cuello, pretendiendo elevar su postura.

—El mayor es David —contesta Jana, con una leve sonrisa.

—Los chicos nunca se enteran de nada. Yo casi tengo su edad. Dentro de poco, ya seré mujer —Clara hace una pausa—. Yo te cuidaré siempre; no tengas miedo. Seré como el Padre Zorro —le dice, y termina la frase pasando el brazo sobre los hombros de Jana, que vuelve a posar la mirada sobre sus zapatos y frunce el ceño, articulando una pregunta.

—¿El Padre Zorro?

—Claro, tonta. ¿No sabes que el Papá Zorro cuida siempre de los cachorros mientras la mamá busca la comida?

—Mentirosa. Eso lo hace la Mamá Zorro mientras él trabaja. Como papá.

—Que no. Que es el Papá Zorro. Muchas veces es él el que cuida de las crías. Me lo dijo la abuela. Y al macho se le distingue por las orejas, que los zorros hombres las tienen como las de los murciélagos —dice Clara, terminando la frase con una mueca, en alusión al murciélago, haciendo reír a Jana.

—¿Todos listos? —pregunta Benigno, interrumpiendo la conversación de sus hijas. En realidad, la suya era una pregunta que daba por sentada la respuesta—. Pues vamos.

Y así, en silencio, sin que haya salido aún el sol, toda la familia comienza el ascenso hacia la pequeña montaña de Masera de Castío, que, como una madre, les espera para acunarles, darles un abrazo reconfortante y un modesto susurro de calma a sus oídos.

—¡Alto! ¡Esperad! —Les detiene un grito masculino a sus espaldas. Benigno gira la cabeza: la voz es familiar. Escudriña su origen entre las sombras de la oscuridad.

—¡Braulio! Cojones, menudo susto. Otra vez muéstrate antes, hombre. ¿Pues qué ocurre?

—Nada, hombre, nada. Que ya te lo tenía que haber dicho ayer, pero se me pasó, con lo de mi Juana.

—Sí, enhorabuena, hombre. Ya me dijo Carmen que el niño nació bien. No tuve tiempo de acercarme, ya sabes, la fábrica. ¿Pues qué pasa?

—Pasa que estamos haciendo camino, dejando huella en la subida al monte. Se verá desde el aire. Por eso vengo tan de mañana, para que vengáis con los niños por otra senda, una fácil que sabe el Lucho —dice, mirando a los niños y enfatizando suavemente con la voz lo del camino *fácil*.

—¿Y los demás? ¿Suben por el mismo camino o por el viejo? También hay una senda hecha, más larga, por donde el Castru.

—Ya. Iremos cambiando los caminos por días. Hoy suben los jóvenes por el sur, nosotros por donde las murallas viejas, y los Casete por donde el camino de las vacas. Mi Juana ya está arriba.

Benigno asiente con la cabeza.

—Vamos, entonces. —Y se dispone a seguir a su vecino Braulio, con la confianza del que sabe de la común ambición de la supervivencia.

Tarde.

Desde el aire comienza a escucharse, lejano, el zumbido ligero de un avión. El rugido de motor no suena pesado: es un caza el que se aproxima. No. Son varios.

La familia no derrocha las palabras. Braulio tampoco; le basta con una mirada clara a Benigno, que dura dos segundos. Comienzan a correr. Vuelan. Solo Antonio es llevado en brazos por su padre. Los demás sostienen sus vidas con sus propias fuerzas.

Nunca habían tardado tan poco tiempo en llegar a las cuevas. Dos ridículas cuevas habitadas, en épocas huérfanas de guerras y obuses, por zorros y una docena de murciélagos.

La primera en llegar es Jana: siempre ha sido rápida. Los demás la siguen a segundos de distancia. Comprueban que, tras agacharse y poder acceder a una de las cuevas, esta ya está habitada por otros vecinos del pueblo, más previsores, al parecer, que ellos mismos. Allí está la mujer de Braulio, con lo que parece un minúsculo bebé en brazos, envuelto entre mantas y pegado a su pecho desnudo, que, generoso, le ofrece un cálido desayuno y lo silencia.

Se apretujan en silencio, sin saludarse. El miedo tritura sus gargantas y anuda alguna parte de sus cuerpos, situada entre la boca del estómago y el corazón, que no deja de darles latigazos rápidos y sonoros.

Rugido de motores: ensordecedor. Muy cerca. ¿Los han visto? Casi con toda seguridad. Ha habido suerte, al parecer. Vuelo de reconocimiento. Dos cazas monoplano soviéticos Polikarpov I-16, del bando republicano, sobrevuelan Masera de Castío. No siempre es fácil distinguir, en la oscuridad, el bando de los pájaros metálicos: los monoplanos de esta madrugada, pintados de verde camuflaje, son utilizados por nacionales y republicanos. Para referirse al enemigo, los unos los llaman *ratas*; los segundos, *moscas*. Las ametralladoras que adornan sus alas de forma permanente realizan descargas de fuego de mil seiscientos disparos por minuto. Esta mañana, las dos joyas ShKAS de cada uno guardan su metralla.

Silencio en la cueva: sus habitantes ocasionales presienten, en la vibración del aire y en su propio miedo, que aún surca el cielo otra amenaza de metal. No se equivocan. Un tercer avión ruge y rasga el aire. Jana contiene la respiración. Un caza Fairey Fantôme inglés, de color claro, con cuatro ametralladoras MG Browning y cuatro bombas de diez kilos, parece seguir a los otros monoplanos. Se alejan. Todos son republicanos.

Los susurros y comentarios comienzan a ser audibles en la cueva.

—Cómo madrugan, estos cabrones —dice Braulio, cuando los cazas son solo ya puntitos en el horizonte aéreo, mientras el alba termina de romper.

—Sí —contesta el padre de Jana, soltando el aire por la boca, en un gesto silencioso.

—Esos eran Flechas, ¿habéis visto? —pregunta Pedro, un chico fornido y ancho de dieciséis años, vecino de Hinojedo, que se agazapa en la misma cueva.

—Pues qué eran, ¿rojos? —pregunta Benigno.

—Claro, hombre —contesta Braulio, sin esperar réplica de Pedro, que ya abre la boca para hablar—. Rojos y bien rojos. Marcando terreno, como los canes. Solo les faltaba mear.

—Los otros son las putas Moscas —interviene de nuevo Pedro, con voz ronca, dejando al descubierto su alma republicana.

—Moscas cojoneras —sonríe Braulio, que comparte el mismo color político con el muchacho. Benigno asiente con la cabeza. El gobierno de la República fue elegido de forma democrática, de modo que lo entiende como legítimo, pero ni él, ni ningún campesino, siguen con vehemencia ningún bando político ni militar, preocupándose, fundamentalmente, por sobrevivir.

Flechas republicanas y Moscas nacionales peinaban, en todo caso, distintos cielos aquella madrugada. Cuando, por fin, y tras tres horas en cuclillas, Jana salió de la cueva, comprobó que se había orinado encima.

Los siguientes meses, y años, marcaron de forma indeleble a Jana y a su familia. Como si fuese un pozo, un alma de mujer se inundó de poder, de rabia, de cicatrices. Y de ambición. No debes olvidar que, dentro de cada uno de nosotros, se perfila y duerme, siempre, una bestia.

Quien quiera enseñarnos una verdad, que no nos la diga: que nos sitúe de modo que la descubramos nosotros.

José Ortega y Gasset (1883-1955)

Oliver esperaba a su abogado en el propio despacho del letrado, en Santander, en una amplia habitación a la que la secretaria lo había hecho pasar a través de un laberinto enmoquetado de pasillos. Se preguntó si el abogado habría de verdad leído todos los libros que reposaban en las recias estanterías, o si serían pura decoración. Llegó a contener, incluso, su curiosidad por acercarse y comprobar si, los al menos cien volúmenes de tapa dura que veía allí, eran reales o acartonada figuración, como la de las tiendas de muebles. Ilusionismo para clientes cándidos e impresionables.

Pero San Román, su abogado, no le dio mucho tiempo para decidirse a investigar en aquel despacho clásico, atestado de libros, diplomas y algunos lienzos de batallas navales no identificables, encajadas en marcos dorados, que rozaban lo barroco. San Román, de aspecto saludable, aunque con apariencia de haber debido jubilarse hacía ya una larga temporada, entró en su propio despacho por una puerta supletoria, que no era por donde Oliver había accedido a la habitación, en la que se respiraba un aire antiguo, aunque limpio y tranquilo. Se dirigió directamente a Oliver, y lo sorprendió estrechándolo en un abrazo.

—Cuánto me alegro de verte, mozuco, qué bien te veo —le dijo con voz inesperadamente jovial y enérgica.

—Gracias, lo mismo le digo.

El abogado negó con la mano, al tiempo que se dirigía ya a su sillón tras el escritorio.

—Anda, anda, déjate de cumplidos con este carcamal lleno de postizos. Y tutéame, que no estamos para zarandajas a estas alturas, hombre.

Oliver, mientras San Román se sentaba, se preguntó a qué se referiría con lo de los postizos: la dentadura era demasiado perfecta, así que sí, postiza, sin duda. ¿Llevaría el viejo letrado peluquín? Y aquello que se intuía en la oreja... ¿un moderno audífono? Decidió, por criterios básicos de educación británica, limitarse a asentir sin preguntar.

—Bueno, mozuco, pues aquí estamos. Siento mucho lo que ha pasado en Villa Marina, habrá sido muy desagradable —dijo el abogado, refiriéndose al hallazgo del diminuto cadáver.

—Sí, algo inesperado, la verdad.

—¿Se sabe algo ya de los restos?

—No lo sé. No creo, hace ya cinco días desde que lo encontraron y la Guardia Civil no ha vuelto a llamarme, aunque han estado por allí. Imagino que tendrán asuntos más urgentes que este. Estuvieron dos días por la casa, y utilizaron incluso un georradar para verificar que no hubiese más cuerpos de niños, o de lo que fuese, por la vivienda. Hicieron un despliegue de película, la verdad. Todo muy discreto y profesional, pero ya habrás visto la que se ha liado en los periódicos.

—Sí, lo he visto. Ya sabrás que lo llaman el caso de la momia de Villa Marina.

—Lo sé. Alguna publicación lo llama el Ángel de Villa Marina, al tratarse del cadáver de un niño; bueno, o viendo el tamaño, de un recién nacido, supongo. Ahora, de pronto, muchos dicen haber visto cosas raras cerca de la casa, o luces, o ruidos, y, cómo no, algún fantasma infantil. Espero que no se expanda demasiado el rumor, porque terminarán estropeándome el negocio de hostelería.

—O aupándolo.

—¿Cómo dices?

—Publicidad. Las historias de fantasmas le encantan a

todo el mundo. Piénsalo, incluso para explotarlo como parte fundamental del negocio —le sugirió con una sonrisa el abogado, que con el gesto risueño difuminó ligeramente las cientos de arrugas que marcaban su rostro, venerable y bonachón. Continuó hablando:

—Por cierto, ¿qué tal está tu padre?

—Bien, gracias. Ahora mismo, en las Tierras Altas, en Escocia, con su hermano, pasando una temporada.

—Ajá. ¿Y tu hermano? ¿Se sabe algo?

—Nada —respondió Oliver, al tiempo que negaba con la cabeza y mostraba una mirada de disgusto.

—Ya veo. Tu madre me encargó muchas gestiones para poder localizarle, pero no dieron resultado. Incluso contratamos un detective, y nada. Poco antes de... fallecer, sabrás que estuvo aquí, haciendo más actuaciones para localizar su paradero. Estaba convencida de que estaba en España.

—Sí, lo sé.

—Siento mucho su muerte, Oliver. La tenía en gran aprecio. Fueron muchos años a su servicio. Aunque vuestro letrado en Londres llevaba la mayoría de vuestros asuntos, sabrás que lo vinculado a España lo seguía tramitando yo, y que nos conocíamos desde hace más de treinta años.

—Sí, lo sé. Ella te apreciaba mucho; tenía plena confianza en tu trabajo.

Se abrió un silencio de unos segundos entre los dos hombres. San Román cambió el gesto hacia la dureza.

—Parece increíble que su asesino esté ya en la calle.

—Ya... pero fue un accidente, San Román. Hay cientos a diario, pero nunca pensamos que nos pueda tocar a nosotros, o a uno de los nuestros —contestó Oliver, con la mirada serena, aunque con el rostro serio.

—Iba borracho. Debería estar en la cárcel, y nada de trabajos a la comunidad. Ya sé que se le encausó por homicidio involuntario, pero si coges el coche estando tan borracho... mira, Oliver, llevo muchos años en la profesión, y sé que los cobardes, y los asesinos, son los que se cobijan bajo las normas, las moldean a su gusto.

—Yo pensé que eso era lo que hacíais los abogados —dijo Oliver con sorna, intentando destensar la conversación y cambiar de tema, porque no le apetecía nada hablar de cómo un veinteañero borracho había matado a su madre un sábado por la tarde, en Southfields, al sur de Londres, en un paso de cebra, cuando ella volvía de hacer la compra.

San Román comprendió de inmediato que Oliver desease tratar temas menos personales. Sin embargo, lo que venía a buscar estaba a punto de revelarle datos familiares que iban a sorprenderle. Se lo diría con el mayor tacto posible, y que él sacase sus propias conclusiones: era un muchacho inteligente.

—Verás, Oliver, te daré la documentación que me has pedido sobre Villa Marina, pero antes de que la revises creo que estoy en mi obligación, como experto en términos legales, de explicártela.

Oliver elevó las cejas con extrañeza. Lo que le faltaba: más sorpresitas. ¿Qué le tendría guardado el viejo zorro? Suspiró, rendido y receptivo a todo aquello que tuviese que contarle.

—Tú dirás.

San Román abrió sin ceremonias una carpeta marrón que reposaba en su escritorio, y de ella sacó varias fotocopias que parecían recién hechas. Las extendió hacia Oliver sobre la mesa, de forma que pudiese examinarlas. Y comenzó a hablar:

—Verás, como sabes, tu madre, como residente en Inglaterra y habiéndose hecho también ciudadana del Reino Unido, y casada en separación de bienes, testó según el modelo anglosajón, es decir, de forma libre, sin obligación alguna de dejar legítimas a sus hijos, tal y como, en cambio, sí requiere la normativa española.

—Lo sé —le cortó Oliver—. Y, aun así, hizo un reparto bastante equilibrado acordándose de sus hijos, creo yo.

—En efecto —replicó San Román—, a ti te dejó Villa

Marina, sabiendo que adorabas venir a Suances y a Santander. A pesar de que la casa requiere muchos arreglos, ya solo su enclave a pie de playa, como también sabes, es muy valioso.

—No sé adónde quieres ir a parar.

—Ten paciencia. Te estoy mostrando todos los colores del lienzo, tú harás la composición; poco a poco. Continúo. A Guillermo le dejó el diminuto apartamento de Chelsea, en Londres...

Oliver lo interrumpió de nuevo:

—Y sigue siendo un reparto equitativo entre hermanos, no solo porque a Guillermo le importase una mierda Suances ni Cantabria, sino porque un apartamento céntrico en Chelsea vale más que cualquier caserón en Suances, abogado.

San Román sonrió.

—No te pongas a la defensiva, Oliver. Sé que el reparto fue justo, máxime teniendo en cuenta que el testamento había sido hecho hacía ya varios años. Ni vuestro letrado en Londres ni yo, que dispongo de la copia del testamento, que por cierto ahora tú tienes ahí delante, os mostramos nunca la documentación que vuestra madre había firmado. Y no lo hicimos por expreso deseo de ella. Quería, sencillamente, que os informásemos del reparto de bienes, y que no estuvieseis en contacto con papeleo alguno.

—Vale, ¿y? —cuestionó Oliver, impaciente, empezando a ojear con desinterés la documentación.

—Y... —El abogado continuaba, impasible, su discurso— ... que no solo se os entregó una razonable suma de libras a cada uno, aunque en el caso de tu hermano ha quedado en depósito, sino que hubo otra suma considerable que fue a un tercero.

—¿A un tercero? —La cabeza de Oliver trabajaba rápido—. ¿Cómo que a un tercero? A mi padre, querrás decir.

—No —contestó tajante el abogado. Oliver resopló.

—Si me dices que mi madre, que tenía casi sesenta y

cinco años, escondía un amante, ya es que remato la semana. Vamos, que salgo de aquí directo a beberme un chupito de cicuta, si no te importa.

San Román se rio de buena gana.

—No, mozuco, no corras. Tu madre creo que fue la mujer más recta y amante de su esposo que debió de existir nunca. Tranquilo, no te haré perder el tiempo. Iremos al grano: le dio el dinero restante a las monjas Clarisas, que tienen el convento en Santillana del Mar, aquí, en Cantabria.

—¿A las Clarisas? Pero ¡si mi madre no era religiosa! —exclamó Oliver, atónito.

—No, no lo era. Pero sí era agradecida.

—¿Agradecida?

—Ahora comprenderás. Te cuento esto de las Clarisas porque está directamente relacionado con la información sobre Villa Marina que vienes a buscar. Ten paciencia. A tu izquierda tienes el testamento, que ya te acabo de resumir, con la salvedad de la respetable cantidad de libras y el coche de colección que tu madre, en efecto, dejó a tu padre. Bien, a la derecha tienes el título de propiedad de Villa Marina y diversa documentación adjunta. Si lo revisas, comprobarás que no hubo ninguna acción de compraventa sobre la vivienda.

—Cómo que no hubo compraventa. Mis abuelos compraron la casa, se murieron y se la dejaron a mi madre, ella falleció y me la dejó a mí, fin de la historia.

—No. Te precipitas. Das por sentado bases de esa historia que no son ciertas. Tus abuelos nunca compraron Villa Marina. Ni la heredaron. La adquirieron por usucapión.

—¿Por *usuca* qué? —Oliver no daba crédito.

—Por usucapión, que también se conoce como prescripción adquisitiva.

—¿Y eso qué quiere decir exactamente?

—Quiere decir que, según los artículos 1930 a 1960 del Código Civil español, que por cierto data de 1889, tus abuelos adquirieron la vivienda mediante su posesión continuada durante un tiempo, según los requisitos exigidos por la ley.

—¿Qué me estás diciendo?, ¿que mis abuelos eran okupas?

San Román sonrió, aligerando sus arrugas:

—No, te estoy diciendo que adquirieron la propiedad por su posesión continuada, sin existencia de obstáculo o denuncia alguna por parte de su legítimo propietario. Según el Código Civil, el plazo de posesión debe durar, al menos, diez años, de buena fe y con justo título, o treinta años, en caso de que no exista título alguno ni buena fe.

Oliver guardó silencio unos segundos.

—Resumiendo, que ese legítimo propietario le regaló la casa a mis abuelos. ¿Es eso lo que quieres decir?

—En lenguaje coloquial, y simplificando, podríamos decir que sí. Incluso firmaron un documento privado conforme la usucapión se haría efectiva pasados los diez años de posesión, a condición de que la vivienda no fuese vendida y pasase a sus herederos legítimos normalmente.

—Vale. Y supongo que tú sabrás el motivo de tanta generosidad. Porque nadie regala una casa a pie de playa porque sí. No me consta que mis abuelos tuviesen más propiedades, ni que se codeasen con ningún millonario, así que, si les regalaron Villa Marina, tuvo que haber algún motivo de peso —concluyó Oliver, interrogando con la mirada a su abogado.

—Tú lo has dicho. Tuvo que haberlo. Sin duda, debió de existir una razón poderosa para tanta generosidad, pero la desconozco. Tu madre tampoco supo la forma de adquisición de la propiedad hasta mucho tiempo después del fallecimiento de tu abuelo.

—Entonces, ¿mi madre lo sabía? —preguntó Oliver, abriendo los ojos de forma casi exagerada, con sincera sorpresa.

—Lo supo hará unos diez años, cuando fue preciso revisar toda la documentación y patrimonio disponible de tus abuelos tras fallecer tu abuelo y quedar sola doña Úrsula, tu abuela. Recordarás que a la pobre se le iba la cabeza; creo que era alzhéimer. Tu madre terminó siendo designada su tutora, y yo mismo tramité todo el papeleo y el proceso en el juzgado. Tu abuela empezó a tener períodos de oscuridad mental, llenos de las mayores fantasías imaginables, que se alternaban con otros momentos de aparente lucidez. Retrocedía constantemente a su pasado. En una de las visitas de tu madre, le confesó que ella no era su hija biológica.

—¿Perdona? Pero ¿qué me estás diciendo?, ¿que mi madre era adoptada? Joder, lo que me faltaba. ¿Y no serían locuras de una anciana senil, sin más? —contestó Oliver, elevando el tono, al tiempo que negaba con la cabeza, aturdido por tanta información, por aquel desequilibrio en su mundo. De pronto, se sintió desubicado y completamente solo.

El abogado le dio a Oliver apenas dos segundos para reponerse. Parecía que a aquel muchacho, últimamente, le cayesen todos los plomos del mundo en la espalda.

—Oliver, comprendo que es mucha información de golpe. Si no hubiese aparecido ese... cuerpo en Villa Marina y no hubiese tenido que entregarte toda esta documentación, nunca te habrías enterado. Tu madre no deseaba que vosotros lo supieseis. Ni siquiera sé si se lo contaría a tu padre, a su regreso a Londres. Quería evitaros quebraderos de cabeza.

Oliver reaccionó de inmediato.

—Mi padre seguro que lo sabe. Siempre bajaba con ella.

—No siempre, Oliver. Tu madre vino sola en muchas ocasiones, se quedaba un par de días y se marchaba... sin duda debes recordarlo. Fue la época final de tu abuela, cuando tu madre ordenó que hubiese una enfermera veinticuatro horas en Villa Marina. En todo caso, que tu padre tenga o no conocimiento de esto es casi irrelevante, Oliver. Como ves, tu madre supo este episodio de su pasado y siguió normalmente con su vida. Era una mujer fuerte. Y creo que feliz.

Oliver pareció meditar unos instantes.

—Ya. ¿Y qué tienen que ver las Clarisas en todo esto? San Román, como me digas que mi madre es hija bastarda de una monja creo que romperé algo en este despacho.

El abogado se rio.

—Estos muebles son tan carcamales como yo, pero espero que no se te ocurra dar un puñetazo al escritorio, porque es de roble macizo y acabarías con la mano rota. Oliver, queda tranquilo. No hay, que yo sepa, ningún culebrón extraño sobre la adopción de tu madre. Ella averiguó, por boca de tu abuela, que fue recogida en el convento a la edad de dos años.

—¿A los dos años? Joder, esto es increíble. ¿Y no se sabe quiénes eran sus padres?

—No lo creo. Si tu madre averiguó algo, lo desconozco. Date cuenta de que, cuando tu madre nació, aún estábamos con cartillas de racionamiento en España, y había mucha pobreza. La gente dejaba niños en los tornos de los conventos con relativa frecuencia. Había una inclusa provincial, en Santander, pero la gente prefería que sus hijos fuesen criados por las monjas. Eran tiempos difíciles.

Oliver escuchaba, alucinado, los datos que San Román le proporcionaba, asimilándolos. Suspiró.

—A ver. Entonces, cuando mi madre supo todo esto... quiero decir, que era adoptada y que la casa prácticamente se la habían regalado a sus padres... ¿qué hizo?

—Se fue a ver a las Clarisas. Pero no es fácil conseguir una entrevista con ellas; son monjas de clausura. Supongo que la tratarían bien, porque les dejó diez mil libras en su testamento; para obras de caridad, supongo. A fin de cuentas, la criaron sus dos primeros años de vida.

—Ya. ¿Y la casa? ¿De quién era? ¿Y qué pintaban en ella mis abuelos?

—Villa Marina perteneció a una familia muy importante de Torrelavega, que por entonces tenía pesetas empapelando hasta el cuarto de baño. Indianos retornados, que habían hecho las américas en Uruguay, al parecer. Se llamaban Ongayo. Creo que empezaron a construirla en el 47, y tus abuelos empezaron a servir allí en los cincuenta. Por lo visto, y según lo que tu madre pudo sacar en claro de tu abuela, al poco de vivir allí decidieron adoptar a un niño de los de las monjas. Es todo lo que sé.

Oliver negaba con la cabeza.

—¿Cómo que mis abuelos empezaron a *servir* en los cincuenta? ¡No eran criados! Mi abuelo trabajaba en Solvay, manejando las grúas —replicó, enérgico, Oliver, aludiendo a la fábrica química que había en Torrelavega desde hacía décadas.

Ahora, fue San Román el que suspiró.

—Eso fue después, Oliver. Al principio, entraron en Villa Marina para servir. El típico matrimonio que regenta una casa y la mantiene durante todo el año; date cuenta de que los propietarios irían solo en verano y supongo que fines de semana sueltos durante la primavera. Tu abuela, cocinera y ama de la casa; tu abuelo, el chófer, el jardinero, el manitas. Lo habitual.

Oliver se encogió en la silla, abrumado. Guardó silencio unos instantes.

—De acuerdo. Pero si mi madre fue a ver a las Clarisas, conociéndola supongo que también iría a darles las gracias a los Ongayo. Si es que están vivos los que le regalaron la casa a su familia, claro. Imagino que los herederos legítimos se habrán cabreado bastante con el regalito.

—Sí, supongo que a los herederos no les tuvo que hacer mucha gracia. Sé que tu madre fue a ver a los Ongayo, pero como te dije desconozco el resultado de la reunión. Eran temas personales. Había pasado ya tanto tiempo. De aquella época creo que solo sobrevive la señora Ongayo. Fue, y todavía es, muy popular en Comillas, empresaria de éxito y siempre metida en galas de caridad y esa clase de historias. Tendrá ya unos ochenta y cinco o noventa años, imagino.

—¿Comillas?

—Sí, que yo sepa, si a día de hoy sigue viva, reside allí. Tiene propiedades por toda la comarca, no creas, pero vive normalmente en Comillas. Al menos, allí fue tu madre a verla.

Oliver se levantó, al tiempo que negaba con la cabeza.

—Me parece increíble que mi madre no nos contase nada.

—Las mujeres guardan secretos casi siempre, hijo.

—Ya. Pues ahora ya no puedo hacerle todas las preguntas que me estallan en la cabeza. Tengo que saber por qué les regalaron Villa Marina a mis abuelos y saber de dónde viene el cuerpo que encontraron los albañiles en la casa.

El viejo abogado, a su vez, se levantó.

—Oliver, por mi parte te he contado todo lo que sé sobre Villa Marina. Si necesitas más respuestas, tendrás que buscarlas por tu cuenta. Te echaré una mano en lo que necesites, por supuesto.

Oliver asintió con un suave gesto de cabeza.

—Gracias. Voy a recomponer todo esto en mi cabeza para darle sentido. Llamaré a mi padre. Y a la Guardia Civil, porque tengo que darle toda esta documentación. —Hizo una pausa, y continuó—. Supongo que es posible que te llamen, por si hay algún rollo legal que no entiendan. Como lo de la *usuca*... ¿cómo era?

—Usucapión —contestó sonriendo San Román—. Por supuesto, colaboraré en lo que sea necesario, no te preocupes. Ve a descansar, Oliver, estás pálido.

—Tú dirás. Creo que se me ha consumido toda la sangre en esta media hora.

—Tranquilo. Verás como todo termina aclarándose y se resuelve sin complicaciones. Llámame si precisas algo para tu instalación definitiva. ¿Te quedas ya o aún tienes que regresar a Londres? —le preguntó mientras se acercaba al joven.

—Pensaba venir solo por unos días, para supervisar las

obras, pero vistos los acontecimientos retrasaré mi vuelta a Londres. En todo caso, esperaba estar instalado en Villa Marina definitivamente para finales del verano, y pasar ya aquí un primer invierno.

—Ya veo. Pero no deberías pasar las Navidades solo, muchacho.

Oliver sonrió.

—Dicen que mejor solo que mal acompañado. Pero posiblemente bajen unos amigos durante unos días. No lo sé. Me he empezado a acostumbrar a no hacer demasiados planes. Sobre todo de los familiares.

—Sí —asintió San Román—, a veces es lo mejor. Por cierto, siento lo de Anna. Me lo contó tu padre.

La mirada de Oliver se volvió glacial, pero contestó sin cambiar el tono de su voz:

—Gracias.

—Habrá sido duro para ti, pero eres un hombre joven. Las mujeres aquí tienen bastante carácter, te lo advierto, pero las hay guapas a rabiar —concluyó el abogado, pretendiendo elevar las cejas de forma pícara, sin conseguirlo.

—Ya. Gracias por todo, San Román —dijo Oliver, levantando la mano para estrechársela al abogado, despidiéndose—. Te llamaré si hay novedades.

—Hazlo. Estaré pendiente. Toma, los documentos —dijo el abogado, al tiempo que, en un solo gesto, recogía las fotocopias y las introducía en la carpeta marrón.

Tras despedirse, Oliver tomó la decisión de dirigirse directamente a Villa Marina. Necesitaba un buen café, leer toda aquella documentación con calma y sacar las conclusiones más limpias posibles. Después, llamaría a la Comandancia de la Guardia Civil y empezaría a investigar en internet a los Ongayo. Y ya puestos, a las Clarisas. ¡Su madre había sido criada durante dos años por unas monjas! Llamaría a su padre; quizá él supiese algo más de todo aquello.

Cambio de planes.

Cuando Oliver se sentó en su Fiat negro de alquiler, revisó el móvil, que había dejado descuidadamente en la guantera. Novedades: tres llamadas perdidas de la Comandancia de la Guardia Civil de Cantabria, en Santander. Devolvió la llamada de inmediato. Un cabo le pasó enseguida con el sargento Riveiro. Hoy no iba a ser un día fácil: lo que Oliver escuchó por teléfono le dejó, literalmente, sin aliento. Desde el mismo instante en que había decidido tirar los tabiques silenciosos del sótano de Villa Marina, Oliver, sin saberlo, había abierto la puerta al precipicio del miedo, de la muerte y del vértigo.

Diario (3)

Una densa masa de nubes, blancas y abombadas, vienen desde el mar y escalan, desde Cortiguera, la meseta de Masera de Castío, asomándose al otro lado, y amenazando con desparramarse sobre Hinojedo, como si se tratase de espuma de cerveza a punto de gotear sobre el valle.

Todavía se perfila la sombra de la noche en este cielo de enero de 1937. Jana se prepara, junto con sus hermanos, para subir a las cuevas. Antes, subían solo de vez en cuando, por las mañanas, cuando los aviones parecía que solo querían curiosear aquella tierra a las luces del alba. Ahora, suben a su refugio con frecuencia, y, cuando lo hacen, es durante casi todo el día, bajando solo al anochecer: cualquier hora parece buena a los nacionales para sobrevolarles, disparar ráfagas de metralla o dejar caer alguna bomba perdida. Apenas ven ya ningún avión republicano. Está claro que los sublevados empiezan a ganar terreno.

Su madre está preparando una tortilla para llevar: patatas, un huevo, algo de harina y leche para ligar la mezcla. Bajo la potente luz de una lámpara de carburo, idéntica a las que se usan en las minas, la madre de Jana parece un fantasma amable, que trajina sin parar, con esa mirada siempre baja, siempre humilde, aunque endurecida.

El miedo hace que Carmen, que nunca ha sido charlatana, reserve aún más sus palabras. Hace solo dos semanas que los nacionales han bombardeado Santander: dieciocho aviones trimotor han dejado tras su paso decenas de heridos y al menos setenta muertos. Los republicanos han replicado asesinando a ciento cincuenta y siete presos que se encontraban retenidos en el buque *Alfonso Pérez*, atracado en Santander como prisión auxiliar del penal de El Dueso. La sangría ha sido anárquica y desordenada. La guerra ha conseguido embrutecer, insensibilizar y oscurecer las pequeñas luces despiertas de las almas de muchos hombres y mujeres.

Carmen, esta mañana de frío denso de 1937, ha comprendido que los hombres de ambos bandos comienzan a traspasar la línea de la moral aprendida, la línea del honor, la justicia y de lo que entendemos como humano. Los hombres, franqueada esa barrera de razonamiento y equilibrio moral, se vuelven peligrosos, porque son impredecibles. A Carmen le preocupa qué puede pasar con sus hijos, qué futuro les espera, y si se verán o no afectados por esta pérdida de moral que se expande como un virus. Observa a Jana; la abraza y le pone sobre los hombros un chal adicional. Le besa la cabeza, le acaricia el pelo. Acoge a Antonio entre sus faldas, que, mimoso, se une para ronronear la petición de una caricia.

Salen todos juntos de casa camino a la montaña. Benigno no siempre sube con ellos, porque tiene que trabajar en la fábrica, pero esta mañana sí acompaña a su familia, como un ángel protector. Jana y Clara incluso se atreven, mientras ríen bajito y se dan empujones cariñosos, a subir a las cuevas canturreando la canción de la *Rueda de la patata*:

A la rueda de la patata
comeremos ensalada
como comen los señores
naranjitas y limones
alupé, alupé
sentadita me quedé.

—Callaos, ¡coño! —exclama Benigno, en un susurro firme, que hace palidecer a las niñas, y las silencia de inmediato—. Vamos. Y chitón —dice, llevándose el dedo índice a los labios.

David mira a sus hermanas y les hace una mueca burlona. Ya están llegando a las cuevas. Se saben los caminos de memoria. Antonio va de la mano de su hermano mayor, y sube la senda como si nunca hubiese hecho otra cosa, desbordando agilidad y resolución. No es un niño hablador, pero con sus gestos y su mirada se comunica de forma extraordinaria, haciendo que todos le presten atención y sonrían ante sus pucheros y ocurrencias.

Cuando la familia lleva solo una hora en la cueva, junto con otros vecinos de Hinojedo y Cortiguera, escuchan, lejano, el zumbido de un avión. Semblantes serios. Silencio sobrevenido, ligera inclinación en las cabezas y ojos bien abiertos, como si así agudizasen la percepción auditiva.

El primero en pasar es un caza biplano alemán Arado AR 68, de los nacionales, que, en el futuro inmediato, no tardará en pasar a formar parte de la Legión Cóndor. Parece un sencillo vuelo de reconocimiento. O no. Porque detrás de él van otros dos cazas Heinkel He 51, en formación lineal. Pero Jana y su familia ya saben que, tras los cazas, y su eventual ráfaga de metralla, llegan, casi siempre, los otros. Ya se les siente. Ya casi están ahí.

Es un rugido demasiado pesado. El ronroneo de motor es inconfundible: bombardero. Es un Savoia Marchetti S.M.81 italiano: oscuro, grande, poderoso, con ocho tripulantes y más de dos mil kilos en bombas y seis ametralladoras Breda-Safat. Se acerca. Es raro: no suelen ir tan cerca de la fábrica, que es el edificio más cercano a las cuevas.

Esta helada mañana de enero caen tres bombas en Hinojedo. El silbido de los proyectiles se clava para siempre en los tímpanos de los humanos.

La primera bomba casi revienta la fábrica Asturiana de Zinc. Cálculo equivocado. Cerca, pero no lo suficiente.

La segunda cae rozando la ría, salpicando de agua fragmentos de proyectil y tierra, decenas de metros alrededor del boquete humeante.

La tercera se desploma sesgada dentro de la boca de la cueva donde está Jana. Ella, David y Clara vuelan literalmente a causa de la onda expansiva. Sus espaldas se aplastan contra el techo de su refugio, y quedan completamente negras. El humo y el polvo lo inundan y ciegan todo. Los gritos, los llantos, ensordecen los sentidos. Cuesta enormemente respirar. Pedro, con su cuerpo fornido, deambula encorvado y termina por salir de la cueva, sin darse cuenta de que una ráfaga de metralla le ha arrancado la mano izquierda. En realidad, gran parte del proyectil ha explotado entre ellos, aunque todavía no se han dado cuenta.

Benigno llama a sus hijos. Grita tiñendo su voz de la más pura y sencilla desesperación. Tantea cuerpos a ciegas. Busca escuchar quejidos en voces familiares, distinguiéndolos de los demás.

—¡Carmen! ¡Carmen! ¡David! ¡Clara!... Cristo bendito... ¡Carmen! ¡Jana! ¡Toñín! —grita, como loco, con la boca llena de polvo. Parece que él está ileso. No. Sangra abundantemente por la pierna derecha.

—¡Papá! ¡Estamos aquí! —grita David, que, entre el humo irrespirable, consigue entrever y escuchar a su padre. Las palabras las escupe despacio, con dificultad. Está tumbado, en el suelo, con Clara y Jana. Ahí abajo el aire está más limpio. Incluso casi se puede respirar.

—Gracias a Dios, gracias, gracias, Dios mío... —solloza Benigno, comenzando la frase en un grito y terminándola en un susurro, amortiguado por un llanto desbordante, mientras abraza a David. Clara parece estar sufriendo un *shock*, no dice una palabra: tantea a su padre, lo abraza. Jana apenas puede verlos, pero intuye la escena. Llora, desconsolada, histérica, y espera a que vayan a abrazarla. Un abrazo paternal que no tarda en llegar, aplastante, acogedor, impulsivo.

—¿Y mamá? Papá, ¿y mamá? ¿Y Antonio? ¡Antonio! ¡Toñín! —David presiente la tragedia como si esta le apretase los pulmones; se arrastra, detrás de su padre, en una búsqueda aterradora.

Trozos de cuerpos paralizan sus sentidos, su acción corporal. Imposible saber a quién pertenecen. Pedazos diminutos de existencias, repartidos entre las paredes y suelos de aquella gran madriguera y de su entrada oculta entre arbustos e hinojos, ahora salpicados de sangre y vísceras, inundados de un olor dulce y metálico, mezclado con sabor a humo.

Pasan varios minutos hasta que puede identificarse la gravedad de la situación: bajas, heridos, refugio inmediato si siguen los ataques. El aire comienza a hacerse menos espeso y la luz se atreve, tímida, a inundar la entrada de la cueva.

De las diecinueve personas que se esconden en la enorme guarida del zorro, siete mueren tras esta mañana de invierno; cuatro de ellas, completamente deshechas e irreconocibles, en el acto. Dos, el mismo día en el hospital de campaña que hay instalado en el centro del pueblo de Hinojedo, y la última, tres días más tarde, acunada entre los brazos de sus padres, Juana y Braulio, que perdieron, para siempre, el brillo puro y alegre de sus ojos.

Inexplicablemente, tras la tercera bomba, cazas y bombardero se marcharon. Quizá por causa de la niebla que se había anunciado al alba, y que ya había empezado a inundar el valle. Pero, a lo largo de la guerra, no volvieron a atacar la fábrica en ninguna otra ocasión. Aparentemente, una maniobra militar absurda y desorientada.

Cuando Jana salió de la cueva no sintió el frío glacial que estrujaba las entrañas de todos los seres vivientes de aquella tierra. Al contrario. Un calor interno la arrasaba, la quemaba por completo. Apenas se dio cuenta de cómo manos amigas la arrastraban, junto con Clara y David, lejos de allí, mientras escuchaba, a su espalda, los gritos demoledores, inhumanos, de su padre, sostenido por otros hombres.

De Carmen y de Antonio, que hasta el último segundo había sido estrechado en el regazo de su madre, no quedaban más que restos diseminados, algunos fundidos y entremezclados de forma macabra, delirante.

Jana había visto la carnicería; la había olido, escuchado y tocado. Con asombro, había comprendido que Antonio y mamá ya no estaban. Era difícil de creer. Pero su mente se acercó a la verdad, la rodeó por completo y le golpeó las entrañas de forma tan brutal que, por primera vez en su vida, perdió el sentido y cayó a plomo al suelo, de manera tan profunda que solo tres horas más tarde lograron despertarla. Pero ella no había estado dormida. Ella, sencillamente, había viajado al infierno.

Un acto de justicia permite cerrar el capítulo; un acto de venganza escribe un capítulo nuevo.

Marilyn vos Savant (1946)

Noticia de *El Diario Montañés,* 9 de julio de 2013:

> En la primera hora de la mañana del día de ayer, lunes, ha sido rescatado el cadáver de un hombre, que apareció flotando en las inmediaciones de uno de los espigones de la desembocadura de la ría de San Martín de la Arena, en Suances.
>
> El nombre de la víctima corresponde a las iniciales P. S. D., de sesenta y cuatro años de edad, vecino de Suances, y de momento se desconocen las circunstancias en que se produjo su muerte, ya que se está a la espera del informe forense.
>
> El cadáver fue descubierto en la madrugada de ayer por un pescador, que, saliendo del puerto para iniciar su jornada, divisó el cuerpo en las inmediaciones del espigón pequeño de la ría, avisando por radio inmediatamente a las autoridades portuarias, y rescatándose el cadáver por efectivos de la Guardia Civil de Suances y por la patrullera de Salvamento Marítimo, interviniendo, además, miembros de la Cruz Roja y Protección Civil de dicha localidad.

—¿Ha terminado? —le preguntó el sargento Riveiro a Oliver, refiriéndose a su lectura sobre la noticia del periódico, que reposaba sobre la mesa de su despacho, en la Comandancia de la Guardia Civil de Santander.

—Sí. Pero no entiendo... —Empezó Oliver a contestar, extrañado—. Este periódico... es de hoy, ¿no?

—Sí, es de hoy. ¿Y no sabía nada de esta noticia? Se ha

armado un gran revuelo en el pueblo. Desde ayer, al parecer, no se habla de otra cosa.

—No, no sabía nada. De verdad que no. Apenas he salido de casa más que para ir a hacer *jogging* y al supermercado, salvo hoy que he venido a Santander para recoger de mi abogado la documentación que ustedes me habían pedido.

—¿Y no ha salido de casa para nada más durante esta semana? —preguntó, extrañado, Riveiro.

Oliver suspiró, cansado.

—A ver. Usted dirá. Primero, encuentran un cadáver en mi casa. Se pasan casi un día entero para levantar el cuerpo, registrar la vivienda y todo ese rollo. Después, durante dos días, me paran las obras, que vale, que no pasa nada porque coincidía con el fin de semana, pero es que hasta me envían más equipos de guardias civiles con georradares para comprobar que mi casa no es el cementerio de los horrores. Como comprenderá, retomar las obras, reunirme con el equipo de albañiles y el contratista, atender y evitar a los periodistas, que por cierto no sé cómo han conseguido mi teléfono móvil, y hacer las gestiones con mi abogado en España, entre otras cosas, me han llevado bastante tiempo.

—¿Y no ha visto la televisión?

—Sí, pero en el telediario no he visto nada con relación a esta noticia. También es cierto que todavía no sé ni siquiera cuál es el canal local, sargento. Me he limitado a ver el canal internacional y, en internet, lo que se publicaba sobre Villa Marina. Si quiere, le dejo mi portátil y lo comprueba.

—No. No hace falta... de momento —puntualizó, conciliador, el sargento, aunque su tono de voz ya no era relajado y amigable, como en su primer encuentro, sino tenso y riguroso—. Como ya habrá podido intuir, le he llamado no solo por el cadáver que ha aparecido en su propiedad, sino también por este que ha aparecido en el espigón pequeño de la ría.

—¿Cómo? Pero usted solo me dijo por teléfono algo de un vínculo azteca con el cadáver de Villa Marina, nada más. Y ya solo eso me parece completamente asombroso. He venido enseguida a la Comandancia, como me ha indicado. ¿Qué tiene que ver conmigo esta noticia del periódico?

—Espero que nada. Pero con Villa Marina posiblemente tenga un vínculo importante, y por eso le hemos llamado urgentemente; no solo para intercambiar información sobre su caso, sino para hacerle nuevas preguntas.

—De acuerdo. Estoy a su disposición, pero le ruego que me aclare todo esto. De hecho, yo acabo de obtener información increíble sobre la casa y mi familia, y pensaba llamarle para traerle ya la documentación.

—Estupendo —asintió Riveiro—. Oliver, el asunto de Villa Marina, francamente, no se encontraba dentro de nuestras prioridades, porque, de haber habido un antiguo crimen, estaría probablemente prescrito, y tenemos otros muchos casos actuales y urgentes que atender. Tampoco tenemos los resultados finales de la autopsia, aunque, viendo cómo se desarrollan los hechos, intentaremos agilizarlos.

El sargento hizo una pausa. Oliver se sintió, de nuevo, como cuando había estado, aquella misma tarde, ante San Román, su abogado, y tuvo la certeza de que lo que iba a escuchar iba a enredar más su puzle personal.

—Oliver, antes de continuar creo que es mejor que pasemos al despacho de mi superior, la teniente Redondo, a la que interesará escuchar de primera mano sus declaraciones.

—Todo esto suena muy formal. ¿Tengo que llamar a mi abogado? —preguntó Oliver, rozando el tono burlón.

—Si lo desea, puede hacerlo —contestó Riveiro, serio.

Oliver resopló. Decididamente, iba a ser un día largo.

—No, no llamaré a nadie. Ni siquiera lo decía en serio, sargento. Tengo tantas ganas de aclarar esto como el que más, de verdad. Si ustedes me necesitan para declarar, yo les necesito a ustedes para investigar.

Riveiro asintió. El chico le caía bien. Esperaba que no tuviese nada que ver con el muerto de la ría. El asunto se estaba poniendo serio.

—Pase, Oliver. —Y, en un gesto, y al tiempo que hablaba, Riveiro, sin llamar, abrió la puerta de otro despacho de la Comandancia de la Guardia Civil, cuyo aspecto emanaba orden y limpieza, a pesar de las cajas de expedientes que se apilaban en una esquina.

Vestido de paisano, un hombre bajito y con perilla descuidada, casi obeso, de aspecto huraño y concentrado, parecía esperarles, aparentemente sin realizar tarea alguna, sentado a una pequeña mesa circular.

En contraste, una mujer joven, sobria pero femenina, delgada, con facciones angulosas aunque suaves, mirada firme, vestida de forma discreta, trabajaba concentrada en su ordenador, que reposaba sobre el escritorio principal de la habitación, y que lucía pulcro y extraordinariamente ordenado. Ella levantó la mirada de inmediato, y su melena castaña, ondulada y rebelde, brilló con el gesto, gracias a la luz que entraba por la ventana del despacho. Hubo algo en la mujer que desconcertó a Oliver, algo en su rostro que le hizo mantener la mirada, con el magnetismo que suscita la curiosidad y todo aquello que nos resulta extraño.

—Le presento al subteniente Santiago Sabadelle —le dijo el sargento Riveiro a Oliver, interrumpiendo sus pensamientos, y comenzando las presentaciones por la persona más próxima, dirigiéndose al hombre sentado a la mesa circular—, encargado de nuestro departamento local de patrimonio. Graduado en Historia del Arte y con un máster en Arqueología y Ciencias de la Antigüedad —dijo, mientras se volvía hacia el subteniente y le preguntaba:

—¿Lo he dicho bien?

—Perfecto, sargento —asintió, sin apartar la mirada, seca y desconfiada, de los movimientos de Oliver, al tiempo que le estrechaba la mano.

—Y a la teniente Valentina Redondo —continuó Riveiro, dirigiéndose hacia la mujer, que ya se había levantado y se dirigía hacia ellos—. Graduada en Psicología por la Universidad de Santiago de Compostela y doctorada en Psicología Jurídica y Forense.

—Vaya, pues si intentaban impresionarme lo han conseguido. Esto ni el FBI —intentó bromear Oliver, buscando liberar la tensión que le empezaba a apretar el estómago. Sin embargo, el único que le devolvió una sonrisa afectuosa fue Riveiro, comprensivo, al tiempo que la teniente terminaba de estrecharle la mano, en el más absoluto silencio. Oliver pudo mirarla abiertamente a los ojos, estrechando el saludo, y buscando qué era lo que le llamaba irresistiblemente la atención de la teniente. Era bonita, pero no hermosa; esbelta, pero no sinuosa como para atrapar su atención de esa forma. Por fin, comprendió qué había visto en el mapa de su rostro que le había llamado tan irremediablemente la atención: la teniente tenía un ojo de color verde intenso, brillante, como si escondiese dentro el hechizo de la luna. Sin embargo, su otro ojo, el izquierdo, era de color negro poderoso, con poco brillo, aunque sin llegar a ser opaco. No parecía de cristal, sino sorprendentemente sano. Y no era solo el color dispar de sus ojos, sino su forma de mirar, de felino en reposo, lo que hizo que Oliver, al terminar de estrecharle la mano, sintiese, dentro de su pecho, creciente inquietud y electricidad.

—Señor Gordon, hasta ahora dirigía yo mismo el asunto de Villa Marina —continuó Riveiro, ajeno al estupor de Oliver—, pero, viendo el giro de los acontecimientos y el evidente vínculo que hemos encontrado entre el fallecido del espigón de la ría de Suances con su caso, toma el mando de nuestra Sección de Investigación, para este asunto, la teniente Valentina Redondo.

¿El evidente vínculo? ¿Cómo que *el vínculo*? ¿Qué demonios podía tener que ver el ahogado con el bebé de Villa Marina? Oliver, abrumado, se limitó a asentir, con un gesto de cabeza, en silencio. Todos tomaron asiento a la mesa circular, y Oliver, por inercia, hizo lo propio. La teniente Redondo comenzó a hablar, dirigiéndose a él.

—Buenas tardes, señor Gordon.

—Buenas tardes, teniente.

—Le haré ahora algunas preguntas para ver si podemos esclarecer un poco toda esta situación, y ocasionarle las menores molestias posibles —explicó, afable, aunque con tono firme y neutro—. ¿Le suenan a usted las siglas P. S. D.?

—No, así de entrada, no.

—Bien. ¿Y si le digo Pedro Salas Díaz?

—Ni idea. No me suena. Es el cadáver de la ría, supongo.

—Supone bien. Era un vecino de Suances, marinero, de familia de pescadores, viudo, con dos hijos y sin problemas ni enemigos conocidos. Todavía no ha trascendido a la prensa, pero lo hará: apareció prácticamente sobre el espigón pequeño de la ría, pero no ahogado por un trágico accidente de pesca ni ningún percance similar, sino con un tiro en el estómago.

Se abrió el silencio en la habitación. Oliver se quedó mudo unos segundos. Redondo, que le clavaba su mirada bicolor, puso una foto sobre la mesa.

—Este es el individuo fallecido. ¿No le suena?

Oliver observó la foto con concentración, casi traspasándola con la mirada. Debía de tratarse de una ampliación de una foto de carné. Sonrisa floja, mofletes incipientes, pelo cano ya escaso, facciones redondeadas y amables.

—En absoluto. Nada. De verdad, nada de nada. No lo entiendo. ¿Qué tiene que ver esto conmigo o con Villa Marina?

—De momento nada, pero tenemos indicios que vinculan el asesinato de este hombre con la aparición del cadáver en su casa, señor Gordon.

—¿A qué se refiere? Por favor, llevo un día muy largo; les suplico que vayan al grano porque estoy agotado. Imagino que esperan ver mis reacciones y todo eso, en plan película de detectives, pero les juro que no tengo ni idea de qué me hablan.

Redondo torció ligeramente el gesto, simulando una sonrisa. Sus compañeros la miraron. El sargento Riveiro también escondió un soplo risueño de su rostro.

—Dentro de la chaqueta del fallecido encontramos numerosos recortes de periódico sobre la noticia del hallazgo del cadáver en su casa, Oliver.

Silencio. Oliver no disimuló su cara de estupefacción.

—Me deja usted de piedra. Qué quiere que le diga. Quizá era un fetichista de cosas raras, fantasmas... o asesinatos.

—Es posible, pero poco probable. Ni siquiera los familiares más próximos del fallecido encuentran explicación a ese aparente interés por el hallazgo en su domicilio, señor Gordon. Estamos investigando el asunto.

—Ya... oiga...

—Diga.

—¿No encontraron a ese hombre en el agua? Quiero decir que... ¿cómo es que no se mojaron los periódicos?

Ahora Redondo apenas pudo contener la sonrisa. El chico no era tonto.

—Oliver, si sigue así vamos a tener que contratarle —replicó, en lo que parecía un gesto afable, pero que no iba acompañado por su expresión, que terminó permaneciendo seria—. Los llevaba, junto con otra documentación, en fundas de plástico, dentro de otra carpetilla, también de plástico; ordenados y listos casi como para mostrar en una exposición.

—Ah —acertó a decir Oliver, que estaba atónito ante el giro de los acontecimientos. Valentina Redondo se acercó a Oliver. Él comprobó que ella olía a perfume elegante y discreto, floral, suave y casi imperceptible.

—Cuénteme ahora, señor Gordon, lo que ha averiguado esta tarde, y nosotros, después, le expondremos el resto de la información, si le parece.

Con un suspiro profundo, liberador, Oliver comenzó a

explicar, de forma ordenada y clara, todo lo que San Román le había trasladado aquella tarde, al tiempo que sacaba la documentación de la carpeta, y la extendía, tal y como se la habían expuesto a él, sobre la mesa de pino de la sala del cuartel de la Comandancia.

La única que interrumpió de vez en cuando, para solicitar alguna aclaración, fue la teniente Redondo, ya que tanto el sargento Riveiro como el subteniente Sabadelle guardaban silencio a pesar de que, sin disimulos, revisaban con interés la documentación y sus palabras. Oliver observó que la teniente cuadraba los folios sobre la mesa, evitando, de forma casi exagerada, que se mezclasen y se sobrepusiesen unos sobre otros, y distribuyéndolos en línea recta según antigüedad. «Genial —pensó—, el asunto lo dirige una neurótica del orden.» Cuando terminó su exposición, fue el subteniente Sabadelle, tras una mirada de aprobación de Redondo, el que tomó la palabra.

—El colgante que ha aparecido junto con el cadáver en su casa, señor Gordon, corresponde a una representación sencilla de Tlaloc, uno de los dioses más importantes de la cultura azteca y mesoamericana; aunque no es más que una copia, de unos cien años de antigüedad, tiene cierto valor patrimonial e histórico.

—Es increíble. ¿Tlaloc, ha dicho? Esto empieza a ser un rompecabezas —dijo Oliver, negando con la cabeza—. ¿Puedo verlo?

—¿El colgante? Me temo que no, Oliver, lo tenemos en el laboratorio de criminalística, pero si lo desea puede echar un vistazo a estas fotografías. De hecho, íbamos a enseñárselas para verificar que nunca hubiese visto nada similar en los años en que usted ha frecuentado Villa Marina —replicó, seco, Sabadelle, al tiempo que iba colocando delante de Oliver las fotos del dios azteca.

Mientras Oliver escudriñaba los detalles de la figura tribal en las fotos, comenzó a deshilachar sus dudas en voz alta:

—¿No dijo usted que este es un dios mesoamericano?

Pues los primeros dueños de la casa, los Ongayo, hicieron fortuna en Uruguay. Quizá por ahí hubiese alguna pista.

Sabadelle chasqueó la lengua y miró a Oliver con condescendencia.

—El dios del que le hablo tiene un ámbito geográfico concreto, señor Gordon. Mesoamérica comprende México, Guatemala, Honduras, Nicaragua, Costa Rica... una zona central del continente muy amplia, pero no tanto como para alcanzar a Uruguay, que está a casi ocho mil kilómetros de distancia de México.

Oliver palideció, sabiéndose ridiculizado por Sabadelle, que continuó hablando:

—Es decir, que es como si usted me dice que el cocido cántabro montañés es típico de Las Vegas, en Nevada, que está a otros ocho mil kilómetros de distancia de Santander.

Oliver no se dejó empequeñecer.

—Caray, parece usted el Google Earth. Le agradezco la aclaración; si alguna vez voy a Las Vegas pediré solo comida americana genuina —contestó, generando un incómodo silencio en la sala, de apenas dos segundos, en los que, por el rabillo del ojo, vio que la teniente Redondo contenía una nueva sonrisa, mientras cruzaba la mirada con el sargento Riveiro.

»De todos modos —continuó Oliver, suavizando el tono—, por favor, dígame qué puede significar ese dios azteca en el cuerpo que había en mi casa. Necesito aclarar algo de todo esto en mi cabeza. Por favor —repitió, sincero, directo, sin ganas de jugar a ver quién era más mordaz de los dos.

Sabadelle suavizó el gesto a su vez y, tras la aprobación y asentimiento hecho con la mirada de la teniente Redondo, comenzó, de nuevo, a hacer su exposición:

—En realidad no es exactamente un dios, porque la idea de divinidad, en esta cultura, ancestral y primitiva, no existe tal y como nosotros la concebimos. Vendría a ser el señor de los fenómenos atmosféricos y de los espíritus de las montañas, el *proveedor* por excelencia, de lluvia principalmente. Lo normal es que se encuentre representado en códices, pinturas murales, bajorrelieves, esculturas... pero no en colgantes. Si observa las fotografías —le dijo a Oliver, señalando las que tenía expuestas sobre la mesa—, verá que la figura lleva un tocado de plumas, que son de quetzal y de garza, y que dos serpientes se introducen en su boca, enredándose desde la parte anterior de la cabeza.

—Sí, es bastante grotesco, la verdad.

—No son más que símbolos, señor Gordon —replicó Sabadelle—. Una de las serpientes representa el agua terrestre, la que ya se encuentra regando la Tierra, y la otra, el agua celeste, que aún está por caer.

—Entonces... para nosotros sería algo así como un dios de la lluvia, ¿no?

—Sí, algo así —concedió Sabadelle—. De hecho, la figura está tallada en jade, que simboliza el agua en la cultura mesoamericana. Existe un dios similar en la cultura maya, el Kukulkán, pero no nos cabe duda de que el que hemos encontrado es un Tlaloc azteca.

—Ah —acertó a decir Oliver, mirando a Riveiro, a Sabadelle y a Redondo, alternativamente—, pues sigo perdido. No parece tener nada que ver con ritos funerarios o cuidado de almas infantiles ni nada parecido.

—En efecto —asintió Sabadelle—, en principio nada que ver con asuntos religiosos o espirituales de esa índole, aunque a veces este era el dios que se invocaba cuando el muerto era un ahogado.

—Entonces, el bebé que estaba en mi casa...

—No lo creo, señor Gordon. No creo que se ahogase. Pero, en todo caso, habrá que esperar al resultado final de la autopsia. Además, Tlaloc era mucho más popularmente conocido como amuleto de fortuna, como símbolo de regadío para nuevas cosechas, como fuente de vida, ¿comprende?

—Sí, lo entiendo. Pero no acierto a ver el vínculo ni con el cadáver, ni con Cantabria, ni siquiera con España, y ya ni le cuento con Villa Marina.

—Eso es lo que trataremos de averiguar, señor Gordon.

—Ya. ¿Y cómo puedo yo ayudarles en todo esto? Ya les he contado todo lo que sé.

La teniente Redondo pareció pensativa unos segundos.

—Oliver, ¿qué tenía usted pensado hacer mañana?

—Pues... según las averiguaciones que he realizado hoy, quiero decir, obrando en consecuencia, llamar a mi padre, visitar a las Clarisas, a la señora Ongayo... lo que me diese tiempo. Pensaba también investigar un poco por internet.

Los tres miembros del equipo de la UOPJ se miraron, con complicidad, aunque estaba claro que quien decidía y organizaba era la teniente Redondo, que volvió a intervenir:

—Oliver, mañana, si le parece bien, nos acompañará al subteniente Sabadelle y a mí a las Clarisas y, si es posible, por la tarde, a ver a los Ongayo.

—¿Que los acompañaré? ¿Yo a ustedes? ¿No será ustedes a mí? No hará falta. Quiero decir que para estas cuestiones personales no necesito a la Guardia Civil —replicó, casi a la defensiva, pensando que no le apetecía nada pasar un día entero con la neurótica de ojos de gato ni con el antipático subteniente Sabadelle.

—Oliver, esto va más allá de las cuestiones personales. Se trata de una acción conjunta para satisfacer intereses comunes y poder llevar a cabo con éxito la investigación. Quizá no sepa que las Clarisas, aunque son monjas de clausura, disponen del taller de restauración de arte sacro más importante de la provincia, por no decir del norte de España. Por extensión, son conocedoras de las mayores curiosidades y secretos escultóricos y pictóricos de toda la zona, así que si puede existir algún vínculo del dios Tlaloc con Cantabria, es muy posible que ellas nos puedan ayudar.

—En efecto —intervino Sabadelle, con un nuevo chasquido de lengua—; de hecho, la madre abadesa del convento de Santillana, sor Mercedes, ya nos ha echado una mano en alguna ocasión en temas de patrimonio.

Oliver se quedó mudo, literalmente asombrado. Redondo continuó:

—Después iremos a ver a los Ongayo; quizá así, tanto usted como nosotros obtengamos resultados optimizados —concluyó con decisión la teniente, que no parecía dejar lugar a réplica.

Oliver se limitó a asentir con un gesto de cabeza, abrumado, y se dejó llevar, tal y como en aquellos instantes se dejaba llevar la arena por las olas suaves de la playa de la Concha.

Es imposible que un criminal actúe, especialmente en la tensión de la acción criminal, sin dejar rastros de su presencia.

Principio de intercambio enunciado por Edmond Locard (1877-1966), según el cual cuando una persona interactúa en un entorno, algo de ella queda en el lugar y algo del lugar queda en su persona.

El sargento Riveiro esperó pacientemente a Clara Múgica en el propio despacho de la forense. Deseaba terminar cuanto antes. Le horrorizaba la cercanía de la sala de autopsias, de aquellos pasillos asépticos, que para él estaban cargados de un silencio pesado y pegajoso.

—Buenos días, Riveiro, ¡qué madrugador! —dijo Clara, a modo de saludo, al tiempo que cerraba la puerta tras de sí. Todavía no llevaba puesta su bata, sino unos vaqueros y una americana ligera, con una colorida mariposa en la solapa.

—Buenos días, Clara. Sí, tenemos mucho trabajo últimamente, y eso que en verano esperábamos un poco más de tranquilidad.

—Ya. ¿Tenéis a mucha gente de vacaciones?

—No, de momento eso no es problema. Estamos con los turnos habituales. Pero con el tema de Suances nos han puesto a trabajar a tope. La teniente Redondo de la UOPJ ha tomado la dirección de un caso que parece complicarse... ya sabes, el del hombre que apareció en el espigón de Suances y el del bebé de Villa Marina.

—¿Esos dos asuntos están conectados? —preguntó ella, con asombro—. Por eso estás aquí, imagino —concluyó, poniéndose en jarras y frunciendo el ceño—, para meterme prisas, como siempre. ¿Sabes que tengo esperando en la sala de autopsias a una víctima de violencia de género y a un niño?

—¿Un niño?

—Sí —contestó Clara, seria, cerrando los ojos al tiempo que suspiraba suavemente—, me lo mandan de oncología; una autopsia clínica, no forense, claro.

—Claro. En mi caso, vengo siguiendo la instrucción directa de la teniente Redondo, como te imaginarás —dijo, recalcando las dos últimas palabras, marcando cada sílaba.

—Serás rastrero —se rio Clara—. Que seamos amigas no tiene nada que ver con esto... aunque no dudo que te haya mandado ella. Cuando se pone con un caso no hay quien la pare. Pero yo estoy ocupadísima, Riveiro, no sé si me explico.

Riveiro dejó que el aire inflase sus carrillos, y jugó a enviarse bocanadas de uno a otro, mientras pensaba y empezaba a hablar:

—Múgica, si yo lo sé, si yo comprendo que estáis a tope, y que es verano, y que también tendréis gente de vacaciones. No te pido los informes completos, ni siquiera nada por escrito, solo que me cuentes lo que ya sabes.

—¿Lo que ya sé? Riveiro, lo que sé es que tengo obligación de hablar con propiedad, de no hacer suposiciones, y sin los resultados definitivos no debería darte una información que podría ser equivocada y enviarte por un camino erróneo.

—Joder, Múgica, si yo lo comprendo, si es que lo sé, pero de momento no tenemos nada, salvo la documentación que tenía el fallecido del espigón y que le vinculaba al cadáver de Villa Marina y al actual propietario.

—¿Al actual propietario?

—Sí; tenía recortes de todas las noticias vinculadas con el hallazgo del cadáver en la casa, y también lo que creo que es toda la información posible sobre Oliver Gordon que puede encontrarse en internet.

—Vaya. ¿Se lo habéis dicho al chico?

—De momento, no. Lo tiene controlado hoy la teniente Redondo, que ha hecho que los acompañe a Santillana y a Comillas.

—Ajá. Pero ¿es sospechoso?

—En realidad, y de momento, no. Creo que la idea de la teniente, por ahora, encaja más con protegerlo y vigilarlo que con verlo como sospechoso.

—Entiendo —dijo Clara, suavizando el gesto—. Y me imagino que el juez Talavera también os estará dando caña amablemente para ver qué pasa con esto.

—Como siempre —sonrió Riveiro—. Por eso necesitamos, ya, urgentemente, datos sobre la hora estimada de la muerte, forma en que esta se produjo... para ir revisando coartadas, la de Oliver Gordon incluido.

—De acuerdo. Siéntate. Te diré lo que sé y lo que intuyo que podría resultar de los informes finales. ¿Conforme?

La sonrisa de Riveiro no pudo ser más amplia y sincera, como la de un niño.

—Conforme.

—Bien, empecemos por el cuerpo de Villa Marina —dijo Clara, al tiempo que sacaba una carpeta de un archivador, cogiendo también otra que reposaba ya sobre su escritorio—. No hemos apreciado, inicialmente, fracturas *perimortem*, ni en cráneo ni en...

—Espera, Múgica, espera. No me empieces con términos técnicos, joder. Que sabes que así no me aclaro. Cuéntamelo sencillito si puede ser, como si tuviese...

—... tres años recién cumplidos —terminó Clara, sonriendo, evidenciando que este era ya un diálogo repetido entre ambos—. Estoy en ello, si no te importa.

El sargento Riveiro asintió en silencio con un cabeceo, y esperó a que la forense continuase su discurso.

—Como iba diciendo, en el cadáver no se apreciaba ninguna lesión previa a la muerte; al menos, ninguna que afectase a la estructura ósea del individuo, tales como fracturas o restos de dentelladas de arma blanca. Tampoco hemos observado ninguna lesión ni fractura *post mortem*. El cuerpo se encontraba parcialmente momificado, y esto nos hace suponer que estuvo en un lugar relativamente seco y aireado y que, posiblemente, se trate de un bebé recién nacido. Es posible que haya muerto en el propio parto; ni siquiera se le apreciaban piezas dentales pendientes de erupcionar, y su tamaño y su peso confirmarían esta teoría. Dado que no se conservaban los órganos internos, no hemos podido determinar la posición del cuerpo desde el momento del deceso hasta el término de la momificación. Sin embargo, de las muestras recogidas sobre el tabique oculto donde reposaba el individuo, podemos inicialmente deducir que el cuerpo ha sufrido todo el proceso en el mismo lugar, y que no ha sido cambiado de emplazamiento. —La forense hizo una pausa, y miró a Riveiro enarcando las cejas—. Por supuesto, insisto en que estamos a la espera de los resultados que nos mande el SECRIM de los laboratorios de criminalística.

—Sí, sí, por supuesto. Continúa, por favor.

—El cráneo del individuo era de tipo caucásico, de manera que podemos, también inicialmente, deducir que era de raza blanca y de origen europeo. No hemos podido determinar su sexo todavía, aunque estudiando el hueso coxal quizá, y digo quizá, sargento, podríamos determinar, con amplio margen de error, que el individuo era de sexo femenino.

—¿Una niña? —preguntó el sargento, sorprendido—. No sé por qué, todo el rato he estado pensando en un varón.

—En el trabajo yo solo pienso en individuos, Riveiro. ¿Continúo?

—Por favor.

—La antigüedad de los restos, inicialmente, estimamos que oscila entre cincuenta y setenta años, pero lo confirmaremos con mayor exactitud cuando recibamos los resultados de los laboratorios —concluyó Clara, haciendo una pausa.

—¿Eso es todo? ¿Una niña recién nacida que posiblemente murió en el parto hace más de cincuenta años?

A Clara nunca dejaba de sorprenderle cómo Riveiro podía simplificar y resumir tan escuetamente algo que ella era incapaz de sintetizar y reducir sin los matices e informaciones complementarias correspondientes.

—Podría decirse que sí, que eso es todo —dijo al tiempo que suspiraba—. Quedando pendientes, por supuesto, de los resultados de laboratorio en cuanto a la antigüedad de los restos y en cuanto a las pruebas de ADN, que las tienen que hacer en Madrid.

—Es decir, que hay ocultamiento de cadáver, pero nada de homicidio, aparentemente.

—Aparentemente —confirmó Clara con una sonrisa—. Claro que podrían haberlo asfixiado... —insinuó—. Y os queda por averiguar qué hacía el pitufo verde con el cuerpo.

—Sí, estamos en ello. El puñetero pitufo resultó ser un dios mesoamericano de la lluvia y la fortuna, ¿qué te parece? Se hace llamar Tlaloc para los amigos.

—¿Tlaloc? Qué encanto, con esas serpientes atascándole la garganta —comentó Clara, al tiempo que empezaba a abrir otra carpeta—. Riveiro, como te dije, tengo bastante tarea hoy, así que si te parece pasamos al individuo P. S. D., el que encontrasteis en el espigón.

—Estupendo. Dime.

—Seré breve. Al individuo le dispararon en el estómago con un arma de fuego corta, posiblemente del calibre 38, pero, nuevamente, en cuanto a eso, tendrás que esperar a los resultados de los laboratorios de balística del SECRIM. Imagino que ellos habrán remitido las muestras al laboratorio de zona en Logroño; son bastante rápidos.

—¿A La Rioja? Pues por rápidos que sean...

—Son rápidos y son buenos. Ten paciencia. Continúo. Había un único orificio y el proyectil quedó alojado en el estómago. El disparo fue realizado de frente, a corta distancia, de eso no nos cabe duda alguna: alrededor del orificio de entrada se había formado un tatuaje denso y ennegrecido, por causa de las partículas de pólvora incrustadas en la piel. De todos modos, tenemos pendiente la Prueba Walker, para determinar más exactamente la distancia del disparo.

—¿La prueba qué?

—La Prueba Walker, Riveiro, que pareces nuevo —replicó la forense con tono de reproche—. Se hace para detectar la cantidad e intensidad de nitritos alrededor del orificio de entrada del proyectil y en la ropa de la víctima... claro que al estar mojada nos complicará más el estudio. Imagino que tú, sin duda, ya sabías que cada vez que se dispara un arma de fuego se desprende nitrito de potasio.

Riveiro asintió, ajeno al sarcasmo de la forense, al tiempo que tomaba notas en su inseparable libreta. Parecía que no solo asimilaba información, sino que ya le iba dando forma y haciendo especulaciones en su cabeza.

—Entonces, posiblemente, conocía a su agresor.

—El detective eres tú —replicó Clara, con una sonrisa—, tendrás que averiguarlo.

Riveiro devolvió la sonrisa.

—Sí, eso parece. Dime, en conclusión, murió por el disparo, ¿no?

—No.

—¿Entonces?

—Le dispararon, pero habría sobrevivido con una asistencia médica de urgencia, si no lo hubiesen empujado o no se hubiese caído al agua.

—Explícate.

—El individuo falleció ahogado. Se deduce fácilmente de varios factores: sus ojos estaban brillantes, como si aún permaneciese vivo, y esto es un signo típico de los ahogados. La mancha verde abdominal que sale entre las veinticuatro y las treinta y seis horas desde el fallecimiento, por causa de los clostridios y coliformes que descomponen la hemoglobina en compuestos azufrados de color verde...

—Espera —interrumpió el sargento—. Coño, que no

me líes. Que si nitritos, que si manchitas verdes... joder, que así no me entero.

Clara suspiró, al tiempo que miraba por el rabillo del ojo la hora en el reloj de pared.

—Para que lo entiendas: esa manchita verde que siempre suele salir en el abdomen entre las veinticuatro y las treinta y seis horas desde el deceso, y que tú ya habrás visto en otras ocasiones en decenas de homicidios, ahora estaba entre el cuello y el tórax, que es donde más se concentra la sangre en los ahogados. La posición semifetal del individuo y el agua, e incluso plancton, encontrado en estómago y pulmones, determinan sin género de dudas que su fallecimiento fue por ahogamiento.

Riveiro hizo ademán de querer hablar, pero Clara lo interrumpió:

—Y ahora me vas a preguntar la hora de la muerte. Teniendo en cuenta que la descomposición de los cuerpos hallados en el agua es más lenta, y analizando lo que ya te he dicho, así como la temperatura de hígado, estado de la piel y otros factores, yo diría que unas veinticuatro o treinta y seis horas, máximo. Más cerca de las veinticuatro, arriesgaría, a lo sumo unas veintiséis, pero aún no tengo los datos del laboratorio, tal y como ya te he dicho unas cien veces, Riveiro —concluyó, cruzando los brazos, en señal de que había terminado su exposición.

El sargento estaba pensativo.

—Eso cuadraría con los recortes de periódico que llevaba: el último era del día anterior. Pero hay algo que no entiendo: ¿no tendría que haberse hundido el cadáver? Quiero decir que otros cuerpos que hemos encontrado en el mar salieron a la superficie dos o tres días más tarde, hinchados por los gases de la putrefacción y todo ese rollo.

—Y todo ese rollo, ¿eh? —replicó, sarcástica, Clara—. Supongo que este individuo estuvo todo el rato prácticamente apoyado en el espigón, entre sus enormes piedras, y que, al bajar la marea, pudo ser visto sin dificultad. De hecho, tiene algunas contusiones y arañazos que hemos calificado como *post mortem*, y que deben ser resultado de los golpes que daba contra las rocas.

—Sí, tengo pendiente revisar la declaración del pescador que lo encontró... claro que todo un día sin que nadie viese el cuerpo me parece extraño... estaba en el espigón pequeño, el que está pegado a la playa de la Concha, alguien tendría que haberlo visto aunque el cuerpo estuviese del otro lado del muro, del de la ría... Por cierto, ¿no tiene lesiones previas a la muerte?

—Inicialmente, no. Hemos mandado al laboratorio sus ropas, pero no sé si sacarán algo tras haber estado tanto tiempo en el agua. Eso sí, estaba lleno de algas por todas partes; tendréis que ver lo de las mareas, quizá el cuerpo estuviese camuflado entre tanta planta acuática. No hemos encontrado signos de forcejeo, ni rastros anómalos bajo las uñas. Si lo empujaron al agua, no presentó resistencia: imagino que estaría doblado sobre sí mismo, tras el tiro en el estómago. O incluso desmayado, porque ni en las manos ni en las uñas se aprecian signos de haber intentado escalar o agarrarse a las rocas. Me consta que los del SECRIM han procesado la zona del espigón y de momento no han encontrado nada, ni siquiera rastros de sangre, de modo que, si lo mataron allí mismo, debió caer al agua de inmediato.

—De acuerdo. Pero podría ser que le hubiesen disparado en otra parte, lo metiesen en un coche y luego lo tirasen cerca del espigón. O que lo lanzasen desde un barco. O no.

—Podría ser. Pero desde el momento del disparo hasta el del fallecimiento no transcurrió demasiado tiempo, según el examen inicial del estado de los órganos. A lo sumo, diez o quince minutos.

—Entiendo. Así que si cuadro las horas... tenemos un varón que entre las siete y las nueve de la mañana del domingo recibió un disparo en el estómago, en el propio espigón o en las inmediaciones, para terminar cayendo o siendo empujado al agua y ahogarse. ¿Qué coño haría allí a esas horas? ¿Pescar? ¿El día que todos los marineros libran, va este y se acerca al espigón a pescar? —se preguntó Riveiro, pensativo, en voz alta. Acto seguido, se dirigió a la forense—. ¿Tienes algo más, Múgica?

—De momento, no. Pero sé que me llamarás para darme el coñazo mañana sin falta. ¿A que sí?

—Siempre has sido listísima —replicó Riveiro, al tiempo que cerraba su libreta y se dirigía hacia la puerta—. Muchísimas gracias, de verdad. Te debo una.

—Unas cuantas.

Cuando el sargento cerró la puerta, Clara suspiró, se sentó en su escritorio y tuvo la sensación, gris y pesada, de que aquel asunto no había hecho más que comenzar, como si solo se hubiesen mostrado, todavía, pequeñas gotas de una cascada torrencial, rebosante de un agua negra, densa y oscura.

Diario (4)

Los sublevados, llamados también nacionales y posteriormente franquistas, han empezado, desde abril de 1937, a desarrollar la Campaña del Norte, desistiendo de conquistar Madrid y pretenden así unificar la línea de frentes, aprovechando el potencial industrial de cántabros, vascos y asturianos, entre otros objetivos.

En junio cae el cinturón de hierro que es Bilbao, y más de ciento cincuenta mil vascuences se exilian a la provincia de Santander, buscando refugio. Muchos santanderinos acogen en sus casas a desconocidos, del color rojo de la República. La capital cántabra hierve. No hay abastecimiento para todos, y la armada franquista les bloquea navalmente: el aprovisionamiento de víveres es casi imposible. En los pueblos, la miseria se hace tangible, pero el hambre es menos miserable: las huertas y la naturaleza van llenando huecos en el estómago.

Benigno no ha vuelto a subir a las cuevas. Clara, David y Jana, tampoco. El angustiado padre ha decidido que sea el destino y el maldito Dios el que decida la suerte de su familia. Cuando vienen los aviones, se meten en casa. Si no les da tiempo, y están en la huerta o con el ganado, una zanja o una alcantarilla son suficientes. Lo que haya de ser, será. En su mundo sencillo no hay refugio para la muerte que viene del cielo: eso ya lo han aprendido.

Benigno está moralmente hundido. A la pena se le une la falta de infraestructura. No tiene a nadie, salvo a los vecinos, para ayudarle con los niños. Jana apenas ha empezado el colegio el año pasado, y ni siquiera sabe si, terminado el verano, podrá permitirse que Clara y David vayan a clase, con todo lo que hay que hacer en la huerta, la casa y el ganado. Él trabaja tantas horas en la fábrica... de lunes a sábado es un obrero sin tiempo extra para la felicidad.

Sus padres y una hermana están en Galicia, y ni siquiera ha podido contactar con ellos desde el mes de enero: no sabe si habrán recibido sus dos cartas. Solo cuenta con la madre de Carmen, la abuela Julia, que trabaja de cocinera en una gran casa de señoritos en Torrelavega, pero solo puede ir a verlos los lunes, único día libre de la semana, y no siempre. Los dos hermanos varones de su difunta mujer, muy jóvenes aún, se fueron al frente, republicanos convencidos, y tampoco sabe dónde están. Posiblemente muertos, o pendientes de ejecución; quizá en Francia o Inglaterra. Quizá en Venezuela.

Ahora, atravesando la barricada imposible del tiempo, navegas conmigo hacia finales de junio de 1937. Hemos llegado a Hinojedo. Benigno está en la cocina, discutiendo con Braulio, su vecino y amigo de toda la vida:

—Pues idos a Francia, ¡como todos! ¡Idos! Haced vuestra vida, ¡cojones! Pero yo de aquí no me muevo. Aquí tengo trabajo en la fábrica, mis hijos y mis muertos. Esto no va a durar mucho; la guerra está casi perdida —dice, vehemente, Benigno a Braulio, dando vueltas a la mesa, sin dejar de gesticular.

—No atiendes a razones —insiste Braulio, negando con la cabeza—. A saber cómo se nos gira el cuento si nos quedamos. Los nacionales avanzan, y si conquistan Santander, ni a ti ni a mí nos van a dejar en casa para criar las vacas. ¿Pues qué te creías? Nos van a mandar al frente, hostias, para reducir Asturias, que lo he leído en *La República*.

—¿En dónde?

—En el periódico, coño. ¿O no lo sabías? Ya no hay ni *El Diario Montañés*, ni *El Cantábrico*, ni hostias... no queda tinta, no hay abastecimiento. Solo echan *La República*. Me cago en la virgen, si es que sales de la fábrica a casa y a la huerta y no te enteras de nada.

Benigno guarda silencio solo unos segundos.

—A mí no me llevan. Tengo tres criaturas y estoy solo.

—No sabes lo que dices. ¡Se llevarán a quien les salga de los cojones! —exclama Braulio, que, en ese momento, ve en el marco de la puerta a Clara y a Jana. Benigno sigue su mirada y sorprende a las niñas. Baja el tono de voz. Sin inmutarse, le dice a Braulio, mirándolas:

—Nos quedamos.

Braulio vuelve a negar con la cabeza, en silencio. Se despide con un gesto de la mano, sin palabras, tras lanzar un suspiro seco. Cuando sale de la cocina piensa, apenado y sinceramente convencido, que no volverá a ver nunca a Benigno ni a sus hijos.

Diario (5)

La guerra en Cantabria, pasado poco más de un año desde su inicio, está a punto de terminar. Sin embargo, a finales de agosto de 1937 las batallas y políticas continúan desgarrando otras geografías y otros mundos de la Península, pero eso ya son otros matices y versiones de la misma guerra civil.

Quizá fuese coincidencia que aquella tarde fuesen Jana y David los que estuviesen recogiendo el ganado desde la montaña de Castío —dos vacas propias y cinco de los vecinos, a llevar al prado por turnos—, una de esas coincidencias macabras que hacen que se prenda fuego en las aguas templadas del alma.

Primero vieron a los rojos. Al menos serían una docena. Corrían como conejos espantados, con desesperación y agotamiento. Saltaban arbustos, esquivaban árboles, se agazapaban, respiraban, miraban atrás, miraban al cielo, y seguían, sin paradas, sin aliento, sin esperanza.

Los cazas llegaron enseguida. Eran dos Heinkel He 51, de nuevo rasgando el mismo aire que otros días, en el pasado inmediato. Zumbido que no venía solo: esta vez las metralletas no dormían, y los nacionales disparaban sin piedad, sin pausa. Clara, petrificada, observaba la escena desde la casa. Jana y David, en el prado, estaban paralizados. Absurdamente, solo acertaron a agacharse, como si así se hiciesen invulnerables a la metralla, y no buscaron escondite alguno. Se limitaron a mirar y a grabar en sus retinas infantiles la forma en que el alma abandona el cuerpo de los hombres.

Los republicanos caían como lo hacen las cerezas al golpear las ramas de un guindo, y la mayoría se desplomaban, ya muertos, en la ría, haciendo que esta, fría pero acogedora, barriese su sangre hacia el mar.

Al día siguiente supieron que Torrelavega ya estaba en manos de los nacionales, y un vecino de Hinojedo, de ultraderecha, fue, puerta por puerta del pueblo, a comunicar a todos que «las gloriosas tropas» entraban por el pueblo de Barreda, de forma que todos debían ir a recibir a los soldados. Sitúate en la fecha: 25 de agosto del año 1937. La capital de la provincia de Santander acaba de rendirse. Jana recordaría, durante mucho tiempo, cómo la obligaron, a ella y a sus hermanos, a vestirse rápido, e ir corriendo hasta Barreda, para aplaudir a las tropas nacionales a su paso. Esos nacionales que habían matado desde el cielo, una mañana helada, a su madre y a su hermano.

—Abre los ojos, Jana —le dice Benigno a su hija, dándole un codazo, viendo que esta aplaude con los ojos cerrados.

—Sí, papá. —Ella nunca se habría atrevido a contradecir un segundo a su padre—. Pero es que no quiero verlos, no quiero... hay un muerto allí... —dice, clavando la mirada en un republicano que yace muerto en una de las aceras, medio tapado por una manta marrón y con un brazo colgando hacia la carretera.

—Pues no mires hacia abajo —le dice su padre—; pero aplaude y sonríe, hija. Aplaude y sonríe —termina de repetir Benigno entre dientes, repasando con la mirada a David y Clara, que asienten, sonriendo más de lo que sus ánimos pueden soportar y no bajando la mirada hacia los pies.

Un soldado de la tropa victoriosa se tropieza con el brazo colgante del republicano. Le da una patada y lo coloca pegado al torso del muerto, en ese único gesto.

—¡Ay! ¡Rojillo, rojillo! —dice, sonriendo y sin apenas mirar al cadáver, mientras no deja de caminar.

Pero algo irresistible distrae a Jana de este paseo militar. Deja de aplaudir y se agarra inconscientemente a la falda de su hermana, estrujando la tela, retorciéndola.

Un soldado nacional se ha parado junto a ellos. Su padre, de pronto, ha desaparecido. Jana ya no piensa en nada. Solo puede ver el muñeco. Un maravilloso muñeco, con cabello, ojos, incluso una sonrisa, cuerpo, manos y pies. Un muñeco asexual colgado, inesperadamente, del cinturón de un soldado. Ella, que sí ha podido jugar, nunca ha tenido una muñeca, ni un solo juguete. Se atreve a tirar de la tela de la pernera del soldado:

—Oye... ¿me das la muñeca? —pregunta, con mirada angelical. Es una niña tan bonita.

El soldado baja la mirada. Tarda tres segundos en comprender. Su mirada se transforma en pura rabia y hielo.

—Me cago en la hostia, niña, quita de ahí. Este no es una muñeca. ¿No lo ves? Este es Azaña, que lo tengo aquí colgado del pescuezo. —Y el soldado se gira, sin más, y sigue la marcha triunfal de la tropa, que solo para de vez en cuando para perorar discursos políticos a la población civil.

Jana se queda quieta, asustada, sin tener la menor idea de que Azaña es el presidente de la República. Su hermana Clara la riñe. ¿Cómo se le ocurre dirigirse a un soldado? David observa, extasiado, la parafernalia militar, sin darse cuenta, siquiera, de que su padre se ha marchado, hasta que los nacionales empiezan a dispersarse y a seguir su marcha triunfal por otras veredas.

Solo cuando los tres hermanos regresaron andando a casa, supieron que su padre, durante la marcha de la tropa, se había escurrido hacia las vías de tren que unen Reocín con Hinojedo, intentando esquivar a los nacionales, que, al tiempo que entraban en Barreda, iban buscando entre los aldeanos soldados para combatir en Asturias.

«Al final —pensó el padre de Jana—, el cabronazo del Braulio iba a tener razón.»

Por este motivo, Benigno estuvo varios días escondido en casa, como un guardián invisible de su diezmada familia. En la primera mitad de septiembre de 1937, los últimos valles cántabros, Tudanca y Liébana, fueron conquistados por los nacionales, finalizando, por fin, las operaciones militares en Cantabria. En esta tierra, la guerra armada había terminado.

Pero, con el fin de la guerra, no se bautizó el principio de una nueva historia, sino que comenzó a crecer algo ya latente, que la propia guerra había germinado. Algo que puede resultar difícil de comprender a un humano corriente, que nunca haya paladeado el olor de la sangre derramada en abundancia. Ese aroma denso, dulce, ferruginoso.

Algo vestido de maldad que se forjó con sabor a miedo, aquel que habita dentro del que ha visto explotar, literalmente, a su madre y hermano, en decenas de pedazos.

Un punto oscuro que germinó del frío, aquel que se instala en las tripas, porque un soldado te observa, como si fueses un último anclaje a la vida, antes de morir.

Un ánimo gélido que podía haber permanecido como un simple poso frío en el alma, apenas perceptible, pero que creció y aniquiló la bondad, la serenidad y la calma de una mujer extraordinaria. Porque hay quienes se conforman con vivir en tiempos de calma, pero estos no solo están llenos de sabios, sino también de cobardes.

Nadie rogará clemencia para sus actos, nadie la justificará, porque llegará a resultar aterradora. ¿Cuántos colores tiene la verdad?

No debes descubrir el pastel, amigo mío... hazte pequeño. Debes ser el paleto. El tullido. El tarado. El leproso. El bicho raro. Mírame... a mí me has subestimado desde el primer momento.

Al Pacino interpretando al diablo,
dirigiéndose al jefe de un bufete de abogados
(*Pactar con el Diablo*, 1997).

La música sonaba en la cabaña de Villa Marina. Oliver terminaba un café tranquilamente, sentado en su diminuto porche, con las piernas apoyadas sobre una mesa baja de madera de teca, mirando fijamente la playa de la Concha, que hoy estaba inundada por una niebla ligera y quieta. Ningún verano resistía demasiado calor en Cantabria, que siempre se regalaba húmedos respiros, disfrazados de lluvia plácida o de niebla reposada. La música se escabullía desde el interior de la cabaña hacia el porche. Oliver había puesto un CD de un grupo americano, Imagine Dragons, que, casualmente, y en honor a las sarcásticas ocurrencias del subteniente Sabadelle, era originario de Las Vegas.

Oliver escuchaba la canción, *Demons* («Demonios»), y la hacía propia. Tenía tantos malditos agujeros en el alma. Se sentía como si una enorme bola de demolición hubiese entrado en su cabeza, arrasando con todo lo que daba por hecho, por sentado, tumbando sin compasión sus referentes básicos, sus hilos familiares, su verdad aprendida. Por más que lo había intentado, no había conseguido hablar con su padre, Arthur Gordon, por teléfono. ¿Podría él darle calma, confianza y fortaleza con solo unas palabras? No es que tuviesen una relación idílica, pero sí cordial, lo suficiente como para cenar juntos en Navidad y llamarse de vez en cuando para ver si seguían aparentemente vivos y tranquilos, dejando la vida pasar, siguiendo su curso natural.

Sin embargo, desde el comienzo de las desapariciones intermitentes y cada vez más prolongadas de su hermano Guillermo, su padre había empezado a estar más retraído, aparentemente ensimismado, tristemente empequeñecido. Y la muerte de su esposa, a manos de un borracho estúpido y casi adolescente, había sido el golpe final para que Arthur se considerase uno de esos hombres que empiezan a dejar de recorrer el camino, que ya están en la recta final, esperando a que sea el propio camino el que los devore.

De todos modos, a menudo, las palabras de su padre se convertían en piedras en el corazón de Oliver: nunca tan listo como Guillermo, ni tan ambicioso, ni tan carismático. Parecía que salía más a cuenta ser un maldito hijo pródigo que no un *gentleman*.

Oliver supuso que su padre estaría sin cobertura telefónica en las Tierras Altas escocesas, donde acostumbraba, cada vez ya más frecuentemente, a hacer escapadas con su hermano mayor y la mujer de este, para pescar tranquilamente y tomarse buenos whiskies al calor de la chimenea. A fin de cuentas, llevaba ya dos años jubilado y vivía holgadamente gracias a las cuantiosas rentas de sus negocios inmobiliarios: ¿qué otra cosa tenía que hacer? Cuando viese las llamadas perdidas se pondría en contacto con él: eso era todo lo que Oliver podía esperar, de momento.

Oliver tenía treinta y cinco años. ¿Había tocado fondo? ¿Tan pronto? O quizá demasiado tarde: tendría que haber peleado con sus demonios mucho antes. Sentía la soledad dentro de sí mismo, como un bloque hueco, hecho de hielo seco y duro. Anna ya no estaba: se había marchado. Así era la vida. Su hermano navegaba dentro de sus propios delirios, y lo sentía perdido, lejano, como si ya no hubiese esa conexión cómplice que tenían de niños. Deseó que, al menos, el jodido cabrón estuviese vivo. Su padre se apagaba poco a poco, y su madre ya no era más que polvo en una urna espantosa. Y ahora, buscando un futuro nuevo que arrancase de una base sólida, limpia y llena de posibilidades, no encontraba más que problemas, secretos, muerte y pozos de oscuridad. El subteniente Sabadelle y la teniente Redondo ya regresaban. Les había dejado que entrasen en la casa principal para que viesen, in situ, dónde había reposado el pequeño Ángel de Villa Marina. Ni siquiera les acompañó; dejó que el jefe de obra les guiase al sótano. Eran las nueve de la mañana, y quería terminar tranquilamente su tardío desayuno. Sabía que les esperaba un día largo. Se preguntó qué sensación tendría mañana, a la misma hora, sentado en aquel mismo porche: ¿qué secretos descubriría hoy, qué miserias calladas tendrían que hablar por fin? ¿O todo seguiría manteniéndose bajo un velo de misterio y de silencio, dejando que sus propios diablos se cebasen con él, que vivía en el reino de los que ya se arrastran?

Se maldijo por caer en la autoconmiseración, que rechazó con un suspiro resuelto, y observó a las personas que se aproximaban. La teniente Redondo iba muy por delante, mientras Sabadelle terminaba de hablar con el jefe de obra. Caminaba hacia la cabaña de forma resuelta, decidida. No llevaba uniforme, aunque su ropa era neutra: le daba un aspecto casi andrógino. Tampoco parecía ir maquillada: belleza sencilla y desconcertante que no se escapó de la retina de Oliver.

Cuando llegó al porche, ambos cruzaron las miradas y no se molestaron en cortar el silencio, estudiándose mutuamente. Ella sabía que entraba en su reino.

Él la miró sin imposturas, con franqueza, sin almibarar los diablos que llevaba dentro. Solo se escuchaba la música; era como si hasta el propio aire se hubiese detenido para respirar.

Cuando llegó Sabadelle se rompió el instante de mutuo escrutinio, de calibración de almas, de ver quién era realmente cada uno. La teniente Redondo no apartó la mirada, impasible, cuando comenzó a hablar:

—Hemos terminado, Oliver. Cuando quiera, podemos salir hacia Santillana.

—Claro —contestó él, dando un último sorbo a su café—. Déjenme que coja una chaqueta y salimos.

Cuando Sabadelle, Redondo y Oliver ya llevaban unos minutos sin decir nada en el coche, que atravesaba prados inmensos y dejaba a la derecha vistas espectaculares, de acantilados abismales bordeados por el mar Cantábrico, Oliver decidió deshacer el silencio.

—Así que vamos de incógnito.

—¿Por qué lo dice? —preguntó Redondo.

—Porque ustedes no llevan uniforme y en el coche no pone Guardia Civil por ninguna parte.

La teniente sonrió.

—La Sección de Investigación nunca va uniformada, señor Gordon, salvo en actos oficiales o protocolarios. En todo caso, y aun si este asunto no fuese llevado por nuestra Sección de la Policía Judicial, siempre sería más conveniente no llegar con los uniformes y los coches patrulla al convento, ¿no le parece? —replicó mientras conducía, mirando de reojo a Sabadelle, que estaba en el puesto de copiloto del vehículo de la Guardia Civil, un Alfa Romeo 159 de color verde camuflaje—. De momento, seremos discretos, aunque ya hemos avisado de nuestra visita a las Clarisas.

—Ya... una pregunta —empezó a formular Oliver, haciendo caso omiso del resoplido cansado de Sabadelle, que no parecía estar muy comunicativo por la mañana—. Si las Clarisas no nos pueden ayudar con lo de Tlaloc, ¿qué haremos? ¿Llamar al consulado de México a ver si les falta algún bebé de la época de las cavernas?

La teniente Redondo negó con la cabeza, sonriendo.

—Me temo que su imaginación camina más rápido

que usted, señor Gordon. Además, le recuerdo que aún se está analizando la antigüedad de los restos óseos por parte del laboratorio de criminalística. No, en ese caso, que esperemos que no llegue a producirse, tendríamos que recurrir a nuestros contactos de la Universidad y del Museo de Prehistoria y Arqueología de Cantabria, en Santander.

—Ah —se limitó a replicar Oliver, pensativo.

Sabadelle, sabiendo que ese cometido le sería ineludiblemente encargado a él, chasqueó la lengua, sin hacer comentarios, aunque la expresión escéptica de su rostro hablaba por él, de forma descreída y desgastada. Oliver se preguntó si habitualmente haría ese chasquido, ese ruido seco, como un tic, o si sería un gesto desagradable hecho a posta, para desquiciar a sus interlocutores.

—Y dígame, Oliver —empezó a indagar Valentina Redondo—, ¿no es un plan un poco arriesgado el suyo? Me refiero a dejar todo en Inglaterra, venirse a un sitio donde no conoce a nadie y arrancar un negocio de cero.

—Sin riesgo no hay tampoco opción a la victoria.

—Ya. Un riesgo considerable para hacer en solitario, en todo caso.

—Cuidado —cortó Sabadelle—, si se deja, la teniente Redondo lo psicoanalizará en solo un minuto.

Valentina Redondo envió su mirada bicolor, gélida y dura, sancionadora, a su subordinado, que de inmediato bajó la vista. Cualquiera podría haber percibido la furia contenida de la teniente, que impuso su autoridad con un solo gesto. Redondo visualizó en su mente el cadáver del hombre que habían encontrado en el espigón de la ría de Suances. ¿Acaso Sabadelle no se daba cuenta de que estaba intentando obtener la mayor información posible de un individuo que podría llegar a ser sospechoso de homicidio? ¿Cómo podía haber tenido la maldita suerte de que le tocase un tío tan gilipollas en el equipo? Sabía que no le gustaba que ella estuviese al mando, pero lo estaba, y no iba a permitir ni el más mínimo desliz, ni el menor rasguño a su autoridad. Después hablaría con él.

Oliver, a pesar del silencio tenso que, como una onda en el agua, se extendió por todo el vehículo, no pudo evitar una sonrisa nostálgica para acceder a contestar a lo que le planteaba la teniente:

—En una ocasión, mi padre me dijo que, si las cosas me iban mal, no debía esperar a que él fuese a buscarme. Que si no quería obtener siempre un mismo resultado, no hiciese siempre lo mismo. Por eso estoy haciendo algo diferente. Probando si este es el camino adecuado para encontrar la suerte.

—Pues de momento su suerte va asociada a dos cadáveres —replicó Sabadelle con otro chasquido de lengua, más comedido que los anteriores.

Redondo, en un ejercicio de autocontrol extraordinario, hizo caso omiso al comentario de Sabadelle y dirigió una mirada comprensiva a Oliver, que continuó hablando:

—De todos modos, tengo un plan B.

—¿Un plan B?

—Cortesía de mi padre —continuó él, sonriendo—. Dice que los hombres estamos todos hechos de lo mismo, y que si no queremos sentirnos perdidos, lo que realmente tenemos que hacer es asociarnos con otro ser distinto, desinteresado y ajeno a nuestras ridículas miserias.

Redondo le miró, inquisitiva.

—Es decir —continuó Oliver con una suave sonrisa—, que lo que uno tiene que hacer en esa situación es comprarse un perro.

Sabadelle estalló en una carcajada histriónica:

—Su padre sí que sabe. Humor británico, ¿no, amigo? ¡Un perro!

Redondo también se rio, ligeramente asombrada. Un tipo interesante, el viejo Gordon. Seguirían hablando más tarde. Habían llegado. Era increíble: aún no habían dado las diez de la mañana y ya montones de turismos se agolpaban a la entrada de Santillana del Mar. Quizá el día nublado había animado a muchos bañistas al turismo cultural. La teniente Redondo se reconoció a sí misma que aquel era un lugar lleno de encanto, de esos en que las viejas piedras y las casas parecen guardar todavía secretos de siglos pasados, de la esencia de otras personas, de otra forma de vivir. Y, todo ello, a pesar de las numerosas tiendecitas que ahora salpicaban antiguas casas señoriales para vender *souvenirs* que a veces rozaban el absurdo y gastronomía empaquetada que no siempre encajaba con la realmente originaria de aquella tierra. Algunas decenas de vehículos se alejaban, sin embargo, del centro del pueblo, para dirigirse hacia las inmediatas Cuevas de Altamira, de las que solo podrían ver una réplica hecha de cartón piedra. El mundo era un lugar extraño, lleno de modas extravagantes.

—Vamos —dijo Redondo, cerrando tras de sí la puerta del coche, ya aparcado—, Sabadelle, tú conoces esto, ya has venido varias veces. Te seguimos.

Sabadelle asintió, complacido, satisfecho de poder llevar por fin, un rato, la batuta de la investigación.

—Tenemos que entrar por detrás, por donde el torno.

A partir de ahora dirigía él la expedición. Era él quien conocía ya a las Clarisas. Caminaron a lo largo de un pasillo abierto al cielo, que no era más que una calle, pero que parecía introducirles en el pasado, porque a ambos lados de la calzada se alzaban muros de piedra de casi tres metros de altura, asombrosamente limpios y claros, aparentando haber sido restaurados recientemente.

—Es impresionante —dijo Oliver, según caminaban—; está todo impoluto.

—Sí —replicó Sabadelle—. Antes las Clarisas estaban en el convento Regina Coeli, que ahora es el Museo Diocesano, en la manzana de al lado. Ahora están aquí —aclaró, señalando con un gesto de cabeza los muros de mampostería a los que iban aproximándose a su derecha—, en el monasterio de San Ildefonso, que antes estaba ocupado por las Dominicas. Lo arreglaron todo y le hicieron el lavado de cara con el traslado, que fue hace ya unos cinco años.

Oliver y la teniente Redondo escuchaban. Ella tampoco había estado nunca allí.

—El hecho de que la madre abadesa, sor Mercedes, nos reciba avisando con tan poca antelación y, encima, siendo tres personas, es un privilegio, porque debo recordarle que son monjas de clausura —dijo Sabadelle, mirando a Oliver—. Así que, de momento, hablaré yo —concluyó, buscando un asentimiento de mirada de la teniente, que obtuvo de inmediato—; y cuando terminemos las gestiones sobre la consulta artística, puede preguntarle usted lo que desee saber sobre su familia, señor Gordon.

—De acuerdo —replicó Oliver, que le respondió sin mirarle, absorto en el camino hacia el monasterio.

Llegaron a un enorme arco de medio punto abierto en el muro de piedra, que disponía de dos hojas de madera a manera de puerta, marrones y con tachones negros y redondos; parecía que hubiesen llegado a un siglo xvi limpio y claro. Sobre el arco de piedra había un breve tejadillo hecho de sencillos travesaños de madera, cubiertos por tejas árabes. A la derecha de la puerta, en un cartel de hierro, pintado de negro y con apariencia de pergamino, se trazaban unas letras blancas y de corte medieval: «Repostería Hermanas Clarisas: Pastas. Tableta (Bizcocho). Venta directa».

—¿Venden pasteles? —preguntó Oliver, asombrado.

—No pensaría usted que esta gente vive solo del arte sacro y de la providencia divina —contestó Sabadelle, haciendo su familiar chasquido.

Entraron en un enorme patio empedrado, y en su frente izquierdo se alzaba un torreón magnífico, mientras que en su frente más oriental les esperaba otro arco de medio punto de piedra, que parecía la entrada a una cueva del pasado. Antes de alcanzarlo, dejaron a su derecha una enorme pía de piedra repleta de flores de temporada rosas, rojas y blancas.

Al entrar, vieron otra sala empedrada en pared y suelo, encalada de forma impoluta en color blanco en algunas partes, y salpicada de carteles indicativos sobre pequeñas y estrechas puertas; un locutorio por allí, otro por allá; y un sencillo cartel con la palabra «torno» sobre un austero y reluciente mueble de madera giratorio, que permitía a las monjas entregar sus dulces a los turistas y clientes sin ser vistas. Sin embargo, lo que más destacaba de la sala, que solo contaba con el adorno de una sencilla y estrecha mesa de corte castellano, era la cristalera que estaba a la derecha del torno, ocupando casi toda la pared, y que se formulaba como un expositor blindado e iluminado de galletas, pastas y bizcochos frescos.

—Qué buena pinta, quizá me lleve uno —dijo Sabadelle, al tiempo que llamaba al timbre que había bajo otro cartel informativo, y que parecía la única vía para poder llamar a las monjas, ya fuese para hablar con ellas o para comprar los famosos dulces.

Enseguida contestaron a través de una especie de telefonillo, y tras unas breves palabras con el subteniente Sabadelle, les hicieron esperar casi media hora en aquel cuarto abierto, lleno de dulces esponjosos tras una vitrina. Terminó apareciendo una joven y ancha religiosa en una de las puertas laterales, que, con una amplia sonrisa, les dejó entrar en el recinto. La joven dijo ser la hermana sor Pilar, y no habló más de lo estrictamente necesario, a pesar de que su rostro y sus ojos sonreían constantemente, casi hasta la exageración. A Oliver le sorprendió el marcado acento sudamericano de la religiosa, y que sus hábitos fuesen tan clásicos: negro sobre blanco, como un uniforme atemporal y ancestral. Era como entrar en otro mundo. Sor Pilar les aclaró que ya les estaban esperando, y que el resto de las hermanas estaban ya avisadas y en otras dependencias. Les llevó a través de un claustro sencillo, con arcadas pequeñas, sobre las que se divisaba una planta superior, con ventanas sencillas y ni un solo elemento de decoración. Tras hacer que entrasen en un pasillo de piedra, fresco y limpio, pudieron ver numerosas puertas de madera: ellos tendrían que atravesar la última. Cuando la religiosa la abrió, un chorro de luz se coló hacia el pasillo empedrado. Entraron en una sala enorme, luminosa, en la que se entremezclaban olores opuestos: de pintura, de aguarrás, de algo acrílico e indefinido, en contraposición a un aroma de antigüedad, a perfume de olor a viejo, de humedad, de paso del tiempo. Habían llegado al taller de restauración de las Hermanas Clarisas.

Allí, y ahora, esperándoles, solo había una mujer: la madre abadesa, sor Mercedes, que se volvió tranquilamente para recibirlos, dejando de atender con sus manos un enorme lienzo de tonos azules y granates que, sin duda, estaba en proceso de restauración. Debía ser una mujer muy mayor, pero destilaba dominio de sí misma, fuerza, seguridad y sosiego a través de sus ojos claros, casi transparentes.

—Bienvenidos, señor Sabadelle —dijo con una sonrisa—. Les esperaba.

El subteniente hizo las presentaciones, mientras la joven sor Pilar se quedaba tras la madre abadesa, como un perro pastor que vigilase a su dueño mansamente, con admiración y atención concentrada. Sabadelle, tras una charla trivial sobre el clima y lo mucho que según él trabajaba la Guardia Civil para mantener la paz en las zonas rurales, le explicó brevemente a sor Mercedes la consulta que deseaban hacerle, enseñándole las fotos ampliadas de Tlaloc, pero omitiendo el hecho de que la figura hubiese sido encontrada en el cadáver de un bebé en un caserón de Suances, y mucho menos que hubiese un homicidio pendiente de resolución posiblemente vinculado al caso. Pero sor Mercedes, que al parecer además de ser monja era mujer, no hizo más que devolver preguntas felinas e inteligentes.

—Sabadelle, sabe usted que esta orden colabora con las fuerzas de seguridad del Estado sin reparos, pero, para poder ayudarle, necesito saber de dónde han sacado este dios mesoamericano.

—Entonces, ¿lo conoce? —preguntó, asombrado, el subteniente.

—Conozco algunas representaciones paganas de divinidades, por supuesto. Contemporáneas e históricas. No olvide que somos religiosas, y, aunque nuestra vida consiste en contemplar a nuestro Señor Jesucristo, pobre y crucificado, también tenemos formación sobre otros muchos aspectos espirituales, incluyendo creencias de otras gentes y otros pueblos.

—Sor Mercedes, me temo que, de momento, ha sido decretado secreto de sumario y no puedo revelar gran información sobre el origen de esta pieza.

—En otras ocasiones sí lo ha hecho.

—En delitos de patrimonio ordinarios, madre, pero aquí puede tratarse de homicidio. —Sabadelle empezó a sudar, buscando suavizar sus términos, para eliminar las reticencias de la religiosa—. No hemos olvidado lo importante que resultó su colaboración para recuperar el Códice —añadió, recordando una investigación de meses atrás—, y no deseamos importunarlas en su retiro, solo saber si intuyen algún vínculo de esta pieza con Cantabria o con España, al menos.

Sor Mercedes sonrió, aunque sus ojos permanecieron serios y desconfiados.

—No deseo complicaciones para este monasterio, señor Sabadelle, y este asunto debe ser serio: me sorprende que hayan venido tres personas para una consulta tan sencilla.

Durante unos segundos, todos quedaron en silencio. Sabadelle chasqueó su lengua y reaccionó con una suavidad que se evidenciaba forzada:

—Ya le expliqué que el señor Gordon viene por un tema personal, vinculado a este asunto. En todo caso, no deseamos importunarlas, como le dije...

—No, hijo, no, cómo nos van a importunar —replicó de inmediato sor Mercedes, dirigiéndose a Sabadelle, pero sin retirar la vista de Oliver—. Así que un asunto personal... bien, de modo que han encontrado esta figura en Villa Marina.

—¿Cómo...? Perdone, madre, ¿cómo... cómo sabe eso? —preguntó Sabadelle, asombrado, mientras Oliver y la teniente Redondo enmudecían, atónitos. La madre abadesa sonrió, burlándose silenciosamente de los tres durante unos segundos.

—Me temo que los periódicos han dicho lo que usted pretendía guardar bajo secreto de sumario, señor Sabadelle.

—¿Los periódicos? Pero ustedes no tienen... quiero decir, son monjas de clausura.

—Lo somos. Pero la clausura no es un fin, sino un medio para guardar mejor nuestra forma de vida. No hacemos oídos sordos a la realidad exterior, aunque no la compartamos. La clausura, señor Sabadelle, no es carcelaria. Salimos para votar, para realizar cursos de formación... e incluso tenemos aquí mismo una casa de espiritualidad para los que deseen pasar unos días de retiro y de silencio. —Sor Mercedes hizo una pausa, y, a pesar de permanecer sentada, pareció seguir dirigiéndose a sus interlocutores sin esfuerzo, desde un plano superior—. Por mi parte, señor Sabadelle, aunque me encuentro perfectamente, con mis casi noventa años salgo prácticamente solo para ir al médico, tal y como he tenido que hacer esta semana. —Hizo otra pausa para añadir una aclaración—: Artrosis.

—Vaya, espero que esté usted bien... —comenzó a decir Sabadelle, pero la madre abadesa lo interrumpió en silencio, negando con su mano y restando importancia, al tiempo que se levantaba para mostrar su perfecto estado de salud.

—El reumatólogo me cuida bastante bien —añadió, guiñando un ojo a Oliver—; y dispone de periódicos en su sala de espera, en los que salía una foto de este joven —y volvió a mirar a Oliver— a las puertas de la que, según la prensa, es su casa, y donde ha aparecido un cadáver diminuto.

Sabadelle y Redondo enmudecieron, todavía atónitos, durante unos segundos. Oliver les miró, sorprendido, recordando la marea de periodistas y fotógrafos que se habían agolpado a las puertas de Villa Marina todos aquellos días. Sor Pilar, que miraba con devoción a la madre abadesa, sonreía. Sabadelle volvió a intervenir.

—Así que ha deducido...

—Cualquiera lo hubiese hecho, hijo.

—Bien, le ruego entonces discreción, madre.

—*De nihilo, nihilum* —replicó la anciana en latín, traduciéndose a sí misma al instante, con una sonrisa maliciosa—: «De la nada, nada puede salir».

La teniente Redondo empezó a cansarse de que la madre abadesa jugase con ellos como si fuesen colegiales. Decidió intervenir, ya que Sabadelle no parecía llegar a ninguna parte.

—Madre, no deseamos robarle mucho más tiempo, sabemos que está atareada —dijo, señalando con la mirada el enorme lienzo sobre el que trabajaba la anciana—; de modo que solo necesitamos saber si usted puede determinar algún posible vínculo de este dios mesoamericano con cualquier localidad de la zona o de Cantabria, según sus amplios conocimientos culturales, artísticos e históricos de toda la zona norte —concluyó, suavizando el tono e intentando adularla moderadamente.

—Somos el único taller en toda Cantabria de restauración de obras de arte —respondió la madre abadesa, mirando a la teniente fijamente a los ojos; si la rareza del color alternativo de su mirada llamó la atención a la religiosa, esta no exteriorizó su sorpresa, y continuó hablando enérgicamente—. Llevo más de cincuenta años trabajando en lienzos, esculturas y estudios de historia del arte de Cantabria. Le aseguro que, si me hubiese encontrado con una figura como esta a la que le entran dos serpientes por la boca, me habría acordado. En las creencias cristianas e islamistas la serpiente tiene vinculación con el demonio, como sabrán. En otras culturas religiosas, como la hinduista, en cambio, el dios Siva es representado por una serpiente, casi siempre una cobra... pero nunca he visto ninguna deidad representada con ese animal saliendo por su boca. —Sor Mercedes hizo otra breve pausa, tomando aliento y mirando ahora a Sabadelle—. Lo lamento, pero me temo que, en esta ocasión, no podré ayudarles.

La decepción se hizo evidente en el rostro del subteniente Sabadelle. Estaban como al principio. Tendría que ir al Museo de Prehistoria y Arqueología de Cantabria, en Santander, para ver si allí podrían ayudarlo a encontrar algún vínculo de Tlaloc con Suances.

La teniente Redondo volvió a intervenir:

—En ese caso, sor Mercedes, terminaremos nuestra visita enseguida. Le agradecemos igualmente que nos haya atendido tan rápido y su ánimo de colaboración.

La madre abadesa asintió con un suave gesto de cabeza. Valentina continuó, señalando a su vez, con un gesto de su mano, a Oliver:

—El señor Oliver Gordon nos ha acompañado hoy no solo por su evidente vinculación al caso, sino porque desea saber si es posible aclarar algo en relación con su origen familiar. Su madre, la señora Gordon, estuvo aquí hace ya unos diez años indagando sobre el tema, ya que fue criada por esta orden hasta los dos años de edad, para posteriormente ser acogida por la familia Pereiro, que residía y trabajaba en Villa Marina, en Suances.

—Oh, sí, la recuerdo. Lucía Pereiro. Claro que aquí, inicialmente, se presentó como Lucía Gordon, por su apellido de casada. Lamentamos mucho su fallecimiento: hizo un generoso donativo a la orden, como sabrán. —La madre abadesa miró a Oliver—. Me temo que hoy no podré resultar de gran ayuda, ni para ustedes ni para este joven —lamentó la anciana—. Tras revisar los archivos, ya por aquel entonces solo pudimos confirmar a la señora Gordon que alguien la dejó en el torno de Regina Coeli en los primeros días del año 1949, aparentando tener solo unas semanas de vida, y que los señores Pereiro la adoptaron a principios del año cincuenta y uno, no recuerdo bien el mes, la verdad. Hasta entonces, la cuidamos tan bien como supimos: había otros niños que también habían sido dejados en el mismo torno, y criamos algunas decenas de jóvenes, por entonces.

Oliver no pudo evitar intervenir:

—Entonces, ¿usted conoció a mi madre de niña?

—Sí, la conocí, aunque no mucho tiempo. En realidad, entré en el convento varias semanas después de que la niña fuese acogida por mis hermanas, aunque llevaba ya meses de postulanta gestionando mi entrada con la hermana maestra. Pero a la señora Gordon no pude decirle más de lo que les digo ahora a ustedes sobre su procedencia: la dejaron en el torno, sin más.

—¿Y no había una nota, ni un tipo de ropa especial, nada que indicase alguna pista sobre su origen? —insistió Oliver.

—Me temo que no, señor Gordon, y, si la había, la perdimos. Hace ya mucho tiempo, hágase cargo... unos sesenta y cinco años. Su madre comprendió que no pudiésemos aportarle más información al respecto. A fin de cuentas, el parir es solo dolor, hijo, y el criar es amor. Y quienes la criaron se convirtieron en sus padres verdaderos, biológicos o no.

—Ya, gracias de todos modos —asintió, decepcionado, dejando que su vista se perdiese en el enorme lienzo que se alzaba a espaldas de la religiosa. Sabadelle y Redondo comenzaron a despedirse, haciendo los nuevos agradecimientos de rigor, a pesar del resultado completamente infructífero de la reunión, al tiempo que sor Pilar se adelantaba para acompañarlos a la salida.

Oliver no pudo evitar volver a dirigirse a la madre abadesa.

—Disculpe... ¿por qué ese hombre del cuadro tiene los ojos raspados? Perdone que le pregunte, pero es que me ha llamado la atención.

Sor Mercedes sonrió, complacida por su interés, y devolvió la mirada al enorme lienzo, que representaba la muerte de San Francisco y que era del siglo XIV. San Francisco ascendía a los cielos, observado y acompañado por ángeles suspendidos en el aire, mientras decenas de religiosos, caballeros y campesinos observaban desde el suelo. Era uno de los caballeros el que tenía los ojos mutilados en el lienzo, como si le hubiesen pasado goma de borrar por encima, rascándolos hasta llegar a la base neutra de la tela.

—Alguien debió de pensar que este caballero era el diablo, señor Gordon. Antiguamente, en algunos cuadros se llegaba a raspar los ojos de algunos individuos, como única forma de evitar su mirada y eludir el mal de ojo.

—Vaya, no lo sabía —replicó, asombrado, mientras acercaba su mano para despedirse de la anciana religiosa.

—Sí, es uno de los aspectos que resolveremos en la restauración de este lienzo. *Ex umbra in solem.*

Oliver la miró, inquisitivo. Sor Mercedes, al tiempo que se retiraba, dándoles la espalda y volviéndose a sentar ante el lienzo, realizó la traducción, ya sin mirarles:

—De la sombra a la luz, señor Gordon. De la sombra a la luz.

Diario (6)

Gijón, el 20 de octubre de 1937, es tomado por los nacionales y así se aniquila el último resquicio de dominio republicano en Asturias y en toda la franja norte. Perdida la batalla en esta tierra de guerreros, la prensa internacional dice que la victoria franquista sobre el resto de la Península es solo cuestión de tiempo.

Es la hora de la cena. Jana, Clara y David están sentados con su padre a la mesa de la cocina, ajenos a lo que ha ocurrido en Gijón: hoy, el centro del mundo es esa pequeña habitación en Hinojedo, iluminada por una lámpara de carburo.

Es la noche en que Jana caerá a plomo, al suelo, por segunda vez en su vida, sin sentido, sin luz, y con sensación de tener hielo seco en el estómago. Benigno no ha podido hacer otra cosa. A la larga, será lo mejor. Lo hace pensando en ellos, mientras se le resquebraja el corazón. Pretende darles una oportunidad. Pero ¿cómo saber si resultará? ¿Cómo saber si el daño no será irreversible? ¿Puede ser bueno algo que abrasa a fuego la conciencia? Ha comprendido que su amor por sus hijos es infinito, cuando ha decidido dejarlos marchar.

David se irá, la semana próxima, a la popular ganadería de La Tablía, perteneciente a Suances, aunque sus fincas bordean ya la frontera con el pueblo de Tagle. Allí, Jorge, primo segundo de Benigno, y su mujer, tendrán cuenta de él; por las mañanas, casi todas, podrá ir al colegio de Suances, y por las tardes tendrá que ayudar con el ganado. No es una mala salida, y no está lejos de casa.

Clara podrá irse con la abuela Julia a Torrelavega, y ayudar de vez en cuando en la cocina y en las labores del hogar, al tiempo que va al colegio. Los señores de la casa han sido comprensivos, y han aceptado que vaya solo la hermana mayor, de forma que sea más razonable que «colabore» en la casa; tampoco pueden acoger y alimentar a todos los consanguíneos del servicio; ser caritativo y bondadoso según los preceptos de la Iglesia raya con el límite impracticable de dar cobijo a todos los aldeanos malparados en la guerra.

Jana es la pequeña. Esa persona especial que encandila con su mirada verde a todo el que tiene la fortuna de atrapar su atención. A pesar de todo lo ya vivido, aún tiene ese brillo que contagia a los demás a su paso, como si fuese un diamante bruto proveniente de la estepa de los sueños. Aún es joven, maleable. Adoptable. Se supone que será la más afortunada. La tía abuela materna de los niños vive en Comillas, uno de los pueblos cántabros más señoriales de la época. Es la hermana de la abuela Julia. Su nombre es Amparo. Tiene un hijo en la guerra, en el bando de los nacionales, y otro que es cura y está en Madrid. Regenta una taberna junto con su marido, que es marinero, y no les va mal del todo, a pesar de los tiempos que corren: aceptan, a lo sumo, una boca más que mantener y a la que cuidar. Jana podrá ir al colegio normalmente y ni siquiera tendrá, en principio, que colaborar ni en la taberna ni en las tareas domésticas pesadas. Podrá ser, casi, una señorita de ciudad.

Pero cuando Jana supo su destino, cerró los ojos con fuerza, aunque, antes de hacerlo, ya todo se había vuelto tenebroso, incomprensible y oscuro. Marcharse con aquella anciana amable que solo había visto media docena de veces en su vida, suponía separarse de todo mundo conocido, de sus hermanos, de su padre, de sus animales, de sus prados y de su cielo azul. Sus hermanos estarían a una hora de camino a pie de Hinojedo, aunque en direcciones opuestas, pero ella... ¿dónde demonios estaba Comillas? ¿Tres horas a pie de distancia? ¿Quizá más? ¿Sería fácil huir de allí y volver a casa?

David fue el único que no lloró. Pensó que se lo trataba, por fin, como a un hombre, y aquello le parecía una aventura. Aunque, por dentro, el miedo a la separación le atenazaba la garganta. Era solo un niño de trece años jugando a hacerse el fuerte y a manejar palabras y gestos de hombre.

Clara lloraba, aunque lo hacía tranquila, con una calma adulta y desengañada, mientras suplicaba a su padre que le diese una oportunidad para ser ella la que cuidase a sus hermanos, la que llevase la casa. Dado que Benigno no accedía a negociaciones, secó sus lágrimas y expuso bastante serenamente todas sus posibilidades como cocinera, ganadera y ama de casa. Ella, a sus lustrosos once años de edad, los cuidaría a todos. Pero no dio resultado.

Benigno lloraba sin aspavientos, sereno, con los ojos y la mente bien abiertos. Les explicó que era una medida temporal, mientras no terminaba la guerra civil y no se asentaba «la cosa», mientras él siguiese solo en aquella casa huérfana de mujer que la sostuviese.

Pero Jana no comprendió la dimensión ni la duración de la «medida temporal». Jana no comprendió por qué ella y sus hermanos, que eran como un solo ser, eran despedazados y desperdigados por el mundo, mientras su padre se quedaba en casa, solo y rodeado de recuerdos. Cuando se desplomó, golpeó su cabeza contra el suelo de madera de la cocina, pero no sintió nada en absoluto. Sumergirse entre nubes de plomo, deambular en tinieblas de sueños, le dio un inesperado descanso. Un tiempo de reacción. Cuando se despertó, era acunada entre los brazos de su padre, que la mecía suavemente, mientras estaban tumbados en la cama, con Clara y David al lado, aparentemente durmiendo. Jana miró a su padre, con los ojos enormes y despejados, como si hubiese dormido y descansado muchas horas.

—Papá...

—Por fin te despiertas, mi niña bonita —le susurra, aliviado, Benigno a Jana. De pronto, el rostro de la niña parece mucho más adulto, y destila una serenidad callada que él percibe, sorprendido.

—Papá... ¿volveremos a vernos, a estar juntos?

—Claro que sí, preciosa. Iré a visitarte cada pocas semanas. Cuando mejoren los tiempos volveremos a estar todos en familia, en casa.

—Entonces, esto, ¿son como unas vacaciones?

—Sí, como unas vacaciones —sonríe Benigno, maravillado con la explicación, que, inesperadamente, suaviza su conciencia, aunque no la angustia que le rasca en el pecho.

—Irás al colegio y harás amigas nuevas, y, a la vuelta, nos lo cuentas todo. La tía Amparo y el tío son muy buenos, ya verás.

—Pero yo no quiero ir.

—Y yo no quiero que vosotros os vayáis, pero ya sois niños mayores. Además, recuerda: son unas vacaciones. Harás cosas nuevas, conocerás sitios bonitos... trabajarás mucho menos que aquí —termina resoplando Benigno, con tristeza, aunque con una sonrisa forzada en el rostro.

—¡A mí no me importa trabajar! ¡Puedo quedarme y madrugar más, papá!

—No, bonita. Ya madrugas demasiado. Irás a Comillas, y te gustará. Es un lugar precioso, y vivirás en la casita que los tíos tienen cerca del puerto, con vistas al mar, y verás a los pesqueros cuando regresan de la sardina, rodeados de gaviotas por todas partes.

—Las gaviotas me gustan.

—Ya lo sé. ¿Sabías que yo, de pequeño, hice algunas mareas con el tío Pepe?

—¿El tío Pepe?

—Pues claro, tontuca. El marido de la tía Amparo. No habla mucho, pero es muy bueno, ya verás. A lo mejor, te deja ir un día en el barco: hay que saber llevarlo muy bien, porque el fondo no es profundo y está lleno de rocas, ¿sabes?

Jana se queda pensativa.

—Entonces, son solo unas vacaciones. David y Clara irán a verme cada poco. Y tú también. ¿Irás, papá?

—Claro, preciosa. ¿No ves que son solo unas vacaciones? —contesta Benigno, estrechando más a Jana entre sus brazos, intensificando el abrazo, y retomando el acunarla suavemente, esperando que se duerma y que deje de preguntarle verdades espesas pero ligeras como el humo. Jana, antes de dejarse arrullar, mantiene la mirada a Benigno dos segundos y comprende, por primera vez en su vida, que su padre le está mintiendo.

El futuro será ya irreversible. Los tambores del alma han empezado a golpear una mente enferma y un corazón diminuto: todos los actos, livianos, severos, grandes o ínfimos, todos, conllevan consecuencias. Se ha empezado a forjar, de forma imparable, una personalidad radical, astuta y peligrosa.

¿Sabes dónde reside el verdadero peligro?

En lo imprevisible.

> No es un enfermo mental. Sabe lo que hace. Lo que pasa es que no siente lo que hace. Su toma de decisiones es fría, sin sentimientos ni remordimientos. Su comportamiento cuando mata no es humano. En realidad, mata como un depredador que elimina a una presa de una especie distinta.
>
> Definición de psicópata por el profesor
> José Sanmartín (1948), director del antiguo
> Centro Reina Sofía para el Estudio de la Violencia.

El sargento Riveiro no estaba teniendo una mañana tranquila, precisamente. Tampoco la esperaba apacible: estaban llevando dos casos presuntamente vinculados a la vez, el de Villa Marina y el del ahogado del espigón. La teniente Redondo había movilizado inmediatamente a todo el equipo de la Sección de Investigación de la UOPJ.

Riveiro la conocía bien, aunque llevaba menos de un año al mando de la Sección de Investigación: era rápida y efectiva, rozando lo obsesivo en la ejecución de los planes de maniobra del equipo. Sin errores, sin excusas, sin retrasos. Todo siempre claro, ordenado, definido. Ella era ejemplo y referente: la primera en llegar, la última en marcharse. No es que fuese una fría hija de la gran puta que mantuviese al personal a nivel de exigencia militar extremo, al contrario: era agradable y cercana, con un divertido sentido del humor, negro y sarcástico, pero cuando había una investigación por homicidio, exigía rigurosidad extrema y atención a los detalles. Su propio despacho era ejemplo de sí misma, obsesiva del control, de la limpieza, del orden hasta el límite de lo razonable. Riveiro se había acostumbrado a su rigor absoluto, a verla lavarse las manos constantemente, a sus pequeñas manías de limpieza y orden compulsivo, a cambio de una mente clara y resolutiva, de un cierto principio de honor y honestidad en ella, que le hacía dirigirse a los demás con equilibrio e incluso empatía, a pesar de su rango elevado en la Comandancia. Profesionalmente solo podía achacarle una completa inutilidad para temas informáticos, y una escasísima flexibilidad para las faltas de puntualidad. En esto no era razonable: si una noche había que quedarse un par de horas de más, ¿qué problema había en llegar medianamente tarde por la mañana? ¿Acaso ella no tenía familia? Lo cierto es que Riveiro sabía muy poco de la vida privada de la teniente Redondo. Ella vivía en Santander, en un apartamento prácticamente en frente de la playa del Camello, y tenía un novio, ¿o no? Uno de esos que se nombran casi de casualidad, pero que nunca has visto. Era una mujer reservada para su verdadera, cercana y cálida intimidad.

La teniente se había llevado a Sabadelle a Santillana del Mar y a Comillas, al tiempo que ambos, de paso, custodiaban, de forma discreta y callada, al señor Gordon. Era mejor tenerlo controlado, por si acaso. Otro de los agentes de la Sección de Investigación, el cabo Roberto Camargo, acababa de llamarle desde el registro de la propiedad de Torrelavega confirmando lo que ya Oliver les había dicho en relación con Villa Marina, en cuanto a titularidades y cambio de propietarios de la vivienda. Toda la información debía ser contrastada, y Redondo, que ya había sido informada por radio, había decidido enviar a Camargo a verificar la información legal con el abogado San Román en Santander, además de con el asesor jurídico de la Guardia Civil. Había ordenado también, ya desde el día anterior, que otros dos agentes, Marta Torres y Alberto Zubizarreta, se desplazasen a Suances para indagar sobre el estilo de vida y amistades de Pedro Salas Díaz, el fallecido que habían encontrado flotando y varado en el espigón pequeño de la ría, para que estos entrevistasen a los marineros y pescadores, a los conocidos de la víctima y al dueño de la taberna La Chalana, donde al parecer iba Pedro Salas a desayunar todas las mañanas.

La teniente Redondo, por supuesto, no se había olvidado de encomendar tareas al sargento Riveiro, que era al que ella en realidad consideraba su mano derecha, con quien mejor entendimiento tenía, y sobre el que había delegado las tareas que consideraba más importantes: él ya había requerido la disposición de los informes técnicos sobre el ordenador del fallecido, incluyendo detalles sobre su contenido y archivos, aunque no los tendría disponibles hasta el mediodía. Dado que del teléfono móvil de Pedro Salas tampoco se había podido obtener información concluyente, había solicitado al juez Talavera autorización para cursar una orden a la compañía telefónica: debían identificar las últimas llamadas, que constaban realizadas a un móvil no registrado en la agenda y que ahora parecía no estar operativo; tendrían también que rastrear el contenido de los mensajes borrados. Investigarlo todo, absolutamente todo. Por suerte, el juez Talavera siempre había resultado ser un magistrado colaborador, pragmático y solícito: sabían que eso era un punto muy fuerte a su favor, y haría que la investigación se desarrollase mucho más ágilmente.

Diez y media de la mañana.

Riveiro ya empezaba a necesitar, con urgencia, una dosis de cafeína. Se había levantado especialmente pronto. Aquella mañana se había despedido más temprano de lo habitual de su mujer, Ruth, a la que había dejado somnolienta en la cama, ronroneando algo suave e ininteligible entre sueños, y se había dirigido a la zona del espigón de Suances para estar allí antes de las siete de la madrugada. Había tomado como provisión un café con leche caliente para llevar y un par de sobaos de los que su mujer compraba siempre en Casa Borona, en Torrelavega. Sencillamente, para él, eran los mejores sobaos del mundo, y lo devolvían a su niñez, cuando visitaba a sus abuelos maternos en Vega de Pas, y la misma Casa Borona surtía allí sus desayunos y sus meriendas. El olor de las quesadas pasiegas recién hechas, que emanaban de aquel taller artesano, inundaba las calles empedradas, y a él, aquel aroma comestible y acogedor siempre lo trasladaba, de forma instantánea, al regazo de su madre y a las vistas de los inmensos y frescos prados montañosos de Vega de Pas.

Pero aquella mañana madrugadora, desde su coche patrulla, su imaginación no había volado hacia su infancia, sino que se había concentrado en terminar su improvisado desayuno y, especialmente, en observar de forma analítica a todo aquel que había pasado cerca del espigón, que no venía a ser más que un largo muelle que arrancaba en la playa de la Ribera y seguía su camino perfilando el borde y final de la gran playa de la Concha, hasta terminar casi donde lo hacía la Ría de San Martín de la Arena, bordeando la entrada al mar Cantábrico. Tanto él como la teniente Redondo sabían, por experiencia, que las personas se vinculaban a hábitos diarios, como referente de seguridad, de orden y de confianza, y que era posible que, en la franja horaria entre las siete y las nueve de la mañana, alguien hubiese visto u oído algo anómalo días atrás, cuando habían asesinado a Pedro Salas, sin que ese *alguien* se hubiese decidido a decir nada a la Guardia Civil. Era lo habitual: nadie quería complicarse la vida ni meterse en problemas de forma gratuita. Pero la teniente Redondo estaba convencida de que alguna persona debía de pasar habitualmente en ese tramo horario por allí, ya fuese haciendo ejercicio, o repartiendo el pan, o paseando al perro, de manera que había decidido enviarlo a él, que por su parte también lo había solicitado expresamente, a verificar esta posibilidad.

Sin embargo, hasta las ocho de la mañana, Riveiro apenas apreció vida en las inmediaciones del espigón, salvo los barcos que salían de pesca y unos adolescentes que volvían de borrachera desde el paseo de la playa de la Concha. Se preguntó dónde estarían sus padres; ni siquiera era, todavía, fin de semana, y los chavales le parecieron muy jóvenes. Quizá se hacía viejo y antiguo, pero el mundo empezaba a girar demasiado rápido. Pensó en sus hijos, de siete y nueve años, y un escalofrío le dio un suave latigazo en la espalda. Su hijo mayor iba a hacer la comunión muy pronto: ¿eran suficientes los valores que él creía darle en casa? Y la religión, ¿sería suficiente o directamente innecesaria? Los libros de catequesis de su hijo, que había ojeado con curiosidad, tampoco le parecían muy resolutivos para la vida moderna.

Apartó estos pensamientos de su cabeza y se concentró en el caso que le había hecho madrugar. Lamentó que el espigón estuviese tan alejado de la zona de apartamentos de veraneo. En la zona inmediata, solo había hoteles y restaurantes, y estos últimos, a horas tan tempranas, estaban cerrados.

Había otro detalle que lo inquietaba: el ruido. ¿Cómo era posible que nadie hubiese escuchado el disparo? Precisamente, con aquella calma y silencio mañanero, un disparo debería de haber llamado la atención de algún tímpano madrugador. ¿Habría utilizado silenciador el asesino? Imposible saberlo, de momento.

Riveiro estudió detenidamente la zona. El local más próximo era el restaurante La Cabaña, completamente acristalado y con buenas vistas sobre el espigón, pero entre las siete y las nueve de la mañana de un domingo debía de estar, sin duda, cerrado a cal y canto.

Los hoteles más inmediatos a la zona eran el pequeño hotel de la Concha de Suances, de color amarillo claro, casi verde limón, y el hotel Soraya, que en contraposición era mucho más grande y navegaba entre colores blanco y azul marino. A partir de las nueve había decidido que iría a estos hoteles para verificar si algún cliente podía haber visto o escuchado algo extraño, aunque los turistas no eran especialmente madrugadores. Quizá, incluso, se acercase a hoteles un poco más alejados, como el Sydney o el del Muelle de Suances, por si acaso. Más tarde, entrevistaría personalmente a los hijos del fallecido, aunque ya les habían sometido al interrogatorio de rigor. Tenía que encontrar algo, algún vínculo, una mínima conexión entre Pedro Salas y Villa Marina.

Finalmente, tras interrogar a un jubilado que al parecer paseaba su Golden Retriever puntualmente a las 8.15 por la playa de la Concha, a una musculadísima joven que hacía carreras sin descanso de una punta a otra de la misma playa, y al repartidor de cruasanes y churros de la zona, el sargento empezó a desesperarse, ya que nadie parecía haber visto nada que llamase la atención. Sin embargo, uno de los viejos pescadores que se asentaba en el muelle que conformaba el espigón, y que se identificó como Antonio Rúa, le explicó que, como otros muchos vecinos, conocía a Pedro Salas, y que este, muchos domingos, acudía a pescar al largo muro de piedra donde estaban. No dejaba de ser curioso que, en su día libre, un marinero tuviese afición por pescar a caña o a línea, pero así era. Sin embargo, aquel domingo del asesinato, Antonio Rúa no había ido al muelle por tener otras ocupaciones y por estar el mar tan quieto y parado que no preveía que fuese a haber pesca. Esto le llamó la atención a Riveiro: ¿por qué iría entonces Pedro Salas al espigón aquel domingo? ¿A pescar? Era posible. Pero ¿por qué ir un día en que cualquier buen pescador, como Antonio Rúa, podría prever irse con el cesto vacío? Aquella información que Antonio Rúa le había dado era especialmente interesante, porque, además, le había abierto la mente a una explicación plausible sobre por qué nadie, durante todo un día y una noche, había visto el cadáver en el agua: con el mar tranquilo, casi estancado, y con multitud de algas bordeando el espigón, un cuerpo podría camuflarse fácilmente, incluso ser confundido con un tronco. Antonio Rúa, además, le dijo a Riveiro que estaba convencido de que, muy pronto, habría tormenta y el mar de fondo arrancaría la quietud de los fondos salinos y los removería con furia, dentro y fuera de la ría. Lo que tenían ahora, aquella niebla pesada y aquel silencio, no era más que esa típica quietud, extraña e inquietante, previa a la tormenta. Cuando el mar volviese a su estado de agitación natural, tanto a la altura de la Isla de los Conejos como en la propia desembocadura de la ría, los surfistas jugarían a correr con sus tablas sobre el espigón y arrojarse al mar, buscando olas modestas pero bravas, más diminutas que las de la playa de los Locos.

Riveiro suspiró. Interrogó a otro par de pescadores pero no pudo obtener ninguna información adicional que le resultase útil. Incansable, fue a hablar con los responsables disponibles de los hoteles inmediatos, que, tan temprano, eran en su mayoría simples recepcionistas. Ayudado por su placa, les dejó meridianamente claro que necesitaba que recabasen información y listados de los clientes que ya estuviesen hospedados desde el sábado por la noche, puesto que el asesinato había tenido lugar entre las siete y las nueve de la mañana del domingo. Tendría que esperar el envío de las listas de clientes vía fax. Siempre recabando información, siempre esperando. Se dirigió al cuartel de la Guardia Civil de Suances: allí habían sido citados los hijos del fallecido, tal y como la teniente Redondo había ordenado.

Sin embargo, tras volver a interrogarles, y pudiendo confirmar que, en efecto, algún domingo Pedro Salas se acercaba con su caña al espigón, solo pudo concluir que, a pesar de la aparente normalidad en el estilo de vida del fallecido, este manejaba más dinero del que inicialmente podría corresponderle a un marinero a punto de jubilarse. Su hija, desempleada y con dos criaturas, le dijo entre sollozos que su pobre padre le entregaba en mano, al menos, doscientos y hasta trescientos euros mensuales. Exactamente lo mismo que manifestó su otro hijo, un mecánico ahora también desempleado, aunque sin cargas familiares.

Durante el interrogatorio, la hija de Pedro Salas, Rebeca, había resultado ser mucho más comunicativa que su hermano:

—Yo me dije: Rebeca, papá tiene que estar pasando

apuros por ayudarnos a nosotros. Yo no quería el dinero, ¿sabe? Pero él, el pobre, ¡insistía tanto!

—¿Y nunca le dijo de dónde sacaba el dinero? ¿Nunca se lo preguntó?

—Sí, señor sargento, claro que se lo pregunté. Usted dirá, era mi padre, el pobrecito. Yo me decía: Rebeca, aquí hay algo raro. Y le preguntaba que cómo era que le llegaba para todo, y que si él no necesitaba nada. Y él decía que tenía ahorros guardados, que él no gastaba nada más que el alquiler, la luz y el agua, que eran poca cosa.

—Ya veo. ¿Y no observó alguna conducta rara últimamente, algún cambio en su comportamiento o en sus hábitos? ¿Quizás alguna nueva amistad?

—Uy, no, señor sargento. Mi padre era muy suyo, pero el pobrecito no hacía más que ir de casa al puerto y al revés, y como mucho a la taberna, para el desayuno a la vuelta de la marea. La última vez que lo vi —y aquí la mujer se interrumpió en un sollozo húmedo, acompañado de suaves hipidos, que a Riveiro le parecieron sinceros— fue el sábado, y lo vi más contento si cabe que de costumbre. Yo me dije: Rebeca, papá se ha echado una mozuca. Y le pregunté, pero me dijo que no, que no estaba él para esas tonterías. Y yo hasta le insistí, que sabía que tenía el internet en casa, y a ver si era que había conocido alguna sudamericana o así por ahí, pero no, me dijo que eso ni lo usaba.

—Es curioso que su padre tuviese ordenador e internet. Con sesenta y cuatro años, toda la vida marinero... ¿hizo algún curso?

—¡Ay no, señor sargento! Es que en el edificio tenían el wifi ese, él no pagaba nada. El ordenador era el que antes tenía mi Pedrito —dijo la mujer dulcificando el gesto, refiriéndose a su hijo—, y lo dejamos allí para que se entretuviese el niño cuando se quedaba con el abuelo alguna tarde. Ya sabe, para jugar a los juegos estos de ordenadores... alguna vez para hacer los deberes, ya ve. Mi niño le explicaba al abuelo cómo funcionaba el aparato para pedir cita al médico, ver las cosas del banco, lo de las mareas... qué pena. Ya nunca más.

Riveiro había masticado las palabras del interrogatorio buscando respuestas: la hija del fallecido, Rebeca, parecía ser transparente, de mente sencilla. Ahora, que ya se había marchado, y que, además, iba a disponer del cuerpo de su padre para el entierro, Riveiro sintió que se había quedado con más preguntas que al principio. Recapituló mentalmente los datos de que disponía. Sintetizando, el bueno de Pedro Salas se desprendía de unos quinientos o seiscientos euros al mes, moneda arriba o moneda abajo, a favor de sus hijos. Siempre. Sin más. Los agentes que estaban investigando por Suances en la taberna La Chalana le habían informado ya de que no solo pagaba religiosamente sus cuentas, sino de que, de vez en cuando, invitaba a las rondas al personal: encima, era o iba de simpático. Y en el registro de su vivienda, de alquiler, el propio Riveiro había podido verificar que no faltaba de nada: televisiones de pantalla plana, mobiliario moderno y una instalación de calefacción de gas natural reciente... con un salario de apenas mil doscientos euros mensuales. La discordancia era evidente. No existían alardes externos de opulencia, pero sí había abundancia. Por supuesto, el sargento Riveiro no era estúpido. Sabía que los marineros podían, perfectamente, cobrar parte de su salario en dinero B, o incluso obtener ganancias extras vendiendo mercancía a los vecinos y a los restaurantes locales, pero no para acumular cantidades potentes y mucho menos tan estables en el tiempo. No. El viejo Pedro Salas tenía que tener una fuente de ingresos extra, aparentemente desconocida, y ya no le cabía duda de que la investigación debía orientarse por esa vereda. Ya había solicitado, también con el visto bueno de la teniente Redondo, autorización del juez Talavera para revisar el estado de las cuentas bancarias, aunque daba por hecho que cualquier ingreso no oficial no habría sido reflejado en los ahorros del viejo marinero.

¿Podría estar vinculado a asuntos de contrabando? No

parecía descabellado: entrada de drogas por vía marítima, la historia más vieja del mundo. Pero Pedro Salas ni siquiera estaba fichado, ni por una multa de tráfico, nada. Los chivatos y contactos que tenían en Torrelavega y Santander, vinculados a drogas, mafias y delincuencia, aseguraban desconocer a Pedro Salas Díaz. El sargento pensaba en silencio: ¿qué secreto escondías, amigo?

Doce de la mañana.

El sol había empezado a romper la neblina, aunque ya no se prometía un día caluroso, sino de esos en los que a la playa se baja solo por el mero hecho de disfrutarla, de caminarla, de jugar con potencia y sin descanso a las palas, un deporte estival tan arraigado en esta zona como el ancestral de las traineras o los bolos. Quizá el pescador de aquella mañana, Antonio Rúa, tuviese razón y se aproximase una tormenta. Riveiro se dirigió a su coche patrulla para contactar por radio con la teniente, contarle las novedades y solicitar nuevas instrucciones de actuación, aunque parecía que tendrían que esperar a los resultados de los informes informáticos, forenses y telefónicos. Sin embargo, nada más entrar en su vehículo fue él quien recibió la llamada por radio.

—Cabo Maza para sargento Riveiro, ¿me copia?

—Sargento para cabo, diga —replicó Riveiro.

—Tenemos un fallecido por accidente de coche en la calle General, llegando casi a la zona de La Tablía, sargento.

Silencio. Riveiro esperó, y su conducta callada, de momento, solo transmitía un «y a mí qué me cuentas». El cabo Maza continuó:

—Se trata de un médico de Santander jubilado, don David Viesgo. Setenta y dos años. Su mujer había denunciado su desaparición ayer por la noche, porque el hombre no había ido a cenar y no sabía de él desde el mediodía, a pesar de que había quedado que estaría en su casa a las siete... parece que el coche se le fue en una curva y cayó en una zona de mucho desnivel por unos prados, hasta ser frenado por una higuera enorme. Lo ha encontrado esta mañana un ganadero que tiene sueltas vacas por el prado.

—Cabo, ya sabe que en la Sección de Investigación estamos llevando otro asunto, dígame adónde quiere ir a parar. —El tono de Riveiro se desveló abiertamente cansado e impaciente.

—Lo sé, sargento, por eso mismo lo llamaba, por si fuese importante para el caso. He intentado hablar con la teniente Redondo pero no contesta ni en la radio ni en el móvil.

—Debe tenerlo silenciado, iba a ver a las Clarisas.

—Ya. Pues, sargento, la mujer del fallecido nos dijo que lo último que este iba a hacer ayer era visitar la casa de los Ongayo en Comillas. Por eso yo lo llamaba, por si acaso... por si fuese importante. ¿No eran esos los antiguos propietarios de Villa Marina? —concluyó el cabo Maza, dejando el interrogante en el aire, casi disculpándose, dudando sobre si había metido la pata, contactando con un superior de la Comandancia por un simple accidente de tráfico. Riveiro se quedó estupefacto dos segundos, pero continuó normalmente la conversación.

—Ha hecho muy bien en avisarme, Maza. Lo felicito. ¿Ya ha ido la comisión judicial y se ha levantado el cadáver?

—Sí, sargento, ya se lo han llevado al Instituto de Medicina Legal. Ha sido después, cuando hablamos con la viuda, cuando nos dimos cuenta del detalle de la visita a los Ongayo, aunque esto parece ser un lamentable accidente de tráfico. Quizá al médico le diese un infarto mientras conducía. A saber, no hemos visto marcas de frenada ni restos de posible impacto con otro vehículo.

—De acuerdo, Maza. Si averigua algo más que pudiese ser de interés, avíseme enseguida. Envíeme un informe sobre las declaraciones de la viuda lo antes posible. Es muy posible que la interrogue personalmente, pero avánceme el material. De momento, iré al Instituto de Medicina Legal, a ver qué nos cuentan.

—Sí, sargento.

—Y Maza...

—Diga, sargento.

—Buen trabajo.

—Sí, sargento.

Riveiro supo que el cabo Maza, al otro lado de la radio, sonreía. Un buen muchacho el cabo de Suances, pensó. Pero el jodido asunto se estaba enredando a una velocidad de vértigo. Si, finalmente, el fallecido en el accidente estuviese vinculado al caso de Villa Marina, podrían estar ante un caso grave y de gran difusión mediática. ¿Y si hubiese sido asesinado? ¿No eran demasiadas coincidencias? Demasiados cadáveres para una misma semana. De todos modos, dudaba de que se tratase de un asesino en serie: no estaría dejando el suficiente tiempo de enfriamiento entre los supuestos crímenes, que tampoco estarían siguiendo una pauta similar. Salvo que el patrón común, el vínculo, no fuese el *modus operandi* del asesino, sino las propias víctimas, unidas por un lazo invisible, por un nexo común.

Tenía que contactar lo antes posible con la teniente Redondo. Decidió arrancar el vehículo y dirigirse ya al Instituto de Medicina Legal de Cantabria, a hacer una visita a Clara Múgica y ver qué podía haber pasado con el viejo médico. Estaba seguro de que la teniente lo aprobaría; no le gustaba que nadie perdiese el tiempo, y a él le dejaba cierta amplitud de movimientos y autonomía cuando se seguía una investigación.

Cuando, por fin, casi a la una del mediodía, el sargento Riveiro logró contactar por teléfono móvil con la teniente Redondo, resultó que ambos tenían novedades. La teniente había decidido seguir sola el trabajo de investigación en Comillas, acompañada por Oliver Gordon, y enviar al subteniente Sabadelle al Museo de Prehistoria y Arqueología de Cantabria, así como a la universidad, a la Facultad de Filosofía y Letras, donde quizá los catedráticos de historia pudiesen ayudarles, dado que de las gestiones con las Clarisas no habían obtenido resultados positivos. No quería perder el tiempo: necesitaba que Sabadelle siguiese investigando a Tlaloc y que averiguase qué podía significar aquel dios mexicano en Villa Marina. Riveiro sonrió, silencioso. Sabía que la teniente soportaba solo ligeramente a Sabadelle. Eran como agua y aceite. Ella, perfeccionista, moderada en sus formas, entregada a su trabajo. Él, relajado, grosero a veces, deseando siempre terminar la jornada para ensayar en un extraño grupo de teatro independiente en el que colaboraba. Cuando lo había conocido, Riveiro, a pesar de sus años como investigador, jamás hubiese sospechado que la secreta aspiración del huraño Santiago Sabadelle fuese la de ser actor. El mundo era sorprendente.

La teniente aprobó la actuación de Riveiro de ir inmediatamente al Instituto de Medicina Legal de Cantabria, no solo para indagar toda la información disponible del nuevo fallecido, sino para ver si ya había habido alguna novedad en cuanto a las pruebas forenses de los anteriores. Valentina Redondo fue clara: al terminar la jornada contactarían para explicarse las novedades, y, al día siguiente, a las ocho de la mañana, quería a todos los agentes de la Sección de Investigación de la UOPJ en la Comandancia de Cantabria en Santander para poner en común todos los hallazgos, indicios e intuiciones.

De acuerdo, pensó Riveiro: ¿hallazgos, indicios e intuiciones? De las últimas, tenía unas cuantas. El sargento recordó las partidas de dominó que, dirigidas por su abuelo, entretenían las frías tardes de invierno en Vega de Pas. A Riveiro no le gustaba jugar. Lo que le gustaba era poner en fila las veintiocho fichas, dejando de primera a la blanca, que no tenía punto alguno, para darle el empuje mortal y seguir, hipnotizado, el desmoronamiento progresivo de las piezas, que, como soldados en formación, caían sin remedio una tras otra, mostrando así una hilera de caras blancas y numeradas, mientras el envés negro reposaba sobre la mesa, rendido. El sargento, mientras aparcaba ya enfrente del Instituto de Medicina Legal, pensaba rápido:

en caso de que el nuevo fallecido no hubiese muerto por accidente, su particular juego de dominó no había hecho más que empezar a derrumbar piezas, de forma inflexible y rápida. Pero tenía claro el origen, el detonante, la ficha blanca del juego que empezaba a tumbar a las demás: el Ángel de Villa Marina.

Diario (7)

Luis observa, desde los muretes de piedra del puerto de Comillas, embelesado, a Jana. Él tiene quince años: ya es un hombre. Tiene un cuerpo delgado y fibroso, fuerte, que se empieza a perfilar a base de trabajo duro, y un torso tostado con ese moreno que solo da el sol cuando entremezcla sus rayos con muchas horas de salitre. Pelo denso y moreno, ensortijado, facciones angulosas, labios finos. Ha regresado a primera hora de su trabajo en el mar, y esta mañana termina la jornada remendando redes bajo el sol suave del mes de abril. Imposible apartar la mirada.

Es hermosa. Ya casi tiene once años, y juega a ser mujer mientras tiende a blanquear la ropa bajo el sol fresco que solo habita en las tierras del Norte. Parece bailar sobre la hierba, sobre el prado inmenso que llega hasta los breves acantilados, mortales por definición, verticales, abismales. Le ha sido dado el don de la belleza, pero parece que ella aún no lo sabe, y regala su delicada presencia a las almas embrutecidas que la rodean. Descalza, termina de tender la colada que ha lavado a mano, que ha estrujado ya cien veces entre sus manos. Parece tan mayor, tan adulta. Luis la observa con sus ojos azul marino salvaje y el tiempo parece detenerse: se olvida de todo pasado y futuro inmediato y solo puede mirarla, encandilado por su naturaleza femenina.

Él nunca ve que ella se detenga para descansar, y eso que nunca es una gran cantidad de tiempo. Hay algo en su manera de moverse y de mirar, furtiva, desconfiada y sabia, que le inquieta: le hace sentir pequeño e inseguro. Está enamorado con la fuerza inquebrantable del adolescente.

Luis no es estúpido: sabe que es, todavía, demasiado pronto. Pero también sabe que el tiempo es una rueda imparable y que llegará su momento. Y sabe que Jana le devuelve miradas largas y limpias, y que, cuando pueden charlar, su sonrisa es más amplia para él que para los demás.

Luis, que no es más que un sencillo pescador que vive con su madre viuda, sueña despierto. Sueña con pedirle que se case con él, sueña con dejarla bailar sobre la hierba todos los días del mundo y con que Jana solo desee estar a su lado, mientras las guerras de la Tierra lo permitan. Ella quizá no necesite ser salvada, pero él le dará el abrazo más cálido de todos, le dará algo en que creer, algo tangible, todo aquello que su familia y su Dios no han podido darle. Está seguro de que el amor y la sencillez de su compañía serán suficientes: el futuro es un lugar inmenso.

Hoy, aunque es ya habitual que Luis se quede con el alma apretada espiando abiertamente a Jana, no es un día cualquiera. Hoy, 1 de abril del año 1939, los libros de historia dirán que ha terminado la guerra, y la radio de los sublevados —Radio Nacional de España— difundirá el último parte de la guerra civil española:

«En el día de hoy, cautivo y desarmado el ejército rojo, han alcanzado las tropas nacionales sus últimos objetivos militares. La guerra ha terminado. Burgos, 1.° de abril, año de la victoria. El Generalísimo. Francisco Franco Bahamonde».

La taberna de la tía Amparo, tras el anuncio radiofónico, se llena a reventar. Todos, incluido Luis y algunos rojos que paulatinamente hace ya semanas y meses que han dejado *oficialmente* de serlo, celebran el final del conflicto civil: un fin solo puede significar un nuevo principio. Sin embargo, los republicanos que aún no han huido, ni han sido fusilados ni están en la cárcel, permanecen en su tierruca, agazapados, esperando un rescate internacional, una reacción de los compañeros que ya están a salvo, una reorganización. Pero la salvación no llegará, y a cambio, se nutrirán los montes de Cantabria de héroes cada vez más solitarios, en una guerra cada vez más fría.

La prensa, censurada, se limitó a divulgar la imagen de un país ya pacificado, minimizando la difusión de la propia existencia de esta última e impresionante resistencia armada, y tratando sus numerosas acciones como actos de bandidaje. David, el hermano mayor de Jana, con el tiempo, también terminó echándose al monte para labrar su propio camino de justicia, en una guerra paralela y larga, oficialmente inexistente, escondiéndose en grietas de montañas, en zanjas de la tierra, en lodazales de los márgenes de los ríos, mientras la Guardia Civil le seguía el paso. Pero, antes de que eso ocurriese, otros muchos trazos dibujaron esta historia.

Debes disculparme; temo que mi memoria no siempre rememora el pasado de forma lineal. Todavía paseábamos por el mes de abril de 1939. Oh, si pudieses verla, te estremecería su belleza: Comillas es un lugar espectacular. Su nombre celta susurra, entre secretos que guarda la etimología, que es un pueblo costero asentado entre tres colinas suaves. Sobre una de ellas, la Cardosa, se alza el impactante, señorial y enorme edificio que es el Seminario de San Antonio de Padua, en una mezcla de tonos amarillo arena y negro que recuerdan al ladrillo, y que es un templo de cultivo de sacerdotes. Esta cuna de sacerdocio, con el tiempo, será la famosa Universidad Pontificia de Comillas. Otra colina acoge en su cima, dándole nombre, al Palacio de Sobrellano, que, también en tonos ladrillo, aunque más oscuros y plomizos, se alza sólido, imponente, neogótico, dominando, con su toque veneciano y romántico, las vistas sobre Comillas y su gente. Al lado del palacio desafía estereotipos Villa Quijano, que no tardará en ser conocida como el Capricho de Gaudí: una mezcla imposible de estilos árabe, persa y modernista, que sorprende y encoge la retina del que se aventura a curiosear. La última colina no ha escapado de la reciente devastación de la guerra. El Palacio de la Coteruca la coronaba hace solo unos meses, sobrio, cuadriculado, incluso aburrido, pero es solo ya una sombra de recuerdos: los bombarderos han dejado en pie algunos muros limítrofes y un par de torres, que están a punto de besar el suelo.

Las tres colinas dominan una villa señorial que, a pesar de la guerra, aún mantiene caudales adinerados gracias, además de a los indianos retornados con grandes fortunas, a los veranos que el rey Alfonso XII y el XIII la han visitado, ejerciendo de imanes para burgueses y empresarios, que han levantado en este lado del mundo casas y mansiones modernistas entremezcladas con casonas cántabras, desde las que se huele el mar salado del Cantábrico y el suave aroma de la hierba de los verdes prados.

Jana se siente afortunada de vivir con la tía Amparo y el tío Pepe en Comillas. La convivencia es tranquila. Ella va al colegio por las mañanas, donde tres tardes a la semana le enseñan a coser. Casi todo el tiempo restante lo emplea en ayudar en la casa o en limpiar la taberna. Lleva año y medio respirando el aire de esta villa, y ya no echa de menos su vida en Hinojedo. Su padre ha ido a visitarla solo en tres ocasiones; dice que tiene que repartirse con las visitas a sus hermanos, con su trabajo en la fábrica y con el ganado y la huerta. Ella ha decidido creerle y sentir así que el mundo es más amable con ella. Muy de vez en cuando, Jana cruza una carta con su hermano David, que aún no es amigo de letras, y solo sabe de él que crece fuerte, trabaja mucho, y se junta con muchachos mayores. Parece que está acudiendo a asambleas políticas secretas, de corte republicano, pero no detalla gran cosa en sus cartas. Sin embargo, con su hermana Clara cruza correo al menos una vez cada dos meses, aunque, con la guerra, no siempre llegan las cartas cuando deben. Hay ocasiones que, incluso, pasan tres meses sin que sepan la una de la otra, salvo por conocidos que entregan mensajes en palabras, recuerdos que se sostienen en el aire solo mientras otros los cuentan.

Clara, por mano y caligrafía de la abuela, aunque escribe ya de forma fluida, le cuenta a Jana todo lo que trabaja, lo que está aprendiendo a cocinar, las personas de alta clase que ve ir y venir, los vestidos que otras niñas, nacidas de otras carnes y alcurnias, pueden lucir sin preocupaciones. Le cuenta la existencia de un mundo donde hay pasteles de nata, muñecas de porcelana, caballitos de madera, restos de bizcocho que nadie reclama en un plato de postre. Le cuenta que, cuando crezca, no le fallará, que será el Padre Zorro, que cuida de los suyos en su madriguera, y que la rescatará de las mazmorras del castillo en el que se encuentre. Palabras de una niña de doce años.

La tía Amparo, de paso que escribe a su hermana Julia, contesta las cartas a Clara por boca de Jana, aunque esta ya sabe escribir perfectamente, y que dice que, tras estas largas vacaciones, desea que todos vuelvan a estar juntos, aunque le gusta ya más vivir en Comillas, rodeada de ambiente marinero, del trasiego y la vida de la taberna, del olor a pescado fresco, que al principio aborrecía, y que ahora disfruta con cada marea. La tía Amparo se derrite. Jana ya es como la hija que no tuvo, un regalo tardío; y eso que, al principio, casi la devuelven porque no dejaba de tener desmayos y pesadillas. Podía pasarse horas sin sentido; lo recuperaba y volvía a perderlo pasados unos minutos. Era una niña extraña: a veces la sorprendían con la mirada perdida, fría, inexpresiva, inquietante. Después, poco a poco, fue haciéndose a aquel lugar, a su habitación propia, a las tareas domésticas, al olor del mar. Incluso le compraron dos vestidos, y Jana bailaba con ellos por el pasillo de la casa, diciendo que era como una princesa y que, si no lo era, tendría que buscar un príncipe encantado, que la estaría esperando en algún rincón secreto.

Esta mañana, recién terminada la guerra de forma oficial, a Jana no le espera ningún príncipe, sino un joven marinero, Luis, que, con otros chiquillos y niñas del pueblo, corren por la costa gritando que se ha terminado la guerra. A Jana le dan permiso para unirse al grupo. Hoy, niños y niñas pueden juntarse para gritar y cantar un final.

Cuando el grupo está ya casi llegando a la playa de arena dorada de Comillas, se toma un descanso, y los chicos sacan de los bolsillos tabaco de liar. Luis se acerca a Jana.

—Qué guapa estás hoy.

—Descarado —le reprocha Jana con una sonrisa.

—Estás hecha una mujeruca —continúa él, haciendo caso omiso.

—Pues serás pesado. Claro, es que ya soy casi una mujer. ¿No lías tabaco? —le pregunta, señalando con la cabeza a los otros chicos, al tiempo que las niñas les observan, entre risas y murmullos. Parece que hoy todo es alegría.

—No, prefiero charlar contigo. A ver si te consigo enfadar, que estás más guapa.

—Serás tonto... hueles a pescado.

—Claro. Vengo de trabajar —contesta él con un punto de orgullo herido. ¿No ve que es un hombre que gana un jornal? El gesto de sorna de su cara se torna serio. Jana comprende la ofensa. Lo arregla con un acercamiento: ya sabe, tan joven, del uso fácil de armas de mujer.

—¿Sabes que he soñado con eso esta noche? —le pregunta a Luis, señalando, con la cabeza, una mansión, de corte inglés, espectacular, que se asienta en una cima de prados verdes próxima a la playa y con vistas inmensas sobre el mar.

—Con qué, ¿con la Casa del Duque? —pregunta Luis, volviendo la vista hacia donde ella lo ha hecho, sorprendido y enarcando las cejas.

—Sí. Soñé que vivía ahí. Que era la dueña y señora de la casa.

—Pues sí que le salió fina la niña a la señora Amparo. La Casa del Duque. Si aún fuera la de Sobrellano, te trataríamos de princesa —se burla él. Ella hace como si no lo escuchase, y mantiene fija la mirada en la mansión.

—En el sueño la vi por dentro, ¿sabes? Es muy grande. Todo está lleno de vajillas preciosas de la China, criados, jardines, bizcochos y pasteles de chocolate.

—Claro, y de niñas ricas, bonita. ¿Y no había un príncipe encantado de esos que a ti te gustan tanto? Comiendo bollos y poniéndose como un gorrino, como los niños atontados de las casucas como esa —dice Luis, mirando con desdén la mansión victoriana, que, aún en la distancia y a plena luz del día, parece estar llena de recovecos y misterios.

—Tú qué sabrás. Tú solo sabes de pescados.

—Sí, de los que se comen y por los que pagan. De sueños de niñas tontas que se creen princesas, ya ves, casi no sé nada.

Jana se enfada, con un mohín femenino e infantil.

—Tú sí que eres tonto. No voy a hablar más contigo.

—¿Ves que guapa te pones cuando te consigo enfadar? —sonríe él—. Si eres buena, a lo mejor un día te compro una casuca como esa —le dice, buscando su sonrisa y la curvatura de sus labios.

—Yo no quiero una como esa. Quiero esa.

Luis se ríe de buena gana.

—Mucho habrá que pescar para la señora duquesa.

Jana intenta que no se le note la sonrisa. Pura coquetería: no lo consigue, así que decide dar la espalda a Luis e irse a hablar con las niñas, volviendo la cabeza y atreviéndose, divertida, a sacar la lengua a su Romeo, que parece feliz con la provocación.

Jana disfruta inmensamente estos días en Comillas, guardándolos en una de esas estanterías intocables de la memoria, acariciándolos, de vez en cuando, como terciopelo suave y cálido, para volverlos a dejar en el mismo lugar de refugio acogedor. Pero la celebración y la alegría inmensa, contagiosa, por el final de la guerra, no es más que un espejismo. La oscuridad de un fin es siempre la luz de un nuevo comienzo, pero los inicios inesperados no siempre nos complacen.

Fin de una guerra. Comienzo de una larga, miserable y oscurísima posguerra, con cientos de republicanos llenando los montes, o escondidos entre falsos tabiques, o en sótanos, o en buhardillas. Se pagará caro no ser vencedor en esta guerra entre mortales de misma bandera. Los que se han exiliado disfrutarán de algo más de sosiego, pero poco. Muchos lucharán contra los nazis en la segunda guerra mundial, para la que solo quedan unos meses. Podría contarte cómo la Unidad Número Uno de la Compañía Española, repleta de republicanos, desembarcó en Normandía, o cómo La Nueve, también española y de color rojo, fue una de las divisiones blindadas más heroicas de esta otra guerra, pero esa ya es otra historia del otro lado del cristal.

Fin de un tiempo de enfrentamiento civil abierto, oficial y encarnizado.

Fin de unas vacaciones. Te esperan. Regresas a casa, Jana.

Las mujeres con pasado y los hombres con futuro son las personas más interesantes.

CHAVELA VARGAS (1919-2012)

Valentina Redondo sintió la vibración de su teléfono móvil. Riveiro la llamaba. Ella estaba sentada en la terraza de la cafetería Rosalía, situada prácticamente enfrente del monasterio de las Clarisas de Santillana del Mar, justo a la entrada del casco histórico y monumental; había decidido que comerían algo rápido antes de salir para Comillas. Sabadelle acababa de ser recogido por un coche patrulla de la zona; la teniente esperaba de verdad que él pudiese establecer el vínculo entre Tlaloc y Villa Marina.

Valentina atendió inmediatamente la llamada del sargento, al tiempo que retiraba el «modo silencio» de su móvil: otro cadáver, esta vez de un viejo médico que aparentemente había tenido un accidente de circulación tras una reunión con la señora Ongayo. Todavía no estaba claro si había sido realmente un trágico percance al volante; la volvería a llamar cuando terminase en el Instituto de Medicina Legal de Cantabria. En todo caso, ella ya tenía otra cuestión que añadir a la lista cuando interrogara a la vieja dama. La noche anterior había investigado todo lo posible sobre la anciana: ochenta y cinco años y una vida de película.

—Está usted ensimismada —dijo Oliver, afable, acercándose a la mesa y tomando asiento, ya de vuelta de la barra, a donde había ido a pedir unos sándwiches calientes.

La teniente le devolvió el toque de cercanía con una ligera sonrisa, que enseguida terció a la seriedad del vínculo profesional. Decidió no decirle nada a Oliver, de momento, sobre el nuevo fallecido; quizá se tratase solo de una penosa casualidad.

—Pensaba en la señora Ongayo. Por lo que he podido averiguar, entre nuestros ficheros y gracias a nuestros compañeros de Comillas, se ha pasado la vida mostrando una gran generosidad con su entorno, haciendo cenas y galas de caridad, promoviendo comedores sociales, apadrinando niños y ejerciendo de mecenas para varios artistas.

—Casi una Teresa de Calculta en tierras del norte —comentó Oliver, pensativo—. Aun así, sigue siendo raro; me refiero a lo de regalarle la casa a mis abuelos. Demasiada generosidad, ¿no le parece?

—Sí, estoy de acuerdo, Oliver, aunque a veces la realidad supera nuestros sueños, créame, las cosas más absurdas suceden todos los días, y por nuestro trabajo somos testigos de las mayores audacias, de las más tremendas necedades, de cosas que uno no entendería como creíbles ni en un guión de película de ciencia ficción.

—Me lo imagino —asintió Oliver, risueño—. El suyo debe de ser un trabajo apasionante.

—No crea. Gran parte de nuestro tiempo no se aplica a investigar dioses aztecas, ni cadáveres infantiles momificados —replicó, al tiempo que se afanaba en cuadrar en ángulo recto el servilletero sobre la mesa de la cafetería—, sino a otro tipo de delitos, la mayoría sórdidos y duros, para los que tenemos que hacer el mismo o más esfuerzo, procesando adecuadamente las pruebas, guardando su cadena de custodia, solicitando diligencias y redactando informes.

Oliver miraba a la teniente Redondo admirado. Hablaba con serenidad, emanaba cordura y calma, y su conversación era interesante, a pesar de su evidente obsesión por el orden de todo aquello que la rodeaba. Al final, a pesar de sus grises expectativas, el día con la neurótica quizá no resultase tan malo. Ni siquiera le desconcertaba ya la descompensación de color en la mirada de la teniente.

—Cuénteme, por favor, más cosas de la señora Ongayo. Quiero decir, todo aquello que me pueda contar. Comprenda que acabo de enterarme de un montón de historias absurdas y extrañas de mi familia. Necesito información. Necesito saber.

—Lo comprendo. En todo caso, no hay ningún dato sobre la señora Ongayo que considere confidencial y que no pueda proporcionarle.

—La escucho —replicó Oliver, expectante.

—No tenemos, de momento, mucha información sobre su juventud. Sabemos que se crió en un pueblecito del municipio de Suances, y que vivió una infancia humilde, sin reseñas de interés, al parecer. Trabajó como sirvienta en algunas casas antes de servir en Villa Marina.

—¿Una criada? ¿Fue sirvienta en Villa Marina? Pero ¿cómo puede ser? ¿No era rica? —objetó Oliver, atónito, mientras el camarero les servía ya los sándwiches. Redondo sonrió, casi divertida. Era como contarle una historia a un niño, que se asombraba a cada paso.

—Trabajó solo durante un año o dos; no he podido confirmarlo todavía. Después, se casó con el hijo mayor de los Ongayo, familia que, como sabe, había hecho gran parte de su fortuna en Uruguay. Al casarse, desechó su apellido, Fernández, y adoptó el de su marido. Con él, creó el imperio de Bocartes Ongayo; habrá visto el logotipo en muchos carteles de publicidad, imagino.

—¿Las anchoas Ongayo son de esta señora? ¡No había caído! Supuse que era un apellido típico por aquí.

—Y lo es, pero no tanto. En todo caso, las anchoas Ongayo, como dice usted, pertenecen al imperio empresarial que montó esta mujer con su marido. Tienen fábricas en varios puntos de la costa cántabra, y exportan la materia incluso hasta a Oriente: lo vi ayer en internet —aclaró Redondo, sin pretensión de mostrarle a Oliver sofisticados alardes de investigación.

—Pues sí que deben ser ricos entonces.

—Sin duda. Pero no solo por Bocartes Ongayo, sino

por otros muchos negocios que ella ha desarrollado en Uruguay y en Chile.

—¿Ella?

—Se quedó viuda al poco tiempo de casarse, de modo que yo entiendo que el cerebro empresarial, sin duda, es ella. Volvió a contraer matrimonio más tarde, con acierto de enlace casi de carácter monárquico, diría yo, con otro poderoso del mundo de los bocartes, absorbiendo Bocartes Ongayo la empresa del nuevo marido y pasando ambos a residir en Comillas, en la casa a la que ahora nos dirigimos, y donde, si los datos del padrón no fallan, lleva viviendo más de cuarenta años.

Oliver se quedó pensativo unos segundos.

—¿Y cómo es que le siguen llamando señora Ongayo? Si se volvió a casar...

—Imagino que será por lo de los bocartes, Oliver. Ella adoptó el apellido de su primer marido, y quizá desechase la idea de tomar prestado el del segundo porque a aquellas alturas, posiblemente, ya la conocerían en todas partes como la señora Ongayo. De todos modos, parece que se volvió a quedar viuda cuatro o cinco años después de este segundo casamiento.

—Vaya con la señora. Cualquiera le pide matrimonio. Imagino que tiene que ser todo un personaje, y no debe ser tonta en absoluto.

—No, no debe serlo. Además, se comentaba en Comillas que, por los años cincuenta y sesenta, mantuvo una estrecha relación con Marina de la Vereda Bárcena, aunque esto no he podido confirmarlo.

—¿Marina de la Vereda? ¿Quién es?

—Una espía francesa nacida en Torrelavega, señor Gordon. Cuando terminó la segunda guerra mundial, en 1945, la espía se reconvirtió en algo así como una cazanazis y colaboracionistas del régimen hitleriano, muchos de los cuales habían emigrado apresuradamente a Sudamérica, a las islas Canarias y a la Costa del Sol española. Dada la incesante actividad comercial de la señora Ongayo en Sudamérica, supongo, y esto no es más que una especulación, ella podría haber colaborado con Marina de la Vereda en la tarea de localización de alemanes huidos al término de la guerra.

—Joder —musitó Oliver, asombrado. La teniente Redondo volvió a sonreír.

—Ya le dije que la realidad supera a veces cualquier atrevimiento de nuestros sueños. A menudo vemos sin ver. Hay que indagar, señor Gordon, rascar la superficie.

Y dicho esto, la teniente Redondo, pensativa, cogió cuidadosamente, con una servilleta de papel, su primera mitad de sándwich, comenzando a comer, seguida de Oliver que, reflexivo, echó mano de su comida y la acompañó en el ligero almuerzo, que terminaron en silencio.

Hicieron el camino hacia Comillas hablando del paisaje, de la belleza que se filtraba ante sus ojos teñida del verde de los campos, del gris de las piedras, del azul del mar, que reflejaba el del cielo, intenso y con ramalazos de niebla alta que persistían en el aire. Cuando pasaban el pueblo de Cóbreces, que dejaban progresivamente a su margen izquierdo de la carretera, a Oliver le pareció estar viendo una hermosa aldea suiza, con elegante campanario incluido. Recordó, incluso, embriagado por las imágenes que se sucedían tras la ventanilla del coche, un paraje secreto al que alguna vez lo habían llevado sus abuelos cuando era niño, y compartió este recuerdo con la teniente Redondo. Él y su hermano Guillermo habían disfrutado de una piscina de mar escondida, ovalada, casi circular, rodeada de prados suaves y frondosos. Había una pequeña cueva... ¿cómo demonios se llamaba aquel sitio? Allí sus abuelos se reunían con algunos amigos, lo recordaba bien, mientras ellos jugaban a correr, a esconderse, a saltar al mar, al que se accedía a través de escaleras talladas en la roca. A aquel lugar solo iban los lugareños: jamás había visto a ningún turista en aquel rincón de la costa. Cuando ahora, pasados los años, había intentado localizar el sitio en internet, tampoco había logrado identificarlo, ni siquiera en los planos turísticos. Allí, en aquel trocito de tierra y mar apartado de las masas, Guillermo y él jugaban a que eran piratas, y a que aquel era su puerto escondido, donde eran invulnerables, donde el tiempo estaba detenido. La teniente Redondo intentó escudriñar en su memoria algún lugar así, pero terminó reconociendo a Oliver que solo llevaba cinco años destinada en Santander, y que tampoco había hecho mucho turismo, y mucho menos a calas recogidas y no señalizadas. ¿Era posible realmente que en la era informática por excelencia, con los mayores avances de GPS y de rastreo parcelario, pudiese existir todavía un lugar así, un puerto escondido del mundo? Valentina no lo creía posible, aunque era cierto que no conocía con detalle la zona, porque en vacaciones regresaba a su ciudad natal, Santiago de Compostela, en Galicia. Aquella, su tierra, hecha de piedra y de leyendas milenarias, era hermosa, magnética, pero le traía recuerdos agridulces. A ella también le gustaría tener su propio puerto escondido, su lugar de reposo y templanza, donde poder relajar sus sentidos y su alto nivel de exigencia sobre sí misma; un lugar donde poder desplomarse sobre la hierba, mirar al cielo y hacerlo con la despreocupación que solo pueden tener los niños.

Fin de la conversación.

Habían llegado a Comillas. Desde donde venían, la entrada al pueblo era sencilla pero evocadora. A la derecha de la carretera, el mar abierto y cantábrico, aparentemente tranquilo, bordeando en la costa una playa, un camping, e incluso un paseo. A la izquierda, un pueblo que se levantaba sobre tres colinas, y que miraba soberbio, desde su posición privilegiada, al visitante, a su propia playa y al mar. Sin embargo, Comillas se guardaba como un tesoro oculto, que no se vislumbraba directamente desde el mar; debías ascender por las colinas, porque desde la costa solo podían intuirse rasgos de una villa magnífica y envolvente.

Oliver había ido de pequeño, pero, sorprendentemente, apenas recordaba el lugar. Desde su posición, en el coche, iniciando el ascenso de una colina, cualquiera habría adivinado fácilmente que aquella tierra era un eje de belleza y de rincones insólitos. Sobre un solitario cementerio se veía claramente la figura enorme de lo que parecía un ángel alado que empuñaba una espada. Aun en la distancia, la imagen romántica y gótica no dejaba de ser impresionante. No muy lejos, sobre una pequeña colina más próxima al mar, una enorme columna sobre un pedestal en forma de proa se erigía como monumento al marqués de Comillas.

—Vamos justo ahí. —Señaló la teniente Redondo, con un gesto de cabeza, hacia la gran columna pétrea.

—¡Ahí? Pero, cómo... ¿a ese monumento? Es como el hermano pequeño del almirante Nelson en Trafalgar Square.

Redondo sonrió.

—Ahí exactamente no. Detrás. A esa casa.

Oliver desvió la mirada hacia donde indicaba la teniente y se quedó mudo unos instantes, al tiempo que Valentina Redondo seguía conduciendo cuesta arriba hacia la colina. La casa que ella había indicado era, más bien, una mansión espectacular. El toque inglés era inconfundible, a camino entre una impresionante vivienda romántica y un escenario de terror gótico. Múltiples tejadillos, revestidos de negra pizarra, entraban y sobresalían de entre la estructura, rematada en juegos de bordados trabajados en madera, que, a su vez, escondían desagües y cañerías. Las dos plantas principales, más el sótano que se adivinaba y el elaborado ático, dibujaban una superficie amplia, con vistas sobrecogedoras sobre la costa de Comillas, a través de enormes ventanas de madera marrón clara que atrapaban todos los ángulos de visión posibles.

Parte de la fachada estaba cubierta de hiedra, cuidada y recortada, y la finca era tan inmensa que no resultaba fácil, en un vistazo inicial, delimitarla visualmente por completo, aunque toda ella parecía estar amurallada. Una verja de hierro, un poco carcomida, hacía de puerta principal, donde un cartel diminuto rezaba «Prado de San José».

—Joder, parece la casa de *Psicosis* —dijo Oliver, admirado, al tiempo que la teniente Redondo aparcaba el coche a la entrada—. Seguro que nos sale a recibir Alfred Hitchcock.

La teniente sonrió, aunque sin mirarle. No apartaba la vista de la entrada.

—¿Pasa algo? —preguntó Oliver, siguiendo su mirada.

—Demasiado estático... —Hizo una pausa, buscando las palabras—. Demasiada quietud —concluyó, acercándose a la enorme verja, que estaba abierta casi de par en par. Oliver la siguió a corta distancia, extrañado.

—No, escuche... ¡música! —exclamó, al tiempo que caminaba, tímido, tras la teniente, aproximándose a la puerta principal de la mansión, que también estaba abierta por completo, y a través de la cual había comenzado a llegar a sus oídos una suave y femenina melodía francesa, cada vez de forma más audible.

Llegaron al marco de la puerta principal. Solo se escuchaba la melodía. Ningún signo de vida, ni exterior ni interior. Ni un susurro, ni una respiración. Instintivamente, Redondo echó mano a su pistola Sig Sauer P229, de 9 mm. Su experiencia le susurraba a gritos que estuviese alerta. Separó con su brazo a Oliver, y con la mirada le dio instrucción de no entrar en la casa, al tiempo que ella sí lo hacía, despacio, con prudencia, vigilando su espalda.

—¿Hola? ¡Hola! Teniente Redondo de la Guardia Civil de la Comandancia de Cantabria. ¡Policía Judicial! ¿Hola?

Solo respondió el silencio, vestido de música.

La canción decía algo sobre el inexorable paso del tiempo, algo sobre un amor perdido, sobre el latigazo, aún vivo, de un viejo romance.

Oliver no estaba cómodo esperando fuera. Acababa de perder de vista a la teniente Redondo, y solo escuchaba sus pasos suaves, que crujían inevitablemente sobre la madera. Desde su posición solo podía entrever el recibidor de la mansión, repleto de mobiliario noble, espejos y algunas alfombras de aspecto antiguo pero cuidado. De pronto, los pasos de la teniente pasaron a ser rápidos, sin contener su ruido y su peso veloz. Se habían dirigido hacia la derecha de la entrada. Ruido de algo contra el suelo. Un golpe acristalado, como de un vaso que estalla en docenas de minúsculos pedazos. Oliver, instintivamente, echó a su vez a correr hacia el interior de la casa, incapaz de resistir su espera inútil ante aquella puerta que aparentaba esconder el paso de más de cien años de visitas, de ajetreos, silencios y de callada historia.

De nuevo silencio, solo quebrado por la melodía, que lo inundaba todo de una nostalgia casi tangible. No. Nuevos ruidos de pisadas firmes y rápidas. Oliver se dirigió hacia un gran salón, que se escondía tras una amplia puerta de doble hoja, a la derecha del recibidor. Desde allí emanaba la música y el sonido de los pasos ágiles de la teniente Redondo, que detectó su presencia de inmediato.

—¡Oliver! Páseme ese vaso de agua, ¡rápido!

—Sí. —Obedeció, solícito, localizando visualmente el vaso sobre una mesilla y aclarando en su mente la escena que estaba viendo: Valentina Redondo parecía estar intentando reanimar a una anciana, inerte sobre un enorme diván de seda y terciopelo rosa, que se reclinaba ante un gran ventanal, desde el que se divisaba perfectamente la entrada a la finca e incluso el coche aparcado de la teniente.

—¿Qué...? ¿Qué le pasa? —acertó a preguntar Oliver.

—Creo que nada grave, un desmayo quizá. Lo que no entiendo es dónde estará el servicio. Esta casa tiene que tener personal —contestó Redondo, al tiempo que mojaba, apurada pero suavemente, el rostro de la anciana y su nuca, intentando reanimarla.

—Mire, ya se despierta —dijo Oliver, viendo cómo la anciana parpadeaba, volviendo en sí, regresando al mundo tangible.

Una mirada clara y verde, desgastada, se posó sobre Oliver primero, y sobre la teniente después. Se incorporó de inmediato y se quedó sentada en el diván. Les miró unos segundos en silencio.

—Tendrán que disculparme. Parece que me he desmayado. A veces me ocurre. Desde niña. Les he visto llegar, pero me ha llevado este sueño oscuro del que nunca sé cuándo voy a salir.

La teniente Redondo la observó: era una anciana delgada, pequeña, de apariencia frágil, pero llena de elegancia en sus suaves gestos. Mirada de gata tranquila.

—Pero ¿se encuentra usted bien? —le preguntó, al tiempo que se incorporaba, pues hasta ahora había estado agachada a su lado.

—Sí, querida. Perfectamente. Gracias. Parece que ha venido usted a rescatarme.

—A cambio me he llevado por delante este pequeño jarrón, lo siento. Me pareció que iba usted a caerse del diván y en la carrera me he tropezado con él.

—No se preocupe. Cristal de murano veneciano. Estaba aburrida de esa pieza —replicó la anciana, con una sonrisa afable—. ¿Y a quién tengo el placer de recibir?

—Yo soy la teniente Valentina Redondo, de la Sección de Investigación de la UOPJ de la Guardia Civil de la Comandancia de Cantabria, en Santander. Y me acompaña el señor Oliver Gordon —terminó, señalando a Oliver y dejándole hueco para que entrase en territorio espacial de la conversación.

—Ya veo —contestó con calma—. Sin duda ahora me contarán con detalle el motivo de su visita, querida, pero antes déjeme que avise al servicio para que nos dispongan un café en condiciones. Me acompañarán, espero. ¿O prefieren un té?

Redondo miró a Oliver, que asintió con la cabeza.

—Un café estará bien, gracias. Entiendo que es usted la señora Ongayo.

—Claro, querida. Discúlpeme, qué modales. No me

he presentado. Estoy acostumbrada a que me conozcan, supongo. Las historietas locales acostumbran a precederme —dijo, bajando la mirada, para levantarla un segundo después y dirigirse a Oliver—. Querido, por favor, ¿podría apagar la música? Hoy había dejado que Carla Bruni me acompañase en la sobremesa, pero no ha sido buena idea. Su *Quelqu'un m'a dit* me pone melancólica, ya ven. Sí, apáguela. Así hablaremos más tranquilamente.

Oliver buscó con la mirada el aparato reproductor, y se topó con un equipo de música de última generación, hábilmente situado sobre un mueble noble y antiguo que a él le pareció que podría haber pertenecido al mismísimo Mozart.

—Señora Ongayo —comenzó a hablar Redondo—, me ha extrañado ver la puerta abierta, incluida la de la entrada a la finca, y no haber visto ningún miembro del servicio por aquí. Debería tener cuidado, podría entrar cualquiera estando usted sola.

—Querida, es usted un encanto. Es muy amable por preocuparse por mi seguridad, pero siempre estoy acompañada. Me temo que lo que ha ocurrido ahora ha sido resultado de una lamentable e inusual casualidad. El jardinero debe de estar ahora mismo ocupándose de arreglar las hortensias del jardín trasero, y, dado que suele hacerlo conectado a unos cascos de música infernal, es muy probable que no les haya oído llegar. Mis dos asistentas han ido a llevar unos dulces hace un rato al albergue de peregrinos La Piedra, que está justo a la salida del portón trasero de la casa. Están haciendo un evento importante con el ayuntamiento y hemos querido colaborar modestamente... Sin embargo, no sé dónde estará Marta, mi cocinera. —Hizo una pausa, como pensando despreocupadamente dónde podría estar su empleada—. Oh, ya lo sé, querida, debe de estar en el sótano, con la colada. Enseguida subirá.

Al instante, como surgida de la nada, la cocinera apareció en el umbral de la puerta del salón, alertada por el sonido de voces en el cuarto. Siguiendo las instrucciones que al momento le dio la señora Ongayo, enseguida se fue a la cocina para preparar el café, cuyo aroma viajó, goloso y cargado, hasta el salón, mientras la señora de la casa obligaba a los invitados a charlar sobre gastronomía, el clima y la propia villa de Comillas. Cuando el café fue servido en el salón, revestido de porcelana inglesa exquisita, se hizo acompañar de una quesada recién hecha, otorgando a la estancia un perfume comestible y envolvente, como de refugio agradable, que invitaba a la cercanía. A aquellas alturas, tanto Oliver como la teniente Redondo ya sabían, entre otras anécdotas sobre la mansión, que en toda la carpintería de la casa se habían utilizado diferentes maderas nobles, traídas expresamente desde Fernando Poo, una antigua colonia española en África. Parecía imposible detener el discurso entretenido de la anciana, que enlazaba un tema con otro de forma admirable. Recibieron un curso intensivo de las bondades gastronómicas de la zona, así como un curtido anecdotario sobre el concejo, descubriendo que, aun sin haber pasado un año desde que Thomas Alva Edison hubiese inventado la lámpara incandescente, Comillas había sido la primera villa española donde había sido instalado el alumbrado público, con motivo de la visita de los entonces reyes de España. Cuando la anciana, tras deleitarse contando que, por un solo día, en el año 1881, Comillas había llegado a ser capital de España, aunque solo de forma simbólica, ya que Alfonso XII había reunido allí a su Consejo de Ministros, pasó a contar otras curiosidades, como que en el Palacio de Sobrellano había sido instalado el primer teléfono de Cantabria, o como que el primer campo de golf de la península Ibérica había sido engendrado allí mismo. No cabía duda de que la señora Ongayo estaba perdidamente enamorada de su propia tierra. Sin embargo, tras llegar el café y despacharlo, pareció entender que había llegado el momento de los negocios, del interrogatorio, del grueso de la visita, de su causa y origen. Justo cuando la teniente Redondo se disponía, agotada su cortesía con la venerable anciana, a entrar en materia, la propia señora Ongayo comenzó a hablar para sumergirse en el verdadero motivo que había llevado allí a sus visitantes.

—Y bien, queridos míos. Díganme entonces a qué debo el honor de su visita. Supongo, sin duda, que tendrá que ver con el pequeño Ángel de Villa Marina.

Una vez más, en el mismo día, y tal y como les había ocurrido con la madre abadesa sor Mercedes, tanto la teniente Redondo como Oliver se quedaron asombrados y atónitos por unos segundos, pero Valentina no reveló su sorpresa y continuó, tranquila, con la conversación, mostrándole una sonrisa de dominio y decisión a la señora Ongayo:

—Y yo supongo, también sin duda alguna, que los periódicos sensacionalistas, en los que salen diversas imágenes del señor Gordon, han precedido nuestra visita. Dado que parece estar al tanto de los precedentes, se los aclararé para poder hacerle algunas preguntas, si no le importa.

—¿Una declaración en toda regla, querida? Claro que no me importa. A mi edad, lo que de verdad importa ya pertenece al pasado. Mentiré solo en el caso de que resulte estrictamente necesario —concluyó, burlona, aunque amable, con media sonrisa. Redondo suspiró muy suavemente. A la adversaria le gustaba jugar y era inteligente. Pero ella no estaba para bromas: tenía, además del bebé, a un cadáver aún caliente en el depósito y otro a punto de llegar, aunque en circunstancias poco claras. Todavía.

—Como ya sabrá, en Villa Marina, vivienda que fue de su propiedad, ha aparecido el cadáver de lo que parece un bebé recién nacido y que aún está siendo objeto de estudio forense, a efectos de determinación de antigüedad y causas de fallecimiento. Sabemos que la construcción de esta vivienda se inició a principios del año 1948 y terminó, aproximadamente, a principios del verano de 1949. Posiblemente, el cadáver fuese escondido en la estructura de la casa durante su construcción, pero este dato, como le dije, solo podremos confirmarlo una vez que tengamos el informe forense definitivo. Nos gustaría saber, en consecuencia, cuándo empezó usted a trabajar para los Ongayo en calidad de empleada de hogar.

—¿Empleada de hogar? Qué amable es usted, querida. Era una criada en toda regla. Trabajábamos como mulas, en nuestras casas y en las de nuestros señores. Así era la vida, no como ahora... ya les serví alguna vez, esporádicamente, cuando era muy joven, con diecisiete y dieciocho años, pero no empecé realmente a formar parte del servicio de los Ongayo hasta el término del verano de 1949; pero no en Suances, sino en Torrelavega. A esa casa solo se iba en verano. Trabajé en ella al verano siguiente, en 1950. Antes de que terminase el año, en noviembre, me casé con Eladio... el hijo mayor de los *señores* —dijo, acentuando con desdén la palabra «señores»— y recibimos como regalo de bodas Villa Marina. Mis suegros tenían muchas propiedades, y preferían veranear en Santander.

—Entiendo. ¿Y no tiene idea de dónde puede provenir el cadáver que hemos encontrado?

—Me temo que no, querida. Si la tuviese, yo misma habría contactado con la Guardia Civil. Quién sabe cuánto tiempo pudimos llegar a convivir con ese pequeño ángel en nuestro sótano.

—En todo caso, parece que usted no pasó muchos veranos en Villa Marina. En la Policía Judicial nos preguntamos por qué usted decidió en su momento regalar esta vivienda a la pareja que contrató para cuidar la mansión todo el año.

La anciana guardó silencio unos segundos y miró a Oliver.

—¿Sabes que conocí a tu madre de pequeña? La Princesa Lucía, nos hacía que la llamásemos. Una criatura deliciosa.

Redondo intervino e insistió.

—Entonces, ¿puede explicarme por qué regaló esta

casa, que según nos dice fue su regalo de bodas, a unos desconocidos?

La señora Ongayo volvió a mirar a la teniente.

—¿Tiene usted hijos?

—No —replicó Redondo, paciente, conteniéndose.

—Es una pena. Debería tenerlos, querida, es el círculo de la vida, lo que da sentido a todo. Es usted una mujer joven y con carácter. Hágame caso, no pierda el tiempo. —La anciana hizo una breve pausa, consciente de estar agotando la paciencia de Redondo, y continuó—. Por aquel entonces, en los años cincuenta, yo pensaba que no podía tener niños. Me trató un médico joven e innovador de Santander para conseguirlo, pero nada daba resultado. La pareja que se instaló en Villa Marina como guardesa de la finca, aunque ya era un poco mayor, tampoco tenía criaturas, y terminaron acogiendo a la preciosa Lucía, que adoptaron de un convento en Santillana del Mar. Debió de ser allá por el año cincuenta y uno. Para mí era como un soplo de vida, de alegría, cada vez que iba a aquella casa. Eran como mi familia, como un recuerdo de lo que yo había sido, humildes y pobres, pero honrados y trabajadores. Y con aquella preciosa niñita... Falleció mi primer marido y tuve que encargarme de todos los negocios, viajar y hasta vivir muchos meses en Sudamérica, hacer negocios por Europa e incluso por Rusia y Oriente. No tenía apenas tiempo para atender mis propiedades. ¡Tenía tantas! Muchas aún las tengo, aunque mis inversiones ya no resultan tan fructíferas en estos tiempos. Claro que ahora ya no invierto en el sector inmobiliario —sentenció, negando rotundamente con la cabeza, con convencimiento—. Así que decidí que, con el tiempo, y si las cosas seguían con la traza que llevaban, terminaría donando la vivienda a los Pereiro, con la única condición de que permaneciese en la familia y que terminase siendo propiedad de Lucía, para que hiciese lo que le pareciese conveniente. Para ofrecerle un futuro a la chiquilla, al menos. Un futuro con un pasado menos austero y gris, como el que yo tuve. Quizá fuese una idea romántica y absurda, pero esa familia era lo único que me vinculaba a mis orígenes. Y les tenía sincero aprecio.

—Sin embargo, disculpe, no recuerdo que mi madre hablase nunca de usted —replicó Oliver, intentando dulcificar el tono y procurando no ofender a la anciana. Ella se dirigió a él con una sonrisa, tuteándole, indiferente al tratamiento formal que él le daba a ella.

—Para Lucía supongo que terminé siendo una de esas viejas amigas que tenía su propia madre, que se evaporan en la memoria y no se guardan apenas en el recuerdo. Es lo normal. Además, se marchó muy joven a Inglaterra, cuando conoció a tu padre y se casó con él. Yo también andaba atareada con mis negocios y mi propia vida personal. En mi segundo matrimonio, gracias a Dios, tuvimos la fortuna de tener una hija, contradiciendo todos los pronósticos médicos, y me volqué, naturalmente, en ella, aunque tampoco, por desgracia, todo lo que me hubiese gustado, pues falleció mi esposo y me vi obligada a estar permanentemente al frente de las empresas que habíamos creado. Mucho trabajo y poco tiempo para disfrutar. Es difícil equilibrar la balanza, ver si realmente compensa. La ambición es poderosa, querido.

La teniente Redondo miró, escéptica, a la anciana.

—Sin embargo, antes de regalar Villa Marina a los que eran prácticamente unos desconocidos, entiendo que usted podría haber pensado en su propia familia. ¿No tenía hermanos, primos, o padres a los que favorecer, ya que estaba en buena posición?

—Por supuesto, querida. Pero tenía tanto patrimonio como para abastecer a diez familias como la mía. Además, mi padre falleció en los años sesenta, y nunca tuve buena relación ni contacto con su mujer ni con mi hermanastro.

—¿Su hermanastro?

—Sí, la verdad es que no tengo la menor idea de qué ha sido de ese pobre infeliz. Lo último que supe de él fue que se había marchado a Cartagena, hace ya treinta años.

Cómo pasa el tiempo. Aunque nunca tuvimos relación. Cuando él nació yo estaba ya a punto de marcharme a trabajar para servir, como quien dice.

—¿Y su madre?

—¿Mi madre? —Suspiró la señora Ongayo—. Mi madre falleció en la guerra civil.

—¿Y no tenía hermanos?

—Claro, querida. Casi todos teníamos hermanos por entonces. Mi hermano mayor, más rojo que las cerezas, terminó huyendo a Francia, donde le iba estupendamente, y falleció de cáncer de colon en París hace nueve años. Y mi hermana... —la anciana hizo una breve pausa— murió hace ya mucho tiempo. Muy poco después de mi segundo matrimonio. Y no tengo sobrinos, así que...

—Entiendo. ¿Y su hija? ¿Tiene contacto con ella? ¿Y con sus nietos?

—Mi hija vive y trabaja en Santander, pero apenas nos vemos, me temo. Supongo que nunca me perdonará su estilo de vida, la distancia permanente entre las dos... ni que la enviase a estudiar al internado de Suiza, ni al de Oxford... no entiende que lo hice por su bien. Que yo ni siquiera estaba en casa, sino labrando el futuro de la empresa, el soporte económico familiar. —El tono apesadumbrado de la anciana parecía sincero—. Sin embargo, de vez en cuando me hace una visita y damos un paseo corto por el jardín o tomamos un café. Con mi artrosis no puedo caminar más de veinte metros sin pararme a descansar. Es una pena que no me haya dado nietos. —La señora Ongayo hizo otra pausa—. Hace ya semanas que no viene por aquí... la pobre está ocupada siempre, es médico, trabaja en un hospital... ¿sabe, querida?, al menos me iré de este mundo viendo a las mujeres mejor situadas que cuando llegué a él.

—Ya... ¿y conoce usted a Pedro Salas?

—¿Pedro Salas? Así, a bote pronto, le diría que no. ¿Es de Comillas?

—No. Era un vecino de Suances. Falleció esta semana

y su cuerpo apareció flotando al lado del espigón, a la salida de la ría.

—Válgame Cristo. ¿Ese era el tal Pedro Salas? Sí, leí la noticia, pero no me fijé en el nombre, como siempre ponen solo las iniciales... pero ¿por qué iba yo a conocer a ese señor, querida?

—Porque podría estar vinculado al hallazgo de Villa Marina y, de forma indirecta, a usted, en consecuencia.

—Pero ¿de qué forma...?

—Comprenderá que, de momento, no pueda facilitarle más información —atajó Redondo—. Dígame, por favor, ¿está completamente segura de que no conocía a este hombre? —Y, al tiempo que hizo la pregunta, la teniente le mostró una foto de Pedro Salas a la anciana, que negó con la cabeza. Valentina prosiguió con el interrogatorio—. De acuerdo. Y ahora, por favor, dígame si ayer estuvo aquí el doctor David Viesgo.

—¿El doctor Viesgo? —preguntó la anciana, con evidente sorpresa, que, momentáneamente, hizo que perdiese esa compostura intocable, ese aura de serenidad sobrada.

—Sí —replicó—, estuvo aquí a primera hora de la tarde, como ustedes, tomando un café conmigo. Somos viejos amigos. Es, precisamente, el joven médico del que les hablaba antes, el que me trató para poder tener descendencia. Querida, no entiendo por qué me pregunta por él.

—Le pregunto porque ayer el doctor Viesgo sufrió un lamentable accidente de circulación, posiblemente cuando regresaba de visitarla a usted.

—¡Dios mío! No le habrá pasado nada grave, espero —replicó la anciana. A Oliver, su preocupación le pareció sincera, aunque él también estaba sorprendido: era la primera vez que él escuchaba hablar de aquel médico.

—Me temo que sí, señora Ongayo —contestó Redondo lentamente, intentando inyectar tacto a sus palabras—. Ha fallecido. De hecho, han encontrado su cuerpo hace solo unas horas, ya que el coche se había desviado de la carretera y había caído por la pendiente de unos prados. Siento que seamos nosotros quienes le demos la noticia.

—No... no puede ser. —Negó la anciana con la cabeza, visiblemente afectada—. No, no puede ser... Dios mío, tengo que llamar a su esposa, a Elena, pobre mujer.

—Señora Ongayo —siguió hablando la teniente—, entiendo su dolor, pero necesitamos que nos diga qué vino a hacer aquí el doctor Viesgo.

La anciana, que antes parecía jugar a tener todo bajo su control, ahora parecía perdida y desorientada.

—¿Que qué vino a hacer? Una... visita de cortesía. Éramos amigos, por el amor de Dios.

—¿Y no hablaron de ningún tema fuera de lo habitual? ¿No tuvieron ninguna discusión, por ejemplo?

—¡Qué está insinuando! ¿Que lo disgusté tanto como para que se matase con el coche? Teniente Redondo, de verdad que ya no me siento con fuerzas para hablar.

—Lo entiendo —replicó Redondo, firme—, pero entienda usted también, por favor, que estas no son más que preguntas de rigor y las habituales que haríamos a cualquier otra persona. Quizá pudo usted verlo preocupado por algo... —terminó insinuando, liberando amablemente a la anciana de sospechas sobre sí misma. Oliver no daba crédito al giro de los acontecimientos. Otro muerto. Estaba claro que la teniente dosificaba la información que le facilitaba con completa naturalidad.

—No, no —negó la anciana—; hablamos de temas personales, nada fuera de lo normal. Se marchó enseguida, de hecho, a la media hora o así. Tomó el café, charlamos y se marchó. Pueden corroborarlo mis asistentas. Aún no habían dado las cinco cuando se fue.

—Ya veo. Hablaré con su personal, si no le importa.

—No, claro que no. Dios mío, no puedo creerlo, no... —La anciana negó con la cabeza, cerrando los ojos. La teniente no aflojó el ritmo:

—En todo caso, un viaje desde Santander para visitarla solo media hora podría suponer que, o bien la visita era muy importante, o bien que el doctor Viesgo tuviese otras gestiones u otras visitas pendientes por la zona. ¿Le dijo adónde se dirigía?

—Me temo que no. Se marchó, sin más. Como siempre.

—Entiendo. Quizá necesitemos su colaboración más adelante, es posible que contactemos con usted...

—Por supuesto —cortó la anciana, con un gesto de su mano—, colaboraré en todo lo que necesiten. Pero entienda que ahora no me encuentro ya bien... yo, querida, no puedo hablar. Es terrible... pobre David.

Oliver, viendo que la teniente Redondo se levantaba y que su turno de intervención había sido prácticamente aniquilado por las circunstancias, se atrevió a incluirse nuevamente en la conversación.

—Señora Ongayo, si le parece, vendré otro día a hablar con usted; ahora quizá ya no sea apropiado. Quería agradecerle lo que hizo usted por mi familia, donándole Villa Marina.

—Eres muy amable, Oliver. Me gustará verte —respondió la anciana con un cansancio evidente, que de pronto parecía haberla envejecido, empequeñecido, aunque aún le quedó fuerza para mostrar su interés—. Así me podrás contar tus proyectos. Leí algo de que ibas a hacer un hotel; ¿es cierto?

—Sí, señora.

La anciana le miró directamente a los ojos, con dulzura y tristeza abierta, profunda, para terminar apoyándose en el ventanal de la Casa del Duque, volviendo la mirada y el rostro hacia las vistas que le ofrecía, que en realidad parecía no estar viendo, y terminar susurrando una despedida.

—Por favor, llámame Jana.

Diario (8)

En septiembre del año 1939, la guerra civil ha terminado. A cambio, los alemanes han invadido Polonia y acaba de empezar la segunda guerra mundial. El mundo entero se debate entre cañones y metralla. Se supone que España queda fuera del tablero de ajedrez de la contienda, pero Franco terminará enviando la División Azul al frente ruso en 1940. Cinco mil muertos azules. Ocho mil heridos. ¿A quién le importa a estas alturas? Ya son solo ceniza.

Empiezo de nuevo a perderme en el pasado; ¿había ya revelado que Jana se vio obligada a regresar a su cuna de prados y a los pies de la eterna montaña de Castío? Claro que sí. Esto es lo que ocurrió:

Mes y medio después de terminar la guerra civil, Jana supo que su padre iría a buscarla. La carta era breve, pero contundente. Benigno había encontrado una mujer, se iba a casar en unas semanas, y quería a sus hijos de vuelta para el comienzo de la escuela en septiembre. Sin negociaciones, sin cesiones a la inicialmente suplicante tía Amparo. Jana era su hija, ¿sí o no?, y el acuerdo era temporal. Puta guerra. Puta bomba demoledora mata madres e hijos. ¿Sí o no? Pues entonces. A este juego triste todos podían apostar, buscando reencontrar trozos de alegría.

Jana lloró, gritó y arrastró su dignidad casi adolescente por el fango de la súplica. Porque no es excesivamente complicado vivir en la oscuridad si nunca has conocido el brillo de la luz. Sin embargo, cuando ya has probado el grano del azúcar, es difícil resistirse a ansiar el dulce. Y para ella la miseria era la oscuridad más pétrea y aborrecible, y su vida en Comillas era la luz, el dulce grano de azúcar de un mundo de hadas infantil. Pero no tengo ganas de contar una historia triste, solo revelaré la verdad que construyó al monstruo. No nos queda mucho tiempo.

Sin quererlo, Jana casi consigue su objetivo: los desmayos empezaron a ser frecuentes otra vez, las pesadillas y sudores nocturnos resurgieron como una nota habitual en la noche. Llamaba a su madre en sueños. Su padre casi cede ante la amenaza de una salud deteriorada. Pero fueron los propios tíos, especialmente la tía Amparo, los que terminaron forzando la devolución de Jana; era evidente que era una joven enferma, y ellos eran ya mayores. Posiblemente la dejarían huérfana antes de que encontrase marido, y sus pérdidas de conocimiento, sus miradas perdidas y duras les desconcertaban, les inquietaban, suponían para ellos un terreno oscuro y desconocido.

Jana se reencontró con toda la familia al completo solo en la boda de su padre, que fue sencilla, con apenas una docena de invitados incluyendo al cura, y un pollo con arroz a repartir. David se mostró fuerte e independiente, como ajeno a ningún posible drama familiar, endurecido, como si la vida, tan pronto, ya le hubiese pasado por dentro. Él, finalmente, no regresaba a Hinojedo. Ya era prácticamente un hombre que iba a cumplir quince años y acababa de terminar el colegio, de manera que lo que le quedaba era trabajar en La Tablía, donde al parecer estaban encantados de darle tarea.

Clara y Jana sí que regresaban. Y lo hacían a una casa que ya no parecía la misma, a una vida que sería completamente diferente, con una madre postiza que no era la suya. La esposa de Benigno tenía apenas veinticinco años, era menuda, de ojos oscuros y larga cabellera negra, en contraposición a su nombre, Aurora. Las recibió con una sonrisa amable, intentando congraciarse con ellas, pero la tarea no era fácil, y el rechazo inicial estaba prácticamente asegurado: problemas domésticos menores.

Jana, aquel mes de septiembre en que retomó una nueva rutina, comenzó a odiar progresivamente su existencia: ya no tenía habitación propia, ni pescado fresco cada mañana, ni paseo desprendido y alegre por Comillas, sino una casa bajo el mando de una desconocida, mucho trabajo en la huerta, muchos madrugones con el ganado, y paseos largos hasta el pueblo minero de Reocín para buscar las patatas que les concedían en la cartilla de racionamiento. Ella y Clara montaban en los vagones vacíos, que ya habían descargado pirita y blenda en la fábrica Asturiana de Zinc en Hinojedo, y subían así hasta Reocín, a unos ocho kilómetros cuesta arriba, para recoger el preciado tubérculo, que llevaban a casa a peso, andando, porque los vagones que bajaban hacían ese viaje cargados de mineral. Así se curtían las fuertes mujeres del norte.

La posguerra resultó ser mucho más cruel y miserable que la propia guerra. Explicarla puede hacerse dibujando el funcionamiento de la cartilla de racionamiento gubernamental, cuyo importe le descontaban cada mes a Benigno de su paga en la fábrica. Se suponía que, a precios populares, le concedían enseres básicos con la cartilla de alimentación, a escoger, pero su calidad era tan detestable que el comercio de contrabando, el estraperlo, comenzó una carrera imparable hasta alcanzar precios desorbitados e impracticables. Este racionamiento duró más de diez años, hasta 1951: el pan negro era incomible, las lentejas se enredaban con coco —tremendo y diminuto bicho, oscuro como las noches sin estrellas— y el arroz se aliñaba con pequeños gusanos blancos.

Jana y su familia no podían recurrir al estraperlo, pero al menos sí a sus campos cultivados y a la leche de sus vacas, y no fueron tan terriblemente miserables como en las ciudades. Las mujeres soportaban todo, aceptaban todo, mantenían las huertas, el ganado, cocinaban, lavaban y cosían sin parar, como fuente extra de ingresos. No replicaban a sus maridos, no juraban. Los hombres madrugaban antes que el gallo y, los desgraciados que tenían suerte, como Benigno, trabajaban como obreros por un jornal en alguna fábrica.

Pero Clara y Jana parecían querer salir del patrón de este sastre. Quizá fuese esa temprana independencia vivida, que, como un revulsivo, las había provisto de un toque salvaje.

Quizá fuesen esas horas interminables que las hermanas dedicaban a confabular acerca de su futuro, buscando algún sueño irrealizable que sí fuese posible cumplir.

Quizá fuese la juventud de su madrastra, que no las intimidaba lo suficiente, a pesar de que, de vez en cuando, les atizaba con la escoba o les daba alguna bofetada para llamarlas al orden. Pero esto era relativamente habitual en la época, tampoco vamos a ponernos exquisitos ahora con los modales y métodos educativos de la España triste.

El tiempo comenzó a rodar sin excusas y con escasas alegrías. Así era la vida, como una larga noche de piedra.

Llegado el mes de mayo de 1940, y pasado ya un año desde el fin oficial de la guerra civil, Benigno y Aurora habían anunciado discretamente que esperaban un bebé para noviembre. La noticia suscitó en las dos mujercitas de la casa una curiosa indiferencia, simulada entre palabras amables y felicitaciones poco eufóricas.

Fue una tarde de aquella suave primavera cuando llegó una carta para Jana. Ella, Clara y Aurora estaban en la cocina.

Atención: tambores en el alma.

—¿Se puede saber quién es este Luis? —pregunta Aurora, al tiempo que va abriendo la carta.

—¿Cómo que quién es este Luis? ¿Luis? ¿Esa carta es para mí? —pregunta Jana, súbitamente colorada, al tiempo que se levanta y, rápida, se dirige hacia su madrastra.

—Pues sí, señorita, Jana Fernández pone aquí, bien

clarito. Así que no perdimos el tiempo en Comillas; ¡ya verás cuando se entere tu padre! —exclama Aurora, al tiempo que levanta la carta en alto, evitando así que Jana se la quite.

—Déjame leerla, por favor, ¡es para mí!

—Pues sí que eres descarada, ¡si no tienes ni doce años! ¿Tú le has pedido permiso a tu padre para cartearte con mozos? ¿Eh? Primero la leerá tu padre, y luego veremos, a ver qué quiere este Luis, porque aquí empieza con un «querida duquesita», que ya lo he visto yo —dice Aurora en tono burlón, mientras empuja a Jana, que intenta de nuevo arrebatarle la carta. Clara interviene. Su tono es sereno, lento pero firme, frío, anacrónico en la voz de una niña de trece años:

—Deja esa carta sobre la mesa. Tú no eres nuestra madre. Esa carta no es para ti. Y no vuelvas a tocar a mi hermana —dijo despacio, de forma gélida y firme, imprimiendo sonoridad individualizada a cada sílaba.

Aurora se queda momentáneamente congelada. ¿Cómo se atreve a hablarle así esa niñata? ¿Son o no un par de descaradas? Levanta la mirada hacia Clara, preparada para disparar palabras de autoridad que la silencien, pero se queda paralizada. La mirada casi transparente de Clara no deja lugar a dudas: no está de broma. Una mano la tiene sobre la mesa, la otra sobre el cuchillo con el que pelaba las patatas. Lo aprieta con fuerza, como si intentase contener una ira difícil de medir.

Jana se acerca a Aurora de nuevo, le arrebata la carta de las manos y empieza a hablar, muy, muy despacio:

—Esta carta es para mí. Y tú no eres mi madre —dice, clavando sus ojos verdes en los negros de Aurora, a pocos centímetros de distancia. Silencio. Dos, tres, cuatro segundos. Jana parece comprender que debe adormecer a la bestia para poder dar un giro a la normalidad.

—Si te parece bien —dice, sin apartar su vista de la de Aurora— cuando llegue mi padre se la damos, para que la lea, y luego ya me dé permiso para contestar o lo que le parezca. —Jana baja la mirada, la cruza un segundo con la de Clara, y destensa un poco más el aire, denso como sangre coagulada—. Además, este Luis es un mozo de los que van a la taberna de la tía Amparo, seguro que escriben entre todos los de la pandilluca para ver si vamos a las fiestas del verano, que son por el mes de julio...

—Sí, por la procesión del patrono de los pescadores, el Cristo del Amparo; hacen el juego de la cucaña, ¿no lo conoces? —interviene Clara, dirigiéndose y acercándose a Aurora, cambiando de forma radical la expresión de su rostro, pasándolo a un terreno completamente angelical e inocente. Se sitúa a menos de treinta centímetros de su madrastra. El cuchillo aún en su mano.

—Sí, sí lo conozco. —Se recompone Aurora, mientras retrocede, con el alma helada y nervio caliente en su pecho—. Cuando venga vuestro padre le explicáis esto; y tú, Jana, le das la carta, que no tienes edad para cartearte con mozos —dice, intentando reconstruir la autoridad en el color de su voz—. Y ya pues que él decida, que yo estoy muy atareada para estas cosas de críos —termina por decir, saliendo de la cocina y dirigiéndose a la huerta, escapando de las dos niñas, que le acaban de atragantar el corazón en la garganta.

Aurora piensa rápido, nerviosa, atropellando sus propias ideas. Clara y Jana crecen rápido, y son más adultas de lo que aparentan. Con catorce años terminarán el colegio. Decide, de camino a la huerta, que hará lo posible por que se marchen cuanto antes y busquen su vida lejos de ella y de su bebé en camino. Los niños de la guerra están mal de la cabeza.

Pasados dos días de este episodio, Jana ya ha leído cien veces la carta de Luis, y su padre, que ya no tiene ánimos para más guerras, le permite cartearse siempre que el mensaje pase antes por sus manos y por su censura paternal. A fin de cuentas, el zagal es un crío que vive a más de veinticinco kilómetros por carretera, que es mala y curvada, y no se va a dar paseos a pie de cuatro horas para rondar a la niña. Tontadas de chavalucos.

Esta tontada, en concreto, con caligrafía dudosa, decía lo siguiente:

> Querida duquesita:
> Le he pedido a tu tía la dirección de Hinojedo para escribirte. No te parece mala cosa, ¿a que no? A ella le pareció bien.
>
> Me acuerdo mucho de las tardes que charlábamos en la taberna y de cómo te burlabas de los muchachos chicos cuando jugaban en el puerto al salto del burro y se caían. Al final tu tía y tú curasteis la rodilla de Dieguito, ¿te acuerdas? A ese lo acaban de mandar a San Sebastián con sus tíos, a estudiar.
>
> También me acuerdo de ti siempre que el barco pasa delante de la Casa del Duque, que por cierto los señores se fueron ahora otra vez para Venezuela.
>
> Yo sigo pescando con el señor Marcial y ya me deja llevar el barco. Estamos haciendo buenas mareas. Hace mucho que te marchaste y se echa de menos verte en la taberna y por el puerto. Las niñas de tu clase han ido a preguntar a la señora Amparo por ti, y les ha dicho que a lo mejor vienes para las fiestas con tu hermana. ¿Es tan bonita como tú? Pregunto por saber. Y por ver si te enfadas un poco, que estás más guapa.
>
> Antes de irte te pedí un beso y me debiste entender mal, porque la bofetada me dolió bastante y me fui al mar al día siguiente aún con la cara colorada.
>
> ¿Me vas a dejar que te escriba? ¿Vas a venir por las fiestas? Por saber, por decirle a las niñas de tu clase, que son unas pesadas.
>
> Un beso de amigo.
>
> Luis.

Clara y Jana están tumbadas a los pies de Castío, la montaña que, sin querer, forma parte de sus vidas, sus entrañas, su referencia. Empieza a hacer calor. Apenas se las distingue, así, tumbadas entre hinojos y hierba verde y fresca, y las dos hermanas solo se muestran de cuerpo entero al cielo azul, que las observa callado, tranquilo e inmenso.

—Si quieres ir a Comillas, iremos —dice Clara, sin mirar a Jana, entretenida su vista con las pequeñas nubes que pasan rápido, a punto de esfumarse.

—Papá no nos va a dejar.

—Claro que sí. Ya habrán terminado las clases, y puede acompañarnos María, que ella va a ir en el coche de línea. ¿O no sabes que su familia es toda de allí?

—¿Qué María? ¿La profesora? —pregunta Jana, sorprendida. Clara contesta riendo:

—¿Profesora? Esa nos la han puesto ahí para corregirnos las cartillas de la escuela, pero profesora no es. No sabe ni coser, ¿no te has dado cuenta?

—No.

—Pues tienes que ir espabilando, Jana. Ya te lo dije: si quieres ir a Comillas, vamos, pero no te encapriches de un pescador.

—Yo no estoy encaprichada de nadie.

—Claro. ¿Y esa carta que llevas en el mandilón?

—Tú lo que te pasa es que estás celosa.

—No, Jana. Lo que pasa es que no puedes reírle gracias al primer desgraciado que aparece. ¿Quieres acabar con uno como papá?

—¿Qué dices? ¿Y qué tiene papá?

—Eso digo yo. ¿Qué tiene? Nada. Na-da —recalcó, casi con enfado—. Trabajos y miserias, y los hijos por ahí repartidos cuando le parece.

—¡Clara! ¡Qué dices! Fue la guerra, lo que le pasó a mamá, a Toñín... fue la guerra. Eres mala, ¿cómo dices eso?

—¿Qué guerra? Y ahora, ¿estamos en guerra? Porque trabajamos lo mismo o más. Yo he visto cómo vive la gente en la ciudad. Esto es de pobres y paletos. ¿No lo sabías? Paletos de pueblo, nos llaman. Pues para que te enteres.

—Pues seremos paletos pero honrados. Eres mala hablando así de papá.

—No soy mala. Fue él quien no nos cuidó cuando tenía que hacerlo. No me dejó que yo me encargase de todo.

Yo habría cuidado la casa, y a vosotros, y santas pascuas. Pero no. ¿Sabes qué hay que hacer?

—Qué.

—Casarse.

—¿Cómo que casarse? ¡Si no tenemos dieciséis años!

—Ya, tonta. No ahora, pero pronto. Casarse con un vaquero o con un señorito.

—¿Un vaquero?

—Claro, pero no uno de esos que presumen de sus cinco vacas y tienen dos cerdos en la pocilga. De esos, no. Uno de los que tienen ganadería en condiciones, al menos cuarenta cabezas. Más los cerdos para la matanza y asegurarse buena carne salada para el invierno.

Jana se ríe, tomándolo a broma, y recordando el trabajo de su hermano David:

—¡Pues como no vayamos a La Tablía!

—Pues a lo mejor —dice Clara, completamente resuelta—. Y, si no, un señorito.

—Claro, un señorito, de los que llevan chaleco. ¿Y cómo lo rondas?, ¿con tus albarcas y oliendo a vaca, y con tu falda cosida de saco de harina? Yo también vi señoritos en Comillas, y casi ni me atrevía a mirarlos, por si les manchaba. Además, esos no van a nuestras verbenas.

—Pero mira que eres tonta, Jana. ¿No ves que todas las que van a la capital a servir están cazando señores? La prima Tensia, con diecisiete años, pues ahí la ves, se casa el mes que viene con el de los Conde, que tienen la fábrica esa de los colchones.

—Se habrán enamorado.

—Le ha hecho un hijo, tontuca. Si es que no te enteras, que ahora todo el mundo sabe por qué va con esas camisas amplias. A lo mejor está ya de cinco meses, la muy descarada.

Jana, escandalizada, se lleva la mano a la boca, como para tapar un secreto que no ha salido de sus labios. Clara se ríe, divertida.

—Así que ya sabes, olvídate de marineros pobretones.

Hay que apuntar más alto: o vaqueros o señoritos. Yo iré a servir tan pronto acabe la escuela, el año que viene. Ya me sé el oficio y tengo referencias de la abuela. Después te puedo colocar a ti. Aunque no cazásemos marido, trabajaríamos menos y comeríamos mejor. Eso, seguro.

—Tú estás mal de la cabeza —sonríe Jana.

—No, yo tengo cabeza, que es diferente. Te estoy enseñando —dice Clara, seria. Deja pasar unos segundos y sonríe abiertamente—: En fin, por lo menos que ese Luis sea guapo —se burla de Jana, pellizcándola.

Ambas hermanas se ríen y se dan codazos cómplices. Terminan por guardar silencio, y se quedan contemplando el cielo, que escucha todo sin réplica, que parece cobijarlas bajo la inmensidad y ante un futuro lleno de posibilidades.

La mente femenina es un laberinto enrevesado que puede superar, cien veces y sin esfuerzo, a la malicia masculina. ¿Sabes qué puede volver fría y despiadada a una mujer?

La ambición.

La vida de tres zarzas, la vida de un perro.
La vida de tres perros, la vida de un caballo.
La vida de tres caballos, la vida de un hombre.
La vida de tres hombres, la vida de un águila.
La vida de tres águilas, la vida de un tejo.
La vida de un tejo, la longitud de una era.
Siete eras desde la creación hasta el día del juicio.

Dicho popular inglés

Envenenado.

Valentina Redondo tomó aire y lo expulsó lentamente, retomando en su cabeza todos los datos de que disponía. Quedaba solo media hora para la reunión. Había citado a todo el equipo de la Sección de Investigación a las ocho en punto de la mañana en la Comandancia de Cantabria, en Santander.

El día anterior, por la noche, cuando ya había dejado a Oliver Gordon en Villa Marina, el sargento Riveiro la había llamado por teléfono. El doctor Viesgo había fallecido por causa de un veneno, de momento, desconocido. Probablemente, al parecer, un veneno vegetal, que casualmente era de los más difíciles de detectar: quizá se tratase de planta de beleño, o de belladona, o incluso de adormidera. El accidente de coche había sido completamente secundario, consecuencia inevitable de la pérdida de conocimiento; con toda probabilidad, el doctor ya estaba muerto cuando el vehículo fue definitivamente frenado por una higuera centenaria. Si la noticia se filtraba a los periódicos, la alarma social iba a empezar a ser notoria. Los de la Unidad Central Operativa (UCO) de Madrid iban a querer intervenir. O lo iban a insinuar. Que no, joder, que no, que aquello tenía que resolverlo su equipo, se repetía Valentina mentalmente. Tenían que moverse rápido. Encima, Sabadelle le había informado de que no había conseguido resultados concluyentes tras su visita al museo y a la universidad: seguía siendo un misterio qué pintaba en Villa Marina, acompañando el cadáver de un bebé, el dichoso dios verde de la lluvia y la fortuna. El resto de la información que habían logrado reunir sus compañeros el día anterior tampoco había aportado mucha luz al caso, sino solo más incógnitas. Cuando terminase la reunión, tenía previsto ir inmediatamente al Instituto de Medicina Legal de Cantabria para hablar con Clara Múgica. Necesitaba los resultados de los laboratorios con urgencia. Cualquier información podía suponer la clave, el punto de inflexión para encaminar la investigación por el camino correcto. Si era necesario, contrataría los servicios de algún laboratorio privado: no sería la primera vez. No quería a los de la UCO por allí. Todavía no; llevaban apenas una semana de investigación desde que había aparecido el cuerpo en Villa Marina, y el asunto no había sido asignado a su sección hasta que había aparecido Pedro Salas en la ría, tres días atrás. Sabía que los de la UCO de la Guardia Civil eran buenos, quizá incluso la élite de la investigación en España e incluso en Europa, pero también sabía que su propio equipo era rápido y efectivo. Solo necesitaba tiempo. No es que quisiese la medalla para ella, o para su Sección de Investigación: sabía que probablemente, aun resolviendo el caso, ninguno de sus nombres saldría en los periódicos, ni en ningún tipo de prensa. Eran prácticamente soldados, un ente sin personalidad identificable, un cuerpo de servicio público, sin identidad individualizada. Todo por la patria. Para Valentina se trataba más bien de algo personal, de retarse a sí misma de forma constante, de demostrarse que tenía una capacidad de resolución y eficacia intachables. Cuando el juez Jorge Talavera la había llamado por la noche, para verificar el estado y los avances de la investigación, se había sentido completamente desarmada, como una niña pequeña entregando malas notas a su padre, sin resultados tangibles. Al menos, al juez no le había parecido, de momento, que su equipo fuese incompetente, y, por fortuna, si era necesario, le había dado carta libre para gestionar las pruebas forenses más urgentes en laboratorios privados, prometiendo intentar agilizar las diligencias con la compañía telefónica de Pedro Salas y unas nuevas con la de David Viesgo, el médico fallecido por envenenamiento. Valentina sabía que era víctima de sí misma, de su obsesión enfermiza por la perfección, por el orden y control absoluto de las cosas, por no quedar en evidencia, por no mostrar sus debilidades. Pero había días, como este, en que su concentración era tan alta, tan locuaz y llena de suspicacia, que se dejaba observar abiertamente por los demás, mientras ella escarbaba dentro de sí misma las respuestas.

Puntualmente, fueron apareciendo todos los miembros del equipo en una sala anexa a su despacho, donde ella ya había preparado un gran mapa posicionado verticalmente y una pizarra. Tras los saludos de rigor, el sargento Riveiro, el subteniente Sabadelle, el cabo Roberto Camargo y los agentes Marta Torres y Alberto Zubizarreta, que eran los más jóvenes del equipo, ocuparon los asientos que ya habían sido dispuestos para la reunión.

—Señores, vamos a revisar toda la información de que disponemos y a reenfocar las pautas de la investigación —anunció Redondo, a modo de presentación e introducción.

Sabadelle emitió su peculiar chasquido de lengua, sin quedar claro si con ello mostraba su conformidad o su hastío.

—Sabadelle, como vuelvas a hacer el ruidito ese de los cojones te rebano la lengua con una catana. ¿Lo tienes claro? —dijo la teniente con dureza y furia contenida, aunque con semblante asombrosamente tranquilo. Todos permanecieron en silencio. Sabadelle no era precisamente de trato agradable, miraba incluso a sus superiores con un halo de superioridad, pero ahora se había quedado literalmente anonadado. Riveiro, mientras Sabadelle se recomponía en su silla con evidente enfado y rubor, simuló una sonrisa: buen comienzo de reunión.

—Como decía, compañeros, vamos a poner sobre la mesa toda la información para poder ponernos a trabajar lo más rápidamente posible —dijo Redondo, dirigiéndose a la pizarra, donde ya tenía hecho un esquema de fechas, nombres y lugares.

Siguió hablando:

—El jueves 4 de julio apareció el cadáver de un bebé semimomificado en una casa llamada Villa Marina, en Suances. Las pruebas forenses iniciales determinan que el cuerpo sufrió la descomposición en el mismo lugar donde fue depositado tras el deceso, por lo que podemos eliminar la posibilidad de que el propietario actual de la vivienda, o incluso los obreros que trabajan en la misma, hayan colocado el cadáver allí recientemente. El cuerpo parece tener una antigüedad de entre cincuenta y setenta años, pendiente de ajustar. El símbolo azteca que acompañaba el cadáver, denominado Tlaloc, y que parece corresponder a una especie de dios de la fortuna, resulta todavía un misterio, pero posiblemente su origen, cuando lo establezcamos, nos pueda dar una clave en este asunto. Sabadelle, —dijo, mirando al subteniente, que aún estaba ruborizado—. ¿Podrás desatascar ese punto?

—Estoy en ello, teniente —respondió, solícito, aunque con una mirada llena de rencor—. En la universidad han quedado en ponerse en contacto conmigo esta mañana para ver si conseguían establecer el vínculo. He hablado ya con otros colegas expertos en patrimonio y en deidades sudamericanas. He averiguado que hay un profesor en la Universidad de Deusto, en Bilbao, de la Facultad de Humanidades, de Historia y Filosofía de las Religiones, cuya tesis de doctorado versa sobre el vínculo de deidades sudamericanas con España, por causa del intercambio cultural progresivo, el retorno de indianos y la emigración...

—Bien —le cortó Redondo, que hizo una brevísima pausa, como sopesando la información—, intenta hablar con él tan pronto como termine esta reunión. Si es preciso, te marchas para Bilbao esta misma mañana, lo dejo a tu arbitrio, pero quiero datos operativos este mediodía sin falta —concluyó, sin dar lugar a réplica, dirigiendo nuevamente la mirada a todos los presentes—. Continúo: tras localizar el cuerpo en Villa Marina, los registros en la vivienda y las pruebas realizadas por georradar han descartado la posibilidad de que haya más cadáveres en la propiedad, incluida la cabaña del señor Gordon, por lo que debemos entender este ocultamiento de cuerpo, que aún no está claro que implique un homicidio, como un hecho aislado —finalizó este nuevo punto, mirando a todos los presentes, que se limitaron a asentir—. El domingo 7 de julio, entre las siete y las nueve de la mañana, fue asesinado Pedro Salas, vecino de Suances, encontrándose su cadáver flotando entre las rocas, en las inmediaciones del espigón de la ría. Le dispararon a corta distancia con un revólver calibre 38, en principio. Estamos pendientes de balística. Sin embargo, murió ahogado a los pocos minutos; esto nos hace suponer que, dado que el cuerpo quedó bloqueado al caer entre dos grandes piedras del espigón, o bien le dispararon allí mismo o bien lo hicieron a no mucha distancia y trasladaron el cuerpo. Esta segunda posibilidad, salvo que el individuo hubiese sido asesinado y arrojado desde un barco, está prácticamente descartada, porque al final del espigón no puede accederse mediante automóvil, y una persona transportando el peso prácticamente muerto de otra habría llamado la atención sin lugar a dudas, a pesar de que la zona no resulte ser muy frecuentada tan temprano. Además, en tal caso, tendría que haber habido restos de sangre sobre el cemento, y no se ha detectado rastro alguno en este sentido.

—Pensaba contactar esta mañana de nuevo con los hoteles de la zona, para ver si algún cliente hospedado ha visto algo —interrumpió Riveiro, que no dejaba de tomar notas.

—De acuerdo —asintió la teniente, mostrando conformidad—, pero después estableceremos las líneas de actuación de todo el equipo. En todo caso, me preocupa que, teniendo en cuenta la cantidad de gente que hay en Suances en verano, nadie haya visto el cadáver durante prácticamente el día entero que se supone que pasó en el espigón.

—Quizá yo tenga aclaración para eso —interrumpió de nuevo Riveiro, que, mirando a Redondo, procedió a explicar al equipo, tal y como el viejo pescador Antonio Rúa había hecho el día anterior, la existencia en los últimos días de una marea inusualmente quieta y tranquila, así como la cantidad de algas que se habían acumulado en el muelle, de manera que un cadáver podía haberse camuflado fácilmente entre tanta vegetación acuática.

—Podría ser —concedió la teniente— una casualidad inusual, y más en el mar Cantábrico, pero la explicación tendría su lógica. No debemos dar por sentado ese razonamiento, pero es plausible. Continúo —dijo, adaptando su tono de voz al discurso que ya, de antemano, tenía programado—: Pedro Salas carecía de antecedentes y era vecino de Suances de toda la vida. Viudo, con dos hijos, que han declarado recibir, en total, entre quinientos y seiscientos euros mensuales de su padre. Teniendo en cuenta que el salario de este hombre ascendía a una media de mil doscientos euros al mes, las cuentas no cuadran. Tenía que estar recibiendo ingresos estables extras, y de momento no parecen proceder de contrabando. Vamos a tener que revisar su vida por completo, su familia, sus antecedentes personales, y, especialmente, contrastar con los hijos desde cuándo su padre se mostraba tan generoso. Quizá haya también aquí un punto de inflexión significativo —dijo, pensativa, al tiempo que se dirigía a Riveiro—. ¿Tenemos ya algo interesante en relación con la información del ordenador de Pedro Salas?

—No he podido revisar todo lo que había en el disco duro todavía, de hecho, he empezado a verlo esta misma mañana, pero sí hay una novedad que creo que es importante: además de toda la información que ha circulado en la red y en los periódicos *on line* estos días sobre el cadáver de Villa Marina, y además de la información sobre Oliver Gordon, cuyas búsquedas en internet parecen recientes, hay archivos guardados en el ordenador sobre la empresa Bocartes Ongayo.

—Otro vínculo. Este asunto es más grande lo que parece —comentó la teniente, pensando en alto, al tiempo que anotaba el dato en la pizarra—. ¿Qué clase de archivos? —inquirió.

—En realidad, parecen noticias de las páginas de Economía de los periódicos, desde las de *El Diario Montañés*, pasando por *El Faro de Cantabria* hasta *El Cantábrico*.

—¿Y no hay archivos o búsquedas sobre la propia señora Ongayo? ¿Solo sobre su empresa?

—De momento, eso parece. Pero he empezado a revisarlo hace solo unos minutos, ayer salí ya tarde del Instituto de Medicina Legal.

—Por supuesto —le disculpó Redondo. No admitía la impuntualidad, pero sí que el personal durmiese. Meditó en silencio el asunto unos segundos. ¿Por qué un viejo marinero iba a estar interesado en saber la marcha económica de una empresa de bocartes? Era más que dudoso que buscase trabajo allí a aquellas alturas. ¿Chantaje?—. Tendremos que sopesar la posibilidad de que Pedro Salas realizase algún tipo de extorsión a Bocartes Ongayo —dijo, mirando a Riveiro—. No descartemos esa posibilidad.

Los asistentes a la reunión asintieron, prácticamente al unísono, a excepción de Sabadelle, que por unos segundos casi chasqueó la lengua, que terminó manteniendo quieta y en silencio, recordando la catana que la teniente había amenazado figuradamente con utilizar.

—Bien, sigamos —dijo Valentina Redondo, mirando de reojo el reloj de pared que contaba los minutos—. Terminaré la exposición y después cada uno que comente sus intuiciones, dudas o preguntas. ¿De acuerdo? —El equipo de la Sección de Investigación volvió a asentir, en silencio, incluido Sabadelle, que no encontraba acomodo en la silla, en la que se retorcía sin parar—. Un jueves encontramos el cadáver del bebé; un domingo, al alba, matan a Pedro Salas en Suances; y aparece su cuerpo, también a primera hora, el lunes, en el espigón de la ría. El martes 9 de julio el propietario de la vivienda, Oliver Gordon, se pasa la tarde con su abogado en Santander, recabando información y documentación sobre sus antecedentes familiares y sobre Villa Marina. Este dato ha sido corroborado por el cabo Camargo, que ha estado ayer con San Román, el abogado, en Santander —dijo, mirando al cabo, que asintió levemente con un gesto de cabeza—. Acto seguido, el señor Gordon se reunió con Sabadelle, con Riveiro y conmigo aquí mismo, en la Comandancia. El miércoles 10 de julio, es decir, al día siguiente, el señor Gordon estuvo desde las nueve de la mañana hasta la tarde-noche con nosotros, primero en Santillana del Mar y después en Comillas. Es decir, que Oliver Gordon tiene coartada para la tarde del martes íntegra y para el día del miércoles, casi por completo, ya que yo lo dejé en Villa Marina pasadas las ocho y media de la tarde, casi a las nueve. Esto resultará más o menos importante según los datos que nos faciliten en el laboratorio sobre el envenenamiento del doctor Viesgo, que falleció, en principio, en la tarde del martes, aunque su cuerpo fue hallado el miércoles por la mañana por nuestros compañeros de Suances, pero la hora de la defunción está pendiente de determinar. —Redondo volvió a hacer una breve pausa, revisando sus notas y la pizarra, como cerciorándose de que no se le escapaba nada. Continuó:

»La señora Ongayo pareció estar sinceramente sorprendida y consternada con la noticia de la muerte del médico, pero es una mujer acostumbrada a negociar, a mentir y a manipular. Tengo la sensación de que me mintió en muchas de sus declaraciones, pero de momento contra ella no tenemos más que conjeturas.

Redondo tomó aire, como para infundir orden en su mente y retomar de forma clara su exposición.

—De momento, esto es lo que tenemos: tres cadáveres, y el primero con una antigüedad probable de más de cincuenta años, cuyo hallazgo parece haber sido el detonante de los homicidios. Y no descartemos que pueda haber más. Pedro Salas tenía sesenta y cuatro años. David Viesgo, setenta y dos. La franja de edad nos podría hacer suponer que el homicida tiene entre sesenta y setenta y cinco años, aproximadamente. Podríamos estar ante un psicópata, aunque su línea de actuación no estaría definida por su propia psicopatía, sino por un nexo de unión entre las víctimas. De todos modos, el perfil criminal del homicida, si es la misma persona en ambos casos, tendrá que esperar a los resultados forenses.

Redondo tomó aire de nuevo y lo expulsó lentamente, analizando si le quedaba pendiente algún comentario antes de dar turno de palabra.

—¿Algo que comentar? —terminó preguntando.

Sabadelle bajó la vista. Sabía que sus gestiones, de momento, no habían obtenido resultados, y que su tarea en este asunto se iba a limitar a esclarecer qué pintaba el dichoso dios Tlaloc en Villa Marina. Puto muñeco verde, pensó. Le repateaba no haber podido aclarar un posible vínculo, especialmente en un tema que le competía a él, y que no era habitual encontrar en el día a día en la Comandancia. No soportaba que la teniente Redondo dirigiese, desde hacía casi un año, la Sección de Investigación: sinceramente, se veía mucho más capacitado que ella, una mujer histérica de la limpieza. ¿Acaso la Guardia Civil era un cuerpo militar pensado para marujas? Claro que no. Pues entonces.

—En mi opinión —intervino Riveiro, ajeno a los pensamientos de Sabadelle—, la aparición del cadáver del bebé es el detonante claro de los asesinatos, aunque no tengo claro que el asesino sea el mismo: la forma de matar es muy diferente. El homicidio de Pedro Salas aparenta venganza, rabia; es un disparo de frente, a bocajarro. El del médico es más femenino, más sutil: todos sabemos que el porcentaje de asesinatos realizados por envenenamiento sigue una proporción de siete a uno a favor de las mujeres.

—Es cierto —replicó Redondo—, pero para trazar el perfil debemos tener todos los resultados forenses —se lamentó—. Primero tenemos que saber el *qué* para poder determinar el *cómo* y el *porqué*.

—Eso me preguntaba yo —interrumpió la agente Marta Torres—, el porqué. No encuentro razones para el móvil. El bebé, posiblemente, ni siquiera fue asesinado, y, si lo fue, el crimen ha prescrito. ¿Por qué alguien se iba a tomar tantas molestias?

—Eso es lo que tenemos que averiguar, Torres —dijo Redondo, asintiendo—: el móvil, la causa. Parece que con ese bebé se ocultaron muchos secretos.

—Nunca sale nada bueno de levantar muertos —dijo, sorprendiendo a todos, el agente Zubizarreta, que, normalmente, solía estar callado en esta clase de reuniones.

—Ya —acertó a decir Valentina—. Quizá para esto nos ayude la perfilación geográfica —añadió, señalando el mapa que había expuesto en la sala, recordando las técnicas de investigación criminal que ella había aprendido en el SAC, que era la Sección de Análisis de Conducta de la Unidad Central de Inteligencia Criminal de la Policía Judicial en España. Únicamente había estado dos semanas en Madrid, hacía ya casi dos años, exclusivamente para asistir a un curso intensivo que se ofrecía, no solo para los propios agentes de la unidad policial, sino también para los psicólogos criminalistas de la Guardia Civil y para algunas secciones de las fuerzas especiales. Aquellas dos semanas, intensivas y agotadoras, le dieron un punto de mira y una base de trabajo mucho más amplia para los años venideros. Aunque el SAC era una sección de investigación psicológica sobre delitos violentos completamente nueva en España, incorporaba técnicas ya experimentadas, como las de Scotland Yard en Inglaterra, las de la Sûreté en Francia o las del FBI en Estados Unidos.

Valentina miró el mapa, y comenzó a señalar los puntos donde habían sido localizados los tres cadáveres: el bebé, en Suances. Pedro Salas, en Suances. El médico, en La Tablía, de forma fortuita. Vivía en Santander, pero había ido a ver a la señora Ongayo a Comillas: su última visita. ¿Dónde colocarlo en el mapa? Sus compañeros la miraban, inquisitivos.

—Buscas el punto de anclaje, ¿verdad? —preguntó Riveiro, que era el compañero con quien Redondo más había hablado sobre su experiencia en el SAC y, en general, sobre todas las posibles formas de establecer perfiles criminalísticos.

—¿El punto de anclaje? —preguntó Marta Torres, que era la incorporación más joven y reciente de la Sección de Investigación de la UOPJ.

—Sí, eso busco —aclaró Redondo, escudriñando el mapa, que no dejó de mirar, mientras continuaba explicando, en voz alta, sus pensamientos—: el punto de anclaje es, o viene a ser, la guarida del asesino, si es que solo tenemos uno —dijo, al tiempo que empezó a marcar con un lápiz el mapa—. Sabemos que, por el lugar en donde se mata, también podemos determinar rastros de comportamiento del asesino: no se delinque tan lejos como para no asegurarse la huida, ni tan cerca como para comprometer la guarida... la mayoría comienza a delinquir en esa zona de confort, pero no creo que este sea el caso. No parecen víctimas al azar, sino personas asesinadas por alguna razón concreta, muy posiblemente vinculada con su pasado personal.

Se hizo un breve silencio en la sala, como si todos los presentes estuviesen buscando respuestas en el mapa.

—¿Se supone que el asesino viviría dentro del círculo que has trazado ahí? —preguntó Marta Torres, señalando el gran círculo, casi elipse, a lápiz, que Redondo había dibujado en el mapa, uniendo Santander y Comillas, y envolviendo a su paso Suances, Torrelavega, Santillana del Mar y un gran trozo azul de mar Cantábrico.

—No exactamente. Para determinar bien el punto de

anclaje necesitaríamos todos los datos forenses: no importa solo el lugar, sino también la hora del crimen, los horarios de que dispone el asesino. Lo que he trazado aquí vendría a ser una muy provisional Hipótesis del Círculo, que consiste en marcar sobre el mapa las escenas del crimen tomando como diámetro los dos lugares más alejados. En el caso del médico envenenado, he ampliado la zona a Santander, dada su procedencia, y a Comillas, que es de donde venía cuando falleció. La zona central del círculo sería el emplazamiento más probable de residencia del asesino. Pero, a priori, no podemos dar por ciertos estos puntos, especialmente por el médico, porque tenemos que saber aún dónde fue envenenado.

—Pues según esa hipótesis —intervino el cabo Camargo—, el asesino estaría por Suances o por Santillana del Mar.

—Que son concejos con muchos habitantes —suspiró Redondo—; así que debemos ponernos a trabajar inmediatamente. Sabadelle, creo que ya sabes qué es lo que tienes que hacer. Al mediodía quiero respuestas sobre Tlaloc —ordenó con frialdad—. Si tienes que irte a Bilbao, vete; habla con quien haga falta, pero desatasca ese punto, ¿de acuerdo?

—De acuerdo —replicó formal, aunque evidentemente malhumorado.

—Torres y Zubizarreta —continuó la teniente Redondo—, quiero que os encarguéis de rastrear todo el pasado familiar, laboral, personal, todo, de Pedro Salas, David Viesgo, Oliver Gordon y la señora Ongayo. Quiero, incluso, datos sobre sus familiares allegados, padres, hermanos... cualquier detalle que os llame la atención, ¿de acuerdo? Especialmente, de familiares en una franja de edad entre los sesenta y ochenta años; incluso de mayor edad.

Los agentes asintieron, al tiempo que tomaban notas.

—Especialmente —insistió la teniente—, quiero que verifiquéis también las últimas defunciones familiares, sus causas, sus fechas y lugares. Concretamente, en el caso de la señora Ongayo, dijo tener dos hermanos muertos y un hermanastro en paradero inconcreto, aunque podría haberse establecido por Cartagena. Quiero también toda la información disponible de su hija, la que tuvo de su segundo matrimonio.

—Pero esa información requerirá ir al registro civil, muchas llamadas y visitas, puede llevarnos días... —comenzó a quejarse, abrumada, Torres.

—Por eso os encargo la tarea a dos agentes y no solo a uno. Y no tenemos días, sino horas, así que debéis moveros rápido —atajó Redondo, que volvió su mirada hacia el cabo:

»Camargo, echarás una mano a Torres y Zubizarreta, pero quiero que te centres en Bocartes Ongayo, en su historial empresarial, a ver si hay alguna fisura reciente, algo que llame la atención. En el registro mercantil podrás conseguir los balances de la empresa, sus últimos nombramientos, todo. Para descargar a los compañeros —dijo, mirando comprensiva a Torres y Zubizarreta—, céntrate tú más en esta empresa y en la propia señora Ongayo y su familia. Trabajad rápido y en equipo, ¿de acuerdo?

Los dos agentes y el cabo asintieron, sabiendo que sería Camargo el que dirigiese las actuaciones, no solo por su rango superior, sino porque el toque de liderazgo discreto siempre terminaba encajando en él, aunque fuese a la pequeña escala en la que la teniente Redondo le daba cancha para moverse y trabajar.

—Riveiro —prosiguió Redondo, resuelta, al parecer, a ir finalizando la reunión—, tú termina de revisar el contenido del ordenador de Pedro Salas, mira cómo va lo de la orden judicial para acceder a los datos del móvil, contrasta de nuevo la información que te puedan facilitar los hoteles de la zona donde encontramos a Pedro Salas, y, de entrada, vente conmigo ya al Instituto de Medicina Legal, porque según la información que nos faciliten tendremos que hacer nuevas gestiones y te necesito operativo. Posiblemente tendremos que contratar laboratorios privados, habrá que interrogar de nuevo a la viuda del médico y a la señora Ongayo, de modo que...

—¡Teniente! —exclamó un cabo uniformado, abriendo abruptamente la puerta de la sala donde la Sección de Investigación estaba reunida—. Disculpe la interrupción, ¿puedo hablar con usted ahora?

—¿Ahora? ¿Es urgente? —preguntó, molesta, la teniente Redondo.

—Lo es, creo. Sobre el asunto que están llevando. Si quiere, podemos hablarlo en privado, acaban de llamar, yo...

—No, cabo, dígame, qué ocurre.

El cabo resopló, como cogiendo carrerilla mental para decir todo el mensaje telefónico que había memorizado.

—Parece que un hombre de casi ochenta años, hospitalizado en el Santa Clotilde, aquí en Santander, ha sufrido un intento de asesinato... acaba de llamar el inspector Manzanero del Cuerpo Nacional de Policía. No me ha querido dar más datos, dice que hablará con usted cuando esté disponible, ya que el caso lo llevan ellos de momento. Dice que la víctima se encuentra en un estado medio de demencia, pero que habla sobre la familia de un zorro y de un hombre que está en peligro, el dueño de la casa, Oliver Gordon, y que quiere hablar con él.

—¿Con Oliver? —preguntó, asombrada, la teniente, sin medir ante sus compañeros la cercanía de trato familiar con el señor Gordon. A fin de cuentas, habían pasado mucho tiempo juntos, solos, en intimidad, conversando en el coche. Un rato agradable, por cierto. ¿La familia de un zorro? ¿Oliver Gordon en peligro? ¿Otro asesinato? Al menos, este último había sido frustrado. Un bebé emparedado, un dios azteca de por medio... ¿qué coño estaba pasando?

Como si se tratase de una comedia ágil y delirante de los años cuarenta de los hermanos Marx, apareció otra agente por la puerta, preguntando también por la teniente Redondo.

—Pero ¿se puede saber qué pasa ahora? —preguntó Valentina, asombrada, que todavía estaba asimilando la nueva información que acababa de recibir, y disponiéndose a llamar al inspector Manzanero, con el que tenía muy buena relación desde hacía tres años, en que habían coincidido por un asunto de homicidios.

—Tiene una llamada.

—¿Y es tan importante como para interrumpir ahora, en medio de una reunión?

La agente se sonrojó ligeramente.

—No lo sé, el chico dice que es muy urgente.

—¿El chico?

—Oliver Gordon.

—¿Oliver? Pero ¿qué...?

—Está al teléfono; yo... —La agente, casi tartamudeando, empezó a dudar de la credibilidad de la urgencia de la llamada, aunque se recompuso, con todas las miradas puestas en ella, para terminar de trasladar el mensaje—. Dice que ya sabe cuál es el vínculo... que ya sabe de dónde viene Tlalcol... o Tlaloc.

Y en aquel momento, con todos los presentes mudos de asombro, solo sonó en la sala el redoble de lengua indolente de Sabadelle, rojo de rabia y ansioso por saber la información, especialmente por si esta le iba a dejar o no en buen lugar. ¿Se le habría escapado a él, graduado en Historia del Arte y con un máster en Arqueología y Ciencias de la Antigüedad, algún detalle que sí había captado el anodino y puñetero inglés? La teniente Redondo ni siquiera escuchó el chasquido mecánico y hueco característico de la lengua de Sabadelle: ya había salido disparada, rápida, hacia el teléfono.

Bip, Bip, Bip.

Otra nueva llamada. El teléfono móvil del sargento Riveiro se agitó en su bolsillo. Instituto de Medicina Legal de Cantabria. La forense Almudena Cardona, ayudante de Clara Múgica, al aparato:

—¿Sargento Riveiro?

—Sí. Dime, ¿Cardona?

—Sí. Creo que ya sabemos cuál fue el veneno utilizado con David Viesgo. Hemos tenido suerte; teníamos aquí, en un congreso del Hospital de Valdecilla, al doctor Gael Bárcena, del Instituto Nacional de Toxicología... es un experto del departamento forense toxicológico.

—Ya... ¿y entonces?

—Entonces, podemos determinar de forma provisional, y aún pendiente de confirmar, que la toxina utilizada proviene del tejo.

—¿Del tejo? ¿Cómo que del tejo? ¿Del árbol de tejo, quieres decir? ¿En serio?

—Claro que *en serio*, por supuesto. He llamado porque ayer insististe en la urgencia de las pruebas, pero he de recalcar que los resultados aún están pendientes de afianzar.

—¿Y la doctora Múgica?

—Aún no ha llegado.

—Ah. Entonces... así que tejo. Pero si ese árbol está por todas partes, en los parques, en los jardines... ¿de verdad es venenoso? Quiero decir, ¿venenoso como para matar a alguien?

—Y tanto. Imagino que vendrás por aquí, así que si quieres el doctor Bárcena te podrá explicar con detalle cualquier duda. Te dejo, tenemos un lío tremendo, ¿de acuerdo?

—De acuerdo. Creo que en un rato salimos la teniente Redondo y yo para allí. Gracias, Cardona.

—No hay de qué.

Cuando Riveiro colgó el teléfono, sus compañeros de la Sección de Investigación, que habían escuchado parcialmente la conversación con la forense, lo miraron, expectantes, esperando explicaciones adicionales. Pero Riveiro no pudo decir nada, porque en aquel instante regresó Redondo a la sala, y lo que les empezó a contar les dejó, definitivamente, mudos y llenos de asombro.

Diario (9)

Me temo que, ante el devenir vertiginoso de los acontecimientos, no podré entrar en muchos detalles. Están ocurriendo demasiadas cosas. Demasiado rápido. La vida solo es presente y futuro, pero el pasado se entreteje como un peso de seda y de acero en la espalda y en los pasos del que camina. Debo seguir contando cómo ocurrió todo. Hace ya tanto, tantísimo tiempo...

Clara y Jana fueron varios veranos seguidos a las fiestas de Comillas. Algo empezó a construirse entre los caminos de piedra, entre las casonas indianas y las cántabras, sin importar la furia del mar, ni el peso y la mirada señorial de los palacios modernistas, ni las palabras de prudencia de los adultos. Aquellos días, ellas los vivían como si fuesen los últimos en la Tierra. Con recato pero con intensidad.

Sería la luz del atardecer.

Sería la sangría de la tía Amparo.

Sería la temperatura suave del verano y el miedo tangible a que no existiese un mañana.

Sería, quizá, el azul marino de los ojos de Luis. O la mirada de los muchachos cuando las hermanas pasaban dejando tras de sí fragancia a manzanilla e hinojo.

¿Qué sería? A lo mejor, la música de orquesta de la verbena, que se enredaba en el aire y en las palabras ligeras que se susurraban a los oídos.

En agosto de 1944, Jana tiene dieciséis años. Clara, dieciocho. Ya son mujeres hermosas, con largas y brillantes cabelleras castañas. Pero es una belleza de las que se lucen con modestia, con ropas manidas, baratas y reteñidas. Clara destila carisma, fuerza e independencia, aunque su actitud parece de permanente alerta y recelo: cercana, pero siempre distante, como si dentro de ella hubiese un pozo al que nadie puede nunca llegar, un abismo frío que solo a ella le pertenece.

Jana sigue destacando de forma particular, con una elegancia independiente al hábito y a la condición. Todos piensan que ella y Luis son novios, porque ella le deja que la acompañe, al final de la fiesta, a casa de la tía Amparo y el tío Pepe.

Todos saben que él ha ido a algunas verbenas de La Carava, que se hace los domingos de invierno en un viejo almacén en Hinojedo, y que la ha sacado a bailar, mientras los músicos de aldea daban al manubrio de la música ya prefabricada que escondía un organillo.

Y todos saben que, durante cuatro veranos, ha ido en coche de línea hasta Hinojedo, para cruzar la ría de San Martín en la barca de don Quiterio, y llegar así a Requejada, donde, en un eucaliptal decorado con papeles de colores, se hacía un baile estival cada domingo. Él, aprovechando que se podía quedar a dormir en casa de un primo guardia civil en el pueblo de Ubiarco, cercano a Suances, gastaba tiempo y dinero en el viaje, solo por pedirle una pieza a la mozuca de ojos verdes, mientras los músicos, amparados bajo un templete, llenaban de música el bosque nocturno y animado.

Hoy es realmente tarde: casi las diez de la noche. Jana echará la culpa del retraso a la barca de don Quiterio, diciendo que ha llegado tarde para recoger a la remesa de jóvenes decentes que regresan de la verbena dominguera a sus casas. Luis la acompaña en su regreso, solos, porque la supuesta carabina, que no es otra que Clara, se ha marchado ya hace dos horas hacia Torrelavega.

Clara lleva dos años sirviendo en la ciudad, en la misma casa donde aprendió el oficio de criada y donde la abuela Julia cocinaba sin descanso. Clara limpia, atiende a las pequeñas criaturas, cocina y abre la puerta a las personas importantes, porque sus señores han elevado el estatus, tras elevar de forma paralela su saldo bancario, gracias a inversiones provechosas en Uruguay. Pero Clara está sola; la abuela Julia murió el año pasado: algo en los pulmones, dijo el médico. Parecía que se habían encharcado, les explicó; como si fuesen pozas huecas esperando la lluvia.

Pero Jana no piensa ahora en Clara. Realmente, solo piensa en su indecencia y se concentra en qué está haciendo y en qué se deja hacer. Siente el deseo emergiendo, caliente, de su sexo, pero su cabeza le ruge palabras de negativa, de recato, que sus sentidos se niegan a seguir.

Luis está tumbado sobre ella, la besa desesperado, mientras sus cuerpos reposan en movimiento sobre paja templada, solo a doscientos metros de su casa, escondidos en el establo de don Gumersindo, un vecino ajeno a la existencia de ninguna pareja de enamorados dentro de su ruinosa propiedad.

La camisa de Jana es desabotonada por Luis, despacio pero con urgencia contenida, a medio camino entre el respeto extremo y la más infinita excitación.

—El ajustador no, eso no —suplica Jana, mirando a Luis a los ojos.

—No, tranquila, eso no —concede Luis, sin dejar de besarla, enlazando su lengua con la de ella, como a golpes de calor, caminando hacia lo salvaje, hacia el descontrol total que maneja el verdadero deseo.

—Solo un poco, un ratito nada más... por favor, solo un rato —vuelve él a suplicar, tocando sus pechos sobre el ajustador, acariciándolos, cada vez más rápido. La propia Jana, desoyendo instrucciones de decoro, suelta el endeble corchete de su ropa interior, último parapeto ante el enemigo de la lujuria. Luis, incontrolable, asalta los dulces pechos de Jana, suaves, calientes, de pezones rosados y erectos. Los acaricia. Al principio, despacio, extasiado. Por fin, se deleita con ese paso íntimo, después de tanto tiempo. Después, reparte su lengua y su deseo entre la boca y el cuello de Jana para bajar, tras una mirada larga a los ojos verdes de gata de ella, a cubrir con sus labios el regalo de sus pechos, que lame, sorbe, succiona y mordisquea, mientras una durísima erección le pide salir de sus pantalones, para adentrarse en la piel de Jana, en su humedad y en su calor envolvente.

—No, eso no —pide ella, a pesar de estar también aturdida por el deseo, viendo que él empieza a desabrocharse en la entrepierna.

Él no contesta. Cede al decoro y aleja su mano de los botones de los pantalones, pero vuelve a acomodarse sobre Jana, a la que obliga, suavemente, a abrir las piernas, mientras él, desesperado, cabalga sobre ella, al tiempo que le sorbe la vida en besos a sus pechos, que devora sin miramientos, que agarra fuerte con sus manos, ásperas y pulidas por el mar. Jana aún no comprende qué ha pasado cuando él termina su movimiento salvaje, jadeando, porque ha eyaculado sobre su propia ropa interior. Ella ha experimentado, tras el roce continuo de sus sexos, algo similar a un orgasmo: un calor encendido, húmedo y desconocido. Pasan unos minutos deliciosos, abrazados. Luis termina por sacar un pañuelo gris de su bolsillo y se limpia metiendo la mano en su entrepierna. Ella nunca lo ha visto desnudo. Él vuelve a tumbarse sobre su belleza castaña y la abraza, le besa el cuello. Ella lo empuja suavemente, juguetona y gatuna, mientras empieza a incorporarse, al tiempo que recompone su ropa, diciendo que es muy tarde y que tiene que irse a casa. Él la detiene, vuelve a tumbarla en la hierba seca y la apresa entre sus brazos.

—¿Cuándo le vas a decir a tu padre que somos novios? —le pregunta a Jana, enarcando las cejas.

—Todavía no —contesta ella con una sonrisa apagada.

—Pero es que somos novios.

—Bueno —concede ella.

—¿Bueno? ¿Y cómo que todavía no? ¿Pues cuándo? No sé a qué tienes miedo. Le podíamos pedir permiso para casarnos. Que sepa que vamos en serio. Si quiere que esperemos a que tengas los dieciocho, esperamos, pero estoy cansado ya de esto; siempre con secretos, con la carabina escapada, con excusas bobas. Yo quiero casarme contigo. —Luis habla reprimiendo la fuerza en sus palabras, como si esta fuese una discusión ya vieja y repetida—. ¿Es que no me quieres?

—Sí. Sí te quiero —contesta ella, bajando la mirada y guardando silencio dos segundos—, pero vas muy rápido.

—¿Rápido? ¿Un cortejo de más de cuatro años es rápido? ¡Si todo el mundo ya cree que somos novios! —dice Luis, indignado, elevando el tono, liberándola y levantándose de un salto, al borde del enfado.

Jana le mira con dureza.

—¿Y de qué vamos a vivir? ¿Y en dónde? —le pregunta.

—Cómo que en dónde. En Comillas, ya lo hemos hablado cien veces, me cago en la mar. En mi casa, con mi madre: ya te lo dije, no voy a dejarla sola. Y con lo que saco en la pesca nos da de sobra para vivir a diario. Yo soy un hombre, Jana. Llevaré dinero a casa, llevaré dinero en perras gordas y en especies; esas sardinucas que te gustan tanto. Algún día cenaremos dorada, y algún otro, merluza. —Luis la mira, esperanzado—. ¿No es suficiente con estar juntos? ¿Con tener qué comer y dónde dormir?

—¿Y yo?

—¿Y tú?

—Sí, ¿yo qué haría? ¿Limpiar, atender a tu madre, cocinar, tener los hijos que Dios quiera y coser todas las tardes hasta la madrugada para poder tener algunos ahorros? ¿Eso haría? —pregunta Jana, con rabia desafiante, mientras empieza a caminar hacia la salida del granero y retrocede, mirando a Luis y poniéndose en jarras.

Luis se queda callado unos segundos.

—No sé qué es lo que quieres. Qué pretendes. ¿Vivir como una princesa? Yo no te pediré grandes esfuerzos. Pero sí, tendrás que trabajar en casa.

—Claro. Hasta reventar. Lo que ofreces... aquí ya lo tengo.

Luis la mira, gélido:

—No. Aquí no me tienes a mí.

Jana le mantiene la mirada y se vuelve, de forma brusca y orgullosa: empieza a caminar, rápido, hacia fuera del establo, a amplias zancadas, pasos de enfado visceral. Luis la sigue. Ya fuera del granero, la agarra del brazo, la apoya contra la pared hecha de tablones de madera. La besa como loco y ella le devuelve los besos. El amor es una pelea incomprensible entre instintos básicos y poderosos.

Jana llora al tiempo que arranca unos últimos besos a Luis.

—Te quiero. Pero no soporto esto más, esta miseria —dice, bajando la mirada hacia sus zapatos, que no son otra cosa que restos de las correas negras por donde la pirita es transportada desde la fábrica Asturiana de Zinc hasta las bodegas de los barcos, y que se unen al pie por tiras de lona.

—Pero no seremos unos miserables —le dice Luis, cariñoso, besándola—. Viviremos felices, aunque humildes. Estaremos juntos. No puede haber nada mejor.

—Sí, pero Clara...

—¡Olvida a Clara! Siempre te está metiendo pájaros en la cabeza. ¿Sabes qué ha conseguido? ¿Lo sabes? Limpiarle el culo a los hijos de los ricos y trabajar de sol a sol.

—No digas eso. Es mi hermana. Al menos lleva vestidos nuevos, y zapatos de Las Galerías. Y come siempre caliente. Clara es muy lista.

—Claro. Otra lista que iba a casarse con un príncipe.

—¡Luis!

—Lo siento, pero es la verdad. No discutamos. Te quiero. —Luis sonríe—. ¿Ves como enfadada estás más guapa?

—Tengo que irme —dice Jana como toda respuesta, agachando la cabeza.

—¿Y cuándo vamos a hablar con tu padre?

—Otro día.

Luis agarra a Jana por última vez del brazo esta noche. En su rostro ya no hay rastro de sonrisa alguna.

—¿Quieres casarte o no conmigo? Porque yo también puedo cansarme de estos juegos, Jana, y dejar de venir a verte.

Ella siente la punzada de un escalofrío. Él nunca había ni siquiera insinuado dejar de cortejarla.

—No es que no te quiera. Es que es demasiado pronto —contesta ella, con una mirada más cercana, más cálida. Luis asiente con la cabeza.

—Esperaré, entonces. Pero la paciencia no es infinita, Jana. No me tengas esperando como un tonto. Si no me quieres, o si algún día te das cuenta de que has dejado de hacerlo, dímelo, porque ya no puedo arrastrarme más. Me marcharé y no volverás a verme.

Jana sonríe. Sabe que la discusión ha terminado. En realidad, la han tenido ya en varias ocasiones. Besa a Luis, despidiéndose. Ambos saben que es hora de volver a casa.

—Hay días que no te quiero nada. Cuando eres tan pesado con eso de casarse y ser novios —le dice sonriendo, al tiempo que le besa en la mejilla. Luis suspira y le devuelve la sonrisa, rendido.

—Los días que tú no me quieras, te querré yo por los dos —dice él, clavándole su mirada con gesto tranquilo.

Jana le mira y comprende que, aunque su cabeza y sus tripas la arrastran a volar tras sueños imposibles, su corazón estará, para siempre, tocado por la mirada tranquila y azul del joven marinero que le sigue el paso hasta su casa esta noche. Se acerca el momento decisivo de escoger. Escoger los caminos a tomar en la única vida que un humano tiene disponible. La ruta de los ganadores no brilla especialmente y no es fácil saber por dónde caminar. Pero solo los cobardes dejan de pelear por lo que creen que les corresponde. ¿Sabes cuáles son los guerreros más peligrosos?

Los que sienten que no tienen nada que perder.

Hanníbal: Primeros principios, Clarice. Simplicidad. Lea a Marco Aurelio. De cada cosa, pregúntese qué es en sí misma, cuál es su naturaleza. ¿Qué es lo que hace el hombre al que está buscando?

Clarice: Mata a mujeres.

Hanníbal: No, eso es circunstancial. ¿Cuál es la primera y principal cosa que hace? ¿Qué necesidad cubre matando?

Clarice: La ira, la aceptación social y... la frustración sexual...

Hanníbal: ¡No! La codicia... esa es su naturaleza. ¿Y cómo comenzamos a codiciar, Clarice? ¿Buscamos cosas para codiciar? Haga un esfuerzo y conteste.

Clarice: No, solamente...

Hanníbal: ¡No! Empezamos a codiciar lo que vemos cada día. ¿No siente su cuerpo recorrido por las miradas, Clarice? ¿Y no busca con su mirada las cosas que desea?

Diálogo de la película *El silencio de los corderos* (1991), en que el personaje de Hannibal Lecter (psiquiatra confinado por crímenes de canibalismo) ayuda a Clarice Starling (joven agente del FBI) a encontrar a un asesino en serie.

Oliver Gordon observó desde su acogedor porche cómo el mar fraguaba una batalla oculta, cómo se removía poderoso desde su fondo de piedra y arena, ofreciendo un inusual tono verde, previo al vómito inmediato en que prometía revolverse una gran tormenta. Por fin, el mar había dejado de estar en calma. Aquella quietud, aquel calor tan pesado y pegajoso de los días anteriores, le había resultado artificial, inquietante, ajeno a una naturaleza coordinada y correcta: algo rugía ahora en las entrañas de las aguas, preparadas para escupir y retorcerse desde su intimidad más recóndita. Oliver pensó que aquel mar bravo se asimilaba a su estado de conciencia, de sentimiento pegado a su alma, que hasta ahora había estado fingiendo calma y tranquilidad, cuando en realidad solo estaba esperando que alguna mano liberase una caja de acero repleta de furia.

Quizá por fin fuesen a destaparse todos los secretos de su familia, de Villa Marina y de otros lugares y personas que ni siquiera conocía. El subteniente Sabadelle llegaría en cualquier momento. La teniente Redondo había prometido unirse tan pronto como pudiese: por teléfono le entendió algo como que tenía que ir a un hospital de Santander por un asunto vinculado a su caso. ¿De qué se trataría? Él, que la había llamado hacía solo unos minutos, pletórico, resolviendo un misterio, se había topado con otro.

A partir del momento en que su padre lo había llamado por teléfono la noche anterior, desde la casa familiar escocesa, en Stirling, sus búsquedas por internet y en la escasa biblioteca que había podido recuperar de Villa Marina no habían cesado y apenas había dormido.

Arthur Gordon, su padre, se había mostrado sinceramente sorprendido por todo lo que estaba pasando en Suances. La sensación de haber convivido con un cadáver en el sótano, las escasas semanas de veraneo en Villa Marina, no le había resultado agradable en absoluto. Sin embargo, el detalle del dios tribal verde, que en principio no pareció clarificar nada en la mente del viejo señor Gordon, a los pocos minutos de conversación pareció encender parte de su memoria. ¿Un hombre con dos serpientes entrándole por la boca? Sí, sin duda era algo difícil de olvidar. Claro que, el que él conocía, no tenía ni cuerpo, ni plumas, ni abalorios similares a los que Oliver le había descrito. Él solo recordaba una enorme cara pétrea, de ojos saltones y grotescos, con aquellos dos reptiles taponándole la boca. Estaba, como un escudo protector, en aquella casona de Santillana del Mar, casi enfrente de la mismísima colegiata románica de Santa Juliana, a la vista de todos. Había un libro en la biblioteca de Villa Marina que contaba algo sobre aquello; eran solo unas pocas líneas aclaratorias... ni siquiera recordaba el contenido del texto, que había tomado como algo anecdótico. De aquello hacía ya tantos, tantísimos años...

Pero la conversación entre padre e hijo sobre Tlaloc, en realidad fue escasa. Oliver estaba más interesado en su madre, en su genealogía, en la verdad sobre sí mismo y su familia. Y resultó que sí, que su padre sabía que su madre había sido adoptada; ella misma se lo había contado a su regreso a Londres, tras averiguarlo, diez años atrás. No quiso enredar la mente de sus hijos con historias huecas que no irían a ninguna parte: ella misma deseó continuar, normalmente, con el ritmo de su vida y de su propia historia. Su padre siempre lo supo todo y, aunque era partidario de contárselo a sus hijos, jamás traicionó la confianza de su esposa. Oliver sintió una oleada de respeto hacia el viejo Arthur Gordon, una cercanía de sangre y de honor inusual, casi desconocida. Al parecer, su madre no había contado a su padre nada que el propio Oliver no supiese ya. La versión de la historia que Lucía Gordon había relatado a su marido coincidía con la ofrecida por la madre abadesa de las Clarisas, sor Mercedes.

Quizá en este punto no hubiese más misterio que el de determinar la identidad de unos padres biológicos que, muy posiblemente, no fuesen más que unos pobres diablos sin dinero ni futuro, allá por los años cincuenta, y que probablemente incluso ya estarían muertos.

Cuando Oliver, casi a la una de la madrugada, terminó su larga conversación telefónica con su padre, no sin antes asegurarle al viejo Arthur, media docena de veces, que no precisaba que bajase a España para acompañarle durante el desarrollo de la investigación, decidió seguir indagando sobre Tlaloc todo lo posible hasta que pudiese llamar a la teniente Redondo por la mañana.

Rebuscando en las cajas de cartón donde había mandado guardar todos los volúmenes de libros que se encontrasen en Villa Marina, localizó dos que le sirvieron de mucha ayuda, y que, durante su infancia, jamás se había aventurado a abrir y mucho menos a interesarse por su contenido. Uno se titulaba *Heráldica de Santillana del Mar*, y el otro, mucho más sugerente, *El hálito vivo del tiempo*, que se dedicaba a hacer un recorrido sobre toda la historia de Santillana del Mar, desde sus mágicas y paleolíticas cuevas hasta sus desmantelados torreones, pasando con detalle por los claustros románicos y por los palacios blasonados. Fue en este segundo libro donde lo vio por primera vez: aquel rostro ancho, de carrillos generosos, de ojos abiertos, como sorprendidos, y unos labios carnosos y entreabiertos, sobre los que se escurrían sendas culebras hacia el interior de la boca. No cabía duda, era Tlaloc. Solo una cara mirando al frente, ni rastro de cuerpo, de plumas, de símbolos mesoamericanos, sino solo aquella cara burlona y misteriosa, anclada a una fachada de piedra que no parecía corresponderle ni por época, ni por lugar, ni por religión. El extraño símbolo, que sobresalía de la fachada tanto o más que el resto de los blasones de la villa, se encontraba justo encima de la puerta principal de entrada a la casa, enorme y señorial. Sobre esta puerta adintelada, flanqueada por pilastras, un largo balcón corrido hacía de tejadillo a Tlaloc y lo protegía contra las inclemencias del tiempo. Quizá el dios mesoamericano pasase desapercibido, precisamente, porque se encontraba incrustado en la fachada, justo encima de la larga balconada: un enorme escudo de piedra, con dos fieros leones enfrentados y en pie, sobre los que cabalgan increíbles dragones, y bajo los que había una especie de trompas impresionantes. Aunque el libro *El hálito vivo del tiempo* tenía unos cincuenta años, estaba en buen estado y Oliver pudo ver con nitidez los detalles en un dibujo alzado, hecho como a tinta china, muy detallado, de esta casona y de otras tantas, entre palacios, torreones y patios empedrados. A los pies del dibujo donde se retrataba a Tlaloc rezaba «Casona de los Quevedo». Un momento, pensó Oliver: cómo que de los Quevedo. Que-ve-do. ¿Quevedo? ¿En serio? ¿No era ese un escritor español del Siglo de Oro? ¿El mismo poeta que en el siglo xvii había escrito *El Parnaso español* y que era amigo de Lope de Vega y de Cervantes? Oliver decidió investigar en internet: el autor de la frase «poderoso caballero es don Dinero» tenía ascendencia cántabra, en efecto, y había estado en Santillana del Mar, aunque la casona no era suya, sino de unos primos. Increíble: cuando Oliver, en su carrera universitaria de filología hispánica, había tenido que estudiar el Siglo de Oro español y, con él, a Góngora y a Quevedo entre otros, nunca habría imaginado que él mismo había compartido, con diferencia de cuatro siglos, lugar de veraneo con el escritor. ¿Qué demonios pintaba Tlaloc en la casa de los Quevedo? En el libro *Heráldica de Santillana del Mar* no se decía nada en absoluto, y en *El hálito vivo del tiempo*, nada exageradamente revelador, salvo que «bajo el balcón corrido se muestra un relieve indiano».

Un relieve indiano. Oliver se quedó como congelado, pensando, ante la pantalla del ordenador y sobre el libro abierto. Llegó a dos conclusiones: primera, que, dado que, según la Wikipedia, el movimiento y retorno indiano ocupaba la franja temporal situada entre finales del siglo xix y la primera mitad del xx, el relieve de Tlaloc era muy posterior al Siglo de Oro, es decir, un añadido ornamental en la fachada que nada tendría que ver con la arquitectura original de la casona; y segunda, que si realmente era indiano lo había tenido que mandar poner allí uno de esos cántabros que hicieron las Américas y retornaron con los bolsillos llenos de oro a su tierra de origen. Rebuscó en internet por todas las vías que se le ocurrió utilizar en Google. Descubrió que no solo retornaron pueblerinos reconvertidos casi en nobles, gracias al oro de las Indias, sino que América también se pobló de escudos cántabros. Y descubrió también que, en el afán de estos pueblerinos de ser «hijos de algo», es decir, «hidalgos», nobles, gentes de reconocido prestigio social, esculpieron, orgullosos y ostentosos, enormes blasones, llenos de simbolismos y de fuerza. A Oliver no le resultó difícil dejar volar su intuición y plantearse, de nuevo, la hipótesis más lógica: tuvo que haber un indiano retornado, estrafalario, excéntrico y provocador que no se limitó a blasonar la genealogía de su familia, sus símbolos de poder, disfrazados de águilas, leones o dragones, sino que se animó a incluir un añadido: el dios mesoamericano que, posiblemente, él creía que le había traído fortuna en Sudamérica, tal y como él mismo sentenciaría vehementemente o como los indígenas le habrían asegurado. Y debió de ordenar tallar en piedra su amuleto de la suerte, para que en tierra propia la fortuna le siguiese sonriendo. ¿Quién sería el personaje? ¿Un descendiente de los Quevedo? Oliver siguió indagando por internet hasta que, agotado, ya a las tres de la madrugada y cuando iba definitivamente a apagar el ordenador portátil, descubrió, en un foro sobre historia local y cultura cántabra, que la casona de Quevedo pertenecía, desde primeros del siglo xx, a otra familia apellidada Chacón. México. Indianos retornados. Bingo: ahí estaba la clave. Su hipótesis era plausible. México, Tlaloc, retorno de un indiano que, supersticioso, talla en su nueva y señorial casa un símbolo de fortuna. En realidad, el motivo de por qué el indiano hubiese decidido plantar a Tlaloc en la fachada era irrelevante: allí estaba y el vínculo con Villa Marina era ya inexcusable. Ahora bien: ¿qué tendría que ver una familia indiana, acomodada y adinerada, de Santillana del Mar, con Villa Marina, en Suances, y con su pequeño ángel escondido en el sótano? ¿Quizá los Chacón tuviesen relación con los Ongayo? Oliver dejó que las preguntas volasen de su mente; sintió la necesidad de descansar. Llamaría a la teniente Redondo por la mañana, tan pronto como pudiese despegarse de las sábanas.

Y así lo había hecho, revolucionando la Comandancia de la Guardia Civil en Peñacastillo, en Santander, y cambiando los planes que la teniente había organizado para todo su equipo de la Sección de Investigación. Ahora, Oliver, que terminaba un gran café en su porche, mientras observaba cómo la tierra y el mar se preparaban para una gran tormenta, deseó que esta explotase por fin, que en una ciclogénesis pasmosa arrastrase todos los silencios, las verdades a medias y los paréntesis huecos de su propia historia, para, por fin, poder agarrar sin miedo y sin recelos su tiempo y su propia vida.

Valentina Redondo, por su parte, en aquel momento se encontraba llegando al hospital de Santa Clotilde, en Santander. Giró el vehículo hacia la derecha, en el Paseo General Dávila, y accedió, atravesando una amplia entrada abierta en un muro de piedra, a los jardines del recinto, salpicados de árboles plataneros y de palmeras. Nunca había estado allí: pensó que el hospital, soberbio, noble pero desgastado, debía de ser un edificio de los años cuarenta o cincuenta. Dos leones alados de piedra, que se miraban sin descanso y desafiantes a cada extremo del portalón de entrada, habían vigilado su acceso a la que, en su día, y en honor al espectacular paisaje que se divisaba sobre la bahía de Santander, se había llamado finca Bella Vista.

—Buenos días, teniente Redondo —la saludó, a pie de coche, el inspector de policía Miguel Manzanero, que conocía a Valentina por otros casos anteriores, en los que habían coincidido antes de clarificar la competencia efectiva de quién iba a llevar según qué caso. El inspector era solo unos años mayor que Valentina, y su aspecto saludable y jovial evidenciaba una asistencia relativa al gimnasio y un fondo alegre.

—Hola Manzanero, ¿cómo estás? —contestó Redondo con una sonrisa, aunque no se molestó en ocultar su cansancio—. ¿Qué tal va el pequeño Martín? Ya tiene seis meses, ¿no? —se animó a preguntar al policía, en relación con su reciente paternidad.

—Nueve meses y medio, Redondo, ¡nueve! —sonrió, cordial, Manzanero—. ¡Que el tiempo pasa más rápido de lo que crees! Y tú, ¿sigues dando calabazas a tus docenas de admiradores?

—Claro que no, les he pedido que soliciten cita a mi secretaria para cantarme serenatas, porque justo ahora mismo ando ocupada buscando asesinos en serie —respondió Valentina con otra sonrisa, cambiando enseguida el gesto a una seriedad neutra: hoy no le sobraba el tiempo, precisamente.

—Gracias por venir a recibirme... y por atenderme, con el jaleo que tendrás ahí dentro —dijo, señalando con un gesto de cabeza los coches de policía que había en el aparcamiento, y a los agentes uniformados que entraban y salían del edificio—. Nosotros tenemos un lío de mil demonios con este caso, Manzanero. Están sucediendo asesinatos de ancianos a toda velocidad, cada uno con una modalidad diferente, y todo desde que descubrimos el cadáver del bebé en Suances, ya lo habrás leído en la prensa.

Manzanero asintió, pensativo:

—Sí, lo sé, por eso te he llamado, aunque ya sabes que de momento no puedo dejarte revisar ningún informe de este asunto hasta que se inhiba el juzgado al que le toque.

—Ya, muchísimas gracias de nuevo por avisarme. De camino para aquí he llamado ya al juez Talavera, que hablará con el magistrado al que le toque el asunto en reparto para que dicte la inhibición de los autos lo antes posible y nos pasen el expediente a la Guardia Civil.

—Perfecto, pero, entretanto, sabes que no te puedo dejar hablar con la víctima ni con los testigos. Se supone que tú no estás aquí.

—Se supone. Me iré enseguida, de verdad, no te voy a ocasionar problemas, solo he venido para hablar contigo personalmente del asunto y darte las gracias, además.

—Anda ya, Redondo, no me jodas. Vienes a ver si puedes ejercer de sabueso en la sombra —replicó Manzanero, afable—. Pero me temo que no va a ser posible —dijo, al tiempo que miraba hacia el edificio, de corte clásico e inglés, con dos amplias plantas y un ático distribuido en distintos y amplios tejadillos angulosos, cubiertos de teja de pizarra negra. A Redondo, que siguió con la mirada hacia donde se posaba la vista del inspector, el hospital empezó a recordarle, levemente, la casa de la señora Ongayo en Comillas. De la puerta principal de entrada salió un hombre alto y de pelo cano que, tras un recorrido visual del jardín, se dirigió directamente hacia ellos.

—Joder —dijo, suspirando, Manzanero—, ahí viene de nuevo el director del hospital, Andrés Ciervo; está preocupado por la imagen de Santa Clotilde, lleva más de una hora dándome el coñazo.

—Pues viene a paso firme, se ha venido arriba —comentó, en voz baja, casi jocosa, Valentina, observando las grandes zancadas a las que se acercaba el hombre.

—Inspector Manzanero —espetó Andrés Ciervo, nada más llegar a la altura del policía y de la teniente Redondo—, aquí cada vez hay más gente, y ya le he dicho que precisamos manejar este asunto con discreción, ¿entiende? Y este es un hospital geriátrico de media y larga estancia, de reconocida reputación, ¿entiende?, donde tenemos enfermos crónicos que precisan tranquilidad y cuidados constantes, sobre todo tranquilidad, ¿entiende? Quiero decir, que por favor les ruego discreción y que no filtren nada de esto a la prensa, porque los familiares del resto de los pacientes van a pensar lo que no es, que aquí no tenemos seguridad, ni cuidado con quien entra y sale, no sé si me entiende —concluyó, esperando confirmación visual y verbal a sus peticiones, al tiempo que observaba con descaro a la teniente Redondo, cuestionando su presencia: ¿otro policía más, quizá, en su hospital?

—Le entiendo —contestó Manzanero en tono neutro y profesional, pero seco— seremos discretos y cautelosos, pero no tenemos poder sobre la prensa, ni yo me encargo de los comunicados a ese medio. De momento, si no le importa, tenemos que hacer nuestro trabajo.

El hombre respondió con aspavientos llenos de nerviosismo:

—La víctima, es decir, el enfermo, tiene párkinson; es una enfermedad neurodegenerativa, que, en su caso, está muy avanzada, y no deben perturbarle más de lo estrictamente necesario, por su bien y por el de su familia... su hija está muy preocupada, como comprenderá. No sé si me entiende.

—Le entiendo, pero le reitero que si nos deja trabajar y nos da un margen razonable para ello, terminaremos cuanto antes y todo volverá a la normalidad —replicó Manzanero, haciendo un gesto intencionado de volverse y seguir hablando con la teniente Redondo. A Andrés Ciervo no le quedó más remedio que darse por despachado y regresó al interior del hospital, hablando de forma ininteligible consigo mismo.

Valentina resopló.

—Te espera una mañana de cuidado, Manzanero. Hazme solo un breve resumen de lo que tengas y me marcho, ¿conforme?

—Conforme. Te cuento: del viejo que tenemos dentro no se puede sacar gran cosa. El pobre hombre, ya lo has oído, tiene el párkinson muy avanzado y habla entremezclando hechos actuales con otros de hace sesenta años. Se llama Juan Ramón Ballesta. Ochenta años. Padre, abuelo, antiguo empleado de Solvay... vamos, de lo más corriente y normal que te puedas echar a la cara por aquí. Vecino de Torrelavega, viudo, su hija se encarga de él, y ella no tiene la más mínima idea sobre las barbaridades que cuenta su padre, o al menos eso dice. Yo me la creo, no parece que mienta. A Ballesta lo ingresan periódicamente aquí, en el Santa Clotilde, por distintos tratamientos que tiene que seguir por su enfermedad. Anoche, sobre las nueve, cuando terminaban las visitas y su hija ya se había marchado, el anciano asegura que alguien intentó estrangularle. Esto no puede ser fruto de su imaginación, porque tiene las marcas de presión en el cuello. Que la agresión no tuviese éxito se debe, al parecer, a que una enfermera accedió a la habitación para dar la medicación al enfermo de la cama de al lado, que está medio vegetativo. El agresor empujó a la enfermera, que por su parte asegura que no pudo ver nada, y salió disparado.

—¿Y no hay más testigos?

—Nada. De momento no tenemos a nadie que reconozca haber visto u oído nada extraño, salvo los gritos de la enfermera cuando fue empujada.

—¿Y las cámaras de seguridad? —preguntó Valentina, señalando visualmente una que se encontraba sobre la puerta principal del edificio y otras dos situadas entre el portalón de entrada, junto a los leones alados y sobre la zona de aparcamiento.

—Nada. En total hay siete cámaras en todo el recinto exterior e interior, todas operativas, pero son de mero control de entrada y salida, no registran imagen.

—¿No graban? —se exasperó Valentina.

—No. Pero como elemento disuasorio para gamberros funcionan. Y en recepción tienen controlado el aparcamiento y quién accede y sale del recinto.

—Vale. Estupendo —comentó, irónica—. ¿Y qué ha declarado Ballesta? ¿Cómo sabe de la existencia de Oliver Gordon, además?

—A ver, por partes. De todas las incongruencias y absurdidades que ha dicho Ballesta, solo nos hemos podido quedar con que quien le agredió podría ser un hombre joven, que él dice que viene de la familia del Zorro o de otra estirpe sobre la que él cree que manda alguien de la familia del Zorro.

—¿El Zorro?

—Ya ves. Dice también que Oliver Gordon está en peligro, y que si la verdad, la luz, sale de las entrañas del Ángel de Villa Marina, irán a por él.

—¿Luz de las entrañas del Ángel? —suspiró, escéptica, Valentina, sopesando la credibilidad de las palabras de un demente, que sabía que la podrían llevar por caminos equivocados.

—Como lo oyes. Y esto, después de desgranar la información que nos ha dado de forma inconexa, mezclándolo todo y llamando a su madre, que creo que lleva muerta veinticinco años.

—Joder.

—Ya. Resulta que la hija le trae la prensa al viejo, todos los días, que al parecer lo entretiene, y desde que leyó lo de la aparición del cadáver en Villa Marina, y, especialmente, lo relativo a la muerte de Pedro Salas, empezó a hablar de un saco, de un secreto, y de que él ayudaba a los del monte y que era hombre de palabra, y que él no diría nunca nada, que el secreto se iría con él a la tumba.

—¿Un saco? ¿Los del monte?

—Sí, creemos que hace referencia a los republicanos que se echaron a los montes en Cantabria al terminar la guerra civil: su hija nos ha confirmado que, por lo que sabe, su padre sí mantuvo relación con movimientos políticos en aquellos tiempos y que, en todo caso, es y ha sido siempre más rojo que la grana.

Valentina no daba crédito: un dios mesoamericano, un bebé emparedado en el sótano de una casona veraniega, un anciano asesinado de un tiro en el estómago en la ría de Suances, otro envenenado, y ahora un intento de homicidio a un demente que solo hablaba de un zorro, de un saco, de republicanos que se echaron al monte hacía ya más de setenta años y de que Oliver Gordon estaba en peligro.

—Manzanero, si te digo la verdad, como esto siga así van a tener que venir los de la Unidad Central Operativa y hasta el puto Sherlock Holmes; el caso se complica cada vez más.

—¿Los de la UCO? Puede ser, pero no habéis hecho más que empezar. Date tiempo, Redondo, ni siquiera tendréis todavía todos los resultados forenses, ¿me equivoco?

—No, en efecto, aún no tenemos casi nada. Estamos intentando agilizarlo. Dime, el anciano, el señor Ballesta, ¿ha dicho algo más de interés?

—De momento poco más, salvo lo que ya te he dicho, que el agresor era hombre, joven, y que lo identifica como alguien de la familia del Zorro o de una estirpe dirigida por él. Y que Oliver Gordon debe andar alerta: imagino que todo dependerá de lo que descubráis sobre el bebé.

—Ya. Y tú, ¿sabes algo interesante sobre los del monte, algo que te suene que nos pueda ayudar?

Manzanero enarcó las cejas, para adoptar una actitud de fingida concentración, como recordando datos aprendidos hacía mucho tiempo.

—Pues sé lo que todos... ¿no te suenan Juanín y Bedoya?

—No. Te recuerdo que yo no soy de aquí.

—Es verdad, *galleguiña* —replicó, haciéndole una mueca amistosa—; pues esos dos eran los héroes locales, los últimos que quedaban en el monte. Mi padre incluso me ha contado que de pequeños, en vez de jugar a indios y vaqueros, jugaban a guardias civiles por un lado y a Juanín y Bedoya por el otro... como héroes populares, que escondidos por las montañas se burlaban de los del tricornio y de Franco.

—¿Los del tricornio? —preguntó Valentina, frunciendo el ceño: ¿acaso olvidaba Manzanero que ella misma, a pesar de ir vestida siempre de paisano, era guardia civil? El inspector rio de buena gana.

—No te enfades, mujer, si es que eran otros tiempos. Todo cambia. A esos dos que te cuento se los cargaron a finales de los cincuenta... en el cincuenta y siete, me parece, y se acabaron para siempre los del monte.

—¿En el cincuenta y siete? —exclamó, asombrada, Valentina, que mentalmente hacía números—. ¿Dieciocho años en el monte desde que acabó la guerra civil? ¿Estás de coña?

—Claro que no. El que no estaba para coñas era Franco; o qué te pensabas, teniente —contestó, sonriendo, el inspector Manzanero.

Valentina sonrió a su vez, rendida y cansada.

—Vale; si tienes algo más, por favor llámame. Me marcho ahora para Santillana del Mar.

—De acuerdo. Ya hablaremos. Cuídate, tienes mala cara.

—Gracias, hombre —replicó Valentina, guiñándole un ojo y simulando disgusto por el comentario, al tiempo que ya iba caminando hacia su coche de trabajo, un Alfa Romeo 159, mientras el inspector se dirigía al interior del hospital de Santa Clotilde.

Valentina arrancó el vehículo y automáticamente se accionó la radio, que siempre llevaba conectada cuando viajaba sola. Sonaba el desalentador *Back to Black* de Amy Winehouse, muy adecuado para el cariz gris y lluvioso que estaba tomando el día.

La música, como una sombra, comenzó a acompañar sus pensamientos.

Un rompecabezas. Eso era lo que ella llevaba entre manos. Lo que su Sección de Investigación tenía que recomponer en un cuadro legible, sustentado por la lógica. Pisó más el acelerador. Cuanto antes llegase, antes comenzarían a trabajar. ¿Cómo le iría a los demás? A todos les había dejado las tareas inicialmente encomendadas, salvo a Sabadelle, al que había mandado a Villa Marina para revisar la documentación y los libros localizados por Oliver Gordon, para que después se desplazase hasta Santillana, y a Riveiro, al que le había encomendado la gestión añadida de lidiar con el Instituto de Medicina Legal. Ella no había conseguido contactar por teléfono con Clara Múgica. El día anterior sabía que la forense se había tenido que ir muy tarde de su despacho, y debía de estar agotada. Pero era extraño que aún no le hubiese devuelto la llamada. A quien ahora le debía un gran favor era al inspector Manzanero; aun así, antes de que le adjudicasen a la Guardia Civil el caso del anciano de Santa Clotilde, podían pasar, tranquilamente, un par de semanas, y eso aún a pesar de la intermediación del juez Talavera. La burocracia era lenta, pegajosa y absurda.

A pesar de los inconvenientes, un rayo de luz había iluminado parcialmente el caso, al haber localizado el señor Gordon a Tlaloc en Cantabria. Quién lo iba a decir, un puñetero símbolo mesoamericano en plena calle principal de Santillana, a la vista de todo el mundo. Era increíble: en unas horas Oliver Gordon había descubierto el nexo que ni ellos, ni las Clarisas, ni el museo, ni la universidad, habían conseguido desenmarañar en el mismo período de tiempo. Antes de salir para el hospital de Santa Clotilde, Valentina había verificado con Sabadelle que, en efecto, había hasta tres Chacón en el listín telefónico de Santillana del Mar, pero uno de ellos ya no estaba operativo, y en los otros dos no habían podido establecer contacto. En todo caso, iban a ir personalmente a ver al maldito Tlaloc en la fachada: era lo menos que debían hacer. Si los inquilinos de la casona no estaban, sin duda los vecinos serían una fuente inestimable de información.

Era increíble el gran paso que habían dado en la investigación gracias al señor Gordon. Pero Valentina no era confiada. Sabía lo suficiente sobre psicópatas como para, hasta el momento, y aún con coartadas creíbles, sospechar de todo el mundo, incluido el encantador y atractivo Oliver. Con el descubrimiento del cadáver en Villa Marina, parecía que se había destapado la caja de los truenos. ¿Qué era lo que codiciaba el asesino?: ¿Esconder un secreto familiar? ¿Silenciar un antiguo crimen? ¿Dinero? ¿Proteger a alguien? ¿De qué? Mientras intentaba ir encajando las piezas del puzle, Valentina apenas se percató de que comenzaba a llover mansamente, como un preludio de la gran tormenta que se avecinaba. Sin darse cuenta, de forma automática, accionó el limpiaparabrisas y siguió conduciendo, al tiempo que su mente manejaba toda clase de hipótesis, dirigidas por la duda y la suspicacia. ¿Sería casualidad que Oliver llegase justo la mañana de la aparición del cadáver en Villa Marina? ¿Y precisamente, además, cuando, según el jefe de obra, su llegada no estaba prevista hasta un par de semanas más tarde? ¿Por qué había adelantado el viaje? ¿Y cuál era el pasado de Oliver Gordon? ¿De qué huía? Ya no podía dejar más margen a la cortesía: tendría que hacerle un interrogatorio denso, largo y concluyente, absolutamente personal. Sin embargo, Valentina, honesta, tuvo que reconocerse a sí misma que deseaba que Oliver Gordon no tuviese nada que ver con todo aquel rompecabezas. Cuando, la mañana anterior, habían cruzado las miradas ante el porche de su sorprendente cabaña, ella percibió desafío, tormentas y dureza en su mirada, pero no maldad, ni ira. Quizá la engañase. Quizá no. Maldita sea: una potente corriente magnética le arrastraba hacia él. De camino hacia Santillana del Mar, Valentina Redondo se maldijo a sí misma, al menos, en media docena de ocasiones, sabiendo que estaba deseando ver de nuevo al enigmático, extraño y encantador Oliver Gordon.

Ring. Ring. Ring.

El teléfono sonó en el despacho anexo al del juez Talavera. Su secretaria, Olga Santana, con orden de no pasar llamadas, no pudo resistir mucho la insistencia de quien hablaba al otro lado del aparato. Parecía que conocía al interlocutor. Conectó a través del teléfono con el juez, dejando la llamada entrante en espera, sin molestarse en levantarse e ir al despacho de Talavera, a menos de diez metros del suyo.

—¿Jorge?

—Sí.

—Tienes una llamada.

—¿No te he dicho que no me pases nada, salvo que sea muy urgente?

—Parece urgente.

Jorge Talavera resopló.

—Cuánto de urgente, Olga, que estoy hasta arriba. A ver, ¿quién es?

—Clara Múgica.

—¿Clara? —preguntó, sorprendido, el magistrado. Ella siempre lo llamaba al móvil—. Pásamela.

En dos segundos, la forense y el juez estaban telefónicamente conectados.

—¡Clara! ¿Qué ha pasado? ¿Cómo no me llamas al móvil, mujer?

—No... no lo sé. Supongo que porque esto no es solo de ámbito personal.

—Joder, no me asustes —replicó Talavera, ante el tono apagado de la forense—. Pero ¡si hasta me has cantado el color de las vísceras de un fiambre por móvil, Clara! Dime, ¿qué es lo que pasa?

—Pasa que tengo que contarte algo importante en relación con el asunto de Villa Marina. Al principio no creí que fuese a afectarme; en realidad, no tenía nada que ver conmigo, pero esto se está complicando y creo que no debo seguir realizando los trabajos forenses vinculados al caso. No quiero que esto suponga una desagradable sorpresa cuando se sepa, sino solo una lamentable coincidencia.

—Pero qué me estás contando, Clara —replicó, asombrado, Talavera, que jamás había tenido un mínimo problema profesional con Clara ni le había escuchado aquel tono de voz, tan hundido, opaco e impersonal—. Habla con toda confianza; dime, ¿cuál es el problema?

—Que tengo un vínculo personal... familiar, con alguien que se está investigando.

—¿Cómo? ¿Con quién?

—Con la señora Ongayo.

—¿Cómo que con la señora Ongayo? ¿Pero de qué coño de vínculo familiar me estás hablando?

El juez Talavera escuchó cómo Clara Múgica, al otro lado de la línea, cogía aire antes de soplar suavemente, casi con tristeza, la información:

—Es mi madre.

Y entonces, tras mucho tiempo en el oficio, de haberlo visto y escuchado ya casi todo, de estar de vuelta de cientos de batallas, el juez Jorge Talavera dejó que sus pulmones, su pulso y su mente se inundasen del más denso de los asombros, al tiempo que empezó a bajarle, inquietante, un inesperado latigazo de sudor frío por la espalda. Él no lo sabía, pero fuera, en la calle, en el mar, en el aire, ya había empezado la tormenta.

Diario (10)

El tiempo se escurre entre los dedos, como siempre ha ocurrido. En el mes de junio de 1947, Jana acaba de cumplir diecinueve años. Sigue jugando con Luis a sufrir por amor, pero su historia lleva ya mucho tiempo camino del abismo. Las promesas se alargan en el tiempo, los plazos románticos se posponen, y ella intenta despegar con alas propias pagando el precio de los rebeldes. Luis ha empezado, incluso, a ver alguna vez a Sara, una joven morena de Comillas, que trabaja de costurera y que lo mira con la entrega completa que da en los ojos la ilusión.

Jana ha ido sembrando espacio entre su pasado y el futuro que se promete a sí misma. Ha trabajado durante dos años, a intervalos, y muy esporádicamente, ayudando a servir en la casa de los señores de Ongayo, en Torrelavega, donde sirve Clara, que le ha enseñado el oficio de criada. Clara tiene grandes planes para su hermana pequeña. Ella no ha conseguido despegar, ni siquiera ennoviarse con un prometedor ganadero, pero piensa volar en la piel de Jana. Prometió una vez que la cuidaría.

Clara, a veces, se pierde en la propia claridad de su mirada, que es inexpugnable, sólida y fría. Siente que no ha tenido suerte, que la vida es una sucesión de desgracias, de guerras y barbarie. ¿Quién podría contradecirla? Ha encadenado una guerra civil con otra mundial, que apenas ha terminado en mayo de 1945, mientras vive, todavía, una posguerra miserable, y su hermano David —a pesar de la férrea oposición de Benigno— se ha echado al monte, luchando por ideales republicanos que cada vez se diluyen más en el río del olvido. Pero Jana debe salir de este lado oscuro de la Tierra. Clara siempre se lo ha inculcado. Ambas saben que existe otro mundo, real, alcanzable, de hombres de traje y mocasines brillantes, de mujeres delicadas que encargan vestidos en Madrid y zapatos en Barcelona. Un mundo donde no falta de nada.

Clara ha conseguido trabajo de criada a Jana en el gran hostal de la Casa Azul, en Ubiarco, a solo unos kilómetros de Suances. El hostal pertenece a la familia de los Chacón, que es de las más importantes de Santillana del Mar, y que tiene una casa noble en una de sus plazas principales. Don Antonio Chacón emigró a las Américas y regresó habiendo hecho las Indias de la forma más inteligente, con los bolsillos llenos de pesetas. El señor Chacón es un indiano típico, que a su retorno triunfal se equipara casi a la nobleza, aunque el origen de su fortuna, en realidad, proviene del simple comercio de tabaco, especias y café, y, al principio, de la construcción. Los Chacón tienen haciendas en distintos países de Centroamérica, sin olvidar la propiedad de la gran casona cántabra noble, de piedra, en Santillana del Mar.

El hijo mayor de los Chacón trabaja en el Banco de España, y la hija pequeña, Dolores, se acaba de casar con lo mejorcito de la burguesía santanderina. El hijo mediano, de veintisiete años, es otro cantar. Un descabezado viva la vida.

La familia ha comprado, hace solo dos años, para dar entretenimiento a este hijo mal encauzado, entre otras razones económicamente rentables, un pequeño hotel al lado de la playa de Santa Justa, en Ubiarco, porque el turismo y las bonanzas de los baños de mar llevan tiempo en alza, y mucho más desde que en Santander estos baños han despuntado como moda de salud. Han restaurado el negocio hostelero y lo han bautizado como la Casa Azul, en honor al color escogido por la señora Chacón para pintar contraventanas y puertas, a juego con el mar.

El hijo mediano de los Chacón, el viva la vida, se llama Ignacio. No es ningún estúpido radical, solo un golfo despreocupado, que ya ha dejado preñada a una criada —un asunto que resolvió discretamente el médico familiar— y tiene en su currículum un despilfarro abundante de pesetas, tanto en vino como en putas y en el juego, siendo bien conocido en el Gran Casino Sardinero de Santander.

Tras innumerables llamadas al orden, amenazas de desheredamiento y tras hablarlo con su señora esposa, don Antonio Chacón decidió darle ocupación, aunque fuese estival, a su díscolo descendiente, un desgraciado que ya trataría de casar de forma provechosa, mientras intentaba inculcarle respeto al dinero y a su apellido con el cargo de una responsabilidad. A fin de cuentas, eran ricos. Sobrarían candidatas de la alta sociedad para su hijo, que tampoco se daba a los estudios ni a nada que no fuese la vida ociosa.

Ignacio tomaba los meses de verano que se veía obligado a pasar en la Casa Azul, regentándola y dirigiéndola, como un castigo injusto, que soportaba con sorna y con bastantes escapadas discretas a la capital, a cambio de vivir el resto del año de rentas, de su apellido y de su suerte.

Jana sabía, por las malas lenguas que cuentan secretos en todos los pueblos del mundo, que don Ignacio era un señor de mucha fiesta y mucho dinero, pero nada más. Salvo que estaba soltero, hecho que Clara le recordó varias veces. Y que, seguramente, tendría que casarse con una joven a la que dejase en estado, ya que a fin de cuentas era un caballero. Igualito que la prima Tensia, había dicho Clara. ¿Acaso la conveniencia no puede terminar por convertirse en amor? Sería la historia más vieja del mundo.

No quiero divagar. Ya sabes que no tenemos mucho tiempo. Retornar al pasado es un esfuerzo intenso y, a veces, doloroso. Estamos en junio de 1947 y hace un calor insoportable: las frías tierras del norte también saben prender llamas en los cuerpos de los caminantes.

Jana desciende andando el camino que la conduce hacia la Casa Azul, viajando entre sentimientos agridulces encontrados. Por supuesto que quiere a Luis, lo ama. Pero eso no es suficiente. ¿Acaso fue suficiente para sus padres? ¿Suficiente para qué?, ¿para vivir en una chabola? ¿Para ser miserables, trabajar de sol a sol y, aun así, pasar hambre? ¿Para tener solo un vestido remendado con el que acudir de vez en cuando a un baile en el que solo había infelices, paletos sin futuro, como ella? ¿Para terminar explotando en mil pedazos en la cueva de un zorro? Luis ni siquiera es un vaquero, o un marinero en condiciones, con barco propio que gobernar, y no puede ofrecerle nada. Nada en absoluto: besos y abrazos, y palabras de amor, que se desgastarían con el tiempo, como se desgasta una escoba que siempre barre el mismo suelo. En realidad, él era un mentiroso, y a veces casi le despreciaba por ello: no la amaba. Si lo hiciese, volaría alto de verdad, sería algo, alguien, por ella, le ofrecería algo más, un descanso, un alivio a la miseria, y no promesas vacías y completamente huecas, adornadas con hijos venideros que tampoco tendrían futuro y que solo la cargarían de más trabajos, más responsabilidades, más días a los que le faltasen horas de sueño.

Él había suplicado, se había arrodillado, sus lágrimas llegaron a empapar las manos de ella; le pidió que lo abrazase, le juró que la cuidaría. Por unos segundos, su mirada de amor desesperado, sus ojos azules brillantes, la hipnotizaron, casi arrasando cualquier expectativa que no fuese la de quedarse a su lado. Casi.

—Lo que tenemos es tan bonito, Jana. Tan difícil de conseguir. ¿No lo ves? ¿Quieres perder esto, de verdad? Quieres dejarme por un sueño estúpido que tuviste de niña, es eso. ¿Es eso? —Luis había alzado la voz, casi zarandeándola, mientras la agarraba por los hombros, intentando sacudirle cordura—. ¿No ves que es imposible que nosotros seamos señoritos, por mucho que trabajemos? Somos de otra clase, Jana. Pero ¿es que no me quieres? ¿No te daría pena irte de aquí, dejarme a mí, a tu familia? Pero ¿qué pintas tú en Ubiarco? No es mejor ser criada que señora de tu casa, Jana. Quédate conmigo, casémonos... quédate conmigo. Dime, ¿no te daría pena alguna dejarme? —le suplicó, desesperado, buscando palabras que no le salían, argumentos sólidos que no se materializaban en frases cautivadoras.

Pero las palabras de Luis ya son pasado.

Jana, según gira descendiendo por los meandros del camino, inmediatamente desecha recuerdos y pensamientos, negando fuertemente con la cabeza:

—De pena no se vive —se escucha pronunciar a sí misma, tal y como también le dijo a él aquel día, y deja así hablar a sus pensamientos, que, irritados, arañan su conciencia. Sigue caminando, rápido, con urgencia y ansiedad, con determinación. No parece consciente del sol plomizo y furioso que se abate sobre ella y sobre los inmensos prados que la rodean.

Camina justo al borde del camino, entre la tierra pisada y la hierba, esperando que se levante menos polvo a su paso, y preguntándose cómo, en un hostal tan popular, no habían asfaltado el tramo que lo unía con Ubiarco. Dado que apenas hay árboles en su recorrido, salvo algún sauce blanco y algunos grupos de higueras en pequeños recodos, la visión es amplia, fresca y espectacular: prados verdes y claros, poderosos, inmensos, cortados en el horizonte por una línea de mar infinita y magnífica, de azul intenso y oscuro. Es extraño que aún no haya podido ver la Casa Azul, salvo que se encuentre tras el último recodo ligeramente elevado del terreno, que, irregular, se extiende como una manta sobre una cama en la que, al azar, se hubiesen dejado cojines y almohadones de diversos tamaños.

En efecto, en una de las últimas y suaves curvas de su descendiente camino, puede, por fin, ver la Casa Azul. No es una casona típica cántabra, al contrario, es una vivienda moderna, a lo sumo de cinco o diez años de antigüedad, toda ella encalada y con contraventanas azules de madera, que ahora lucen abiertas de par en par, enganchadas a las paredes por hierros con forma de mariposa, pintados de azul, dando un toque a la construcción a camino entre las casas de planta baja de la campiña francesa y las coloniales viviendas inglesas de la zona de Gales.

Según se va acercando, puede escuchar la música suave del agua de algún manantial o riachuelo cercano, que no acierta a ver, y puede también contemplar con más detenimiento su nuevo «hogar», que es mucho más grande de lo que en la distancia le había parecido, y que se incrusta en el margen derecho del camino, tras un breve sendero privado de apenas cincuenta metros, con la anchura mínima y suficiente para que un coche transite por él. A primera vista, la casa parece tener solo dos alturas, con ocho ventanas en la planta superior y seis en la inferior, en la que hay una enorme puerta principal de madera, pintada de azul, en el margen izquierdo frontal de la casa. Sin embargo, al aproximarse a la fonda, cualquier viajero puede ver y sorprenderse de la efectiva magnitud de la construcción, pues el lado que da cara al mar debe salvar un desnivel de terreno de casi tres alturas, por lo que, aunque en la primera impresión, en la distancia, aparenta ser una gran e idílica casona veraniega de dos plantas, esta es en realidad un edificio de cuatro alturas, de un ancho considerable, y con al menos dieciséis habitaciones de huéspedes con vistas al mar, correspondiendo la planta inferior a la cocina y el servicio, donde se puede divisar una modesta puerta de salida lateral, de tamaño justo para una persona.

En las cercanías solo pueden verse, alejadas, y en el margen izquierdo del camino, tres pequeñas viviendas dispersas, de aspecto humilde y sencillo, con un encalado gastado y descuidado, que sin duda pertenecen a algún lugareño o a marineros de la zona. Tras la Casa Azul, a unos doscientos metros, y ya al borde del abismo que va a morir al mar, unas ruinas de piedra indefinidas cortan el perfil del horizonte marino, configurándose como un viejo torreón cuadrado caído en tres de sus cuatro paredes y a punto de terminar de derrumbarse.

Cuando Jana, por fin, llega al final del camino principal, se detiene unos instantes, consciente, por fin, del calor sofocante, del sudor que empaña su cuerpo, y del lamentable aspecto que debe presentar; se agacha, sacude su falda del polvo del camino y con el pañuelo que siempre lleva en el dobladillo de la falda se limpia el sudor del rostro e intenta recomponer con modestia su larga melena en un modesto recogido.

Cuando levanta de nuevo la vista, su mirada se escabulle, sin querer, de la Casa Azul, que se presenta tras el sendero privado a su derecha, para perderse en lo que el paisaje dibuja a su izquierda, que no es menos impresionante: un acantilado vertical, al que van a morir los prados tal y como los ríos se mueren en el mar, en un colosal desfiladero en el que el color verde de la hierba y su aroma se extinguen como mediante un hachazo divino, para dar lugar a treinta metros de caída libre dibujados en roca irregular, terminando, más cerca de la fonda y en un desnivel más suave y progresivo, en un pequeño arenal de unos trescientos metros, repleto de conchas y de arena fina y tostada, que sin duda debe de ser la playa de Santa Justa, sin cuyo estival reclamo, muy probablemente, la Casa Azul no existiría.

—Bonito, ¿verdad? —Le sobresalta una voz femenina, que emerge de una figura que la observaba a solo diez metros, proveniente del sendero de la Casa Azul.

—Estabas tan ensimismada, mozuca, que llevo ya un rato esperando que despiertes —termina de decir en tono amigable una mujer robusta, cincuentona, de aspecto fuerte pero cansado, vestida completamente de negro, con una falda por las rodillas y una camisa remangada hasta los codos. Sus ojos, rodeados de pequeñas arrugas, sonríen.

—Perdone usted, no sé en qué estaba pensando —dice Jana, azorada, parpadeando y regresando al mundo carnal, tangible e inquietante.

—¡En qué vas a estar pensando, hijuca, con este calor! Tenía que haber enviado a alguien a buscarte a Ubiarco, sabes, pero andamos muy ocupados con el comienzo de la temporada —le dice mientras se acerca a ella, la coge del brazo y la lleva hacia la casa, cuyo sendero privado se ve flanqueado por numerosas hortensias, todas de distintos colores, dando un poco de color al lienzo verde y azul que es el cuadro de este paisaje, inmenso por todas partes.

—Tú eres Jana, claro, la que manda mi prima Lourdes, la que ha trabajado con tu hermana... ¿cómo se llama? Clara, ¿no? —Jana asiente con la cabeza, sin tiempo para contestar, porque la mujer sigue hablando—. Yo soy el ama de llaves, me llamo Elvira, ¿sabes?; aquí hay otros tres al servicio, luego los ves, pero quien organiza y manda soy yo —le dice, levantando las cejas y esperando comprensión y conformidad.

—Sí, señora.

—De señora nada, conmigo nada de tratamientos, ¿me oyes? Me dices doña Elvira y andando, ¿sabes?

Jana se limita a asentir, obediente, preparándose para absorber información, como una esponja aún vacía y seca, esperando un manantial.

—¡Qué poca cosuca eres, por Dios! —le dice doña Elvira, mirándola sin reparo de arriba abajo mientras caminan—. Espero que tengas carácter para el trabajo duro, que aquí sobra. Hoy llegan tres huéspedes y ya tenemos ocho habitaciones llenas, ¿sabes? En total, hay dieciséis cuartos, ¿sabes? Después te enseñaré todo, ahora ando con una tarea de mil demonios, tendrás que ayudarme después de que apañes tus cosas y descanses un poco.

—Sí, doña Elvira. No necesito descansar, y solo traigo esto —dice, señalando una pequeña bolsa de tela con dos conjuntos de diario, un vestido de domingo, una chaqueta de lana y varias mudas.

—No te pesa el ajuar, no —replica doña Elvira, con una sonrisa desencantada—. Pasa, hija, pasa, que dentro se está fresco, verás. —Y al tiempo que doña Elvira dice esto, empuja una de las hojas del enorme portón azul de la casa, abriendo para Jana un mundo de lujos sencillos que, para los que siempre han sido miserables, son observados con la reverencia del pobre, que es la que Jana tiene en su mirada, abrumada y sobrecogida.

El recibidor tiene el tamaño de toda la casa de Jana de Hinojedo. Según se entra, de frente y a unos seis metros de distancia, una escalera de madera tallada, simulando relieves de hojas de vid, y de ancho considerable, asciende hacia la planta superior.

Tras estas escaleras, con acceso desde el recibidor y desde la biblioteca, se esconde el único dormitorio de la planta, de vistas amplias y privilegiadas, y en el que, por evidentes razones de protocolo, rango e independencia, duerme el señorito.

El propio recibidor, al que doña Elvira se empeña en llamar *hall*, según le ha escuchado al señorito Ignacio, sumerge a Jana en el mundo de las clases superiores: un banco de madera noble, largo y con respaldo, se extiende a la izquierda de la entrada, como descanso de las visitas y zona de espera, suavizando su rigidez con almohadones rojos de cachemir, dignos solo de posaderas de clases elevadas. Después del banco, justo antes de llegar a las formidables escaleras, hay un pequeño escritorio con tres cajoneras, acompañado de una silla barroca a juego, tapizada con terciopelo de color rojo inglés, que miran hacia la entrada, como si se tratase de una pequeña recepción para los huéspedes. Dos alfombras independientes, de tonos arenosos, verdes y marrones, diferencian los espacios entre el banco de la entrada y el de la pequeña recepción previa a las escaleras, marcando la diferencia entre ambas zonas.

Cuando Jana vuelve su mirada hacia la derecha no puede reprimir un pequeño grito de admiración: un enorme arco de medio punto da entrada a un comedor diáfano, en el que se extiende una mesa para al menos doce comensales, y sobre la que, en cada extremo, reposan sendos candelabros de plata. Más a la derecha, un enorme aparador impone su peso en el cuarto, dejando entrever, a través de sus puertas vidriosas, vajillas de porcelana y cristalería reluciente. Al fondo de la habitación, a la izquierda, otro enorme arco, esta vez cuadrado, une la zona de comedor con un imponente salón, con cuatro amplios ventanales y vistas al mar, que hoy se manifiesta liso, brillante, en apariencia calmado, sin ganas de rebelarse al sol inclemente. Hay varios sofás, sillones y butacas, con pequeñas mesillas como compañeras, repartidos por la amplia estancia, aunque el sofá principal, en tonos azules, de al menos cuatro plazas y con orejeras, se planta cara a los ventanales, sin duda para satisfacer el reclamo de las espectaculares vistas; a sus pies, una mesa baja de salón se encuentra aderezada con prensa del día y un ejemplar del *Quijote*, que parece reposar más como decoración que como reclamo de lectura.

Según se entra por el arco del salón, a la derecha, en un aparador a juego con el del comedor, pero de mucho menor tamaño, reposan innumerables licores de colores diversos, pulcramente ordenados, pudiendo adivinarse, tras una puerta de vidrio translúcido, un elegante juego de café. Tras el pequeño mueble bodega de licores variados, un reloj de cuerda, enganchado en la pared pero de cuerpo entero, de la altura de un hombre, da las campanadas de las horas y las medias horas con puntualidad británica.

—Ven, niña. Antes de hacer nada te presento al señor —dice doña Elvira, adentrándose en el comedor y haciendo que Jana deje su bolsa en el banco de la entrada.

—Venga, hija, ¿qué esperas? Ven. —Y hace un gesto apresurado, con su mano, para que Jana se acerque.

—Voy.

—Vamos. A este sí que le tratas de «señor», ¿sabes?

—Sí, doña Elvira.

—Pues venga, vamos. —Y así, doña Elvira termina de avanzar por el comedor y entra en el luminoso salón a través de su arco de madera, dirigiéndose a su izquierda, y dejando atrás la licorera, y el enorme sofá azul, para caminar hacia una especie de pequeña biblioteca de oscura madera que casi llena toda la pared, salvo por una puerta disimulada entre volutas de madera, y que mira hacia el salón haciéndolo más acogedor y no más oscuro, a pesar de su enorme tamaño. En esta zona de ilustración escrita, y también mirando hacia la estancia, un enorme escritorio barroco con una gran butaca a juego, tapizada en verde inglés, completan la estampa de casi toda la planta baja de la Casa Azul. La butaca no está vacía: un hombre joven, vestido con una elegante camisa, chaleco y pantalones informales de lino, parece trabajar allí sobre un amasijo de documentación.

Doña Elvira carraspea, anunciando su llegada. Pretende despachar rápido la tarea de presentarle la nueva criada al señorito. A su prima no se le ha ocurrido otra cosa que mandarle aquella poquita cosa, menuda y pueblerina: una niña inocente a la que tendrá que enseñar hasta a respirar.

Una pobre, sencilla e insípida criatura.

Al entrar en Santillana parece que se sale del mundo. Es aquella una entrada que dice: «no entres».

Extracto del artículo «Cuarenta leguas por Cantabria» (1876), de
BENITO PÉREZ GALDÓS (1843-1920)

Jacobo Riveiro estaba sentado frente a una mesa con forma de elipse, en una sala luminosa y decorada con gusto austero pero elegante, en la que nunca había estado, y que supuso que se reservaba para las visitas más importantes en el Instituto de Medicina Legal de Cantabria, en Santander.

Sentados en las sillas opuestas a su lado de la mesa estaban la médico forense Almudena Cardona y el médico Gael Bárcena, del Instituto Nacional de Toxicología. Al parecer, iba a tener que hablar con ellos antes de que llegase la doctora Múgica, que no terminaba de aparecer. Ayer le había visto muy mala cara, quizá por causa del cansancio, quizá por un constipado estival. Pero si Múgica estaba enferma, sería la primera vez, que él supiese, que faltaría al trabajo por esa causa: ella siempre estaba allí. A Riveiro le resultaba extraño hablar de los pormenores del caso con Cardona, pero de momento era lo que tenía. Tenían que avanzar. La forense le había presentado al experimentado doctor Bárcena, que había trabajado en el departamento de toxicología de la policía científica, y que ahora desarrollaba su actividad en el Instituto Nacional de Toxicología, impartiendo, además, cursos y jornadas formativas a nivel europeo en los departamentos forenses de su especialidad.

«Aquí tenemos al puto crac de Europa sobre venenos

y tóxicos: si este no puede ayudarnos, nadie podrá hacerlo», pensó Riveiro, que esperaba, aburrido, a que Cardona y Bárcena, antes de atenderle, terminasen de hablar entre ellos, de organizar papeles y de revisar datos en la pantalla de un ordenador portátil, que resultaban completamente incomprensibles para el sargento.

—Riveiro —le dijo Cardona—, en un rato tenemos un congreso importante, así que ahora tienes unos minutos para preguntarle cualquier duda al doctor Bárcena sobre el tema de la intoxicación de David Viesgo.

Riveiro habría puntualizado que no se trataba simplemente de una intoxicación, sino de un homicidio en toda regla, pero, dado que su tiempo era escaso, prefirió no matizar nada que no fuese estrictamente necesario:

—Doctor Bárcena —le dijo al forense, que lo miraba tranquilo y amable, desde la placidez de unos ojos azul cristalino y de un pelo cano pero abundante, peinado hacia atrás—; tengo entendido que, según sus observaciones, el veneno que mató al señor Viesgo podría provenir del tejo; ¿es así?

—En efecto, así es. Los signos de envenenamiento eran evidentes; el color del cabello y de las uñas, y la movilidad de los miembros dentro del *rigor mortis*, ya evidenciaban el empleo de algún tipo de tóxico. La midriasis de las pupilas...

—Perdón, ¿la qué? —interrumpió Riveiro, que apuntaba todo en su inseparable libreta.

—La dilatación. Las pupilas del individuo estaban dilatadas, y sus labios parcialmente azulados; era un caso de libro, francamente.

—Ya. ¿Y cómo ha sacado la conclusión de que se trataba de tejo?

—Gracias a muchos años de experiencia, sargento. Aunque los venenos más efectivos e inmediatos provienen del mundo animal, los más lentos y difíciles de detectar provienen del mundo vegetal. La muerte que ocasionan estos últimos, por lo general, es casi dulce e indolora, precedida de una sensación narcótica. Sin embargo, la muerte de este individuo no fue nada placentera: había restos de vómito en su ropa, así como de una incontrolable diarrea, y en la autopsia se ha detectado a simple vista una considerable inflamación renal y hepática, siendo la causa final de la muerte el colapso respiratorio y cardiovascular.

—Entonces, con un veneno tan agresivo, ¿no deberíamos pensar que el veneno proviene del mundo animal y no del vegetal, como usted dice?

—No. Hay pocos venenos de procedencia vegetal que produzcan una muerte tan violenta y tan rápida, pero los hay. De manera que, si tenemos la certeza de que el veneno tiene esta procedencia, las opciones de obtener un tóxico tan virulento se reducen y nos facilitan la determinación de qué toxina en concreto se trata. Y para saber que, en este caso, el origen era vegetal, no tuvimos más que analizar el contenido del estómago.

—Pero ¿ya tienen los resultados del laboratorio, entonces? —preguntó Riveiro, sorprendido.

—Oh, no, claro que no. Por supuesto, comprenderá que he colaborado en este asunto, excepcionalmente, a petición de la doctora Múgica, aunque yo no trabajo en este instituto ni controlo las gestiones con los laboratorios. Pero yo ya había visto en otras dos ocasiones ese mismo tipo de líquido en el estómago de otros individuos: idéntico color, aroma astringente; inconfundible. Al señor Viesgo le dieron una infusión, sencillamente, letal.

—¿Una infusión? ¡Cómo que una infusión! —exclamó, atónito, Riveiro—. ¿Le suministraron el tejo con una infusión, como si fuese el té de las cinco?

—Si quiere verlo así, por mí no hay inconveniente. En todo caso, ya le habrá dicho mi colega —dijo Bárcena, señalando con la cabeza a Cardona— que los resultados definitivos dependen del análisis bioquímico e histológico, especialmente con relación al hígado. Yo solo he aventurado una información de la que estoy seguro, digamos, al noventa y nueve por ciento.

—No es mala proporción de seguridad —replicó Riveiro, enarcando las cejas y anotando todo, casi febrilmente, en su libreta—. Entonces, por favor, déjeme que estructure todo esto para poder tener una idea clara y exponérsela después al resto del equipo. A ver... —Riveiro hizo una pausa, como calibrando por dónde empezar— suponiendo que el veneno fuese efectivamente el tejo, ¿dónde puede localizarse la materia prima? Me refiero a que habrá que mezclarlo con algo para que sea venenoso, digo yo.

—No, señor Riveiro, el tejo es letal por sí mismo.

—Pero, entonces... por Dios, ¡si ese árbol está en la mitad de los parques de Cantabria!

El doctor Bárcena sonrió, sin llegar a ser condescendiente, sino comprensivo, ante el recelo del sargento.

—Lo que es venenoso del tejo no es la estructura del árbol en sí, sino sus hojas y semillas, que contienen un alcaloide extremadamente tóxico, la taxina, que puede provocar, además de los síntomas que antes le describí, hipotensión y parada respiratoria.

—De acuerdo, ¿y cómo funciona? Quiero decir, ¿hay que ser un experto para preparar ese veneno? ¿Se cuecen unas hojas, en forma de infusión, y ya está?

—Prácticamente, sí. Sin embargo, quien haya preparado el veneno para el individuo que hemos estudiado, debía conocer bien esta planta y sus posibilidades. Parece que la infusión tenía la taxina más activa y concentrada posible, que es la que se prepara con hojas secas, y no con las frescas.

—Es decir, que tenía el veneno preparado con antelación.

El doctor Bárcena contestó encogiéndose de hombros:

—Quién sabe. Supongo.

—Ya. ¿Y cuánto tiempo tarda en hacer efecto el veneno? Aproximadamente, quiero decir.

—Desde la ingesta, el desenlace fatal tiene lugar en unos treinta minutos. Sesenta como máximo.

—¿Tan rápido?

—Tan rápido y tan efectivo, muy pocos podrían sobrevivir. En caso de superación, las secuelas sobre hígado y riñones serían muy graves. Imagínese: dos gramos de hojas por kilo de peso bastarían para matar a un caballo o a una oveja. Claro que los rumiantes resisten bastante...

—Entonces, podríamos concluir que al señor Viesgo le dieron una infusión mortal de hojas de tejo y que, tras la ingestión, con un máximo de tiempo de sesenta minutos, habría fallecido.

—Eso es. Al principio, la taxina le habrá excitado el corazón, para después aminorarle los latidos, disminuyendo la presión sanguínea y ocasionando dolores de estómago e intestino, incluso diarrea y convulsiones, la inflamación renal y hepática que ya le he explicado y, por fin, la muerte por parada cardíaca.

—Una muerte horrible.

—Una muerte rápida, al menos, sargento. Dada la edad avanzada del individuo, su fallecimiento, desde la ingesta de la infusión, posiblemente se aproxime más a los treinta minutos que a los sesenta.

—Vaya —acertó a decir Riveiro, pensativo—; entonces, aunque quien hubiese preparado el veneno para el doctor Viesgo tuviese conocimientos específicos sobre la materia, podríamos decir que, en realidad, cualquiera podría haber recogido las hojas del árbol en algún parque y haber hecho la infusión. Es decir, que no hay que ir a un herbolario especializado, ni nada por el estilo, ¿es correcto?

—Sí, es correcto. Bastaría con recoger las suficientes hojas de tejo.

—¿Y quién podría tener conocimiento de que este árbol es tan tóxico? ¿Usted qué cree? ¿Un médico? ¿Un forense especializado, como usted? ¿Un naturista?

—Buena pregunta. En realidad, y por supuesto, un forense especializado en toxicología sabría todo lo relativo al tejo, pero no es un veneno de utilización corriente en la actualidad. Es mucho más normal enfrentarse a casos de envenenamiento por barbitúricos, láudano, insulina, estricnina o hasta cianuro. Pero, precisamente en Cantabria, es muy conocido a nivel popular, sobre todo por las gentes del campo; se llegó a utilizar para hacer abortar a los rumiantes, cuando era necesario. Los antiguos guerreros cántabros, por ejemplo, llevaban con ellos el tejo, por si eran capturados por los enemigos romanos, y poder así suicidarse rápidamente.

—No me diga —replicó Riveiro, que desde que había empezado la jornada laboral no hacía más que saltar de asombro en asombro, a cada cual más agudo.

—En realidad —dijo el doctor Bárcena, poniéndose en pie, como para ir dando por conclusa la consulta—, el tejo debería ser sagrado para usted.

—¿Perdón?

—¿No es usted cántabro?

—Sí, nací en Polanco, yo...

—Pues el árbol sagrado, el símbolo de Cantabria, sargento, por su longevidad y por su legendaria vinculación a la inmortalidad, es el tejo. Puede llegar a superar los mil quinientos años de vida saludable.

—Y sin embargo, su taxina provoca la muerte casi inmediata.

Gael Bárcena sonrió, ante la provocación de Riveiro:

—Pero su corteza, con taxol, es un potente anticancerígeno, por ejemplo. Casi siempre hay un lado bueno en todas las cosas, sargento.

—Usted gana. Así que el árbol sagrado de Cantabria...

—Eso es. Espero haberlo ayudado. Para el resto de los datos forenses tendrá que hablar con mi colega, la señorita Cardona.

—Por supuesto. Muchísimas gracias por su colaboración, doctor. Solo una pregunta más, ya que veo que domina no solo el apartado técnico, sino también el, digamos, cultural, vinculado al tejo. Me refiero a esa utilización del árbol a nivel popular; según lo que usted ha estudiado, ¿se ha utilizado solo aquí, en Cantabria? Comprenda que pretendemos identificar a un asesino y resulta importante determinar su ubicación geográfica, o, al menos, su origen.

El doctor Bárcena se mostró pensativo.

—Los ensayos que he leído sobre el tema situaban la utilización del tejo, como veneno, en la zona norte de la Península, pero muy especialmente en Cantabria y, con menor intensidad, en Asturias. Allí era más utilizado como símbolo que como elemento letal. El día de Todos los Santos, por ejemplo, en Asturias, se le llevaba una rama de tejo a los difuntos, para que les guiase en su retorno al País de las Sombras.

A Riveiro le pareció que estaba escuchando una versión ligera e hispánica de *El Señor de los Anillos*. ¿El País de las Sombras? ¿El árbol de la inmortalidad? ¿Cómo era que él no sabía que el tejo era el árbol sagrado de Cantabria? Ya iba a despedirse del doctor, cuando este pareció recordar un dato interesante:

—Sargento, hay otra cosa.

—Dígame.

—Los ingleses también veneran el tejo. O, al menos, lo hacían. De hecho, en la Edad Media casi consiguieron extinguir este árbol en Inglaterra, porque utilizaban su madera para hacer arcos. Ya sabe: madera de calidad cargada de leyendas de inmortalidad. Supongo que no tiene nada que ver con su caso, pero acabo de recordarlo. De hecho, casi todos los ensayos sobre los que he trabajado acerca del tejo han sido realizados por británicos.

—Vaya. Pues muchas gracias. Quizá sí nos sirva —contestó Riveiro, que de inmediato visualizó a Oliver Gordon en su retina. Era inglés, y los asesinatos habían comenzado solo cuando él había llegado a Suances. Era un hecho. Claro que, para la tarde del martes, cuando habían envenenado al doctor Viesgo, el inglés tenía coartada: había estado reunido con su abogado y con ellos mismos en la Comandancia de la Guardia Civil. ¿Quizá tuviese un cómplice? Todo eran conjeturas. Riveiro se despidió del doctor Gael Bárcena y se encontró con que Almudena

Cardona, lejos de poder ayudarle, estaba saturada de reuniones y de trabajo, además del congreso de forenses que tenía previsto para aquella misma mañana, y gracias al cual habían tenido la suerte de que el doctor Bárcena estuviese en Santander. La acumulación de trabajo no solo era consecuencia de la falta de personal por las vacaciones estivales, sino de la ausencia de la forense estrella en el Instituto de Medicina Legal: Clara Múgica. Tendría que esperar hasta última hora de la tarde para poder ser atendido, sin que Cardona pudiese garantizarle tener ya los resultados de los distintos laboratorios, aun cuando varias muestras habían sido remitidas, con urgencia, a profesionales privados. Cardona ni siquiera le pudo proporcionar el resto de los datos forenses de la autopsia de David Viesgo. Solo consiguió una estimación aproximada de la hora de la muerte: entre las ocho y media y las nueve de la tarde del martes 9 de julio.

El sargento salió del edificio y, viendo la tremenda lluvia que estaba cayendo, como un chaparrón incontenible acompañado por el rugido de unos truenos cada vez más próximos, se refugió en su vehículo y pulsó los números correspondientes en su teléfono móvil. Tenía que hablar con la teniente Redondo.

Valentina Redondo estaba solo a cinco kilómetros de Santillana del Mar cuando se vio obligada a parar su coche en el arcén, para atender la llamada de Riveiro. La lluvia era ya tan fuerte e incesante, que la visibilidad en la carretera era difusa, y el aire bailaba con el agua, cargado de humedad, desplomando con furia lágrimas frías sobre la tierra.

Escuchó a Riveiro con atención: así que el asesino del doctor Viesgo sabía de plantas y de venenos milenarios. Si resultaba confirmarse que el tóxico empleado provenía del tejo, dado el tiempo que este tardaba en actuar sobre el cuerpo humano, podrían descartar a Oliver Gordon de la lista de sospechosos. El martes en que había sido asesinado el doctor Viesgo habían estado reunidos con Oliver desde las siete de la tarde hasta las nueve y cuarto de la noche, aproximadamente. Salvo que el señor Gordon tuviese un cómplice, él no podría haber envenenado al médico, ya que este había fallecido entre las ocho y media y nueve de aquella tarde, por causa de un veneno que tenía que haber sido suministrado, a lo sumo, una hora antes. Imposible. Gordon no podía haber sido. Valentina sintió un secreto alivio interno. Sin embargo, se reconvino: debía estar alerta. Para el asesinato de Pedro Salas, Oliver Gordon no tenía coartada. En más de una ocasión, Valentina había tenido casos con giros inesperados, en los que un adorable padre de familia asesinaba en sus ratos libres a jóvenes y confiadas adolescentes, o en que un payaso de fiestas infantiles tenía como afición principal, que él denominaba «juego», torturar a ancianas solitarias hasta la muerte, para después, ya muertas, violarlas y desvalijar sus casas. Valentina, aún al teléfono, dio instrucción al sargento Riveiro de que, además de gestionar las tareas ya encomendadas, interrogase a la mujer del doctor Viesgo; todo lo que ella supiese sobre la relación de su marido con la señora Ongayo, y sobre la cita que los dos tuvieron aquel martes fatídico, eran datos cruciales e importantes. Redondo sabía que a Riveiro no se le escaparía nada, confiaba en él plenamente. Le recordó también que llamase a los hijos de Pedro Salas: tenía que saber desde cuándo el viejo marinero era tan generoso con las asignaciones mensuales a sus hijos. Del resto del historial familiar ya se encargarían los otros miembros de la Sección de Investigación. Si a ella misma le daba tiempo, al terminar en Santillana pensaba acercarse a ver a la señora Ongayo de nuevo.

Un momento: una llamada en espera. Valentina se despidió de Riveiro.

Era el subteniente Sabadelle, que le confirmaba por teléfono que acababa de llegar a Santillana del Mar, acompañado de Oliver Gordon, que había insistido en subir con él, ya que, de lo contrario, pensaba seguir investigando por su cuenta y acercarse igualmente hasta la casa de los Quevedo. Mejor. Así lo tendrían vigilado, en vez de tener que establecer, en caso necesario, un dispositivo de control. Valentina dio instrucción a Sabadelle de que la esperasen a la entrada de Santillana, en el edificio de información turística, donde podrían cobijarse de la lluvia.

Cuando la teniente se disponía a arrancar se vio obligada a detener sus movimientos. Increíble: otra llamada. Pero ¿qué coño pasaba ahora? El juez Jorge Talavera. Qué raro. Nunca solía llamarla directamente al móvil, sino a la centralita de la Comandancia. ¿Cómo? ¿Que Clara Múgica era la hija de Jana Ongayo? Pero si Clara era amiga suya, ¿cómo era posible que la propia Valentina no supiese...? Joder, pero ¿cómo era posible? De golpe, varias ideas, frases y recuerdos se agolparon en la mente de la teniente Redondo. ¡Claro! Múgica debía de ser el apellido del segundo marido de la señora Ongayo... no se lo había concretado cuando la había interrogado el día anterior. Ese dato era algo que Zubizarreta, Torres y Camargo habrían descubierto, si no hoy, en las próximas horas o días. En efecto, la señora Ongayo había dicho que su hija trabajaba en un hospital de Santander, y que era médico... no le había mentido. Clara era médico forense en el Instituto de Medicina Legal de Cantabria, cuyas salas principales de trabajo estaban en el hospital de Valdecilla, en Santander. Y claro que Valentina, desde que había conocido a la forense hacía ya cinco años, le había preguntado a Clara por su familia, y por supuesto que habían tomado innumerables cafés juntas, pero la forense se había limitado a contarle que tenía una relación un poco fría con su madre, y que esta vivía fuera de Santander, sin más. Quizá Valentina no se había interesado lo suficiente por el asunto, pero la reticencia de Clara a hablar de ello había sido suficiente para enfocar sus conversaciones a asuntos de trabajo y a los numerosos viajes que, cuando podía, Clara hacía con su marido Lucas, que, como ella, estaba siempre trabajando. Ahora comprendía Valentina de dónde venía la exquisita formación de Clara y sus conocimientos de idiomas: había estudiado en internados de Suiza y de Inglaterra. Quizá ese afán por el trabajo sin descanso, por los largos viajes en vacaciones, fuese una forma de evadirse, de escapar, de no estar disponible y tener excusas para no visitar a una madre, que, al parecer, detestaba. Pero ese, de momento, sería un diagnóstico muy aventurado, aún con la amplia experiencia en psicología criminal que tenía Valentina, que por unos segundos se sintió completamente desubicada:

—Señoría, yo... dígame, Talavera, entonces, ¿qué vamos a hacer? Porque nuestra intención era, y es, investigar a la hija de la señora Ongayo, es decir, a Clara, pero de momento no consta comisión de delito.

—En efecto. Deben seguir con la investigación normalmente. De momento, Clara no es sospechosa de nada, salvo de no haber dicho que conocía a David Viesgo cuando este entró en la sala de autopsias.

—¿Hizo ella la autopsia?

—Afortunadamente, no. Ordenó que la realizasen otros colegas, e incluso llamó a un tal doctor Bárcena, del Instituto Nacional de Toxicología, que estaba en Santander casi de casualidad, para que echase una mano, al ver que el fulano había sido envenenado. Tras solicitarle al director del Instituto de Medicina Legal que la apartase de todos los expedientes vinculados al caso, me ha llamado.

—Entonces, su praxis ha sido correcta —dijo Valentina, con alivio.

—De momento, eso parece. Me ha asegurado que no conocía de nada a Pedro Salas y que, cuando fuimos a levantar el cadáver del bebé en Villa Marina, ni siquiera sabía que esa casa hubiese pertenecido a su familia. Sin embargo, sí conocía a David Viesgo, que visitaba a su madre con relativa asiduidad, aunque hacía años que no lo veía.

Valentina dudó unos segundos.

—Claro, pero, aun así, las otras autopsias... estoy segura de que han sido hechas a conciencia y que sus informes son intachables, pero no tengo claro si no habría que revisar los datos —aventuró, suspicaz.

—No lo creo. Las autopsias siempre las supervisan y firman dos forenses, no solo uno. En el caso del bebé y de Pedro Salas las hicieron Múgica y Cardona. De todos modos, estoy de acuerdo con que no estaría de más que hablaseis de nuevo con Cardona para verificar los datos, aunque pongo la mano en el fuego por Múgica. A fin de cuentas, ella misma, esta misma mañana, pidió al director del IML que la separase de la investigación, de forma que se ha desvinculado de todo lo relativo a este caso.

—Sabiendo que no íbamos a tardar en identificarla, señoría —replicó Valentina, movida por un resorte propio, hablando como investigadora, no como amiga, y casi arrepintiéndose al instante del comentario. Sabía que Múgica y Talavera tenían muy buena relación, que eran incluso buenos amigos, mientras que ella con el juez apenas había cruzado tres palabras fuera del ámbito de trabajo y ni siquiera se tuteaban, aunque le constaba el carácter afable de él y su buena reputación.

—De momento —atajó Talavera— continúe normalmente con la investigación. Yo intentaré agilizar al máximo las diligencias necesarias, tanto con el asunto de Pedro Salas como con el del médico, en relación con la expedición de oficios a las compañías de teléfono y a las entidades bancarias. Sobre el individuo que intentaron asesinar ayer en el Santa Clotilde, ya he hablado con el magistrado al que le ha tocado el asunto en reparto para que me pase los autos tan pronto como los dicte. —El juez hizo una breve pausa—. Clara Múgica, de momento, mantiene su historial intachable —concluyó.

—También es amiga mía, señoría. Pero podía habernos dicho antes su vínculo con la familia Ongayo. Al margen de la aparición del cadáver de David Viesgo, ella sabía previamente algunos datos de la investigación, aunque tendré que verificar con el sargento Riveiro qué información concreta le ha facilitado.

Hubo un nuevo silencio de cinco segundos al otro lado de la línea. El juez suspiró, como abatido por un súbito cansancio.

—Salvo prueba en contrario, de momento no ha vulnerado el código deontológico médico, no ha faltado a la verdad, no ha sido necesario que su Sección de Investigación de la Policía Judicial la identificase por sorpresa y se procediese a una recusación formal en calidad de perito, y, en consecuencia, no ha traicionado mi confianza. Por cierto, le informo de que se tomará unos días libres.

—¿Unos días libres?

—Sí, pero estará disponible para la investigación. Me ha pedido expresamente que se lo comunique.

De modo que Clara no había querido llamarla a ella directamente. Valentina disimuló ante el juez la leve punzada de agravio que sintió en su fuero interno. Tampoco iba a ponerse puntillosa por ese detalle: a Clara ya le habría sido suficientemente desagradable dar explicaciones dos veces en la misma mañana, a su director y a su amigo el juez Talavera, como para justificarse en el mismo día con ella, una teniente de la Policía Judicial de la Guardia Civil.

Redondo y Talavera se despidieron casi de forma abrupta por teléfono, ambos embargados como por una especie de inquietud, de desasosiego y de desconfianza. Por fin, Valentina arrancó su Alfa Romeo y apretó el acelerador hacia Santillana del Mar.

Oliver observó con agrado la llegada de Valentina: llevaba el cabello suelto y mojado, y se amparaba de la incesante lluvia bajo una cazadora ligera que llevaba a manera de toldo a escasos centímetros sobre su cabeza. Caminaba con decisión, como siempre la había visto hacerlo, pero su rostro transmitía inquietud, y una multitud de sensaciones que, como burbujas, emanaban de ella y destilaban preocupación y cansancio, pero también determinación.

—Hombre, ahí viene la niña de la catana —dijo Sabadelle, como hablando consigo mismo.

—¿Cómo? —preguntó Oliver, convencido de que había entendido mal. Había expresiones y frases hechas españolas que todavía no controlaba perfectamente. ¿Catana?

—Nada, nada. Cosas mías. Que ahí viene la teniente, digo. Y por cierto, ya que se ha empeñado en venir...

—Iba a subir de todas formas, con o sin ustedes.

—Ya. Como le decía, ya que se ha empeñado en subir desde Suances, no habrá problema en que nos acompañe, pero de entrada seremos nosotros los que hablaremos y haremos las preguntas oportunas. Viniendo usted, la verdad, con que no nos topemos con otro anciano fiambre tendremos un día bastante bueno.

Oliver iba a replicar, pero la teniente llegó en aquel instante a su altura, y el cruce de miradas, eléctrico e intenso, fue suficiente para que su atención sobre Sabadelle se redujese.

Decidieron, calados casi por completo, comprar un par de paraguas en las tiendas de souvenirs y tomarse un buen tazón de café caliente antes de adentrarse en la mágica, misteriosa y callada Santillana del Mar, que ahora, bajo la tormenta, tenía sus calles vacías de turistas, que, por su parte, se agolpaban, empapados, en las cafeterías y tiendas de antigüedades.

Entraron en un bar restaurante tienda que se llamaba La Galerna y en cuya entrada, recordando que en el término medio está la virtud, rezaba: «Ni tanta vela que queme al santo, ni tan poca que no le alumbre». Valentina Redondo sopesó la conveniencia de informar a Oliver Gordon de las novedades. A fin de cuentas, un anciano ingresado en el hospital de Santa Clotilde, que había sufrido un intento de asesinato, había advertido que Oliver Gordon estaba en peligro. Obviando los detalles concretos, como que el presunto homicida parecía ser un varón, informó a Oliver de que debía cerrar y asegurar puertas y ventanas tan pronto como regresase a su cabaña, para evitar posibles complicaciones. Por si acaso. Le informó también, para que constatase la gravedad de la situación, de que el doctor Viesgo había sido envenenado, pero no dijo nada acerca del tipo de veneno, ni de su tiempo de actuación, de manera que Oliver no supiese de forma efectiva si tenía o no coartada para el asesinato del médico. En realidad, en ningún momento lo habían tratado formalmente como sospechoso, pero todas las precauciones eran pocas. Prefería que el señor Gordon se mantuviese alerta, que supiese que podrían cuestionarle; además, estaba pendiente hacerle un largo y extenso interrogatorio sobre su pasado y sobre sus verdaderos motivos para, sin arraigo, sin amigos, sin familia, venirse a afincar a Suances. Y revisar su coartada efectiva, ya no solo para el caso de Pedro Salas, sino también para el intento de asesinato del señor Ballesta, aunque la teniente se reconoció a sí misma que Oliver tendría que haber ido disparado como un cohete sobrehumano desde que ella lo había dejado en Suances, a su regreso de Comillas, sobre las ocho y media o las nueve menos cuarto de la noche, para poder llegar a tiempo a intentar estrangular al anciano a Santander, a un poco más de media hora de camino en automóvil, a las nueve horas de la misma noche. No. El señor Gordon estaba prácticamente descartado como sospechoso.

Valentina le pidió a Oliver que los esperase, a ella y a Sabadelle, en la mesa del acogedor bar al que habían entrado, mientras ellos iban a pedir a la barra y concretaban detalles de la investigación: tenía que contarle al subteniente, en privado, las novedades, incluido el hecho insólito de que Clara Múgica fuese la hija de la señora Ongayo. Como era de esperar, Sabadelle a duras penas pudo dar crédito al giro de los acontecimientos. ¿Podría tener Múgica algún interés oculto en los asesinatos?

Cuando terminaron unos deliciosos y enormes cafés con leche, acompañados de quesada, aún caliente y recién hecha, y tras escuchar los sorprendentes planes que el subteniente Sabadelle tenía para la próxima obra de teatro en la que iba a participar, representando a un emperador romano, decidieron adentrarse en Santillana. No hacía frío, y la lluvia se había vuelto más mansa, aunque caía de forma constante e incansable. Casi como haciéndoles burla, comenzó a sonar, desde uno de los bares de la calle, música de moda veraniega, *No importa que llueva* entonada de forma pegadiza y alegre por el grupo Efecto Pasillo:

No importa que llueva
si estoy cerca de ti
la vida se convierte
en un juego de niños
cuando tú estás junto a mí

Sabadelle y Oliver compartieron un paraguas, mientras que Valentina caminó a su lado disfrutando de uno propio. Oliver la miró de reojo: aun sin maquillaje, y con el pelo húmedo y revuelto, tenía el embrujo de esas mujeres que hechizan más por su forma de mirar que por su mirada, que en su caso era extrañamente multicolor. Iniciaron el paseo descendente hacia el interior de Santillana por la calle Carrera, dejándose envolver por la lluvia tranquila, por los muros y suelos de piedra, nunca pensados para automóviles y apenas para carruajes de caballos.

Te llevaré donde la luz del sol nos mueva,
donde los sueños aún están por construir.
Te enseñaré a nadar entre un millón de estrellas
si te quedas junto a mí.

Sin saberlo, y según caminaban, siguiendo un mapa que Oliver llevaba en la mano, y llegando ya a la calle Cantón, dejaron a su derecha la Torre de Velarde, del siglo xv, prácticamente sin verla, embriagados por la sucesión de edificios y callejuelas que les trasladaban a otros tiempos. Siguieron caminando, sin hablar, observando, tras el golpeteo suave de sus pasos húmedos, fachadas blasonadas, portones de madera noble con cerraduras de mortíferos dragones y arquitecturas entremezcladas, que jugaban con la sillería, la madera noble y la piedra.

—¿No estará por aquí el que buscamos? —preguntó Sabadelle, admirado, mirando una fachada que, terminada la calle Cantón, ya casi en la calle del Río, resaltaba por un magnífico, tremendo y enorme escudo, que era sujetado por dos soldados imponentes y pétreos.

—No —replicó Oliver, mirando el mapa—, esta es la Casa de los Villa, y ese es el escudo que llaman de los Hombrones. ¿Veis? Es el que pone: «Un buen morir es *onra* de la vida» —concluyó, intentando escudriñar la inscripción entre la lluvia—. La casa a la que vamos está ahí delante, casi enfrente del lavadero o abrevadero que veis allí —explicó, señalando con la cabeza un entrañable tejadillo de madera y teja que resguardaba un lavadero de piedra al final del camino.

—Ya lo veo —confirmó Valentina—. Vamos allá.

Siguieron caminando y llegaron enseguida a la altura del abrevadero, cuya imagen, con la colegiata de Santa Juliana al fondo, era de postal. Enseguida comprobaron por qué se llamaba la calle del Río: grandes caudales de agua, consecuencia de la lluvia implacable, se acumulaban a la altura del abrevadero, escapando de la calle principal hacia una adyacente abierta bajo un altísimo túnel techado en madera que, a la derecha del camino, se había abierto entre dos de las robustas y señoriales casonas, muy posiblemente con ese fin de desagüe y para evitar inundaciones.

—Es aquí —dijo Oliver.

—¿Aquí? —preguntaron, a la vez, Sabadelle y Redondo.

—Sí, según el dibujo del libro que tengo en casa, parte de la vivienda era de una familia llamada Cossío y parte de los Quevedo. Fíjense —aclaró, señalando con la mano la enorme casona que estaba seccionada por el túnel que daba salida a las aguas—, en esta parte, la más cercana a la colegiata, ahí tiene que estar Tlaloc.

Y en efecto. Allí estaba. Impasible, miraba como al infinito, ajeno a su presencia. Tal y como Oliver había visto en el dibujo de *El hálito vivo del tiempo*, el rostro enorme de Tlaloc se situaba sobre la que parecía la puerta principal de la casona, bajo un largo balcón corrido, sobre el que sobresalía un enorme e impresionante escudo. ¿Cómo era posible que a nadie le pudiese pasar desapercibido un símbolo tan extraño allí, justo allí, a unos pocos metros de la entrada de la colegiata románica de Santa Juliana, que era, junto con su claustro, una de las más famosas de Cantabria? Tlaloc tenía que haber salido en cientos, en miles de fotografías de turistas, y, sin embargo, nadie parecía haberse percatado de la incongruencia que su sola presencia pautaba en un lugar como Santillana del Mar.

—Sobredosis de belleza —dijo Oliver, como respondiendo a lo que todos estaban pensando.

—¿Perdón? —replicó Valentina, mirándole con extrañeza, al igual que Sabadelle, que también había vuelto el rostro, sorprendido, hacia Oliver.

—Digo que, quien visite este lugar tendrá una sobredosis o saturación de belleza tan grande que, sencillamente, no podrá asimilarla. No es exactamente el mal de Stendhal, pero justificaría que nadie se haya dado cuenta de que Tlaloc estaba aquí. Cualquiera que pasee veinte minutos por este pueblo tendrá la retina tan atestada de recovecos, escudos, pasadizos y torreones, que ni asimilará ni pretenderá entender un relieve más o menos en alguna de las fachadas.

—Joder, lo que faltaba. Ahora resulta que este es un filósofo entendido en arte —dijo muy bajito Sabadelle, de manera que, aparentemente, Valentina y Oliver solo le escucharon farfullar algo ininteligible.

Valentina, por su parte, se limitó a asentir y accedió, directamente, a la casona, pasando de forma obligada bajo la imagen pétrea de Tlaloc. La gran puerta de madera estaba abierta. Quizá la casona hubiese tenido un pasado noble, pero ahora parecía que se dedicaba a vender sobaos, quesadas y otros dulces a los turistas. Un amplio cartel que pretendía imitar la forja antigua rezaba «Obrador Casa Requejo. Fundado en 1950». Les atendió una mujer joven, de sonrisa agradable y cercana, que estaba instalada tras un mostrador sencillo, en lo que antes debía haber sido un patio interior de señorial robustez y elegancia. A sus espaldas, una gran escalinata de piedra crecía hasta la segunda planta para dividirse a derecha e izquierda y sumergirse en la oscuridad de la intimidad. No iba a haber suerte. La dependienta no tenía la menor idea de quiénes habían sido los anteriores propietarios, ni tampoco desde cuándo el obrador era propiedad de sus jefes.

Un momento... quizá sí les acariciase la fortuna. Sí. Un soplo de suerte. Una vecina, doña Tulia, acudió a guarecerse de la lluvia dentro del zaguán del obrador Casa Requejo. Tenía ya cierta edad, y sabía, como todas las vecinas de todos los pueblos, ciertas cosas no escritas en ninguna parte. Les explicó que los Chacón habían vendido el obrador a los actuales propietarios justo en el año 1950. Se acordaba perfectamente porque había sido el mismo año de inauguración del negocio. Los Chacón habían decidido vender la casona después de la tragedia. Un segundo: ¿tragedia? ¿Qué tragedia?

Cómo que qué tragedia. Si lo sabía todo el mundo, si se había comentado hasta la saciedad, saliendo incluso en el periódico *El Caso* años más tarde, recuperando aquella historia que había quedado sin esclarecer, llena de misterio. Claro que de aquello hacía más de sesenta años: normal que se hubiese ido olvidando y diluyendo en la nada. Había desaparecido un miembro de la familia Chacón y no se había vuelto a saber de él. Se había esfumado, sin más.

¿Cómo que un miembro de la familia? ¿Desaparecido?

—¿No se trataría de un bebé? —aventuró a preguntar Valentina, con las pulsaciones aceleradas.

—¿Un bebé? —replicó, sorprendida, doña Tulia—. ¡Oh, no, por Dios! Era el hijo pequeño, pero casi tendría treinta años... pero yo no sé mucho del tema, la verdad... sabría mi madre, que falleció la pobre hace unos años. Yo solo sé, por lo que me contaron, que fue muy sonado por entonces, y que hubo toda clase de rumores, incluso que andaban los nacionales o hasta los del monte de por medio. En fin. Eran otros tiempos, los hombres eran hombres de verdad, duros, y no se andaban con chiquitas, no sé si me explico.

—Los del monte... —murmuró Valentina, recordando lo que había dicho el señor Ballesta sobre aquel secreto que tenía que guardar a sus amigos republicanos, aquellos que habían subido al monte.

Valentina, que hasta el momento podía haber pasado perfectamente por una turista, se identificó ante doña Tulia como teniente de la Policía Judicial de la Guardia Civil, y le solicitó más información, pero la amable mujer, que apenas cambió el tono y el gesto sabiéndose ante la autoridad benemérita, solo pudo indicarles dónde vivían ahora los Chacón: en una impresionante villa en la plaza del Ayuntamiento, es decir, la plaza del Mercado, ya que se habían mudado algún tiempo después tras la desaparición de su hijo, con la madre ya eternamente irascible y depresiva, que veía fantasmas en todas las esquinas de la casona Requejo. Ahora, los descendientes usaban la villa solo en verano, y el resto del año residían en Santander.

Habiéndose despedido ya de doña Tulia, y a punto de salir de nuevo hacia la lluvia, Valentina giró sobre sí misma con ademán de preguntar a la dependienta algo que se le había pasado por alto: ¿sabía ella qué era el símbolo que había sobre la puerta de entrada del obrador?

—¿El símbolo? Qué símbolo, ¿la cara esa horrorosa? No sabría decirle, no soy la dueña, solo una empleada, aunque siempre he pensado que era como una gárgola o algo por estilo. En este pueblo hay tantas inscripciones y escudos raros... que vaya usted a saber.

Valentina se despidió de la empleada con una sonrisa;

cotejó los datos telefónicos de que disponía con la dirección que doña Tulia les había facilitado: coincidían. Era la casa donde no les habían cogido el teléfono por la mañana, y estaba al lado de la otra dirección donde constaba otro teléfono con titular apellidado Chacón. Se acercaban a la verdad. Lo presentía. Se resguardaron de la lluvia bajo el alero de una casa enfrente de la de los Quevedo.

—Así que sobredosis de belleza —se burló abiertamente Sabadelle, mirando a Oliver—. Resulta que esa señora pensaba que Tlaloc era una puta gárgola, ¿qué le parece?

—Me parece bastante normal, teniendo en cuenta que ni la puta universidad, ni el museo, ni las Clarisas, ni la inteligentísima Policía Judicial tenían la menor idea de que Tlaloc tenía representación escultórica en Cantabria, hasta que yo mismo se lo he revelado hace un par de horas.

Sabadelle mantuvo la mirada a Oliver, sorprendido porque este hubiese dejado momentáneamente de conducirse en su habitual corrección educada y británica, manifestando así la verdadera fuerza de su carácter. Valentina Redondo intervino de inmediato:

—Ya está bien. No tenemos tiempo que perder con estupideces.

—Es que, de entrada, este no tenía por qué estar aquí, por muy dandi que sea —replicó Sabadelle, sin apartar la vista de Oliver, y en una sorprendente y clara provocación a Valentina.

—Oliver —dijo ella—, si no se encuentra a gusto, no tiene más que regresar a Villa Marina. De hecho, es bastante irregular que nos acompañe en pleno proceso de investigación. Sabadelle, ven aquí un momento —dijo firme, apartando al subteniente unos metros para hablar en privado—. No voy a tolerar más gilipolleces, ni salidas de tono, ni comentarios absurdos y fuera de lugar. Si no quieres trabajar bajo mi mando, solicita traslado al capitán jefe o hasta al coronel si te sale de los cojones, pero no me provoques, no me tantees y no me cuestiones.

Sabadelle iba a replicar, cuando Valentina le interrumpió con un gesto y continuó:

—Ya que eres actor, a ver si eres capaz de cambiar de registro y dejas de hacer el papel de toca huevos cabreado con el mundo, porque quiero pensar que no eres así. Y si Oliver Gordon está aquí te recuerdo que es tu responsabilidad, tú lo has traído o al menos has dejado que viniese. En todo caso, te recuerdo también que si no fuese por él, no habríamos avanzado en absoluto sobre el tema de Tlaloc, y, de momento, sin darle información confidencial ni ninguna otra que comprometa la investigación, su colaboración está resultando bastante provechosa. Así que no me jodas y no hagas que sea yo la que tenga que hablar con el capitán jefe.

Santiago Sabadelle no replicó. Mantuvo la mirada a la teniente Redondo y, tras unos segundos, llegaron a una especie de tregua silenciosa, de renovado e inusual respeto y desarme aparentemente pacífico. Oliver, a pesar de la prudente distancia que había intentado establecer Valentina, y que por causa de la lluvia y de lo estrecho del alero había resultado ser escasa, había escuchado todo. Se aproximó.

—Teniente —dijo Sabadelle, en tono neutro, mirando solo a Valentina.

—¿Sí?

—Hay algo en este asunto que, desde la llamada del señor Gordon esta mañana me preocupa.

Valentina frunció el ceño, extrañada. Sabadelle, alcanzado el nivel de tregua con su superior, a pesar del rencor que aún se adivinaba en su mirada, y de lo que le costaba aceptar la autoridad de la teniente sobre él, pareció decidido a escupir algo que llevaba rato jugueteando en su cerebro.

—Habla.

—Las Clarisas. La madre abadesa sor Mercedes es una autoridad en lo que respecta a arte sacro y local. Aunque sea una monja de clausura, ella misma dijo el otro día que salían del monasterio y, por supuesto, visitan esta colegiata de Santa Juliana en ocasiones especiales... una colegiata cuya escalinata de entrada está justo delante de la casona donde está Tlaloc...

—¿Adónde quieres ir a parar? ¿Te parece extraño que hubiese pasado por alto este relieve al atravesar la calle?

—Me parece extraño que, llevando sesenta años viviendo en Santillana del Mar y siendo especialista en arte, en restauración pictórica y escultórica, y habiendo colaborado, desde la clausura, en trabajos y exposiciones históricas y artísticas sobre Santillana del Mar, no tuviese constancia de que Tlaloc estaba aquí. O, al menos, una cara no identificable con esas dos serpientes entrándole por la boca.

Valentina se mostró pensativa.

—Ahora que lo dices, demostró tener conocimientos, además, sobre culturas y religiones extranjeras, ¿crees que nos ha mentido?

—Estoy prácticamente convencido.

Valentina respiró hondo. Nexos. Cables invisibles que entrelazaban las historias. La madre de Oliver había sido criada durante dos años por las Clarisas, incluyendo a la madre abadesa sor Mercedes, cuando esta era solo una joven novicia. Miró a Oliver y a Sabadelle, y comprendió que estaban pensando lo mismo que ella.

—Hoy va a ser un día largo —dijo, con media sonrisa.

Oliver y Sabadelle asintieron. En silencio, y sintiéndose extrañamente arropados por la lluvia, comenzaron el ascenso hacia la plaza del Mercado de Santillana del Mar.

Diario (11)

Jana lleva casi cuatro meses en la Casa Azul. Recuerda perfectamente su primer día en el hostal. El señorito Ignacio no le pareció el típico estirado de ciudad, sino un hombre sorprendentemente joven y lleno de energía, no especialmente formalista, ni clasista, aunque su forma de hablar, de moverse y de gesticular le mostraron al instante una educación cuidada.

La primera vez que lo vio, aquel primer día en Santa Justa, él despachaba papeles en el escritorio del salón de la fonda con evidente hastío, que no intentaba disimular. Doña Elvira la presentó con desgana apresurada, pensando en la carne guisándose sobre el fuego de la cocina y en las tres habitaciones que quedaban por limpiar antes de las cinco.

—Don Ignacio, le traigo aquí a la nueva —dijo doña Elvira terminando la frase en un suspiro de puro cansancio.

—¿La nueva? ¿La nueva qué? —contestó él comenzando a levantar la mirada.

—La nueva criada, don Ignacio, la muchacha de Hinojedo, ¿no se acuerda? Le dije ayer que vendría. Acaba de llegar andando desde Ubiarco; llegó en el coche de línea de las tres.

Don Ignacio levantó por completo cabeza y mirada y posó, por unos segundos, sus ojos densos y marrones sobre Jana.

—Buenas tardes, señorita. No me diga que, con este calor, la hemos hecho bajar un kilómetro desde Ubiarco hasta este despeñadero sin ningún tipo de asistencia. Sin duda el recibimiento es calamitoso —dijo, terminando la frase con una sonrisa burlona, y levantándose lentamente.

Jana, que no sabía qué decir, impresionada y abrumada en la primera ocasión que alguien de verdadera «clase» se dirigía directamente a ella, optó por el silencio como manto protector, bajando la mirada, que tuvo que volver a levantar cuando don Ignacio continuó:

—Así que de Hinojedo —le dijo sonriendo y frunciendo el ceño, divertido, observándola y acercándose a menos de dos metros de ambas mujeres—. Y ¿cómo se llama, si puede saberse, nuestra nueva colaboradora?

Jana miró, suplicando ayuda, a doña Elvira, que, como a una niña, le indicó con un gesto de cabeza que debía contestar.

—Me llamo Jana, señor —contestó, manteniendo la mirada de don Ignacio, y debatiéndose entre la idea de mostrarse completamente sumisa o con un atisbo de dignidad racial. Le sorprendió que fuese tan alto, al menos metro noventa. Sin ser delgado, tampoco era excesivamente ancho, aunque sí corpulento, y parecía tener un cuerpo de esos sin muscular, que aparentan mejor bajo un traje de chaqueta bien almidonado, pero que no han cargado un haz de hierba en la vida. De piel blanquecina, pelo castaño y liso, labios carnosos y picardía en la mirada.

—Jana... ¿Jana qué más?

—Jana Fernández, señor.

—Así que Jana Fernández. De Hinojedo —repitió, entreteniéndose con cada palabra.

—Sí, señor. De Hinojedo. —Y le contestó con un indicio de desafío en la voz y descaro incontrolado en la mirada, que mantuvo fija durante tres largos segundos al señorito.

—Pues seas bienvenida, Jana. Ya nos iremos conociendo. Aquí tienes a doña Elvira para lo que necesites. Lleva varios años al servicio y a cargo de la fonda, aunque los Chacón somos los nuevos propietarios desde no hace mucho. Ella te enseñará todos los secretos de la Casa Azul, mozuca. ¿Conforme?

—Sí, señor.

—Y otra vez, avisa de tu llegada y te recogemos en Ubiarco, mujer. Con este calor, por Dios Santo. Doña Elvira, que descanse un poco la muchacha, luego ya la enseña las cosas, ¿conforme? —Y terminó la pregunta volviendo a su escritorio, y dando tácitamente por terminada la conversación.

Doña Elvira consideró innecesario recordar al señorito que sí le había informado de la llegada de la nueva criada en el coche de línea de las tres, y continuó con su gestión de ama de llaves servicial, un papel que llevaba perfeccionando desde hacía muchos años.

—Claro, don Ignacio, la llevaré a su cuarto y luego ya le enseño la casa y las obligaciones diarias. Serviré la cena a las ocho en la terraza, si le parece.

—Me parece —asintió con la cabeza—, en la terraza, entonces. —Y don Ignacio simuló sumergir sus pensamientos en el correo y documentación que tenía sobre el escritorio mientras las dos mujeres salían de la habitación aunque, según le daban la espalda, siguió con la mirada a Jana, a su cuerpo menudo y bien proporcionado, a sus curvas suaves, a su melena castaña, larga y ondulada, que se adivinaba brillante y sensual a pesar de su recogido poco ceremonioso. Y sus pensamientos volaron, a pesar del sopor que le producía la sobremesa, a las espinas lujuriosas de aquella rosa tierna, aparentemente inocente y manipulable. Sin ser extraordinariamente hermosa, la chica tenía un atractivo innegable, un toque de animalillo salvaje con bravura en la mirada, una proporción en sus formas, en fin, que habían encendido inmediatamente su deseo. Al final, era posible que aquel verano hubiese un poco de diversión, algún estímulo para sobrellevar una temporada estival interminable en aquel pueblo perdido del mundo. Sonrió, se levantó y fue hasta el aparador de madera de acacia que reinaba en el otro extremo de la habitación, y se sirvió una copita de jerez. La muchacha, la verdad es que era bonita. Muy bonita. Un juguete precioso, a decir verdad.

Jana recuerda nítidamente aquel primer día. Ahora, que ya corre el mes de septiembre de 1947, se siente mucho más fuerte y segura. Ha trabajado mucho durante todo el verano, pero también ha disfrutado de poder acariciar la esperanza de un cambio en su mundo. No ha sido muy complicado. Don Ignacio la ha perseguido sin descanso. Un día de bajamar, incluso, bajo la mirada de desaprobación de doña Elvira, ha ido a dar un paseo con el señorito hasta la ermita de Santa Justa, extraordinario lugar sagrado a solo unas decenas de metros de la Casa Azul, situado al lado de la playa y excavado en un pliegue del acantilado, justo debajo del torreón semiderruido que Jana vio ya su primer día en Ubiarco, y que resultó ser la torre de San Telmo, un recuerdo medieval destinado a desvanecerse.

Aquel fue un paseo muy fructífero, porque don Ignacio le aseguró que estaba tan encantado con ella que iba a emplearla durante el invierno en la casona familiar de Santillana del Mar. Por supuesto, este encantamiento por sus tareas de criada fue unido a un largo beso, húmedo y caliente, amparado y escondido tras los pliegues de las rocas. El plan iba cuajando. Jana espera no perder su corazón en el proceso. Pero la ambición es poderosa y abandona los remilgos, tal y como se olvidan y abandonan los sueños poco sustanciosos al despertar. Es solo cuestión de práctica.

Jana todavía no se ha entregado al señorito. No es estúpida. Clara ya le ha advertido que debe esperar a que la codicie con ganas, con intensidad. Las prisas no son buenas cuando se planea que un hombre te respete y pretenda esquivarte de la mirada y la mano de sus otros iguales. Calma. Que prenda bien la llama.

> Veo mucho potencial, pero está desperdiciado. Toda una generación trabajando en gasolineras, sirviendo mesas o siendo esclavos oficinistas. La publicidad nos hace desear coches y ropas, tenemos empleos que odiamos para comprar mierda que no necesitamos. Somos los hijos malditos de la historia, desarraigados y sin objetivos. No hemos sufrido una gran guerra, ni una depresión. Nuestra guerra es la guerra espiritual, nuestra gran depresión es nuestra vida. Crecimos con la televisión, que nos hizo creer que algún día seríamos millonarios, dioses del cine, o estrellas del rock. Pero no lo seremos, y poco a poco lo entendemos, lo que hace que estemos muy cabreados.
>
> Discurso de Tyler Durden
> (encarnado por Brad Pitt)
> en *El club de la lucha* (1999).

La plaza del mercado de Santillana del Mar, de superficie irregular, les recibió con un grato y húmedo silencio, como si les estuviese esperando, mientras solo podía escucharse el repiqueteo de miles gotas de agua, salpicando el suelo empedrado y las cañerías de las venerables casonas. Una de aquellas señoriales mansiones, sin duda, tenía que ser la casa consistorial, con sus soportales de piedra cuajados en arcos de medio punto y su largo balcón corrido repleto de flores, adornado con patrias banderas.

Pero Sabadelle, Redondo y Oliver Gordon fueron, precisamente, justo a la parte opuesta de la plaza donde se encontraba el ayuntamiento. Allí era la dirección: la antigua casona de los Barreda y los Bracho, con un aspecto ligeramente más urbano que el de las edificaciones colindantes, y un enorme escudo que resaltaba su señorío, robusto y magnífico. La fachada, salvo por su blasón y sus cuatro balcones volados, era elegantemente austera.

Valentina llamó al timbre, que era un moderno videoteléfono, y que desde luego le pareció completamente anacrónico en aquel lugar. Les atendió una mujer joven que, tan pronto como Valentina se identificó como teniente de la Unidad Orgánica de la Policía Judicial de Cantabria, les abrió automáticamente el portón adintelado, que se entreabrió, como con un breve toque mágico, sonando un clic metálico.

La teniente Redondo no perdió el tiempo y empujó por completo el portón, buscando, también, escapar de la incesante lluvia. Se encontraron dentro de un amplio zaguán o vestíbulo, que antiguamente debía de haber sido usado para guardar carrozas y animales, y que se separaba de la vivienda principal por un enorme e impresionante arco carpanel de piedra.

Enseguida apareció en el zaguán la mujer que les había atendido por el telefonillo, y que a todas luces, dado su uniforme, era una de las sirvientas de la casa. Les hizo pasar a un acogedor saloncito, donde sillones y sofás se vestían de amarillo ocre y floreado, mientras que el mobiliario, de color del roble, hacía juego con los suelos, que daban la calidez que las paredes de piedra robaban. Valentina pidió a Oliver que esperase en el vestíbulo, ya que, a fin de cuentas, lo que pudiesen averiguar en la entrevista, de momento, y aun sin saber su contenido, podría ser de carácter confidencial. Oliver aceptó la indicación: ¿qué otra cosa podía hacer?

Dentro del saloncito donde estaban Sabadelle y Redondo se abrió una portezuela lateral, enmarcada tras un arco ojival de piedra, de la que salió un hombre que aparentaba unos cuarenta o cuarenta y cinco años, de aspecto saludable y jovial, que vestía descuidadamente ropa cara y exclusiva, y que caminó sin remilgos hacia ellos, levantando una mano con el ánimo y gesto de estrecharla.

—Buenos días, soy Izan Sáenz Chacón; me ha dicho la asistenta que son ustedes de la Guardia Civil. He pensado que había aparcado mal el coche o algo, pero me he acordado de que lo he metido en el garaje, así que ustedes dirán —dijo, expectante, con cara de sincera curiosidad.

Valentina hizo las oportunas presentaciones, tanto de ella misma como de Sabadelle, y fue directamente a tratar el asunto que les ocupaba, intentando inicialmente mostrar que trabajaban más en una investigación de patrimonio que no en la de un posible asesino en serie.

—Señor Sáenz, estamos investigando un asunto que tiene una relación directa con Tlaloc, que es el dios mesoamericano de la fortuna que se encuentra tallado sobre la puerta de la casa de los Quevedo, que antiguamente era propiedad de su familia. Quisiéramos saber si tiene información sobre este dios tribal, o sobre la relación pasada de los Chacón con el mismo.

La cara del señor Sáenz no pudo disimular cierto alivio, una especie de relajación de formas al conocer el motivo real de la visita.

—Pues me deja de piedra... ¿un dios tribal? La verdad es que nunca me habían preguntado por ello. Sé que mi abuelo, cuando vino de México, hizo poner la cara esa de piedra en la casona que está al lado de la colegiata, pero ni siquiera sabía que se llamase Tlaloc. Mi madre me contó, de pequeño, que era un símbolo de buena suerte, de los mayas o algo por el estilo, y que incluso se habían traído varias figuritas de allá y las habían reconvertido en colgantes, en pisapapeles y cosas así.

—Ajá. ¿Y conservan alguno?

—Me temo que no. Claro que tendría que mandar que lo buscasen por el trastero y preguntarle a mi madre, pero es que ella apenas ya tiene lucidez... sufre de alzhéimer, así que habría que hacer una búsqueda muy exhaustiva por la casa.

—Entiendo. Y su madre se llama...

—Dolores. Dolores Chacón.

—Bien, gracias —dijo Valentina, al tiempo que lo apuntaba en su libreta—. ¿Y le suena que alguna de esas figuras se perdiese de forma irregular o que fuese regalada a algún familiar, o amigo, próximo a su familia?

—Francamente, no tengo ni idea. Ya le digo que, por lo que yo recuerdo, esas figuritas, desperdigadas, estarán, en su caso, por el trastero. Además, hace ya más de sesenta años que mi familia tiene esta casona, así que la acumulación de trastos viejos ahí arriba debe de ser espectacular. ¿Puedo preguntar por qué les interesa esa porquería? ¿Investigan algún robo de patrimonio por Santillana? ¡No me diga que han robado el Carota de la casona!

—¿El Carota?

—Sí, de pequeños llamábamos así a la cara de la casa de los Quevedo, la que plantó ahí mi abuelo, vaya. No hace mucho que intentaron robar un escudo en la calle del Infante, con un tractor como fuerza de tiro nada menos. ¿Ha pasado algo de eso?

—No, nada de eso —le tranquilizó Valentina—. Pero investigamos un asunto vinculado con Tlaloc.

La curiosidad del interlocutor se hizo evidente, pero no se atrevió a preguntar nada, de manera que, expectante, esperó a que Valentina volviese a hablar.

—Señor Sáenz, en los años cincuenta tenemos entendido que desapareció alguien de su familia. ¿Podría indicarnos qué información tiene al respecto, por favor?

—¿Mi tío? ¿Mi tío Ignacio? Pero ¡si desapareció hace más de sesenta años! Pero vamos, por lo que sé, está muerto y enterrado. O al menos parte de él.

— ¿Parte de él? ¿Nos lo explica?

—Claro, pero no entiendo a qué viene esto, después de tanto tiempo... en fin, sé que encontraron algún resto de él en la playa y está en el panteón familiar. Tuvo que ser una cosa horrorosa, para descuartizarle de esa forma... en fin, era la época de posguerra, la gente debía de estar medio loca, no sé si se habría metido en algún lío político o algo. A mi madre no le gustaba hablar del asunto, y siempre que le preguntaba terminaba llorando, así que, directamente, dejé de preguntarle.

—Ya veo. Ha dicho que parte de sus restos aparecieron en una playa, ¿recuerda en cuál?

—Claro. En la de Santa Justa, en Ubiarco, que es una de las que más cerca quedan de Santillana del Mar. Ya sabe, somos la villa de las tres mentiras, que ni santos, ni llanos, ni tenemos mar, así que cuando podemos escapamos a la playa. Mi tío dirigía allí un hotelillo de costa, y un verano, paf, desapareció sin dejar rastro. Sin duda mi madre podría ayudarles más, pero ya le digo que tiene alzhéimer y que anda muy perdida. De hecho, hoy ha pasado tan mala noche, desorientada y nerviosa, que le hemos tenido que dar un sedante esta mañana para que descansase. Figúrese, hasta hemos desconectado el teléfono, para que durmiese sin sobresaltos.

—Sí, hemos llamado hoy por la mañana y no cogía nadie. Hemos visto que en la casa de al lado también hay un Chacón, o al menos así consta en el listín telefónico. ¿Otro familiar suyo, ¿quizá?

—Yo mismo —dijo, resuelto, con una amplia sonrisa—. Esta casa es de mi madre, y el anexo de al lado es mío.

—Ya veo. Y me figuro que sus abuelos, lamentablemente, ya habrán fallecido —indagó Valentina.

—Oh, sí. Mi abuela falleció a los cuatro o cinco años de desaparecer mi tío. Mi madre dice que enfermó de tristeza. De hecho, yo ni la conocí, porque mi madre me tuvo bastante tarde. Y mi abuelo falleció en los años setenta, no sabría decirle el año exacto.

—¿Y sabría decirnos en qué fecha aproximada desapareció su tío?

—Buf, ni idea... en los años cincuenta, pero tendría que verlo.

—Comprendo... y su madre, ¿tiene más hermanos?

—Tenía. Su hermano mayor falleció en el ochenta y siete. Mi tío era fantástico, siempre pendiente de mí y de mis padres. Al pobre se lo llevó un cáncer de colon.

—Lo siento. ¿Y no tiene primos o hermanos? Quizá alguno recuerde alguna información adicional.

—Me temo que no. Mi tío estaba casado pero falleció sin descendencia. Su mujer era estéril, y antes no estaba tan de moda adoptar, ¿saben? Y yo no tengo hermanos, así que he suplido la falta de ascendencia familiar con amplia descendencia: cuatro niños; vendrán ahora de la piscina del polideportivo, que los ha llevado su madre.

—Vaya. ¿Y viven todos aquí en verano?

—Sí. En invierno estamos en Santander, yo soy gerente en una consignataria de buques... en fin, tengo que trabajar en la ciudad; y en verano vivimos usando mi casa y la de mi madre, que tiene el triple de espacio. Si fuese por mi mujer se pasaría todo el año en Santander, pero a mí me gusta volver a donde me crié —concluyó, con una afable sonrisa.

—Ya veo —replicó Valentina, devolviendo otra sonrisa distendida, intentando mostrarse cordial para lo que pensaba pedirle al señor Sáenz—: Y dígame, ¿no habrá algún familiar más lejano, o algún amigo de la familia, de confianza, que pueda darnos más datos sobre la desaparición y fallecimiento de su tío?

—Pues no lo sé. De entrada, le diría que no.

—¿Y su padre?

—Falleció hace dos años.

—Lo siento. ¿Y su madre? ¿Podríamos verla y hablar con ella? Los enfermos de alzhéimer tienen una memoria prodigiosa para los hechos que acontecieron en su juventud, e incluso en su infancia, aun cuando, ahora, ya enfermos, no recuerden ni cómo se utilizan los utensilios para comer.

—Me temo que no —replicó Izan Sáenz, cambiando el gesto a la dureza, y adoptando una actitud a la defensiva—. Mi madre está muy delicada, y ustedes ni siquiera me han informado de por qué están investigando una desaparición de hace más de sesenta años.

—Nuestros motivos, de momento, son confidenciales,

señor Sáenz. ¿Cree que su tío fue asesinado por motivos políticos?

—Está claro que algo de eso tuvo que haber, he escuchado que andaban los nacionales de por medio, o los republicanos, no sabría decirle. Pero no sé nada más al respecto. El hotel que dirigía mi tío fue vendido por mi abuelo, y terminó convirtiéndose, no hace mucho, en una casa llena de okupas, para acabar siendo derribado hace tres o cuatro años. No queda nada.

—Vaya... ¿y le suena de algo el apellido Ongayo?

—¿Ongayo? ¿El de las anchoas?

—Sí, hay una empresa de bocartes y anchoas en Cantabria que se llama así. Pero ¿no conoce a nadie más con ese apellido ni le consta que su madre o su padre le hablasen de alguien apellidado Ongayo?

El señor Sáenz se mostró pensativo apenas unos segundos.

—No, la verdad.

—¿Y sobre Jana Fernández?

—Tampoco.

—Ya veo. Solo una última cosa: ¿podría, por favor, dar orden de que revisen su trastero para verificar que tengan alguna de las figuritas de Tlaloc?

El hombre contuvo un suspiro.

—De acuerdo. Mandaré que lo revisen... pero puede llevar días; además, nuestro personal está ocupado en otras tareas, no sé si me explico.

—Solo se lo digo porque es más cómodo de esta forma que no a través de una orden judicial de registro, pero, por supuesto, usted decide. Si recuerda algo más sobre este tema, le ruego que nos avise de inmediato, y, en especial, si recuerda algo en relación con la posible pérdida o extravío de una de esas figuras de Tlaloc que tenían en casa —concluyó Valentina, entregándole una tarjeta de contacto.

Izan Sáenz terminó de torcer el gesto hacia la seriedad y hacia la dureza. Toda su fisonomía parecía diferente a cuando lo habían visto entrar por la puerta, cercano y jovial. Ahora, era un león en actitud defensiva y alerta.

Cuando salieron de la casona, Valentina no tuvo inconveniente en relatarle a Oliver el contenido de la conversación. Todo conformaba un *collage* extraño e inquietante. Un hombre joven desaparecido en los años cincuenta. De él solo habían quedado unos pocos restos humanos, que habían aparecido en una playa. Todo apuntaba a que se trataba de un crimen político. Hasta aquí, de acuerdo. Pero ¿qué tendría ello que ver con el bebé de Villa Marina, con los asesinatos de los últimos días, con las Clarisas, con la señora Ongayo y con el último intento de homicidio? ¿A quién podía importarle algo que, en todo caso, ya estaba prescrito?

Valentina pensó en alto: al día siguiente sería viernes, con lo cual se trataría del último día operativo de trabajo para registros y laboratorios. Sabía, por experiencia, que el fin de semana ralentizaría la investigación.

Se dividirían: Oliver, a su casa o a donde gustase, porque ahora, sintiéndolo mucho por su ánimo detectivesco de colaboración, seguirían solos. Sabadelle, a investigar en hemerotecas de *El Diario Montañés*, e incluso del periódico *El Caso*, si es que aún existía, todo lo relativo a la desaparición del joven Chacón. Todo ello incluyendo un rastreo exhaustivo de lo que los archivos de la Guardia Civil conservasen con relación al asunto: si hacía falta, que se fuese a Ubiarco directamente y preguntase también a los ancianos de la zona. Y, sobre todo, que concertase una nueva cita, lo antes posible, con la madre abadesa sor Mercedes.

Ella iría de nuevo a Comillas para intentar realizar un interrogatorio más exhaustivo a la señora Ongayo. Quizá a ella también le hubiese llegado, en su época, la noticia de la desaparición del joven Chacón. Sería interesante ver su reacción cuando le preguntase por él. Además, quería verificar la ruta que había seguido el doctor Viesgo cuando salió de Comillas. Se había ido, según el personal de servicio de la señora Ongayo, sobre las cinco de la tarde, por lo que quedaban casi cuatro horas vacías hasta las ocho y media o nueve, hora de su fallecimiento en la zona de la Tablía. ¿Por qué escogería ese camino y no otro? ¿Dónde pararía antes? Descubrir el lugar de descanso significaría dilucidar quién lo podría haber envenenado. Era importante que midiese los tiempos y las distancias a una velocidad media en el automóvil. A la vuelta, intentaría hablar con Clara Múgica en Santander.

—Todo esto me parece perfecto —dijo Oliver—. Pero que sepan que, por mi parte, además de lidiar con los albañiles esta tarde en Villa Marina, pienso hacer mi propia investigación por internet y en la biblioteca de la casa. Algo encontraré.

—Que no sea un anciano, que ya sabemos lo que pasa cuando usted se acerca —dijo Sabadelle, esta vez en un tono revestido de broma amistosa. Valentina negó con la cabeza, sonriendo, y los tres, escuchando de nuevo truenos celestes, caminaron hacia la salida del pueblo mágico de Santillana del Mar.

Aquel jueves 11 de julio no resultó ser mucho más productivo. Valentina Redondo no pudo hablar con la señora Ongayo, ya que, según su personal de servicio, desde la noticia del fallecimiento del señor Viesgo se había encontrado terriblemente indispuesta, y no había salido de la cama. El camino, tanto de ida hacia Comillas como de regreso a Santander, resultó ser tortuoso, por culpa de la tormenta, que retomó toda su fuerza y, brutal e inmisericorde, se desplomó sobre los prados que Valentina atravesaba con su Alfa Romeo. Comprobó que, desde Comillas, David Viesgo podía haber tomado distintos caminos para regresar a Santander: o bien por la costa, que era lo más probable dado que lo habían encontrado en La Tablía, casi llegando a Suances, o bien atravesando Santillana del Mar para llegar al barrio de Viveda, donde cogería la autovía, que sería un camino mucho más rápido. Sin embargo, y al parecer, al doctor Viesgo le debió de apetecer más degustar el paisaje costero, ya que los días eran largos y claros, y había que reconocer que las vistas de los prados cortados a cuchillo por acantilados de vértigo eran impresionantes. Por el camino podría haber parado en Cóbreces, en Oreña o en un montón de diminutos pueblecitos. Incluso podría haberse demorado en otro sitio de Comillas. O bien haberse desviado un poco hasta Santillana del Mar: le hubiese supuesto cinco minutos más de camino. En algún sitio tenía que haber ingerido la infusión letal, pero ¿en dónde? Cuando Valentina llegó a Santander llamó a Clara Múgica, que solo pudo confirmarle lo que el juez ya le había dicho, mostrándose, además, parca en palabras. Al menos, para alivio de la teniente, sí tenía coartada para la tarde del asesinato de David Viesgo, en que había estado trabajando en el Instituto de Medicina Legal con otros colegas, y en el caso de Pedro Salas le aseguró que estaba en su casa con su marido Lucas, que lo podría atestiguar. La única novedad de interés, realmente, resultó ser que, cuando Múgica vio el cadáver del doctor Viesgo, llamó a su madre, y que esta le dijo, entre sollozos, que aquello había sido responsabilidad suya, y que intentaría solucionarlo. Quizá se refiriese al hecho de que el doctor hubiese ido a visitarla a ella cuando, horas más tarde, falleció. O quizá se refiriese a otra cosa. Quedaron en verse al día siguiente para un interrogatorio detallado y Valentina, exhausta, a las ocho de la tarde, y tras remitir un SMS a todo su equipo convocándolo para nueva reunión al día siguiente a primera hora, comió un ligero sándwich, que era su primer bocado desde el trozo de quesada de la mañana, y se quedó irremediablemente dormida en su pequeño apartamento en Santander, mientras se escuchaba de fondo, como música, el bullicio sedante de la lluvia.

Sabadelle, por su parte, se encontró con otra indisposición súbita, en esta ocasión por parte de la madre abadesa sor Mercedes, de modo que, tras esperar más de una hora en la sala del torno del monasterio, tuvo que marcharse a Santander, donde descubrió que el periódico *El Caso* había cerrado ya en el año ochenta y siete, sin que pudiese averiguar dónde podrían guardarse sus archivos, y con que la hemeroteca de *El Diario Montañés* no estaría disponible hasta la mañana siguiente. El resto de la tarde se sumergió en los archivos centrales de la Guardia Civil, ya que los datos de un suceso tan antiguo como el de la desaparición del joven Chacón no se guardaban informatizados, sino en papel. Cuando por fin encontró los informes que podrían interesarle, eran ya las once de la noche. Los recogió con cuidado y se los llevó a su piso de soltero del municipio del Astillero en Santander, preparándose para excavar, a golpe de café, en el pasado.

Y Oliver, tras batallar con su jefe de obra y sus albañiles, vio cómo su conexión a internet, en su acogedora y amplia cabaña, se cortaba a causa de la tormenta. No pudo descubrir nada más que le pareciese interesante en los libros que había rescatado de Villa Marina, y se sintió profundamente molesto consigo mismo por no poder avanzar hacia la verdad.

Sin embargo, lo que el resto del equipo de la Sección de Investigación, incluido Jacobo Riveiro, descubrió durante aquella jornada, hizo que el día del viernes 12 de julio, a primera hora de la mañana, en la reunión convocada por Valentina Redondo, todo fuese agitación, vértigo e incredulidad.

Diario (12)

Jana está pletórica, radiante y casi plenamente feliz. Siempre hay alguna brisa de recuerdos y de inquietudes que dispersan su felicidad, pero esta noche parece que los fantasmas se han esfumado. Ha vivido un invierno prácticamente maravilloso en Santillana del Mar, un pueblo noble, hecho de piedra y de historia, con multitud de recovecos que guardan secretos románicos y medievales, a solo ocho kilómetros de distancia, por carretera, de Hinojedo, cuatro de Ubiarco y diez de Suances.

Un invierno entero sin ver apenas a Luis —que se ha atrevido a hacerle dos fugaces visitas—, sin visitar Comillas, que está a la eternidad de veinte kilómetros hacia Asturias, un camino que ya no ha hecho ni siquiera ninguna carta de amor, ningún aleteo final de lo que pudo ser y no fue.

Por primera vez, Jana ha visto algo de luz y de esperanza al final del largo y crudo invierno del norte. Lleva ya varios meses sin desvanecerse, sin desmayos inexplicables, sin caer en la negrura de ese abismo que no entiende. Ha sentido, pletórica, que, por fin, era ella la que manejaba su destino. Ha trabajado este invierno, por supuesto, en calidad de criada en casa de los Chacón, pero con tareas livianas y con cada vez más numerosas escapadas discretas con el señorito Ignacio. Ha disfrutado endiabladamente el juego del cortejo, haciéndose de rogar, provocando al amor. Ha coqueteado, en algunos de esos sueños audaces que los humanos se atreven a tener antes de dormir, con la idea de ser la señora de la hermosa casa familiar de Santillana, dando instrucciones a criados, organizando recepciones, fiestas e incluso actividades benéficas. Será una gran señora, pero no olvidará de dónde procede.

No se puede negar que la casa de los Chacón en Santillana del Mar podría excitar la imaginación de cualquiera, porque toda ella es impresionante, a pesar de estar adosada a otra casa noble, estando separada de esta por un altísimo y largo túnel techado en madera, necesario para dar cauce y desviar las aguas del invierno cuando estas son abundantes. Jana no se dejó amilanar por el enorme escudo de piedra que se exhibía en la fachada, ni por la balconada, ni siquiera por la gran escalinata central que daba acceso a ambos lados de la casa al traspasar el umbral principal, sino por el peso del aire que reinaba en todas las estancias, por el olor de las telas; por la sensación de abundancia. Jana quería ser, permanecer, estar, en este otro lado del mundo.

Pero hoy, ahora, estamos en la Casa Azul.

Junio de 1948: ha llegado el momento de acariciar la verdad y el escalofrío. Esta noche será la noche. Aunque está oscura, huérfana de luna y con perezosas y tenues estrellas, el cielo está despejado y la temperatura es agradable. Jana se dejará acunar por el sonido del mar mientras traspasa la frontera. Todo es perfecto, no está sola. Clara ha llegado esta misma mañana para pasar con ella una semana, con la excusa de ayudarla a abrir el hostal y prepararlo para la temporada, aprovechando la estancia de un mes en el Uruguay de los señores Ongayo, para los que lleva trabajando ya varios años, tal y como hizo su abuela. Clara y Jana son las hermanas más unidas, más amigas, más compañeras. Qué suerte tenerse la una a la otra. Los humanos rara vez comprenden su dependencia mutua, único camino hacia la felicidad. Hoy Jana siente que pasará a vivir al otro lado del mundo, abandonando su margen oscuro. Se lo dirá después de la cena y todo será maravilloso.

Esta noche, varios corazones se deslizarán por un abismo de velocidad y vértigo.

El tiempo, travieso, ha vuelto a escurrirse: la cena ha terminado. Jana, inquieta, ayuda a doña Elvira, cada vez más encorvada, a recoger la mesa, mientras Clara ya está dispuesta para fregar en la cocina y el resto del personal trajina entre la despensa, el mueble de los licores y la cafetera. A fin de cuentas, es el primer día antes de la temporada, y el señorito Ignacio ya ha formalizado como costumbre una cena inicial con el servicio antes de empezar el cálido verano y el trabajo intenso. Es una gran fortuna tener un señor tan cercano y amable: no son tiempos fáciles.

Todo el personal, cansado del trabajo de todo el día, y amodorrado por el buen vino de la cena y las copas de licor del postre, termina por irse a dormir.

Don Ignacio entra en su cuarto, que es el único que está en la planta principal, al lado de la biblioteca y tras la majestuosa escalera de madera del recibidor; tiene un amplio ventanal, y vistas impactantes sobre el mar. Los criados y el ama de llaves duermen en las habitaciones que hay dos plantas más abajo, al lado de la cocina y también con agradables vistas al prado y al mar Cantábrico. Pero Ignacio sabe que no dormirá solo. En Santillana del Mar, era él quien se escurría hasta el cuarto de Jana, pero aquí han acordado que será ella la que, sigilosa, acceda a su dormitorio, porque en la Casa Azul es la habitación de él la que está aislada y separada de las demás. Y saben que, aun sin pretenderlo, es posible que hagan un poco de ruido que levante comentarios entre el servicio. La discreción es fundamental. Sin embargo, algunos oídos y lenguas en Santillana y en Ubiarco ya llevan desatados varias semanas: ni siquiera a un ciego se le puede ocultar el aroma y el calor que emana del pan recién hecho.

Cuando transcurre un tiempo prudencial, Jana se despide de Clara en su cuarto y sube a la habitación de don Ignacio. Toda la casa está en silencio: el agotamiento y el sopor del alcohol han sumido al personal en un primer sueño denso y profundo. Jana ni siquiera llama a la puerta. Cuando entra, él ya la está esperando, y la levanta en el aire, divertido, para tumbarla directamente en la cama. Su aliento huele a licor y a whisky.

La besa sin miramientos, con un impulso incontrolado de deseo que no admite reservas, eliminadas las barreras de la diplomacia por el alcohol. Jana siente cómo su propia boca es inundada por la lengua de Ignacio, como un filete húmedo y en movimiento, aséptico, al que permite entrar, al que concede ese espacio intentando no pensar en qué está haciendo. No le disgusta como varón, pero no enciende ni su deseo ni su interés como lo hacía Luis, y se ha acostumbrado a concentrarse en otros pensamientos cuando él la toca, la besa, la manosea y la posee. No es más que un trámite, al fin y al cabo. ¿No lo hacen todas las mujeres?

—Pero qué rica estás, niña —dice él mientras ya le empieza a levantar la falda.

—Ignacio, con cuidado, las medias... has bebido demasiado —empieza a decir Jana.

—¿Medias en junio? —dice él, riéndose suavemente—. Pues eso lo remedia aquí tu señorito enseguida. Pues qué mujeruca tengo. Ven aquí, preciosa, ven. Mira lo que vamos a hacer. Te va a gustar, ya verás. —Y al tiempo que termina la frase, coge en peso a Jana y la pone boca abajo sobre la cama. Termina de subirle la falda. No le lleva ni tres segundos bajarle las bragas.

—¡Ignacio! Despacio, por favor... despacio. —Él suaviza un poco los movimientos, cruzan las miradas. Ella pregunta, casi de forma absurda, como por asegurarse antes de dejarse hacer—. ¿Me quieres?

—Claro que te quiero. ¿Pues no te lo he dicho ya cien veces, tontuca? Pero mira que estás rica. —Y, según habla, Ignacio comienza a penetrar a Jana, con fuerza, con ímpetu, sin esperar ni buscar una recepción húmeda y suave. La agarra del pelo, le mordisquea el cuello, pasea su lengua por su cara, para terminar por concentrarse, únicamente, en el bombeo continuo de la penetración, que finaliza en solo un par de minutos, estallando en un orgasmo contenido, rápido y caliente.

Cuando termina, Ignacio besa en la mejilla a Jana.

—A veces eres un bruto —dice Jana, dándose la vuelta e incorporándose, con un ligero tono recriminatorio, aunque sonriendo. Él se ríe, divertido y medio borracho.

—¡Ay, mi niña! ¿Pues es que no ves que estás tan rica que no me puedo controlar? Es la pasión de los amantes. Qué carácter tiene mi mujeruca —termina repitiendo, sonriendo, jocoso.

—Yo aún no soy tu mujeruca —dice Jana, con la mirada seria, recalcando con enfado contenido sus dos últimas palabras.

—Pero cómo que no. Como si lo fueses. ¿No vivimos juntos? ¿No duermes conmigo? ¡Pues entonces, tonta!

—Yo te quiero —le dice ella, solo para confirmar la contestación de él.

—Y yo a ti —contesta Ignacio, mientras se seca el sudor en su frente con la manga de su camisa, que todavía lleva puesta. Jana asiente con la cabeza.

—Pero no soy tu mujer. Y andamos escondidos. Eso es algo que habría que arreglar, hacer como Dios manda, y que lo sepa todo el mundo.

—Pero ¿te has vuelto loca? ¿Quieres que mi padre termine por desheredarme? Ya te lo dije, dame tiempo. Primero que nos vean como novios, después, ya veremos. Pero no es momento aún de decírselo. ¿No ves que él me prepara compromiso formal con la hija del marqués de San Vicente de la Barquera? Ya lo sabes, así que no me hagas darle este disgusto, me cago en la Virgen. —E Ignacio termina la frase torciendo el gesto, y borrando los rastros de la sonrisa burlona que antes tenía, atropellando las palabras al hablar, todavía flotando su mente entre vapores de whisky y licor.

Jana, aunque conciliadora, no cede. Hoy no:

—Será peor cuanto más tardes en decírselo. Me dijiste que te casarías conmigo.

—Pero ¡no ahora!

—¿Pues cuándo?

—Cuando sea el momento, ¡hostias! —Ignacio empieza a enfadarse.

—Ya es el momento —le dice Jana, hablándole despacio, impasible, mirándole fijo a los ojos, clavándole una verdad con su mirada. Él niega con la cabeza, empieza a comprender.

—No —acierta a decir, al tiempo que sigue negando con gestos, incrédulo.

—Sí. He esperado. He sido paciente. Pero ahora ya no podemos esperar, Ignacio. —Jana toma aire antes de solidificar sus palabras—. Acabo de tener la segunda falta. Tendremos un hijo en diciembre, o en enero. No voy a poder disimular mucho tiempo, tenemos que decírselo a mi padre y a tu familia, y casarnos, como Dios manda.

Jana se muestra resuelta, ganadora, confiada. Ignacio guarda silencio, baja la cabeza. Se levanta, pasea rápido por el cuarto, se acerca a la ventana, escudriña en la oscuridad el mar, que se mueve sigiloso, sin descanso, rompiendo suaves olas en la orilla de la playa de Santa Justa.

Ignacio deja pasar casi un minuto sin mirarla, sin decir nada, balanceándose, estrujando sus manos, negando con la cabeza. Demasiado silencio. Jana empieza a inquietarse. Él está loco por ella; le ha regalado ropa, pendientes, un colgante; le ha concedido promesas, ella se ha entregado. ¿No es así como se supone que ocurre? ¿No son esos los pasos corrientes y habituales a seguir? ¿Qué ha hecho mal? Quizá ya lo sabe.

Ignacio sigue sin mirarla, clavando la mirada, a través de la ventana, en la noche. Cuando comienza a hablar, lo hace en un susurro, que crece progresivamente hasta casi el grito.

—Serás puta —dice a medio tono, con ira contenida. Jana se queda congelada, atónita.

—¿Cómo? ¿Qué... qué has dicho?

—Que eres una zorra, eso he dicho. Me cago en Dios y

en todos los santos. Querías cazar al señorito, ¿no? —pregunta Ignacio, elevando el tono, acercándose a Jana y cogiéndola del brazo, zarandeándola—. Pues te vas a ir por donde has venido, guapa. Y tendrás suerte si mantienes el trabajo, así que ya te puedes deshacer de lo que lleves ahí —le dice, señalándole la tripa.

Jana se siente a punto de desfallecer. Ignacio jamás le había hablado de esa forma, ni le constaba que, en su presencia, le hubiese faltado a nadie al respeto. Él siempre navegaba entre márgenes de corrección y, aunque sarcástico, era siempre educado. Acababa de acostarse con ella hacía solo unos minutos. Le había dicho que la amaba. Jana no entiende nada, Clara le dijo que todo iría bien. La cabeza empieza a dolerle furiosamente, y un zumbido, casi similar al de los obuses de la guerra, empieza a posarse sobre sus oídos.

Jana empieza a hablar despacio, sin pensar, sin saber qué siente, temblando por dentro, desde el estómago hasta la garganta, sin ser consciente apenas del movimiento de sus extremidades.

—Yo... ¿cómo voy a deshacerme de lo que llevo aquí? Es un bebé. Es nuestro hijo.

—¿Nuestro? ¿Seguro? ¿Y no será del pescador ese que te vino a ver a Santillana? Pero ¿tú te crees que soy imbécil, Jana? ¿Tú te crees que no sabía que ese ya te había calzado pero bien calzada?

—Yo, yo nunca... pero si vino con mi hermana a traerme carta de mi padre y aquel queso que...

—Cállate, déjame pensar. —E Ignacio vuelve a pasear de un lado a otro de la habitación, llevándose las manos a los labios, como rezando, aunque no hace más que maldecir y blasfemar—. Otra vez, no, me cago en la Virgen, otra vez no.

—¿Otra vez? —pregunta Jana, que, sin darse cuenta, ya ha empezado a llorar, aterrada, viendo cómo se derrumba su castillo de arena por una ola salada, cruel e inesperada.

Ignacio resopla. La mira.

—Escúchame bien, Jana. Lo negaré todo, ¿me oyes?, lo negaré. ¿A quién crees que van a creer?

Por un momento, viendo las lágrimas silenciosas de ella, Ignacio parece compadecerse de su fragilidad, y su tono se vuelve menos seguro y severo. Pero no tarda en recomponerse.

—Que no, coño, que no. No me líes, mujer. Seguro que el crío es del pescador de los cojones. —Ignacio vuelve a ponerse nervioso, y su propio miedo lo convierte en violencia:

»Necesito una copa. ¡Quítate de en medio, hostias! —grita, empujándola, y saliendo de su habitación para dirigirse al salón, donde se sirve un whisky generoso.

Empieza a caminar por toda la estancia, para terminar cogiendo una butaca de la biblioteca y sentarse cara a la ventana, mirando el mar, que, oscuro, no hace más que reflejar el cielo. La furia atropella sus pensamientos. ¿Cómo ha podido dejarse enredar por una criada de pueblo? ¡Otra vez! Su padre se enfadará terriblemente. No le va a dar más oportunidades. Tendrá que besarle el culo durante años. No, ni hablar, no puede ser: dirá que el crío es del marinero y asunto despachado. Como si a él no le sobrasen chavalucas, como para irse a follar a una criada cualquiera.

Jana pelea consigo misma para no desmayarse y desvanecer, aunque justo en este instante no le parece mala idea caer para no despertar más. Ya nada podrá salir bien. ¿Qué va a hacer con la criatura? Todos saben cómo se trata a las madres solteras. Si tiene el bebé será una desgraciada para siempre, una cualquiera, con la que ningún hombre decente, ni rico ni pobre, querrá casarse. Tendrá que trabajar tantas horas como un hombre y una mujer juntos para mantener un hijo al que no soportará ni mirar. Ya no hay vuelta atrás. Él no va a casarse nunca con ella: comprende que nunca tuvo intención de hacerlo. La ha engañado, la ha comprado con cuatro baratijas y regalos, cuando era ella quien creía estar dirigiendo el juego.

A Jana le tiemblan las manos, los brazos, el cuerpo entero. Él la ha dejado sola en el cuarto, sin importarle la criatura que lleva dentro, ni sus sentimientos, ni su humillación, ni haberle destrozado la vida. Jana sale de la habitación y sus pasos van a dar al recibidor de la Casa Azul. Su mirada se posa sobre los útiles de jardín que han quedado resguardados del rocío de la noche, a la espera de que, por la mañana, el resto de los criados terminen de limpiar el camino y desbrozar las hierbas y la maleza que, como un vergel, ha crecido durante la fresca primavera.

Pasan cinco minutos eternos. Es extraño. Como si el silencio se hubiese tragado, en un remolino telúrico, a los habitantes de la casa. Ni siquiera se escuchan los grillos, siempre cantarines, del exterior. ¿Se ha parado el mundo? Ignacio sigue sentado en la butaca, mirando el mar, bebiendo con nerviosismo su copa de whisky, pensando cómo va a actuar, y no en qué va a hacer, porque esa parte ya la ha decidido. Ha reflexionado. Ella es solo una pobre muchacha, y él es un caballero. Le dará a escoger: que se deshaga de la criatura y que desaparezca de su vista, o bien que comprenda que él no va a hacerse cargo. Ni hablar. No va a arrastrar un bastardo de por vida que, además, puede no ser suyo. La muy zorra pretendía cazarlo. Lo negará todo. ¿Qué otra cosa puede hacer?

Entretanto, en la mano de una mujer cuelga un hacha, y sus pasos se dirigen hacia la biblioteca, en silencio, pero sin pretensión de sigilo, como si ya nada importase: camina con decisión, irreversible, implacable. Él, en realidad, no la conoce, y ya nunca lo hará.

El primer hachazo lo tumba inmediatamente, partiéndole el oído y alcanzando incluso la masa encefálica, reventando el hueso temporal y parte del parietal; si él ha gritado, ella no ha podido escucharlo. Solo ha sentido el ruido seco de la caída de su cuerpo sobre la madera, tendiéndose boca arriba, aún con expresión de asombro y pánico en sus ojos; aquellos ojos mentirosos. No podía habérselo puesto más fácil, el muy imbécil. Un gigante de metro noventa tumbado por una mujer diminuta en un solo gesto. Allí sentado, no había hecho más que ponerse a su altura, dándole la espalda a la justicia, que ahora es femenina y radical.

En realidad, ella, tan hermosa bajo las luces y sombras de la noche, con su bonita melena castaña bailando suave a cada paso, no ha sido consciente de estar levantando un hacha mortal hasta que esta ya se ha hundido hasta cinco veces en la carne, las vísceras, los músculos y los huesos de Ignacio. La rabia la ha llenado por completo, explotando desde su interior, cegándola con una furia indómita, irracional, desquiciada y desesperada. Sencillamente, no ha podido pensar, solo levantar el hacha con una fuerza sobrehumana y desconocida, impropia de su constitución, para hundirla en aquel cuerpo que iba a ser, hacía solo unas horas, un conducto de felicidad, dignidad y salvación.

Por unos segundos, su propia fortaleza estuvo a punto de traicionarla, pero algún laberinto que conectaba su alma, su cerebro, su corazón apretado y su rabia, la mantuvo en pie para terminar lo que había comenzado. Si la escena hubiese tenido que ser descrita bajo algún ritmo atroz o melódico, sin duda los primeros acordes de *Carmina Burana*, con toda la percusión, sopranos, tenores y barítonos sonando casi a nivel del grito apocalíptico, atronarían la estancia desde el primer hachazo hasta el último, mientras la sangre salpicaba los muebles, la butaca barroca y hasta la ventana, regando como un manantial inmenso e inesperado una de las alfombras de la biblioteca, como una cortina líquida y densa, que seguía en movimiento expansivo cuando el silencio, por fin, inundó la habitación.

Clara ha creído escuchar algunas voces dos pisos más arriba. No en vano se ha quedado despierta para ver si Jana le confirmaba, en una alegre escapada del dormitorio del señorito, el compromiso matrimonial. Todo sería perfecto.

Pero cuando sube a la planta superior y es consciente de lo que ha sucedido, de lo que está viendo y de sus terribles consecuencias, no lo duda: debe ayudar a su hermana Jana. Protegerla, ampararla, escurrir el daño tanto como sea posible, absorber de su alma cualquier líquido oscuro y emponzoñado. Salvar su honor. Una vez le dijo que la cuidaría, tal y como hace el Padre Zorro con sus crías. Cumpliría su promesa.

Clara se deja arrastrar por remolinos de sentimientos: rabia, tristeza, dolor, furia. Siente que debe actuar. Había encontrado a Jana en un estado extraño, como apático, de reposo, de quietud y repentina pasividad, mirando la oscuridad, como con el alma congelada. Al menos, no se ha desmayado. Ahora deben limpiarlo todo. Deben deshacerse de ese cuerpo deshecho y ensangrentado. Quedan solo cinco horas para que amanezca. Y lo más difícil: deben hacer todo esto sin aspavientos, sin lágrimas sonoras, sin ruido. Ya ha sido una suerte extraordinaria que nadie haya escuchado nada; quizá, gracias a las dos plantas de altura que les separan y al peso del licor, del cansancio y de la cena. Tres criados y un ama de llaves duermen dos pisos más abajo.

Jana, como una autómata, obedece las instrucciones de Clara: baja a la cocina, coge con cautela y en silencio riguroso cuatro sacos grandes de arpillera, vacíos, que normalmente usan para transportar patatas, y pone agua a calentar. Actúa con un sigilo fantasmal. Cuando sube, se queda atónita, y parece despertar del trance en el que están aprisionados sus sentidos.

—Pero ¿qué...? ¿Qué has hecho? Dios mío, no... Pero ¿qué has hecho? —le pregunta a Clara, mirando el cadáver de Ignacio, que ahora reposa sobre la pequeña alfombra de la biblioteca, seccionado en al menos seis partes. Clara ha descuartizado el cuerpo. Levanta la mirada, sudando, agotada por el esfuerzo y con el hacha en la mano, todavía cubierta de sangre, que empieza a ser seca, pastosa y densa.

—¿Que qué he hecho? ¿Y tú me lo preguntas? Intento darnos una oportunidad. Y, ahora mismo, facilitar el trabajo. No podemos transportarlo entero, ni siquiera entre las dos. Este mide casi dos metros y está bien cebado —dice, señalando el cadáver con un gesto de cabeza, sin mirarlo—. Además, ya estaba prácticamente partido en pedazos. Trae los sacos —ordena a Jana, completamente resuelta, decidida, como si hubiese descuartizado un pollo para la cena y fuese a empaquetarlo con la celeridad y virtuosismo de una buena criada.

Jana permanece unos segundos paralizada, incrédula. Termina por cruzar la mirada con su hermana y parece recibir de ella un soplo de fuerza y decisión. Comprende por qué Clara ha actuado en la forma que lo ha hecho. Sabe que quiere protegerla. Ya no hay vuelta atrás.

La imagen es esperpéntica, grotesca, tenebrosa: en un saco, un brazo y la cabeza de Ignacio, con los ojos absurdamente abiertos y desorbitados. En otro, el más pesado, el torso. En el tercero, las dos piernas, plegadas, como de rodillas, solicitando clemencia. En el cuarto, el brazo derecho y la alfombra que estaba a los pies de la butaca, ahora cuajada en sangre.

—Rápido, antes de que se pongan a gotear —dice Clara, refiriéndose a los sacos y cogiendo uno—. Coge tú ese —le dice a Jana, señalando otro de los sacos—. Haremos dos viajes.

—¿Dos viajes adónde?

—Al acantilado.

Jana obedece sin rechistar. Empieza a entender qué pretende hacer su hermana con el cuerpo del señorito Ignacio, pero se siente incapaz de pensar, de asimilar ninguna emoción, de planear ningún paso a seguir. Está completamente bloqueada.

La imagen de las hermanas llevando en la noche hasta el acantilado de Santa Justa el cuerpo desmembrado de don Ignacio resultaba incluso teatral, de un rudimentario terror gótico, aunque la noche no fuese tormentosa ni brillase la luna llena en el cielo oscuro y nocturno. La falta de luna, en realidad, beneficia el secretismo y sigilo de la operación: Clara y Jana caminan trabajosamente, cargadas por el peso muerto de la carne, en silencio, guiadas por su instinto y por la poca claridad que ofrece la noche, hasta llegar al borde del acantilado, justo al lado de la decrépita torre militar de San Telmo y sobre la ermita de Santa Justa, que parece invisible y oculta desde su posición, escondida y callada entre los pliegues del acantilado.

Clara coge piedras sueltas del torreón y las introduce en los sacos, que cierra fuertemente con cuerda de rafia. Entre las dos, balancean cada uno de los sacos para darles impulso y arrojarlos lo más lejos posible de la pared vertical de piedra: que se hundan en el mar. Ambas mujeres no cruzan ni una palabra, tan solo miradas de fría complicidad y desesperación.

El segundo viaje lo hacen rápido, con urgencia. En cualquier momento podría despertarse algún criado y descubrirlas. Ha habido suerte. Parece que todo sigue en calma.

Ahora deben recogerlo todo. El agua que subió antes Jana, hirviendo, empieza ya a estar templada. Empiezan a limpiar la sangre. Error. El agua caliente la fija más a la madera. ¿Cómo iban a imaginarlo? Por suerte, la mayor parte se empapó en la alfombra que ahora reposa ya en el mar.

Consiguen eliminar los restos de sangre restante con agua fría y amoníaco. La tela de tapicería de la butaca es lo que más se resiste. Abren las ventanas, ventilan el olor de la muerte. La biblioteca, por fin, luce perfecta, limpia, ordenada. El cuarto del señorito, tras unos retoques, se muestra impoluto, con la cama hecha, lisa, sin resto alguno de presencia humana reciente en el lecho.

Reponen la alfombra de la biblioteca con otra casi idéntica que había en el dormitorio de don Ignacio. Posiblemente, doña Elvira se dé cuenta de su falta, pero ya pensarán en algo.

Clara y Jana salen de nuevo al exterior, mirando hacia atrás, comprobando que todo está en su sitio, perfecto, limpio, sin rastros, sin olores aparentes. Incluso, tras limpiar el hacha, la salpican de astillas de madera y tierra, junto con el resto de los útiles del jardín. Las hermanas suben el sendero hacia Ubiarco, y se detienen en un recodo del camino, escondido tras una higuera y varios arbustos, donde brota un manantial de agua helada. Se desnudan, se lavan a conciencia, se visten con ropa limpia. Están agotadas. No consiguen eliminar toda la sangre de sus ropas ya usadas. Deciden esconderlas en la boca de una especie de madriguera de difícil acceso, que tapan con unas piedras. Ya las retirarán cuando el campo esté despejado, en calma.

Las hermanas regresan a paso rápido a la Casa Azul. Clara da a Jana las instrucciones de forma rápida y precisa, en voz baja: por la mañana, los criados y doña Elvira, incluso ellas mismas, se preguntarán por el señorito. Todos, ellas incluidas de nuevo, se mostrarán sorprendidos por su ausencia. Parecerá que no ha dormido en el hostal. Insinuarán que haya podido irse, en una de sus escapadas, al casino de Santander. Quizá le haya recogido algún amigo rico en uno de sus coches. Existen otras posibilidades, improbables, que no imposibles. Quizá haya subido andando hasta Ubiarco, borracho: anoche bebieron mucho, y él se quedó, solo, tomando un whisky en el salón. Clara jurará haberlo visto tomando esa última copa en soledad. Él solo no habría podido ir lejos; aunque su familia tiene patrimonio para poder darle el lujo de tener un automóvil, el señor Chacón ha negado el privilegio, sabiendo lo fácil que así le resultaría a su hijo escabullirse de las obligaciones que le impone en época estival.

La mente de Clara trabaja rápido. Jana obedece, como a través de un cuerpo que no fuese el suyo, como si todo lo que pasa esta noche no fuese más que una pesadilla amarga, sórdida, espeluznante y pegajosa. Clara previene a su hermana: es muy posible que la Guardia Civil vaya por la Casa Azul. Terminarán por denunciar la desaparición. Deben tener cabeza y ser frías. Puede que la señora Elvira comente que en el pueblo se decía, se rumoreaba, incluso se aseguraba, que el señorito tenía una relación más «allegada» con una de las criadas. Una relación íntima, por Cristo bendito. Jana debe negarlo todo. Debe incluso, en el más extremo de los casos, dejar claro que él, quizá, inició un acercamiento cordial, pero que ella, una mozuca de pueblo ignorante, servía sin más aspiraciones en la casa del indiano, ya fuese la de Santillana o ya fuese la de la playa de Santa Justa. A mandar, sin mayores pensamientos ni ensoñaciones.

Cuando entran en la Casa Azul todo parece seguir en silencio. Apenas quedan dos horas para que amanezca. Clara se inquieta: aún huele a amoníaco. Entra en el salón y observa que la tela de la butaca todavía luce húmeda. Su mirada cristalina pasea por la gran habitación. Decide coger una botella de licor de café, ya medio vacía, y verter un poco sobre la mancha húmeda; el olor es penetrante y cubre al del amoníaco, justificando al mismo tiempo que la tela no esté seca. Deja la botella en la repisa de la ventana, junto con un vaso y con la ya vacía botella de whisky, cuyo contenido termina de vaciar sobre la alfombra. Quizá al señorito se le fue la mano con el alcohol, y se le vertió un poco. Quizá diese un paseo nocturno y bajase hasta la playa, ebrio de felicidad veraniega y zozobra alcohólica, y decidiese darse un baño salado, como Jana juraría haberle escuchado que había hecho en otras ocasiones, en que se le había ido la mano con el vino y el licor. A fin de cuentas era un viva la vida. Y posiblemente el mar Cantábrico hubiese decidido ahogar a tan noble borracho, arrastrarlo entre los remolinos de sus mágicas corrientes y tragárselo sin más, sin vomitarlo a ninguna playa desierta ni a las rocas de ningún acantilado vertical que resultase accesible.

Por suerte aún no hay huéspedes en la Casa Azul, el hostal abre la temporada a mediados de junio, y para eso quedan diez días. Muchas miradas curiosas se han evitado, por fortuna.

Deben ser fuertes, deben creerse su propia versión de la historia, como si fuese la única, la verdadera, la real. Lo que en realidad ha pasado esta noche no ha existido jamás. Ha sido un mal sueño que abandonarán, como ellas mismas fueron abandonadas por la suerte hace mucho tiempo. Dirán que se fueron a dormir, compartiendo lecho, como es normal, siendo Clara una invitada del servicio, una criada. Dirán que se levantaron al alba, como siempre se hace, y que fueron a preparar el desayuno. Y que, más tarde, al llamar a la puerta del señorito, este, sencillamente, no estaba.

Cuando ambas hermanas se meten en la cama, que les parece fría y desangelada, Jana rompe a sollozar.

—Y ahora, ¿qué voy a hacer? —le pregunta a Clara.

—Seguir adelante, como siempre hemos hecho —le contesta—. Y cállate —le dice suavemente—, no debes hacer ruido. Se supone que dormimos.

Jana asiente, pero parece no poder controlarse.

—Sin Ignacio es posible que hasta cierren el hostal. Su padre rastreará toda Cantabria. Nos cogerán, Clara. Nos llevarán al garrote. Me quiero morir. ¡Me quiero morir! Dios mío, ¿cómo ha pasado esto? —Y mientras Jana habla se abre un sollozo incontenible desde todo su ser, que destila desesperanza y cansancio. Su cuerpo, incrédulo, reniega de esta noche, de su barbarie, y sus manos agarran su barriga, aún lisa y plana, pero con un diminuto conjunto de sangre y carne palpitando dentro.

Clara abraza a su hermana y la acuna, la mece y le da un consuelo que no encuentra para sí misma. Quizá ella no lo necesita. Quizá siente que ha habido algo de justicia en el cuerpo de Ignacio anclado entre peces y oscuridad.

—Mantén la calma. Todo se solucionará —le dice, intentando consolarla—. Mantendremos la misma versión para la Guardia Civil, eso no lo olvides. Todo tal cual ocurrió. No existió tu paseo hasta el dormitorio de ese malnacido. No existió nada más esta noche. Nos vinimos a dormir. Y punto en boca. Y si te preguntan si tenías algo con el señor, dices que no y amén. Que solo sabías que le iban a prometer con la de San Vicente de la Barquera.

Jana cesa sus hipidos y sollozos momentáneamente.

—Pero, Clara, ¿qué voy a hacer con la barriga? Dios mío, dentro de nada empezará a crecer. —Y Jana siente que no puede continuar hablando, que el llanto le arrasa las palabras, produciéndole dolor físico en la garganta, en el estómago, en los pulmones.

—Ya pensaré algo. Mamá me enseñó mucho de hierbas. Y la abuela. Sé de unas para perder el niño.

—¡Clara! No...

—Ya lo sé. Es pecado. Un pecado capital. Una criatura inocente, no como ese malnacido. Ya se nos ocurrirá algo.

—Pero no podemos hacer daño al bebé, Clara. No podemos. Pensaba... si fuera niño, pensaba llamarle Antonio.

Clara sonríe con tristeza. Su hermana da por hecho que va a tener un varón. Antonio, tan pequeñito, destrozado por la guerra a las puertas de una cueva miserable, y que sin querer se llevó parte de sus almas aquel día horrible y ponzoñoso.

—Tienes razón. No haremos nada al bebé. Quédate tranquila. Ya se me ocurrirá algo. No se enterará nadie.

—Este pecado no tendrá perdón, Clara. Ignacio está muerto. Lo hemos tirado por el acantilado.

—No es indecente el pecado, sino el escándalo —contesta Clara, repentinamente seria, fría, con dureza de diamante en la mirada—. Tiene lo que se merece. No olvides que pretendía dejarte abandonada como a un perro. Tiene lo que se merece —repite, con determinación—. Hemos visto cosas peores en la guerra, y no ha pasado nada. Y deja de llorar, tendrás los ojos hinchados por la mañana —le dice a Jana, secándole las lágrimas con ternura y retomando el gesto de mecerla.

Ambas hermanas permanecen despiertas hasta el alba. Abrazadas, terminan de asimilar el nuevo mundo en el que van a vivir, y que se promete lleno de barreras, de angustia, de culpa y de desiertos. Aunque Clara, que no piensa perder ni un solo juego más en este laberinto de caminos, perfila ya un plan, una salida. Quizá aún estén a tiempo de salvarse. Por lo menos, Jana. Tiene obligación de cuidarla, y lo hará con gusto. Tiene la sensación y el convencimiento de que debe compensarla, de que debe otorgarle un pedazo de alegría. Se siente responsable, incluso, de la infelicidad de su hermana pequeña. Debe prepararse para cuidarla como debe, por una vez. Y será implacable. Dará a cambio los minutos, las horas, los años de su vida, que, desde el día en que murieron su madre y su hermano, siente como prestada. Será el escudo y el trampolín de su hermana. Clara, en definitiva, es libre, fuerte y poderosa: una característica exclusiva de los que no tienen nada que perder.

La noche ha pasado lenta, rozándolas, provocándolas de por vida, dibujándoles arrugas indelebles. El esfuerzo ha sido titánico, el horror inmenso, el dolor profundo. Han limpiado el rastro, han perfilado la estrategia a seguir. Sin duda, han estado ocupadas. Lo suficiente como para no distinguir, en su retorno del acantilado de Santa Justa, la silueta de dos personas, que las observaban, atónitas, desde uno de los laterales de la Casa Azul.

> En principio, la investigación necesita más cabezas que medios.
>
> Severo Ochoa (1905-1993)

Viernes 12 de julio. 8.30 h de la mañana.

Tras la tormenta, el cielo despejado anunciaba un día soleado, limpio y sereno. Sin embargo, y a pesar del amable pronóstico, en la sala de reuniones de la Comandancia, en Peñacastillo, en Santander, no reinaba la calma precisamente.

Jacobo Riveiro ordenó todos los datos de forma casi compulsiva para hacer la explicación lo más clara y rigurosamente posible. Todos, incluida Valentina, le observaban: sencillamente le había tocado a él hablar primero. Cada uno debía exponer todo el material de que dispusiese, para pautar o intensificar las nuevas líneas de investigación, puesto que Valentina, nada más comenzar la reunión, ya había explicado todas las gestiones que ella y Sabadelle habían realizado el día anterior.

—A ver —comenzó, mirando a Valentina, que se preparaba para tomar notas en un enorme esquema que tenía sobre la mesa—. En primer lugar, del departamento forense tenemos algunas novedades, empezando por balística. Ayer a última hora me llamaron desde Logroño y me remitieron vía fax un informe conciso sobre el arma que se utilizó contra Pedro Salas en el espigón. Se trata —y aquí Riveiro comenzó a leer— de una Astra M1921, del calibre 22, y que era conocida en su época como La Puro por su cañón cilíndrico, en forma, precisamente, de puro.

—¿En su época? —preguntó Valentina.

—Sí, se empezó a fabricar en 1935 y dejó de hacerse en el año 1946; en total, a ver... unas cien mil unidades. La hacían en Valencia, y como en el cuarenta y seis dejó de ser reglamentaria dejó de fabricarse, aunque siguió siendo usada por militares.

—¿Cómo que por militares? ¿Era un arma reglamentaria del ejército? —volvió a preguntar Valentina, atónita.

—Eso parece. La única reglamentaria del ejército español, al menos en la guerra civil, y la llegó a usar hasta la escolta presidencial.

—Es decir, que tenemos un arma antigua, posiblemente de un propietario también de cierta edad... imagino que en La Rioja no tendrían ningún expediente delictivo con el que haya coincidido el cotejo del casquillo —dijo Valentina, escéptica, casi hablando más para sí misma que para Riveiro y los demás.

—No. Nada. Al menos, que pueda identificar al titular del arma.

Marta Torres intervino:

—¿Y si no fuese una pistola de una persona mayor? Podría tratarse de un coleccionista... de alguien joven, quiero decir, que coleccionase o que incluso hubiese heredado esa arma en concreto.

—Sí —asintió Valentina—, pero no he dicho que el homicida pudiese tener cierta edad solo por ese detalle, sino por la propia edad de las personas asesinadas. Me guío por las estadísticas de criminalística, pero, desde luego, no son patrones fijos a seguir. Continúa, Riveiro.

—Sigo. He pensado, y esto es de mi propia cosecha, que el disparo debió de ser realizado con silenciador, porque un trasto tan antiguo, sin duda, tuvo que hacer ruido en la detonación... pero aquí me manejo entre suposiciones, obviamente. Hasta aquí lo de balística, aunque seguiré investigando y me mantendré en contacto con el laboratorio de zona de Logroño. Lo que realmente creo que es importante, y que definitivamente vincula los asesinatos de Pedro Salas y de David Viesgo, es que en ambos cadáveres había polvo de minio, en concreto... —hizo una pausa para leer de nuevo la documentación que llevaba— distintas proporciones de ese polvo y también de óxido de plomo y tetróxido de plomo.

—¿Cómo? ¿Óxido de plomo? ¿Lo habían ingerido?

—No. Pedro Salas lo tenía en la parte posterior de su camisa, aunque muy poco. Que llevase tanto tiempo en el agua dificultó bastante el análisis de la ropa. Y David Viesgo, en mucha mayor cantidad, en los pies y en los bajos de los pantalones.

—Es decir, que o bien ambos estuvieron antes de su muerte en un lugar donde había ese material, o bien el asesino tiene su punto de anclaje en una zona donde hay óxido de plomo.

—O ambas cosas —replicó Riveiro—. Si el material estaba por el suelo, Viesgo pudo pisarlo y Salas pudo ser empujado por alguien que lo hubiese pisado. Lo he pensado, y si el óxido estaba en la camisa, el asesino pudo empujarlo con su propio pie para que se cayese desde el espigón a la ría. Recordad que murió ahogado, el disparo no lo liquidó en el primer momento, pero, siendo en el estómago, sí debió de hacerle doblar sobre sí mismo, de forma que un pequeño impulso con el pie o con la mano haría que cayese al agua.

Valentina asintió, admirada, como otras muchas veces, por la capacidad de Riveiro de visualizar las escenas de los crímenes:

—Estoy de acuerdo. Es muy posible que David Viesgo acudiese a la propia guarida del homicida, y que este, a su vez, se hubiese desplazado para matar a Pedro Salas. Eso quiere decir que, posiblemente, el médico conocía a su asesino. Fantástico, Riveiro: estrechamos el círculo. Solo faltaría saber si los de la científica también encontraron óxido de plomo cuando procesaron la habitación de Juan Ramón Ballesta. Pero para eso no nos quedará más remedio que esperar —dijo Valentina, resignada—. ¿Ya has visto algo sobre ese tipo de óxido y en dónde se utiliza?

—Sí, he echado un vistazo, y según como se manufacture, se utiliza como pintura antioxidante para metales y recubrimiento de superficies de hierro, para sellar ciertas partes de las baterías de los coches... en fin, tiene bastantes usos, pero donde podría encontrarse en cantidades un poco elevadas sería en industrias químicas y cerámicas.

Todos se miraron. Sabadelle, por su parte, intentó excavar en su memoria dónde le sonaba haber leído o visto algo relacionado con el polvo de minio o con el óxido de plomo, pero no llegó a descifrar el recuerdo en su mente. El cabo Roberto Camargo, sin embargo, se atrevió a decir lo que varios de ellos estaban pensando:

—¿Solvay? —preguntó, refiriéndose a la empresa química más popular y contundente de Cantabria, con más de cien años de historia, que formaba parte del propio entorno de Torrelavega, donde estaba ubicada la central.

—Podría ser —reconoció Riveiro—, pero habría que indagar mucho más a fondo. En Santander también podría haber alguna fábrica que utilizase este material; tendremos que investigar a conciencia, porque el material tiene tantos posibles usos que será casi como buscar una aguja en un pajar.

—Habría que centrarse también en empresas pequeñas que puedan utilizar ese material en el entorno de Suances y de Comillas. Si buscamos por toda Cantabria se nos escurrirá el tiempo sin remedio —reflexionó Valentina—. Luego veremos cómo lo hacemos. De todos modos, Juan Ramón Ballesta, si no recuerdo mal, es jubilado de Solvay. Quizá no tenga nada que ver, pero no descartemos la posible conexión. Continúa con tu exposición, Riveiro.

—Bien. Ayer hablé también con la hija de Pedro Salas, Rebeca, y me ha dicho que, haciendo memoria, recuerda que su padre empezó a hacerles «asignaciones» mensuales a los pocos meses de que falleciese su abuelo.

—¿Su abuelo? ¿Y quién era?

Marta Torres volvió a intervenir, contestando en lugar de Riveiro:

—Pedro Antonio Salas, otro viejo marinero local, que bautizó a su hijo con su mismo nombre, y al que estuvimos investigando ayer Zubizarreta y yo. Resulta que era uno de los miembros más activos de los republicanos de la zona, y fue incluso de los que se echaron al monte durante varios años. Le llamaban el Manco, porque perdió una mano en la guerra civil. Y lo mejor, ¿a que no sabéis de quién nos han confirmado en el bar La Chalana que era amigo? ¡De David Fernández!

—¿Y ese es...?

—El hermano mayor de Jana Ongayo. Sus apellidos de soltera eran Fernández Campillo.

—Vaya. Esto se anima. Torres, espera a que Riveiro termine y luego nos exponéis vosotros lo que hayáis averiguado, ¿de acuerdo?

La agente Torres asintió. Riveiro siguió hablando:

—Lamentablemente, mi conversación con la viuda de Viesgo no ha tenido resultados positivos. Estaba muy afectada y apenas podía hablar. Me dijo que su marido no tenía una relación especial con la señora Ongayo, que era una paciente más, y que ella aún le consultaba de vez en cuando sus achaques. Cuando Viesgo hacía alguna de aquellas visitas era, normalmente, para hacer una ronda a distintos pacientes, que seguía atendiendo extraoficialmente a pesar de estar jubilado... un pequeño salario extra. Sin embargo, no le constaba que el pasado martes su marido fuese a ver a nadie más. Le pregunté si sabía algo con relación al óxido de plomo, polvo de minio o tetróxido de plomo, y la pobre mujer no supo ni deletrearlo. Tampoco enemigos ni antiguas rencillas que se le pasasen por la cabeza. Nada de nada.

—Y sin embargo, muy posiblemente podemos aventurar que el médico conocía a su asesino: fue a buscarlo a su guarida y hasta se tomó el té con él, tranquilamente. En consecuencia, cabe la posibilidad de que su mujer también lo conociese —dijo Valentina, pensativa.

—Sí, pero de momento es todo lo que he podido sacar.

Tampoco vamos mucho mejor con el cadáver del bebé. Hablé con el laboratorio de Madrid y ven muy difícil poder determinar una antigüedad aproximada y fiable de los huesos, a pesar de que lo intentarán con... —y aquí hizo otra pausa para volver a leer su documentación— pruebas de fluorescencia y de racemización del ácido aspártico, aunque las técnicas no están muy depuradas, porque todo aquello que excede los veinte años de antigüedad, como está legalmente prescrito, parece no tener mucho interés de análisis.

Valentina suspiró. Una vía cerrada.

—Nos queda el ADN, ¿no?

—Sí —replicó Riveiro—, hemos mandado esa prueba técnica a un laboratorio privado, y en las próximas horas, a lo sumo un día, la tendrán lista y se la pasarán al SECRIM para que coteje el resultado con los archivos internos. Eso es lo que hay —concluyó, con un tono de escepticismo.

Valentina terminó de tomar notas y se volvió hacia Sabadelle:

—Cuéntanos si conseguiste algo nuevo ayer por la tarde.

—Y tanto —asintió—; os lo resumo porque el expediente tenía docenas de folios manuscritos, y hasta las tres de la mañana no he podido terminar de leer y aclarar todo el proceso —aclaró, recalcando con su tono de voz hasta qué hora había estado supuestamente trabajando—, en el que lo más revelador han sido las notas marginales del guardia civil que investigó el caso, en que reflejaba sus conclusiones, hipótesis e impresiones sobre los testigos. Resulta que Ignacio Chacón, de veintiocho años, desapareció la noche de un 3 de junio del año 1948 del hostal que era propiedad de su familia en Ubiarco, y que se llamaba la Casa Azul. Por lo visto, el chaval era un gandul y un golfo de cuidado, y su padre, que se había hecho rico en México y aquí era un honorabilísimo indiano retornado, lo tenía entretenido dirigiendo y gestionando el hotel durante el verano. La investigación se enfocó inicialmente hacia un asunto de faldas, ya que al día siguiente de la desaparición, casualmente, apareció por el hostal el novio de una de las criadas, un tal Luis Salvador, al que llegaron a ingresar en la Prisión Provincial de Santander, a la espera de juicio. Supuestamente, Ignacio Chacón se habría cepillado a la novia de este tal Luis, que por cierto era marinero y vivía en Comillas, pero por lo visto al final el muchacho pudo demostrar que tenía coartada para la noche en que Chacón desapareció, y al final, incluso con intermediación del padre del desaparecido, lo dejaron volver a su casa, donde estaba ya incluso saliendo con otra chica, con la que parece que se casó más tarde. Vamos, de telenovela. Dado que la noche de la desaparición, tanto Ignacio Chacón como los sirvientes habían bebido...

—Los sirvientes, ¿bebiendo? —preguntó Valentina, enarcando las cejas.

—Sí —afirmó Sabadelle—, era la cena de inauguración de la temporada; iban a empezar a recibir huéspedes esa misma semana. Cuando todos se fueron a dormir, Chacón se quedó arriba y aparentemente se bajó él solito una botella de whisky, que quedó vacía como prueba en la biblioteca, y que se supone que se sumaba a lo que el tipo ya había bebido durante la cena. Total, que pensaron en la posibilidad de que se hubiese emborrachado y se hubiese caído por uno de los acantilados, ya que el hotel estaba al lado de la playa de Santa Justa, pero esta posibilidad se disipó cuando, el 14 de agosto del mismo año, apareció un saco en la misma playa con las dos piernas del fulano, acompañadas de una bandera nacionalista, con el símbolo del águila y toda la parafernalia franquista.

—Joder —se le escapó a Riveiro, que notó cómo también el resto de los compañeros hacían comentarios y murmuraban, asombrados, por el caso que Sabadelle estaba relatando.

—¿Y cómo sabían que las piernas eran de él? No debía de haber ni prueba de ADN ni nada por entonces... —cuestionó Valentina.

—Resulta que lo trocearon vestido, tal cual, y llevaba

un pantalón y unos zapatos que su familia pudo identificar, de manera que enterraron las piernas, incluso, en el panteón familiar, esperando que el mar devolviese lo que faltaba, algo que nunca llegó a ocurrir. Claro que no os he contado lo mejor. —Y entonces, Sabadelle hizo una pausa de efecto, haciendo esfuerzos sobrehumanos para no realizar su mítico chasquido de lengua—: Adivinad quién encontró el saco en la playa y quién era la criada.

—¿Jana Ongayo? ¿Ella era la criada? —aventuró, atónita, Valentina.

—En efecto. Jana Fernández, que era su apellido de soltera. Y no estaba sola: su hermana Clara, que, atención, por entonces era la criada de los Ongayo, la acompañaba aquella noche fatídica. El resto de los criados no creo que tengan relevancia, no he visto conexiones con el caso, aunque después investigaré sus antecedentes y familia.

—¿La hermana de Jana era originalmente la criada de los Ongayo? —casi exclamó, sorprendida, Valentina—. Esto ya parece *Falcon Crest*. Y no me digas quién encontró el saco: ¿Juan Ramón Ballesta? En sus delirios hablaba de un saco, de un secreto y de los del monte.

—En efecto, Juan Ramón Ballesta. Él mismo avisó a la Guardia Civil, diciendo que se había encontrado el saco en la playa por la mañana.

—Aquí hay una historia de peso —reflexionó Valentina, mirando el enorme esquema que, a aquellas alturas, ya estaba atiborrado de anotaciones y de flechas que salían hacia una y otra parte conectando datos—. ¿Algo más?

—De momento no, tengo que profundizar en toda esta información e investigar a fondo cada uno de los individuos que aparecen en el expediente, desde el marinero hasta los criados, pasando por el propio desaparecido e incluso el guardia civil que llevó el asunto, que miraré ahora en el SIGO si aún está vivo —concluyó, haciendo referencia al programa donde la Guardia Civil guardaba sus datos, y que resumía en cuatro siglas lo que en realidad se llamaba Sistema Integral de Gestión Operativa.

—Ya. Lo que está claro es que el bebé de Villa Marina tiene que ver con los Chacón, y quizá, incluso, con la desaparición de Ignacio Chacón. Al menos, Tlaloc establece un vínculo que parece no ir desencaminado: Villa Marina terminó siendo propiedad de Jana Ongayo, que a su vez había servido a los Chacón y que, casualmente, estaba presente cuando desapareció el hijo pródigo de la familia. Muy buen trabajo, Sabadelle. Magnífico. Sigue con ello. Cuando detectes algún indicio interesante avísame, a cualquier hora.

—De acuerdo —contestó resuelto Sabadelle, mientras el resto del equipo miraba a la pareja con media sonrisa, suponiendo que se habían reconciliado profesionalmente, tras la amenaza de la catana del día anterior por parte de la teniente Redondo.

—Por nuestra parte —dijo el cabo Camargo, señalando con la mirada a los agentes Torres y Zubizarreta, que parecieron prestar conformidad visual para que hablase en su nombre—, hemos verificado que la empresa Bocartes Ongayo, aunque de momento está saneada, ha perdido bastantes activos e incluso ha necesitado un ERE o Expediente de Regulación de Empleo, temporal, para cincuenta de sus trabajadores, en la fábrica de Santoña. Aun así, la empresa, que es una sociedad anónima, tiene algunas propiedades a su nombre, sin cargas, aunque en los diez últimos años se ha deshecho de algunas, parece que para tener liquidez.

—Es decir, que no les va mal pero que tampoco les va extraordinariamente bien. Se mantienen, al menos, ¿no? —cuestionó Valentina.

—Sí, siguen siendo una de las empresas del sector más potentes, pero han notado la famosa crisis, al parecer. En cuanto al patrimonio personal de Jana Ongayo, está saneado y libre de cargas, empezando por la casa donde vive, que es de su propiedad, más otras dos viviendas que tiene alquiladas en Comillas, un par de bajos comerciales y un apartamento. Todavía no hemos podido confirmar si estos últimos bienes están o no alquilados. Tiene también negocios en Sudamérica y algunas propiedades en Chile, que de momento parecen estar también limpias. Sobre sus cuentas bancarias, salvo que el juez Talavera dicte oficio para investigarlas, nada podemos hacer, pero la apariencia, dado que ningún bien tiene cargas, es que la señora tiene la economía saneada.

—De acuerdo. Qué más.

—Jana Ongayo, o más bien Jana Fernández, tenía no dos, sino tres hermanos. Antonio, que falleció en la guerra civil, siendo todavía un niño. David, que, en efecto, consta fallecido en Francia hace ya nueve años, y Clara, que es la que nos está llevando más tiempo. Su nombre completo es Clara Fernández Campillo. Pues bien: su certificado de defunción no aparece por ninguna parte, pero en el registro civil la tienen desubicada, como perdida, sin que conste como fallecida pero tampoco como viva.

—¿Cómo? Explícate, porque ya solo nos faltaba un fantasma en la trama para terminar bien la semana —suspiró Valentina.

—El último padrón que consta, visado en el año 1926, que es el de su nacimiento, es el de una casita en Hinojedo, de donde es originaria la familia, pero esta casa ahora es un albergue rural, donde no conocen a los Fernández Campillo ni por asomo. No hemos localizado teléfonos, propiedades ni negocios de esta tal Clara. Tampoco que tenga contratos de luz, agua o alquiler a su nombre. Nada. Vacío absoluto. Solo se nos ocurre que se hubiese extraviado en el registro el certificado y archivo de defunción, pero seguiría siendo extraño e inusual. Posiblemente, como ha dicho su hermana, esté muerta, pero lo mejor sería hablar con Clara Múgica y con Jana Ongayo para que aclaren el tema, porque lo único y último que tenemos es que Clara Fernández era criada de los Ongayo, nada más, y que pasó a sustituirla su hermana a finales del verano de 1949. Desde esa fecha, de momento, parece que lo que le ocurriese a Clara Fernández fue y es un misterio.

—Llamaré a Clara Múgica esta misma mañana, y también a su madre para entrevistarla por la tarde, si ya no está indispuesta... está claro que esta señora tiene algo que ver con Tlaloc, con regalar la casa a los abuelos del señor Gordon tan desprendidamente, y creo que también con los asesinatos. Apenas puede caminar, pero puede tener un cómplice, y queda pendiente también un interrogatorio más profundo a Oliver Gordon. Por cierto, ¿qué hay del hermanastro de Jana Ongayo?

—Se afincó en Cartagena y, aparentemente, allí sigue. Tiene hasta tres locales de hostelería en la costa, incluso con página web, todos ellos en propiedad aunque uno con una fuerte hipoteca. Casado con una murciana, tiene tres hijos y no hemos detectado nada de relevancia en su historial, salvo un par de multas de tráfico, y ambas sanciones fueron impuestas dentro de la provincia de Murcia. No aparenta tener vínculo alguno ni con Cantabria ni con este caso; su madre, es decir, la madrastra de Jana Fernández, fue a vivir con él a Cartagena hace veinticinco años, y falleció, casualmente, en enero de este mismo año. Salvo que se nos haya escapado algo, no creemos que haya nada relevante por esta vía que pueda ayudar en la investigación.

—Vale —replicó Valentina, pensativa—. De todos modos, aún hay algo pendiente: contrastar, por favor, las coartadas de Clara Múgica para los asesinatos de David Viesgo y de Pedro Salas. Supuestamente, en el caso del primero estaba trabajando en el IML, y en el del segundo, tan temprano, aún estaba en su casa con su marido. Verificadlo. No podemos dejar nada sin atar.

Toc, Toc. Llamada rápida a la puerta de la sala de reuniones, que no esperó confirmación para ser abierta. El cabo que había interrumpido la mañana anterior la reunión, hoy, como si repitiese el guion de una película previsible de sobremesa, volvió a romper la concentración del equipo:

—¿Teniente Redondo? Oliver Gordon, llamada urgente, en espera. ¿Se la paso a su despacho?

—Sí, pásala, voy allí a cogerla —contestó, rápida, Valentina, mientras todos la miraban, expectantes. ¿Qué demonios habría pasado ahora? Cuando regresó, con la tez pálida, no se anduvo con rodeos:

—Tendremos que organizar rápido las tareas para hoy. Riveiro, te vienes conmigo a Villa Marina. Alguien ha rociado de gasolina la cabaña de Oliver Gordon y le ha dejado en el porche una nota clavada con un cuchillo diciéndole que se vaya. Camargo, por favor, avisa a los del SECRIM. Los demás, seguid investigando en la línea de lo que hemos hablado hoy. Sabadelle, además de profundizar en lo que nos has contado, vuelve a intentar hablar con sor Mercedes. Vosotros —dijo, señalando a Camargo y a los otros dos agentes—, averiguad qué ha pasado con Clara Fernández y seguid preguntando a vecinos, conocidos y lugareños. Sed discretos, y llamadme al móvil de inmediato si encontráis algo.

Todos asintieron y expresaron palabras de conformidad. Cuando iban a salir por la puerta, el mismo cabo que les había interrumpido antes con la llamada de teléfono de Oliver, volvió a hacer acto de presencia. Su rostro emanaba gravedad:

—Teniente Redondo. Han llamado desde el cuartel de Comillas.

—¿Y bien?

—Jana Ongayo. Creo que la están investigando. Se ha suicidado esta mañana delante de su casa.

Diario (13)

Esta noche de agosto de 1948, ante la colegiata románica de Santa Juliana, en Santillana del Mar, se representa una obra de teatro, de alto simbolismo religioso, frente a un numerosísimo público, entre el que se encuentra la familia Chacón. El ambiente es festivo, mágico. Es una de esas noches cálidas en las que nadie desprecia un vaso de vino, ni una carcajada, ni nada que haga la vida un poco más agradable. El escenario para la obra no puede haber sido escogido mejor: pétreo, colosal y misterioso. Los actores, acunados por las luces y sombras místicas de la noche, representan *El hospital de los locos* de forma magistral.

Alguien se aproxima a don Antonio Chacón, que está intentando concentrarse en la obra, aunque la fachada de la iglesia le distrae: el efecto de las luces sinuosas de cientos de velas hace que el casi milenario muro de piedra se le antoje dorado, acuoso y en movimiento, como la superficie del mar. El que se aproxima parece su criado de confianza, Florentino: le dice algo al oído, se lo susurra, como si fuese una tímida y tenebrosa confidencia. La señora Chacón, que está sentada al lado de su hija Dolores y a solo unos metros de su marido, observa: sus nervios se han vuelto cristalinos y agudos desde la desaparición de Ignacio.

Es normal: es una madre que no sabe dónde está su hijo. Lleva ya muchas semanas en vela, inquieta, suspicaz. Hoy la han llevado a rastras a la representación teatral, para distraerla. La Guardia Civil la ha interrogado hace ya varias semanas, de la forma más grosera, insinuando como posible causa de la desaparición la existencia de cuantiosas deudas de juego, e incluso un posible pasado republicano de su hijo, pues es sabido que, aun ahora, los nacionales rastrean esporádicamente los caseríos y se les da una paliza a los que han sido rojos, arrojándolos tranquilamente, si la causa lo requiere, con dos tiros en la cabeza por un acantilado. Lugares como Peñas Negras, Puente Arce o San Cipriano guardan, en silencio, el último suspiro de muchos fusilados.

Por supuesto, ninguna de estas posibilidades es admitida por la familia Chacón. Quizá la desaparición de Ignacio fuese un secuestro para solicitar un rescate a los acaudalados indianos. Quizá a los secuestradores se les fue de las manos y su hijo tuvo el final más oscuro. A la señora Chacón solo se le ocurren explicaciones literarias.

Pero el señor Chacón es mucho más terrenal. Comienza a asimilar la noticia que le ha dado su criado. Baja la cabeza, la mueve de un lado a otro, negando, pero no dice una palabra. Se levanta y abandona el improvisado atrio teatral, discreto. La señora Chacón le sigue, en cambio, entre grandes aspavientos, nerviosa, casi histérica. Comprende que hay una novedad, un cambio cálido para su helada amargura e incertidumbre. Es curioso: ella no se dirige a su marido, sino al criado, al que sabe que sonsacará con una sola mirada de autoridad. En efecto: confiesa. Ha aparecido, en la playa de Santa Justa, escupido por el mar, un saco que guarda dos piernas putrefactas de un hombre, que creen que podría ser el señorito Ignacio. Dentro del saco hay una tela con un escudo inequívoco: un águila negra, a cuyos pies reposan un yugo y unas flechas rojas. Todo son simbolismos: el negro, la pólvora, el rojo, la sangre. En la parte superior del escudo reza en letras mayúsculas «UNA, GRANDE Y LIBRE». Es el escudo del águila, la bandera franquista.

Parece confirmarse, así, la teoría de unas posibles andanzas pasadas de don Ignacio con los rojos. Quizá hubiese colaborado con republicanos, o lo hiciese aún con la resistencia armada superviviente: ¿sería posible? De ser así, ¿le habrían ajusticiado aun a pesar de su apellido?

¿Qué hacía allí, si no, aquella bandera de los nacionales? ¿Y por qué la habían dejado dentro del saco, implicándoles expresamente en el crimen?

Jana y Clara, cuando lo supieron, se lo preguntaron intensamente sorprendidas, aterradas y confundidas. Aquella bandera delatora, que quizá las exculpaba ante posibles insinuaciones, ¿cómo se coló dentro del saco aquel escudo, entre el cadáver parcial que eran aquellas piernas y las piedras de las ruinas de San Telmo? El saco había sido atado a conciencia, con varias vueltas de cuerda de rafia, incluso con algún nudo marinero aportado por Jana. Y el maldito saco fue encontrado cerrado, no abierto. Que apareciese allí la bandera franquista era, sencillamente, imposible.

He vuelto a desviarme. La losa del tiempo pesa en mi memoria y enredo otra vez el pasado. Sin duda esperabas saber qué ocurrió exactamente tras aquella noche mortal, qué pasó aquella mañana siguiente a la locura y el descuartizamiento. Te lo contaré:

El revuelo en la Casa Azul fue progresivo. Primero, el estupor de la desaparición. Después, el nerviosismo de la incertidumbre. La propia doña Elvira, acompañada de Jana, subió a Ubiarco para llamar, desde la única y reciente centralita del pueblo, al Ayuntamiento de Santillana del Mar, e informar al señor Chacón de la súbita desaparición. Dado el propio carácter de la central telefónica, en que el mensaje era dado a viva voz a la empleada correspondiente para ser transmitido a través de una madeja de cableado, sin ningún tipo de recurso de privacidad, la noticia de la desaparición de don Ignacio corrió tal y como lo hace la pólvora en los dibujos animados: veloz.

Sin embargo, por raudos que viajen los rumores y las

noticias catastróficas, no lo hacen lo suficiente como para que un hombre como Luis, aquella mañana siguiente a la noche oscura, se presentase, sin previo aviso, en la Casa Azul. No era posible que él supiese nada de la desaparición. No parecía tampoco razonable que los astros y las brujas montañesas hubiesen cuajado, en un aquelarre inoportuno, una casualidad tan improbable. ¿Qué hacía allí Luis? ¿Por qué aquella mañana y no otra? Él ni siquiera había estado nunca en la Casa Azul, y solo visitaba ocasionalmente Ubiarco para ir a casa de su primo Manuel, el guardia civil, que tantas noches le había dado cama y descanso tras acudir a las verbenas de Hinojedo para ver a Jana.

Dime, humano, ¿crees que sería el destino?

Quizá no te atrevas a responder, y te escabullas contestando que, simplemente, no crees en las casualidades. Quizá lo que ocurrió sí fue cosa del destino, o quizá fue solo el fruto de un gran campo de cosecha, trabajado al milímetro. No te atormentes, llegará un final y, con él, la comprensión absoluta.

Jana se encontró a Luis cuando ella bajaba andando con doña Elvira desde Ubiarco. Él, al parecer, ya estaba de vuelta. El ama de llaves les dejó que hablasen en el camino, sin mirar atrás, sin preocuparse más que por regresar a la Casa Azul y por revisar si todo seguía en su sitio y ordenado ante la previsible visita del señor Chacón, o por si don Ignacio, gracias a Dios, hubiese regresado.

—¿Qué haces tú aquí? —preguntó Jana con sincero asombro, a modo de saludo.

—Venía a verte. Pero ya me marcho —contestó Luis, con la mirada inusitadamente fría.

—¿Cómo que te marchas? ¿Ya? ¿Pues no venías a verme? ¿Ha pasado algo? —inquirió Jana, sintiéndose desesperada, de forma súbita, por acercarse a Luis, a su cobijo, a su calma. Él era todo lo opuesto a la noche inmediata y anterior, esa que ella pretendía que nunca hubiese existido.

—No, no ha pasado nada.

Se abrió un silencio denso entre ambos, cargado de suposiciones, de preguntas, de reproches. Jana supo que ningún hombre la miraría nunca como lo hacía Luis. Se arrepintió de su ambición. Tarde: solo se arrepentía porque el juego le había salido mal.

—¿Por qué te marchas ya? Ven, baja conmigo y hablemos —le dijo ella, conciliadora.

Él dudó solo dos segundos.

—No. Venía a decirte... —Y la mirada de Luis volvió a dudar—. En realidad, ya te dará lo mismo. Venía a decirte que me voy a casar con Sara. Para que lo sepas, nada más.

Jana sintió una punzada de dolor, como un escalofrío caliente subiéndole por las tripas y por la espalda. Pero tuvo la intuición, también, de que Luis le mentía; le extrañaba que, con lo mal que había terminado todo entre ellos, él se hubiese molestado en ir hasta Ubiarco solo para decirle aquello. ¿Despecho, quizá? Todo parecía estar perdido. Aún asombrada, intentó mostrarse inicialmente serena e indiferente.

—Ajá. Pues gracias por el viaje para darme tan buena noticia. Os deseo todas las felicidades.

—Gracias.

Nuevo silencio. Ellos, que siempre habían hablado durante horas, ahora no encontraban una sola palabra que hilvanar con otra para decirse.

—Me voy —dijo Luis, comenzando a caminar—, que tengas suerte, Jana.

—Y tú.

Cruce de miradas, hasta que Luis terminó, necesariamente, por dar la espalda a Jana, para seguir subiendo el camino hacia Ubiarco. Cinco segundos, diez.

—¡Luis!

Él volvió la cabeza, serio, desencantado. Ya no esperaba nada. Jana habló desde las entrañas, sin pensar:

—No creas que no te he querido. Te amé todos los días, desde que te conocí.

Él mostró una medio sonrisa, incrédula.

—Pues hubo días, y meses, que no lo hiciste.

—Porque sabía que me querías tú por los dos —dijo ella, sonriéndole. Luis devolvió la sonrisa, aunque su rostro ya se había endurecido, y a Jana le resultó impenetrable. Él se despidió con un gesto de cabeza y siguió su camino, sin mirar atrás ni una sola vez, y ella comprendió que aquella había sido la última despedida.

Cuando Jana llegó a la Casa Azul, su hermana Clara le contó que Luis había ido a verla y que, incluso, había esperado un rato por ella. A Clara, que había demostrado un carácter tenebroso, férreo y glacial la noche anterior, le había puesto nerviosa la visita. Quizá eran demasiados frentes a cubrir para tan poco espacio de tiempo.

La Guardia Civil y el señor Chacón llegaron aquella misma tarde a Ubiarco. Registraron toda la Casa Azul. Interrogaron a los tres criados, a doña Elvira, a Clara y a Jana. Nada. Todos se habían ido a dormir la noche anterior y, por la mañana, don Ignacio se había diluido en la nada como el humo. Desaparecido sin dejar rastro. Sin pistas, sin teorías, salvo la de una borrachera etílica con final incierto, dados los rastros de licor de café de la biblioteca y la prueba de una botella de whisky prácticamente vacía. Las maletas de don Ignacio estaban allí, intactas. Su ropa y su dinero, también. Aparentemente, doña Elvira no se dio cuenta de la alfombra que faltaba en la habitación del señorito, si bien es cierto que tanto Clara como Jana se afanaron por descargar al ama de llaves de tareas nimias, encargándose ellas de limpiar y ordenar todas las habitaciones hasta que aquello se aclarase.

El señor Chacón estaba desesperado. La ausencia de su hijo pródigo, fuente de tantos dolores de cabeza, le causaba una incertidumbre, una ansiedad difícil de asimilar. El miedo tiene presencia física, sin duda. Para el señor Chacón era tangible, real, abrumador. Sentía que había pasado algo malo, irreversible. Maldito hijo descerebrado.

Pasaron tres días. Las indagaciones fueron intensas. Se interrogó a todo el pueblo. El apellido Chacón abría todas las puertas. Como la Guardia Civil tampoco era sorda a los comentarios del pueblo, cuestionó también a la familia del desaparecido sobre posibles líos de faldas del señorito, pero de sus respuestas no se sacó nada en claro.

Sin embargo, algunas voces de taberna, en el pueblo, apuntaron que habían visto juntos al señorito y a la criada, esa que era tan bonita, la de los ojos verdes. Y que la criada tenía un novio, hasta que se fue a trabajar a la Casa Azul. Y de ahí a trabajar a Santillana del Mar, vaya usted a saber por qué, con todo el servicio que había en esa casa. Y que el novio había estado en Ubiarco el día de la desaparición, y que se marchó rápido por donde vino, hacia Comillas, en el coche de línea del mediodía.

Insinuaciones.

Comentarios inocentes que alimentan teorías que formalmente no se formulan, pero que se sobreentienden.

La criada no podía haberle hecho nada al señorito: era tan menuda, tan poca cosa... y él medía casi metro noventa y pesaba unos cien kilos. ¿Podría una sardina comerse a una ballena? No, tenía que haber pasado algo malo, pero ¿qué? Se empezaba a dar por hecho que don Ignacio podría estar muerto; podría haber salido a dar un paseo, borracho, y caerse por el acantilado. Casi. Caliente. Pero los rastreos visuales de playa, rocas, acantilados y prados no dieron resultado alguno.

El señor Chacón también sintió que la muerte era la que había hecho desaparecer a su vástago más problemático. No pudo ser de su propia mano: eso, ni pensarlo. ¿Dónde estaría, entonces, su cuerpo? Alguien tenía que haberle hecho daño, pero ¿quién? Sus contactos con los nacionales y altos cargos gubernamentales de la zona le aseguraban que ningún grupo armado, en nombre de la justicia militar e histórica, había rondado la Casa Azul en busca de republicanos encubiertos. De ser así, le aseguraban que estarían al tanto y que el grupo habría despertado a toda la casa, sin duda. ¿Quién, entonces, les había inundado de inquietud y dolor? Necesitaba castigar a alguien, localizar un responsable de aquella incertidumbre insoportable.

Y ocurrió lo previsible. Siempre se necesita un culpable: alguien que caiga de rodillas y pida clemencia. Llamaron a Luis a declarar a Ubiarco.

Pasó tres días y tres noches interminables en los calabozos del pueblo, mientras esperaban que se rompiese y confesase. Le amenazaron con enviarle a la Prisión Provincial de Santander, a la espera de ser juzgado, con sentencia casi asegurada de garrote, o, con suerte, presidio indefinido en el penal del Dueso.

Las gestiones de Manuel, el primo guardia civil de Luis que vivía en Ubiarco, solo dieron fruto cuando el desesperado reo llevaba ya cinco semanas en la prisión de Santander, cuando ya había vivido la miseria de los reclusos —muchos políticos— y cuando ya se había paseado entre las galerías blancas y verdes del recinto, durmiendo en una celda en la que otros presos habían dejado escrito en la pared que «lo mejor y lo peor del ser humano es que se acostumbra a casi todo».

El primo Manuel, moviendo hilos con sus altos cargos militares, prometiendo favores, apelando al sentido común y ayudado por un abogado de Torrelavega, pudo demostrar con varios testigos que Luis había estado en la taberna de la tía Amparo hasta bien entrada aquella noche —bebiendo más de lo habitual, eso sí—; luego se había ido a su casa, donde le esperaban su madre y una tía para darle la cena, y se había presentado en el barco, como siempre, para la marea, a las cuatro y media de la mañana. A su regreso, entre las siete y media y las ocho de la mañana, se había desayunado en la taberna y con las mismas se había marchado directamente hasta Ubiarco en el primer coche de línea de la mañana: una media hora en autocar. Luis no tenía automóvil, por supuesto, no era más que un miserable pescador. Tampoco había coche de línea entre las ocho de la tarde y las nueve de la mañana. En realidad, solo había tres horarios: el mañanero, a las nueve, el del mediodía a la una y el de la noche, a las ocho. ¿Cómo iba a viajar a pie las casi tres horas de camino de ida, más otras tres de vuelta, hacerle lo que fuese al señorito y llegar a tiempo para salir a hacer la pesca de bajura? Y eso, teniendo en consideración que quisiese hacerle algo a don Ignacio, porque el joven marinero tenía relaciones con una tal Sara, una mozuca costurera del pueblo de Comillas.

¿Por qué, entonces, había ido el joven a Ubiarco precisamente aquel día? Él aseguró que para decirle a su antigua novia que se casaba; para despedirse de forma definitiva. Nadie pudo sonsacarle otra información, ningún matiz que contradijese su versión. Quizá, en consecuencia, su visita había resultado una catastrófica casualidad.

Pusieron a Luis en libertad. No hubo juicio alguno: la familia Chacón no llegó a formalizar los cargos, y la Guardia Civil no encontró indicios suficientes para retener al preso. Luis había tenido mucha, muchísima suerte: no era más que un pobre diablo, tal y como pensó el propio señor Chacón cuando pidió reunirse con él, y vislumbró en sus ojos la inocencia. Dicen que, al final, incluso el noble indiano colaboró para su pronta puesta en libertad.

Para Luis, la pesadilla duró unas seis semanas, pero en su ceja izquierda quedó dibujada una cicatriz ya imborrable, resultado de la ayuda prestada por la benemérita en su momento para que terminase de confesar, sin resultado.

Sin embargo, y a pesar de que era evidente su inocencia, el nombre de Luis quedó emborronado, sombreado por la duda, igual que se ensombreció su alma después de aquello, quedando para siempre tintada de grises indelebles. Jana se preguntó muchas veces, incrédula, si Luis habría ido hasta la Casa Azul, realmente, solo para anunciarle sus esponsales. Torturada por la culpa, intentó hablar con Luis, reconciliarse consigo misma dándole a él algo de paz, de calma, de recompensa. Pero él ya no quiso jugar más al amor con su duquesa de ojos verdes. Luis le pidió a su corazón que corriese más rápido que él mismo, sin mirar atrás, porque sabía que si la miraba, volvería a besar el suelo, desplomándose en sus brazos.

Se casaría con Sara, tal y como le dijo a Jana aquel día: era una buena chica, y lo quería. Ella le daba tranquilidad y refugio. Quizá el amor verdadero era eso, dar sincero reposo a los sentidos.

Vendrá la muerte y tendrá tus ojos.

Cesare Pavese (1908-1950)

Jana no había podido dormir en toda la noche. Había ocurrido otra vez. Habían vuelto sus desmayos y, con ellos, el horror. ¿Cuántas almas, cuántos cuerpos, había dejado por el camino? El primero había sido Ignacio Chacón. La había humillado, despreciado, ninguneado: se lo merecía, ¿verdad? Después, vinieron otros muchos que, al importunarla, dejaron de existir.

Sin embargo, cuando murió su segundo marido, el señor Múgica, Jana tuvo un soplo de lucidez, por fin, y comprendió que lo que la acompañaba ya no era la ambición, ni el pánico a la miseria, sino la pura maldad, que actuaba como un demonio manipulador, implacable e inflexible. Aquel soplo de lucidez no vino causado solo por la muerte de su segundo marido, sino, y sobre todo, por aquella verdad que le fue revelada una noche, por una confesión íntima que hizo que su alma se llenase de furia contra el mundo y contra sí misma. Sufrió una depresión durante varios meses, en los que analizó quién era ella, qué estaba haciendo con su tiempo y con su vida, y qué era ese ente maligno e implacable que siempre la acompañaba. Decidió alejarse de todo y de todos, de su familia, volcarse en su trabajo, inventarse a sí misma, a alguien nuevo con quien poder convivir sin sentimiento de culpa. Intentó paliar las cargas de su alma haciendo subastas y cenas de caridad, promoviendo el mecenazgo a los artistas locales, donando dinero e infraestructuras para asociaciones femeninas de autoempleo, colaborando en la subvención de creación de parques, de inauguración de fuentes, de ayudas al orfanato provincial. Una nueva Jana, viuda y solitaria, pero que no paraba de trabajar, de viajar, y que cuidaba de su hijita y la mandaba interna a los mejores colegios.

Pero ahora, tras la aparición del bebé en Villa Marina, el viejo demonio había regresado, para reclamar la acción que ella le había denegado tantos años y que ese dios de maldad entendía como un derecho propio, inherente a su mismo ser, indómito, superior a ella.

No debería haber hecho la llamada. Quizá todo habría ocurrido igualmente si no la hubiese hecho, pero la hizo. Fue un momento de desesperación, de pánico histérico. Lo que empezó a actuar desde entonces no era humano, no podía serlo. No pararía jamás, salvo que ella misma dejase de existir.

Se levantó y se molestó solo en ponerse una bata sobre el camisón: quería ver un último amanecer. Serían las siete y media de la mañana: todo era silencio. Depositó sobre la mesilla de noche una cuartilla con un breve mensaje, que había escrito la noche anterior. Cogió aquello que necesitaba de la caja fuerte y, caminando muy despacio, salió de su cuarto y bajó las escaleras trabajosamente. Le resultó casi placentero hacerlo sola, sin su asistenta, como una niña traviesa, y pensó que su primera infancia, en la que todavía estaban su madre y su hermano pequeño, había sido la única patria que jamás le había traicionado, a la que siempre había podido regresar sin velos de tristeza. Aquel era su propio refugio, su puerto escondido.

Descalza, abrió la puerta principal de la Casa del Duque y se dirigió hacia la salida. El cielo estaba despejado: iba a cuajarse, sin duda, un día espléndido. La hierba húmeda bajo sus pies la hizo sentirse completamente viva y despierta, quizá mucho más intensamente que en todos los últimos meses. Caminó, decidida y tranquila, hacia el portón de hierro de la entrada, que cerró a su paso, sin mirar atrás ni un segundo. Atravesó el estrecho pavimento de asfalto y entró en el parque del monumento al marqués de Comillas. Dejó atrás el camino principal, arenoso y lleno de pinochas desperdigadas. Avanzó un poco más y se sentó, por fin, en un banco de madera que miraba hacia el cementerio de Comillas, teniendo a su derecha, muy cerca, una robusta y gruesa cruz de piedra que se asentaba sobre un sencillo pedestal, y dejando, más lejos y sin prestarle la mínima atención, el monumento vertical al marqués de la villa.

Se deleitó con las vistas: el prado a sus pies, el mar de frente, infinito, vivo, atemporal. Allí abajo, custodiado por el ángel impresionante que coronaba el cementerio, estaba enterrado Luis. Su Luis. Quizá lo tuviese idealizado, pero era solo su recuerdo el que le daba calidez a su existencia, a la posibilidad de haber sido otra cosa que no fue, quizá por decisión propia, quizá por el diablo que siempre la acompañaba. Desde aquel día en Ubiarco, en que se despidieron ella y Luis, apenas se habían visto media docena de veces, y eso que ella terminó viviendo en su misma localidad. Al mirarle en aquellas inusuales ocasiones, nunca supo si él había logrado ser feliz, pero al menos sí le pareció un hombre tranquilo, de conciencia serena. No era poco. Había muerto hacía casi diez años, y el día que Jana lo supo se sintió como si fuese la viuda más triste de todas, sin consuelo, sin abrazo, sin posibilidad de mostrar el verdadero motivo de su cólera contra el mundo y la muerte.

Desde entonces, en muchas ocasiones lo visitaba en secreto desde aquel banco, sin levantar sospechas, sin alimentar habladurías, sin bajar al cementerio. Ansiaba reunirse con él, escapar del diablo, contra el que sabía que nada podía hacer. Sacó de su bolsillo la pastilla de cianuro. La tenía desde hacía tantos, tantísimos años. Esperaba que funcionase. En otros tiempos había tenido un arsenal de venenos, de armas y de documentación confidencial bajo su poder, cuando había colaborado como cazanazis tras la segunda guerra mundial. No había tenido una mala vida: solo una vida solitaria. De su época más aventurera, localizando alemanes en los lugares más recónditos de Sudamérica, había guardado viejas costumbres: nunca se sentaba de espaldas a las puertas, y siempre solicitaba, en los hoteles, alojarse en una primera planta, por si le resultase preciso escapar. Cuántas manías se llevaba consigo, como una vieja loca y aburrida del mundo, que seguiría girando sin ella, olvidándola al instante.

Pensó en su hija. ¿Le gustaría la carta que le había escrito? Esperaba que, al menos, la ayudase a seguir con su camino. Había dejado, además, aquella breve cuartilla manuscrita sobre su mesilla de noche, con el único objetivo de mostrar su voluntad de morir; la sola idea de que su cuerpo fuese acuchillado en una sala de autopsias la horrorizaba. Ella solo quería descansar y que el diablo se durmiese con ella para siempre.

Visualizó a Oliver. No había podido evitar desmayarse al verlo. ¿Se puede negar la evidencia?

Volvió a mirar al ángel pétreo: sus rasgos, a aquella distancia, no le resultaban completamente definidos, aunque los conocía de memoria. Los turistas, ignorantes aprendices de panfletos, le llamaban el Ángel Guardián, como si fuese un ente protector de las almas que yacían bajo sus pies y su cuerpo alado. Pero ella sabía que aquel ángel era el otro, el llamado Ángel Exterminador, el que venía del abismo para ajusticiar a los que habían caminado por las sendas erróneas, reclutándolos para su propio reino. Ella, que realmente sentía que nunca había hecho el mal deliberadamente, por un segundo dudó cuál de los dos ángeles iría a recogerla, si el protector o el justiciero, que encarnaba al diablo. Sonrió, mascando la peor de las respuestas y alejando un instante de pánico de su estómago. Murmuró, a modo de extraña y última plegaria, lo que había leído en el último libro del Nuevo Testamento, el que unos llamaban de las Revelaciones y otros, más trágicos, del Apocalipsis:

«El quinto ángel sonó la trompeta, y vi una estrella que caía del cielo sobre la tierra y le fue dada la llave del pozo del abismo. Por rey tienen sobre sí un ángel del abismo, cuyo nombre es en hebreo Abaddon».

No perdió más tiempo. El reinado de Abaddon sobre su vida debía extinguirse y morir con ella, porque sabía que el diablo estaba ligado a su carne, a su mente, a su alma. Desde niña, quien la había acompañado no había sido otro que aquel terrorífico ángel del abismo. Sabía que la muerte sería, prácticamente, instantánea. Tomó la pastilla de cianuro y sonrió. Estaba lista. El ángel del cementerio giró el rostro y la miró. Blandió sus alas pétreas en el aire y fue a recogerla. La imagen era tan impresionante como aterradora. ¿Era real lo que veía Jana? ¿O no se trataba más que de un último delirio? Le llegó la fragancia del hinojo, aquel que crecía en las faldas de la montaña de Masera de Castío, y se sintió regresar a casa, por fin, después de tanto tiempo. Cuando el ángel la envolvió por completo con sus enormes alas, ella no supo si el que venía a buscarla era el guardián protector o Abaddon, desde el abismo. Pero algo, un nuevo aroma, tangible y desconocido, invadió su cuerpo, la abrazó y le dio calma, y dejó de pensar, de sentir miedo, a pesar de que todo, de pronto, se volvió silencio y oscuridad.

> La noche engendra su propia clase de expectación.
>
> Jacqueline Carey (1964)

Prometía ser un atardecer espectacular sobre la costa. Oliver no estaba en Villa Marina, sino paseando por el camino que desde su gran casona le llevaba hasta el faro de Suances, que estaba en la punta de aquella pequeña península de tierra, al lado de las antiguas defensas costeras de El Torco. Investigando la noche anterior en la biblioteca, esperando encontrar rastros de su pasado, sin querer había descubierto que allí, en el faro, habían fusilado a muchos en la guerra civil, para luego empujarlos por el acantilado. Aquello suscitó su curiosidad: ¿hasta dónde podía llegar el embrutecimiento humano? Sabiendo que el paseo le llevaría apenas cinco minutos, caminó despacio, decidido a escapar del barullo que había en su propia cabaña, protagonizado por el SECRIM de la Guardia Civil, que aún procesaba la zona, tomando fotografías, grabando en vídeo, empolvando su porche con brochas de pelo suave, buscando lograr alzados de huellas que permitiesen identificar a quien había pretendido asustarle cubriendo de gasolina su refugio. Tuvo claro que, si el agresor no había llegado a prender una cerilla, era solo porque aquello no se trataba de un intento de homicidio, sino de una advertencia.

Al menos, llegada la media tarde, los periodistas habían dejado de atosigarlo. Se preguntó cómo se habrían enterado tan rápido de lo que había pasado en Villa Marina y cómo es que habían tardado al menos cuatro horas más en enterarse del suicidio de la señora Ongayo, que había sido al alba. Aquella tarde, tras recibir uno de los periodistas una llamada informándole de la trágica decisión de la legendaria Jana Ongayo, todos los reporteros se habían diluido a una velocidad asombrosa, apenas haciendo un gesto de cabeza para despedirse, y entrando con resolución en sus vehículos para conducir hasta Comillas. Oliver supuso que las portadas de los periódicos locales, huérfanos de noticias en época estival, al día siguiente hablarían de la maldición del Ángel de Villa Marina y de la despedida majestuosa de la dama de los bocartes, aquella mujer que se había hecho a sí misma y que asistía a los necesitados en decenas de galas benéficas. Pobre señora Ongayo: a él le había caído bien. Quizá fuese una asesina, pero Oliver, de momento, había decidido darle el beneficio de la duda. La teniente Redondo aún no había ido por allí. Le había devuelto su llamada telefónica de primera hora a los pocos minutos, informándole del trágico suceso en Comillas y de la necesidad de su asistencia personal al lugar de los hechos en calidad de teniente de la Policía Judicial. En su lugar, Valentina había enviado a Villa Marina al cabo Camargo para supervisar la investigación en la cabaña.

Oliver continuó su paseo hacia el faro dejando atrás el hotel del Castillo de Suances, que, precisamente con forma de castillo, se asentaba sobre el acantilado que precedía a la playa de los Locos. Caminó al borde del precipicio, sobre el paseo empedrado solo separado del abismo por una valla tosca y sencilla de madera, y observó desde lo alto las decenas de tablas de surf que jugaban con las olas, mientras otras, en fila y ordenadas sobre la arena, seguían con sus dueños las instrucciones de los profesores locales de deportes náuticos. Oliver miró al frente: el mar era tan poderoso, tan fuerte, tan inmenso. A su izquierda, un impresionante trozo alargado de tierra y piedra, en forma de acantilado vertical, abrazaba el mar logrando formar casi la mitad de una bahía, aunque moría y terminaba dejándose embestir por el agua salada en el lugar que llamaban Punta Ballota. Oliver se sentó en un banco de madera para contemplar relajadamente el majestuoso paisaje. A su espalda, una espectacular estatua modernista, con una estética entre robótica y *davincesca*, representaba a un hombre que, con los ojos cerrados y con los brazos alzados en forma de cruz y ligeramente inclinados hacia atrás, se dejaba azotar, suave y con placer, por el aire del mar, por el sol del cielo y por todo lo que aquel lugar mágico pudiese darle con el color de la brisa. Un hombre que dejaba el alma entregada a un instante.

Bajo la estatua, un pedestal de piedra tenía una inscripción cuyo título sugerente era el de Alma de Costa:

> Mar, aire y tierra encontrados
> quieren unirse, imparables.
> Cada ola, mil abrazos,
> racha intensa, novia amable.

A Oliver le hubiese gustado tener un alma libre como aquella. Le hubiese complacido, solo por unos minutos, sentirse como cuando jugaba a ser pirata con su hermano Guillermo, en aquel puerto escondido del que no recordaba el nombre, y donde no existía más certeza que la pura y despreocupada diversión, girando en un mundo comprensible, cercano, amable y protector. Pero su puerto escondido no era más que un recuerdo, una referencia geográfica y temporal de felicidad, porque hacía mucho tiempo que él estaba constantemente alerta, y sus reflejos, y su ira, no admitían descanso. ¿Por qué había tenido que morir su madre de una forma tan absurda? ¿Dónde demonios estaba Guillermo? Sería, sin duda, un desequilibrado, pero era su hermano y le necesitaba. Necesitaba, al menos, no sufrir la incertidumbre de la ignorancia, de no saber dónde y cómo se encontraba. Quería un orden normal de las cosas, un mundo lógico y agradable. ¿Por qué había ocurrido aquello con Anna? ¿Qué sentido tenía? ¿Y por qué demonios había tenido que aparecer aquel bebé diminuto en Villa Marina? Y aquellos dos hombres muertos... y ahora la señora Ongayo, por su propia mano: ¿de qué o de quién huiría ella?

Recordó, reviviéndolo, el momento en que había encontrado la nota clavada en su porche aquella mañana. ¿Conocía él, quizá, a quien le había dejado aquella amenaza directa en su propia casa? Pensó que había miedos viscerales para los que resultaba imposible prepararse, y le había parecido muy inquietante esa invasión de su intimidad, esa cercanía inesperada a la vulnerabilidad, cuando ya creía que nada peor podría pasarle. Todavía percibía aquel olor a combustible que le había llegado al amanecer, como en un susurro etéreo, progresivo, para terminar incrustándose en todos sus sentidos. Primero, la certeza del error: no podía provenir de allí fuera, de su jardín, de su entorno inmediato. Después, la duda: quizá sí... quizá ese familiar aroma de gasolinera viniese de fuera, del jardín. De *su* jardín. Su mente lo cuestionó, pero su mano derecha se posó, decidida, en el pomo de la puerta. La primera impresión fue extraña: todo estaba en su sitio, pero nada estaba como debiera. El olor fue ya inconfundible: gasolina. La luz de la mañana hizo que sus pupilas se contrajesen y que, concentradas, percibiesen el tono más oscuro de la madera. Pero ¿qué coño...? Lo primero que le vino a la mente fueron unos gamberros, uno de esos grupos de adolescentes borrachos que terminan en la playa tras una juerga, y a los que se les ocurre hacer toda clase de idioteces, y más aún en una casa que aparenta estar prácticamente abandonada. Pero el pálpito acelerado de su corazón no tardó en desacreditar las explicaciones amables que masticaba su cabeza: no le habían hecho pintadas, ni dejado botellas, ni orines etílicos, sino solo gasolina. No era ninguna broma. ¿Y... qué era aquello? Se aproximó, despacio y alerta, a una de las columnas del porche: una nota en un reluciente papel blanco, apenas arrugado, colgaba bailando al capricho de la brisa. Un cuchillo de hoja de plástico, tan pequeño que parecía casi una modesta navaja, le hacía de sostén de metal. Al principio, casi le hizo hasta gracia: le recordó a los cómics de vaqueros que leía de pequeño, en que se clavaban en los árboles notas con burdos retratos de asaltadores de caminos, por los que se ofrecía recompensa. Pero al segundo se difuminó el asomo de esa sonrisa y recuerdo infantil. Su cabaña llena de gasolina. Una nota clavada en su porche. ¿Qué demonios ponía? No era fácilmente legible al primer vistazo: el cuchillo se hundía justo en medio del trozo de papel. Se aproximó, concentrando la mirada y leyendo su mensaje. El contenido de la nota no le pareció especialmente espeluznante. Si había sido el asesino el que le había dejado el regalito, no se había molestado en parecer determinantemente aterrador. Una duda hizo que sus nervios, juguetones, le subiesen desde el estómago hasta la garganta: ¿y si el asesino, o quienquiera que fuese el que pretendía asustarle, aún estuviese allí? Con decisión, se alejó de la vivienda, la inspeccionó desde la distancia: no parecía que hubiese desperfectos visibles, salvo la cantidad de gasolina derramada por el porche y parte del lateral de su refugio; dio la vuelta a todo el inmueble: una vez, dos. Subió hasta Villa Marina y no observó ninguna anomalía; los obreros no tardarían en llegar. Decidió regresar a la cabaña y llamar a Valentina Redondo a la Comandancia: era mejor que no tocase nada hasta que ella viniese. Mientras caminaba, dentro de sí mismo bregaba con cierta sensación de miedo, de intranquilidad, de inesperada flaqueza, y con la furia, el enfado violento por la dentera que le provocaba la amenaza explícita, la invasión de su espacio íntimo. ¿De qué coño de material estaban hechas las personas? Quizá solo en épocas radicales, de guerras, de hambre y de sufrimiento extremo, podía conocerse la verdadera esencia de los hombres. El faro, que estaba solo a unos metros de donde él descansaba, guardaba ante sus muros el recuerdo de las mayores atrocidades durante la guerra. ¿Sería posible disimular la maldad? ¿Qué clase de infierno se escondía encadenado a hombres y mujeres de aparente mirada serena y tranquila?

—Un lugar espectacular. ¿Puedo sentarme?

Oliver, sustraído de su recuerdo, volvió el rostro. Valentina Redondo le miró y le mostró una sonrisa cansada.

—Claro, por supuesto, siéntese.

—He llegado a su casa y el cabo Camargo me dijo que había venido hacia aquí, y no he podido resistir acercarme dando un paseo para despejar la cabeza y estirar las piernas... ha sido un día largo, señor Gordon.

—No lo dudo —contestó, comprensivo—, pero por favor, deje de llamarme señor Gordon. Me hace sentir un anciano. Concédame el tuteo, por favor. Yo también he tenido un día largo.

Valentina asintió con una suave sonrisa.

—Siento lo que ha ocurrido en tu casa esta mañana, Oliver.

—Y yo. Pero siento mucho más lo que le ha pasado a la señora Ongayo. ¿Realmente ha sido un suicidio?

—Sí, eso parece. Dejó una nota muy breve de despedida, sin destinatario aparente. —Valentina cerró los ojos acusando el cansancio y recordando, casi literalmente, el contenido del mensaje, que incluso había sido rubricado: «Necesito descansar, por fin. Que ni mi hija ni nadie tenga que abrir ni coser mi piel, que se volverá pálida por mi propia mano. Mi última voluntad es que se respete mi cuerpo tranquilo, dormido y reposado. Jana Ongayo»—. Al menos, fue una muerte rápida —dijo Valentina, abriendo suave y progresivamente los ojos, que posaron su mirada en el horizonte marino.

—Pero ¿cómo...? —se atrevió a preguntar.

—Muy posiblemente con una cápsula de cianuro —respondió Valentina directamente—. Tenía varias pastillas más en su caja fuerte. Su propia hija, que es médico forense, cuando llegó a Comillas identificó los signos de envenenamiento del cadáver. Parece todo bastante evidente, de modo que, con conformidad del juez de guardia, su hija ha decidido respetar su voluntad y no hacer la autopsia.

—¿Su hija es forense? Entonces, puede ser que incluso... quiero decir, ¿la conocías de antes?

—Sí —se limitó a asentir Valentina, sin añadir más detalles. Había sido muy duro ver a Clara Múgica ante el cadáver de su madre, destrozada, llorando y cuestionándose su responsabilidad sobre su suicidio. Dolida, quizá, porque en la nota de despedida, casi ridícula tras una vida tan intensa, ni siquiera había una alusión personal o cariñosa hacia ella, a su hija, su única herencia de carne en la Tierra. Era curioso: apenas iba a verla pero, al parecer, la quería sinceramente. Quizá habían dado demasiado margen de maniobra a sus desencuentros, olvidando lo esencial y el correr imparable del tiempo. A Valentina no le quedó más remedio que aprovechar las circunstancias para hacerle un interrogatorio exhaustivo a Clara, que le desveló algo que podría haber sido evidente desde el principio: le habían puesto su nombre, precisamente, en honor a su tía, Clara Fernández. Al parecer, su madre y su tía eran uña y carne, pero al poco de nacer ella, esta falleció. Su madre nunca le había dado explicaciones, solo que había muerto, y cuando le preguntaba se mostraba irascible y a la defensiva, respondiendo ambigüedades sin contenido. Ni siquiera sabía dónde estaba enterrada. A Valentina le parció que su amiga forense le había dicho la verdad, al menos de lo que sabía respecto al asunto, y tras darle un abrazo sincero, dejó que su marido Lucas la arropase para destilar su dolor. Registraron toda la vivienda y contaron con la colaboración y autorización de Múgica para todo lo que fuese necesario, de forma que se evitaron para el futuro inmediato las órdenes de registro judiciales y el resto de parafernalia legal: a pesar de ello, nada, ningún dato de interés, ninguna pista sobre los asesinatos, sino solo aquella escueta nota de despedida, cuya caligrafía no dejaba lugar a dudas sobre su autora. Cuando Valentina dejó Comillas, tras hablar por teléfono con un cada vez más estupefacto juez Talavera, Riveiro aún se quedó interrogando a todo el servicio de la gran mansión. ¿Habría sido Jana Ongayo una asesina o solo una anciana venerable? ¿Qué verdad se escondería tras aquellos enormes y desgastados ojos verdes?

Oliver, viendo a Valentina pensativa y sin ganas de hablar del asunto, retomó el suyo propio:

—¿Crees que quien haya echado la gasolina en mi cabaña habrá sido la misma persona que mató a esos dos hombres?

—No lo sé. Debe saber... quiero decir, debes saber que incluso algún compañero ha insinuado que tú mismo podrías haber vertido la gasolina y haber clavado la nota intimidatoria, para despistar —declaró Valentina, con tono desencantado.

—¿Yo? ¿Estás de broma? —exclamó Oliver, atónito—. ¿Sabes cuánto me costará limpiar eso? Menos mal que tengo las dos casas aseguradas... no puede ser, lo que me faltaba: ¿ahora resulta que soy sospechoso? —preguntó, enfadado.

—No he dicho eso, pero no descartamos ninguna posibilidad. Tienes coartada para el asesinato de David Viesgo y para el intento de homicidio de Juan Ramón Ballesta, pero no para el asesinato de Pedro Salas. Y toda esta sucesión de crímenes ha tenido lugar desde que tú llegaste a Suances, Oliver.

—No es exacto. Más bien desde que apareció el cadáver de ese bebé en Villa Marina y salió la noticia en toda la prensa local —replicó, molesto—. Además, sería el asesino más enrollado de la historia, porque te recuerdo que os ayudé a localizar el vínculo de Tlaloc.

—Lo sé. No he dicho que yo crea que eres sospechoso, solo he dicho que no descartamos ninguna posibilidad.

—Que viene a ser lo mismo.

—En absoluto. No creo que seas un psicópata, y estoy convencida de que quien ha cometido los crímenes sí lo es. La frialdad y premeditación en la ejecución de los asesinatos, la elección de las víctimas, como si fuese eliminando fichas de un tablero, como obedeciendo a una macabra necesidad, la falta de escrúpulos y la limpieza, por ejemplo, en el asesinato de David Viesgo: el asesino tuvo que estar presente mientras este bebía una infusión, confiado, sabiendo que el líquido le produciría una muerte horrible en unos minutos.

—¿Lo mató con una infusión? —preguntó, atónito, Oliver—. Me dijiste que había sido envenenado, pero vamos, con una infusión me parece surrealista.

—Ya te dije una vez que la realidad superaba lo más bárbaro que pudiésemos imaginar en muchas, muchísimas ocasiones, y más en este trabajo.

—De acuerdo, y ¿cómo sabes que no soy yo el loco? Podría ocultarme tras una máscara de cordura, ser un inteligente actor que escondiese información, sentimientos y estrategias tras un velo de normalidad.

—Podrías serlo, en efecto, pero, para empezar, yo no he hablado de un loco, sino de un psicópata, que es diferente. Y para continuar, ya te he dicho que, al menos, tienes coartada para uno de los asesinatos y para el intento de homicidio. Podrías tener un cómplice, pero de momento me guío por mi intuición, por tus coartadas y por la falta aparente de móvil por tu parte para los homicidios. Sin embargo, y por supuesto, hasta que no termine la investigación has de saber que observamos tus pasos detenidamente.

—Por mí como si me queréis poner vigilancia continuada, porque me haríais un favor, y así evitaba a pirados echando botes de gasolina en mi casa por la noche y clavando notitas de amor.

—«Vete a tu casa, inglés» no suena muy cariñoso —sonrió Valentina.

—Ha sido el primer paso. Dentro de nada me pedirá para salir —bromeó Oliver, riéndose. Tras unos segundos, se puso serio y miró a Valentina a los ojos, que con la luz de la puesta de sol parecían haber uniformado un poco su color—. ¿Habéis encontrado algo?

—Me temo que no, de momento —contestó Valentina, también seria, desviando la mirada hacia el mar—. Salvo que, por las huellas, creemos que entró por la puerta de abajo, la que da acceso a la playa: deberías cerrarla siempre con llave. Tanto el cuchillo como la nota, e incluso el tipo de gasolina serán estudiados por el SECRIM. Unos compañeros están revisando los contenedores de basura de toda la zona para comprobar si arrojó en alguno los bidones de gasolina. ¿Tú no escuchaste nada?

—Nada en absoluto. Me dormí como un tronco a eso de las doce, y a las siete y media de la mañana, cuando estaba preparando el café, noté el olor fuerte de la gasolina, y eso que tenía las ventanas cerradas. Abrí la puerta y me encontré todo empapado de esa porquería y la nota manuscrita clavada en el porche.

—Ya veo. Te dije que tuvieses cuidado. Insisto: deberías cerrar siempre con llave los accesos exteriores a la finca. Quizá sería conveniente poner una alarma.

—No. Me niego a vivir con miedo. Si ese loco vuelve estaré alerta.

—¿Por qué crees que es un hombre?

—¿Cómo dices?

—Has dicho «ese loco». Podría ser una loca, una mujer... además, ya te dije que no creo que se trate de una persona desequilibrada, sino de un psicópata.

—¿Y no es lo mismo?

—No. En absoluto. Los psicópatas son personas prácticamente normales, distinguen el bien del mal, pero son mucho más fríos, temerarios, calmados y serenos que una persona corriente.

—Vaya, y eso quién lo dice, ¿Freud? Porque alguien así puede ser un loco perfectamente, ¿o no?

—No. Estudios realizados mediante tomografías cerebrales han demostrado que el lóbulo frontal de los psicópatas es menos activo que el del resto de los mortales. En ese lóbulo se registran las inhibiciones y represiones que a todos, en general, nos impiden matar y cometer actos violentos.

—Perfecto, así que si yo tuviese un lóbulo frontal poco activo, ¿ya tendría una excusa científica para matar, por ejemplo, a Pedro Salas?

—Por supuesto que no —replicó Valentina, tranquila ante la provocación—. No cabe la posibilidad de excusa en ningún caso, pero sí de explicación científica. Los psicópatas tienen la materia gris más reducida en el córtex anterior prefrontal del cerebro, y la amígdala, que es esa pequeña estructura del tamaño de un cacahuete que se sitúa también en el cerebro, resulta clave para verificar si alguien sufre o no un diagnóstico de psicopatía. Para que me entiendas, la amígdala es la torre de control emocional del cerebro, como si fuese el centro de un tablero de circuitos, responsable de nuestro espacio emocional, de nuestra manera de sentir... en los psicópatas hay una parte de ese espacio que está vacía.

—¿Y qué parte es? —preguntó Oliver, que ahora estaba sinceramente interesado.

—La del miedo.

—Uauh. Pues yo te prometo que empiezo a tener algo de miedo. ¿No tenéis un test o algo así los psicólogos para ver quién es así y quién no?

Valentina se rio.

—Claro. Pero no es tan fácil. Es un test, como dices tú, largo y complicado, de casi trescientas pruebas y preguntas. También pueden estudiarse las ondas cerebrales de un individuo. Para que me entiendas y hablando coloquialmente, las personas «normales» tenemos ondas theta en el cerebro cuando estamos a punto de dormir, meditativos o tranquilos; estas ondas, curiosamente, son las que tienen los psicópatas en situaciones de gran alerta o excitación, mantienen la calma total, cuando cualquier otro ser humano tendría ante una situación de peligro ondas beta fluctuando por el cerebro, que son la de una alerta en grado máximo.

—Es decir, que incluso aunque esté en medio de un atraco, un psicópata se queda tan pancho y se pide unas palomitas para disfrutar del espectáculo.

—Un poco exagerado, pero si te ayuda a entenderlo, sí, es algo así. De hecho, los psicópatas de grado medio en muy rara ocasión caen en cuadros de ansiedad o de depresión, y son anímicamente estables. Pero que físicamente tu cerebro establezca la posibilidad de que seas un psicópata no quiere decir que vayas a serlo; depende de tu genética, de tu entorno familiar, de tu educación, e incluso de tu inteligencia. Y creo que también de la oportunidad, de que surja la ocasión para actuar.

—Ahora tengo más miedo todavía.

Valentina volvió a reír.

—Los psicópatas no tienen por qué ser violentos. Pueden ser intrépidos, confiados, carismáticos, despiadados, pero no violentos. Pueden ser, incluso, encantadores, agudos, bromistas... escondiendo un poso de frialdad e insensibilidad asombroso. ¿Sabías que Kennedy o Bill Clinton, por ejemplo, tenían perfiles de psicopatía evidentes? ¿O que se buscan específicamente perfiles de psicopatía elevada para puestos de fuerzas especiales, tipo desactivadores de bombas? Es importante tener a alguien frío y práctico en trabajos así, ¿no te parece?

Oliver miró a Valentina, asombrado.

—Así que, si descartamos al simpático y agradable Oliver Gordon de la lista de sospechosos —dijo sonriendo y enarcando las cejas, obligando a Valentina a mirarle—, tenemos un o una psicópata frío, calculador y cabronazo que va matando ancianos por la ciudad y echando gasolina en las casas. Qué tranquilidad. Vale, ¿y cómo se supone que sobreviven los psicópatas asesinos sin que nadie los descubra? ¿No tienes una estadística o un estudio para eso?

Valentina pareció reflexionar, como si estuviese haciendo memoria de algo que hubiese estudiado hace tiempo:

—Pues, según lo que a mí me han transmitido, los psicópatas no tienen la misma necesidad de relaciones íntimas que los demás, y sobreviven, como tú dices, moviéndose sin parar. Suelen mudarse con relativa frecuencia.

—¿Moviéndose sin parar? No suena muy cómodo

—replicó Oliver—, claro que si es listo de verdad no tendría que moverse: le bastaría con buscar un refugio seguro.

—Un refugio seguro... —repitió Valentina, masticando las palabras, deletreándolas y hallando en ese momento una vía en su cabeza que antes no se le había ocurrido explorar—, es un punto de vista muy interesante, Oliver.

—Pues te prometo que no soy un psicópata ni un asesino y ya ves, sin esforzarme, ahí tienes las colaboraciones desinteresadas del inglés para la investigación —dijo Oliver, guiñándole un ojo.

Valentina volvió a sonreír.

—Es estupendo que te muestres tan colaborador, porque tengo algunas preguntas que hacerte.

—¿A mí?

—Sí. Sobre tus antecedentes personales, familiares y profesionales. Lo siento pero necesitamos conectar todos los hilos en este caso. Toda la información es importante.

Oliver pareció reflexionar, mirando al horizonte, donde hacía ya un rato que había empezado a ocultarse el sol, logrando un marco impresionante y acogedor, amenizado por el ambiente de las personas que estaban en la playa y en el paseo.

—Me temo que eso no va a ser posible.

—¿Cómo? ¿Por qué?

—Porque me muero de hambre y antes de contestar ninguna pregunta necesito, por lo menos, un sándwich en condiciones —replicó, sonriendo—. Así que si vienes conmigo a cenar te contaré una historia tan larga y tan aburrida que desearás que el psicópata te llame por teléfono para irte a cenar con él en vez de conmigo.

—Me temo que no tengo tiempo para cenas, y menos con una persona implicada en un caso abierto y en plena investigación —replicó, firme pero afable, Valentina—. Además, aún he de pasar por el cuartel de Suances a recoger documentación para preparar informes sobre todo lo que ha ocurrido hoy.

—Por supuesto. Pero algo tendrás que comer. No te

preocupes, no será una cita, sino un interrogatorio en condiciones mientras comemos algo caliente. Prometo no invitarte a salir hasta que tengáis al psicópata con las ondas cerebrales esas controladas —dijo, con una sonrisa, al tiempo que se levantaba y Valentina le devolvía una mirada escéptica—. Si te parece bien, y hablando en serio, hay una cafetería un poco antes de llegar al cuartel, arriba, en el pueblo. Podemos tomar algo rápido ahí mientras me haces las preguntas. ¿Conforme?

Valentina sonrió. La verdad es que no había probado bocado en todo el día. Oliver parecía ser un maldito encantador de serpientes, pero ella estaba completamente decidida a sacarle toda la información posible: mejor voluntariamente que no citándole formalmente en la Comandancia.

—De acuerdo. Vamos. ¿Cómo se llama el sitio?

—El Torto. Es una especie de panadería con cafetería, enfrente del Lupa —dijo Oliver, haciendo referencia a un supermercado—, cerca del ayuntamiento. De hecho, para ir al cuartel necesariamente tendrías que pasar por delante.

—Sí, sé cuál es. Vamos.

Veinte minutos más tarde, Oliver y Valentina se encontraron en el Torto, que a aquellas horas estaba medianamente tranquilo. Cada uno había subido al pueblo en su propio coche, y, aunque aquello se planteaba casi como una reunión de trabajo, el entorno no podía ser más inusualmente agradable. La estética del lugar era heterogénea: tipo industrial, tipo inglés, tipo *art déco*, todo entremezclado y con un gran ventanal hacia la calle. Cada mesa con sillas diferentes; los suelos, con cerámicas y texturas distintas a cada par de metros, igual que las paredes. De fondo sonaba muy suave la radio, y Mike & the Mechanics entonaban el evocador *Over my Shoulder.* Tanto Oliver como Valentina pidieron porciones de pizza y unos sándwiches calientes, y, después de que la teniente cuadrase el servilletero en ángulo recto con la mesa, comenzó sin dilaciones el interrogatorio:

—¿En qué trabajabas en Londres? —preguntó directamente Valentina, con una libreta y un bolígrafo Pilot en la mano.

—Profesor. Daba clases de español en la University College, que es donde estudié la carrera, precisamente.

—¿Y dejaste ese trabajo para venir aquí a montar un negocio de la nada? ¿Era un contrato temporal?

—No, no era un contrato temporal, sino fijo, pero varias circunstancias me llevaron a tomar la decisión de marcharme. Personalmente necesitaba un cambio. Mi madre había fallecido hacía más de un año, mi hermano estaba, y está, desaparecido, y mi padre, recién jubilado, se pasaba la mayor parte del tiempo en Escocia con su familia. Nada me ataba a Londres.

—Tampoco a Cantabria. Hubiese sido más lógico, quizá, marcharse a Escocia, donde sí tenías familia. Dudo mucho, además, que no tuvieses ningún tipo de arraigo en Londres, en cuanto a amigos, pareja, colegas de trabajo...

Oliver sonrió:

—A veces es mejor buscar solo el camino propio, para poder estar bien de verdad y compartir el tiempo con los amigos. De hecho, en menos de un par de semanas, en principio, va a venir parte de mi pandilla a Suances.

—¿Ah sí? ¿Y saben lo que ha pasado aquí?

—Todavía no. En realidad, adelanté el viaje no solo para supervisar las obras de Villa Marina, algo que por lo que he visto, aun sin cadáver de por medio hacía bastante falta, sino para acondicionar bien la cabaña para estas vacaciones con mis amigos.

—¿Y ese es el único motivo por el que adelantaste el viaje?

—Sí. Me era indiferente la fecha, porque ya había empezado mis vacaciones de la universidad hacía un par de semanas. El único inconveniente que tuve fue el de tener que aterrizar en Bilbao y no en Santander, pero era solo una hora más en coche.

—Así que, según tú, has arriesgado, sin más, un trabajo estable para venir a la aventura y montar un negocio de hostelería con intercambios culturales y cursos de idiomas, tal y como he leído en el informe que me pasó el sargento Riveiro de vuestra primera entrevista.

—No he arriesgado tanto. He solicitado una excedencia. Si el negocio va mal, dejaré la casa para el verano y para uso privado. Puede que incluso la venda. Y si va bien, quizá me establezca aquí. O quizá vuelva a Londres y deje a alguien a cargo del negocio. Iré haciendo balance de cómo me van las cosas.

—Sigue siendo una operación arriesgada y que requiere un buen despliegue económico.

—Tenía dinero ahorrado, y la casa la he heredado, junto con una buena suma de libras. Ni siquiera he tenido que pedir un préstamo —replicó Oliver, que, ante la mirada desconfiada de Valentina, continuó—. Si lo deseas, puedo entregarte, sin requerimiento judicial ni formalidad alguna, extracto de mis cuentas, justificante de la excedencia laboral, contactos de mis amigos, lo que necesites. Ya os entregué la documentación de Villa Marina sin problemas, ¿no es cierto?

—Sí —asintió Valentina—, es cierto. Pero hay dos puntos que me extrañan profundamente en tu historia. El primero es con relación a tu hermano: su desaparición, según lo que le has dicho a mi compañero Riveiro, parece obedecer a un *shock* postraumático de la guerra de Irak. ¿Es así?

—Eso creemos. Hasta que fue a esa maldita guerra era bastante normal. Cuando volvió, apenas hablaba y se sentaba todo el rato delante del ordenador o a ver la televisión.

—¿Y no tienes la menor idea de dónde podría estar ahora?

—No, sinceramente. Hemos buscado por toda Inglaterra y Escocia, creo que incluso por media España. Sus cuentas bancarias están intactas, sin movimientos. Hemos consultado en muchas ONG, en comunas espirituales de todo tipo, también a sus antiguas novias, amigos, colegas del ejército, a todo el mundo. Pero Guillermo buscaba su realización espiritual, purgar las atrocidades que él decía que tuvo que hacer en Irak. A mí nunca me quiso explicar qué había pasado allí. Tengo la esperanza de que, como otras veces, aparezca sin más y pueda abrazarle después de darle una buena paliza. Mis padres lo pasaron terriblemente mal con su desaparición... claro que mi madre ya no lo volverá a ver. Y mi padre todavía está como ausente, como ido, esperando a que vuelva. Solo espero que no haya entrado en una secta.

—Comprendo —asintió Valentina. Su tono era profesional, neutro, aunque teñido de una suave empatía—. Hay otro segundo punto que me extraña, y quiero que entiendas que lo que voy a decir no lo manifiesto a título personal sino en calidad de teniente de la Guardia Civil, objetivando los hechos: un hombre joven, atractivo, con dinero y emprendedor, o que, al menos, da esa imagen, abandona todo su mundo conocido para iniciar una nueva etapa, arriesgada, personal y económicamente, en otro país. Hasta aquí, de acuerdo; puedo entender que escapes de las pequeñas o grandes tragedias familiares de tu entorno. Pero no me cuadra que no tengas amistades consolidadas, ni arraigo ni pareja, o no la tuvieses, en Londres. Puedes estar huyendo de muchas cosas, pero una de ellas podría ser un desengaño amoroso: me pregunto de quién y si esa persona podría estar vinculada a este asunto, ya que todo empezó cuando tú llegaste a Suances.

Oliver se puso serio. No le gustaba la idea de tener que hablar de aquel tema. Pero lo haría: ahora ya daba lo mismo. Dirigió la mirada hacia el sándwich que acababan de ponerle en la mesa y centró la vista en él. Comenzó a hablar:

—Anna y yo vivíamos en Chelsea.

—¿Anna qué más? —interrumpió, fría, Valentina. Oliver la miró a los ojos.

—Anna Nicholls. ¿Puedo continuar?

—Por supuesto.

—Bien. Llevábamos tres años juntos e íbamos a casarnos. Un día, ella notó un ligero dolor en el pecho. Una semana más tarde, un poco más arriba, una suave hinchazón en la base del cuello. Tres semanas más tarde, tras muchas pruebas, supimos que tenía cáncer linfático. Por suerte era el linfoma no Hodgkin, que es el menos agresivo de este tipo de cáncer, pero estaba en la fase cuatro, que era la última, la más definitiva y grave de todas. Es decir, que ya se había propagado a otros órganos y en fin, llegó un momento en que dimos todo por perdido, pero después todo cambió y fue muy rápido...

Valentina le interrumpió:

—Oliver, no hace falta que continúes, si no quieres. Yo estaba pensando en algo diferente: que tú hubieses dejado a alguien que luego quisiese complicarte la vida aquí para que regresases a casa... lo digo por el contenido de la nota que apareció en tu porche. Lo que me estás contando de Anna, en fin... imagino que habrá sido muy duro para ti. Las personas tienen formas muy diferentes de afrontar el duelo por sus seres queridos. No voy a cuestionar que tú hayas decidido poner tierra de por medio para encarar el futuro. Los datos solo los requería para comprender tu perfil y encajarlo en la investigación. Reflejaré en el informe que has sufrido una pérdida de pareja reciente, sin más, ¿de acuerdo?

—No, no estoy de acuerdo. Te agradezco que hayas querido ahorrarme el ahondar en la herida, pero, posiblemente por mi culpa, has llegado a una conclusión errónea.

—¿Qué quieres decir?

—Que Anna no está muerta.

—Ah, ¿no? —replicó, sorprendida, Valentina.

—No. Ya te dije que el linfoma no Hodgkin era el menos agresivo de los que hay. A pesar de que llegó un momento en que tanto nosotros como los médicos pensábamos que solo le quedarían unos meses de vida, tras unas dosis fuertes y durísimas de quimioterapia, y un nuevo tratamiento importado de Estados Unidos, consiguió reducir el tumor, que no era operable, al tamaño de un guisante, y terminó de matarlo con cinco semanas de radioterapia durísima. El sistema linfático de todo el cuerpo volvió prácticamente a la normalidad. El proceso fue angustioso, doloroso y largo. Se le cayó el pelo, empezó a sentirse muy insegura, y comenzó a cuestionarse qué había hecho con su vida hasta el momento. Todo, al parecer, había sido muy convencional, muy correcto, muy previsible... incluso yo mismo. De pronto, nuestra vida le pareció repetitiva, homogénea y nada estimulante; ella era, como yo, profesora, aunque de literatura inglesa; supongo que, efectivamente, ese será uno de los trabajos más convencionales de la Tierra. Resumiendo: lo que para Anna antes era un *mundo perfecto*, pasó a convertirse en un *puto y aburrido mundo perfecto*. —Oliver hizo una pausa, en la que aprovechó para entremezclar un resoplido y un suspiro en el mismo gesto.

—¿Te dejó? —se atrevió a preguntar Valentina.

—Con mucho tacto, pero sí, me dejó. Y no adivinarías dónde está ahora.

—Dónde.

—En la India. Colaborando con una ONG estupenda y sintiendo que salva el mundo. Quizá sí lo hace. Increíble, ¿verdad? Y encima hizo el viaje con uno que la acompañaba en las sesiones de quimio y que decidió no morirse en el último momento. Así que como los dos, al parecer, sentían que habían vuelto a nacer y que nadie podía entender aquello por lo que habían pasado, se marcharon para exprimir los segundos a su manera. Yo ni siquiera sabía que las sesiones de quimioterapia las hacían por parejas: se suponía que yo no podía entrar en la sala. Punto. Nada de reuniones chico chica para conversar sobre las estrellas mientras le metían aquella mierda por las venas. Pero ya casi no estoy cabreado con ella. Ahora ya no, aunque pasé una temporada despotricando y bebiendo demasiado.

Hubo un tiempo en que fuimos felices, y las circunstancias hicieron que ella cambiase, que nuestro mundo cambiase. Eso es todo. Creo que ahora hasta la envidio. A lo mejor por eso he hecho esta locura; yo también quería mi aventura particular, y sentir que agarraba la vida todos los días, con adrenalina, evitando la rutina y lo previsible. No sé si lo entiendes. No creo que sea un psicópata de los tuyos, pero quizá sí un tío desequilibrado. Un demente que de pronto detesta la estabilidad y todo aquello que le pueda dar seguridad y confianza.

Valentina guardó silencio unos segundos. Parecía reflexionar.

—No eres un demente. Todo aquello en lo que confiabas te ha fallado o se ha perdido. Ahora sí comprendo tu elección de venir a Villa Marina. Quizá el motivo te defraude a la larga y vuelvas a Londres buscando tranquilidad, pero solo hay una vida, y es frágil, así que no seré yo quien cuestione tu decisión.

—Gracias.

—No hay de qué. Pero te aseguro que no me das pena; a todos nos han dejado alguna vez. Es algo que, simplemente, sucede.

—No puedo creer que alguien te dejase —replicó Oliver—: al fin y al cabo, vas armada.

—Muy gracioso. Por supuesto, no pienso darte ningún dato de mi vida privada. Te recuerdo que soy una teniente de la Guardia Civil haciéndote preguntas para encajar las piezas de un rompecabezas, y aquí no hay intercambio de información. Esto no es una cita, no hay *quid pro quo*, solo tú me cuentas tu historia.

Oliver sonrió.

—Entonces, los mariachis que tenía contratados en la puerta y la limusina... ¿los dejo marchar?

Valentina se rio abiertamente.

—Por supuesto, no les hagas esperar. Que se marchen a sus casas: conmigo poco hay que hacer. De momento, solo tengo tiempo para trabajar. En cuanto termine esto

—dijo, señalando la porción de pizza que tenía en su plato— me marcharé enseguida.

—Conforme, pero, a pesar de que no se me ha pasado por alto que antes me has descrito como un hombre *atractivo*... —Oliver, sonriendo, hizo una pausa, como buscando las palabras— tengo la sensación de que aún desconfías de mí.

—No doy nada por sentado, Oliver. Hasta que este caso se resuelva tengo que entender que tanto tú como el resto de las personas implicadas en esta historia pueden tener un lado oscuro. He comprobado, por ejemplo, los datos sobre la desaparición de tu hermano y las gestiones que tu madre ha hecho con la Guardia Civil española para localizar su paradero, pero este es un tema que sigue suscitando mi curiosidad y hasta mi perplejidad: no es un expediente común, precisamente. Hilando fino, y no sé con qué móvil ni con qué fin, tú y tu hermano Guillermo podríais haber orquestado todo esto, dejando que él actuase en la sombra —Valentina hizo un gesto tranquilizador con la mano a Oliver, que abría la boca para interrumpir—, pero esto es solo una de las millones de hipótesis que pueden pasar por mi cabeza en este momento, sin perjuicio de que muchas de ellas resulten descabelladas o hirientes. Es mi trabajo desgranar la verdad, ¿comprendes? —concluyó, observando deliberadamente la reacción que sus palabras habían causado en Oliver.

Él dejó de sonreír.

—Esa teoría es más que descabellada. Yo no soy un asesino. Y mi hermano, para mi desgracia y la de mi familia, es un cabeza hueca que anda perdido por el mundo, con suerte, porque también es posible que esté muerto en cualquier parte. Yo también sé construir teorías e hipótesis, teniente, pero lo que me acabas de decir es una barbaridad.

—No quería ofenderte, Oliver.

—Claro que no, querías ver si ponía cara de asesino pillado en un renuncio. No confías en mí, puedo entenderlo: soy un desconocido con una historia familiar estrafalaria y desde mi llegada a Suances no ha habido más que asesinatos, o intentos de asesinato, e incluso un suicidio. Pero, ¿sabes qué te digo? Que voy a investigar por mi cuenta, y demostrar que no tengo nada que ver con esto.

—No deberías hacer eso. Somos nosotros los que debemos investigar. Tú mismo lo has dicho: ha habido dos asesinatos y un intento de homicidio, además de la advertencia esta mañana en tu cabaña. Cualquier movimiento por tu parte puede ser peligroso.

—Sería peor quedarme en casa. Por supuesto —Oliver hizo una pausa y sonrió—, si consigo atrapar al psicópata, tendrás que darme una cita en condiciones —dijo, manifestando con la mirada que perdonaba las hipótesis confabuladoras sugeridas por Valentina unos minutos antes.

—Por supuesto: puedes pedir cita para pasarte por la Comandancia y consultar lo relativo a este asunto cuando quieras —replicó ella, esquivando la propuesta—. Oliver, se me hace tarde para pasarme por el cuartel de Suances. Me temo que esta reunión ha terminado —concluyó, ocultando con el gesto, mientras guardaba la libreta en su maletín, el esbozo de una sonrisa.

Diario (14)

La Casa Azul fue cerrada aquella temporada del verano de 1948. Cuando todo se aclarase, se normalizase, los Chacón decidirían qué hacer con ella. Probablemente, seguir explotándola como hostal, porque durante los casi cuatro meses de la época estival solía tener bastantes huéspedes. O quizá venderla, para evitar el recuerdo constante de Ignacio.

Jana, por su parte, comenzó a tener nuevamente desmayos, y regresó temporalmente a casa de su padre Benigno en Hinojedo, donde correteaba su nuevo hermano: casi ocho años llenos de vitalidad, insoportable para ella, al menos en aquellos momentos. Solo cuando dormía encontraba la calma. El resto del tiempo, el corazón le ardía a modo de taquicardia culpable, nerviosa, continua y absorbente. Sabía que no podía quedarse allí mucho tiempo. Su tripa *in crescendo* la delataría. Clara le dijo que ella arreglaría todo, que esperase solo dos o tres semanas. Que confiase en ella.

Y, a punto de cumplirse las tres semanas de espera, con Jana finalizando el primer trimestre de gestación, Clara ejecutó su promesa y apareció, como una princesa guerrera y arrolladora, en la humilde casa familiar de Hinojedo, comunicando a todos la gran noticia. La noticia por excelencia, la que lo cambiaría todo.

Jana se desmayó.

Aurora, su madrastra, tardó en reaccionar para atender el vahído, absorta como estaba en el rostro de Clara, más transparente, pálido y perfecto que nunca, sereno y destilando determinación.

Benigno dudó entre sentimientos de orgullo, de alegría y de tristeza, que esta vez le brotaron al unísono del alma, dominada por la sorpresa y el asombro.

Hay tres clases de personas:
aquellas que ven
aquellas que ven lo que se les muestra
y aquellas que no ven

Leonardo da Vinci (1452-1519)

Sábado, 13 de julio.

Cuando Valentina se levantó eran casi las diez de la mañana, y el cansancio todavía inundaba su cuerpo. Se había acostado bastante tarde, ya de madrugada, redactando informes en su portátil y contrastando datos. Se acercó a la ventana de su pequeño apartamento en Santander y observó que el día era espléndido y que la playa del Sardinero ya empezaba a llenarse de turistas y de ambiente veraniego. Había tenido suerte de poder localizar, a pie de playa, un alquiler relativamente económico, en un edificio tan bonito, con aquella carpintería blanca y aquel toque inglés tan elegante. Claro que su apartamento estaba situado en una cuarta planta sin ascensor, pero ese era un detalle que a ella no le preocupaba demasiado, y mucho menos por el saludable ejercicio que le obligaba a hacer a diario. Hoy, precisamente, no le habría disgustado en absoluto poder permitirse bajar a la playa y ejercitar sus músculos nadando un poco, pero le resultaría materialmente imposible tomarse un respiro mientras el caso de Villa Marina siguiese sin resolver. La conversación de la noche anterior con Oliver Gordon le había hecho reflexionar; quizá tuviese que dedicar algo más de tiempo a sí misma, a tener vida propia, a salir, a divertirse. Antes lo hacía con más frecuencia, y ahora solo salía a tomar algo, muy de vez en cuando y al terminar la jornada, con los compañeros del trabajo. Carlos, su último novio, de los pocos que había tenido, la había dejado precisamente por aquello: por no decidirse a tener hijos, por no poder llevar un ritmo ni un horario normal, por entender que él era secundario para ella, por los continuos celos y peleas que suscitaba el hecho de que, a veces, ella llegase a casa de madrugada. Hacía ya casi ocho meses desde que lo habían dejado. Quizá él sí tenía razón y ella no lo amaba realmente, no tanto como para no hacerle sentir, como él mismo decía, un «personaje secundario» en su vida: a fin de cuentas, lo dejó marchar, tras dos años y medio de convivencia. ¿Le echaba realmente de menos, o solo le echaba en falta cuando se sentía sola?

Se miró en el espejo del salón: esa mirada bicolor. Era consciente de la sorpresa y el desequilibrio visual que despertaba en las personas que no la conocían. Se preguntaba si los que sí que la conocían se habían acostumbrado realmente o si les resultaba desconcertante el simple hecho de mirarla a los ojos. Su «anomalía» no era congénita, sino adquirida. No le gustaba recordar aquella tarde en que, con doce años, había unido la heterocromía a su vida. Aquella misma noche, su hermano Agustín había muerto en un viejo y abandonado soportal de piedra del casco viejo de Santiago de Compostela. ¿Hasta qué punto ella misma había sido responsable de lo que había ocurrido? Era una niña, es cierto. Pero no era estúpida: podría haber actuado de otra forma, haberse implicado más, haber callado menos. No fue lo que ocurrió aquella tarde con su ojo izquierdo lo que rasgó su equilibrio, su entereza, su cordura. Fue lo que ocurrió aquella noche, en que él se despojó de su cuerpo, para morir como un desecho entre piedras milenarias. Él, que había sido tan grande, tan noble, tan hermano protector. Él, que se había vuelto un desconocido inaccesible, de miradas incatalogables, de silencios eternos, de bajezas inesperadas. Después de aquella noche siniestra ella se volvió retraída. Por el ojo, los médicos ya nada pudieron hacer, salvo que se mantuviese operativo, con aquel color oscuro, como la pena de una madre que pierde a un hijo. Sus padres, deshechos, la llevaron al psicólogo y, más tarde, al psiquiatra. Superó el duelo razonablemente bien, aunque, con los años, se acomodó en su alma un pequeño trastorno obsesivo compulsivo por el orden y la limpieza, una manía enfermiza por evitar que nada permaneciese en el lugar equivocado, evitando que perdiese la senda perfecta para un final feliz. Buscaba un mundo perfecto, en que ningún niño bien de clase media se juntase con compañías envenenadas y terminase haciéndose cadáver en un soportal de piedra. Un puto mundo perfecto. Por eso se hizo guardia civil, como su tío Marcial, y por eso nunca había querido llevar una lentilla verde en su ojo herido, porque *el mal* estaba ahí, latente, presente, en todo y en todas las cosas, y no debía olvidarlo nunca, sino respetarlo, ser consciente de su presencia y de su fuerza, para poder combatirlo, limpiarlo de la Tierra.

Valentina desechó sus propios pensamientos, que comenzaban a ser turbios y dolorosos, y centró su atención en la pantalla de su teléfono móvil. Estupendo. Al menos veintiséis llamadas y mensajes sin atender, cortesía del bendito silenciador del teléfono, que, al menos, la había dejado dormir. Comenzó a leer los mensajes y a devolver las llamadas, que en su mayoría, salvo una de su madre, procedían de miembros de la Sección de Investigación.

—¿Riveiro? Soy yo. Perdona, tenía este trasto con el silenciador. Dime.

—Tengo varias novedades —dijo el sargento al otro lado de la línea, mientras, en su casa, observaba cómo su mujer Ruth, en la cama, jugaba con los niños. Al fin y al cabo, era sábado y apenas habían dado las diez de la mañana.

—Te escucho.

—Para empezar, la asistenta personal de Jana Ongayo me ha confirmado que, todas las semanas, ella le confiaba el envío de diversos correos, y en concreto, una vez al mes, un sobre, por correo postal ordinario, a una dirección de Suances. Adivina a cuál.

—¿A la de Pedro Salas?

—Bingo.

—Entonces confirmaríamos la teoría del chantaje. Esa asistenta personal, ¿nunca vio el contenido de ninguno de los sobres?

—Nunca, y eso que llevaba ya cinco años trabajando para la señora Ongayo. Lo he estado pensando, y fuera cual fuese el motivo del chantaje es muy posible que fuese heredado.

—Explícate.

—Los hijos de Pedro Salas empezaron a recibir el dinero a los pocos meses del fallecimiento de su abuelo. Se me ocurre que, antes de que este falleciese, podría haber trasladado a su único hijo un secreto del cual sabía que podría lucrarse, al igual que supongo que él llevaría años haciendo.

—Un secreto del año 1948 —empezó a razonar Valentina, como pensando en alto—, que es cuando desapareció Ignacio Chacón, en una escena donde estaban Jana y su hermana, que casualmente estaban o iban a estar vinculadas con el servicio de los Ongayo, en cuya propiedad apareció el bebé con el símbolo de la fortuna de los Chacón; y sobre todo si tenemos en cuenta que los del monte parecen estar implicados, de alguna forma, en la desaparición de Chacón, y que Pedro Salas «abuelo» era un miembro activo de la resistencia republicana. Claro que en todo este asunto seguiría sin haber realmente un móvil, porque fuera lo que fuese que ocurrió entonces estaría ya totalmente prescrito a efectos legales. En realidad, sigo sin ver una causa fundada para la extorsión.

—Coincido. Lo que ocurriese en los años cincuenta está prescrito y liquidado, pero el hallazgo de Villa Marina, ese bebé, ha abierto una puerta que nosotros todavía no vemos. Hay algo que se nos escapa. He pensado que, incluso, el bebé podría ser hijo de la hermana de Jana, o de la propia Jana, si el tal Ignacio Chacón era tan golfo como decía en el informe que leyó Sabadelle...

—Sí, pero Jana nos dijo que había tenido dificultad para tener hijos, hasta que acudió al médico asesinado, David Viesgo, y logró tener a Clara Múgica años más tarde. Quizá el bebé fuese de Clara Fernández.

—Podríamos contrastar el ADN del bebé con los Chacón, o incluso con Oliver Gordon. Pedro Salas lo implicó en el asunto... ¿por qué buscó información de él en internet? ¿Y por qué Juan Ramón Ballesta dijo que estaba en peligro?

—Tienes razón —replicó Valentina, tras un rato pensativa—. Con Oliver Gordon no habrá problema, hablaré con él para que nos facilite una muestra de saliva. El descendiente de los Chacón que interrogué el otro día puede resultar más complicado, pero lo intentaremos amablemente, porque aquí Talavera sí que podría poner pegas para cursar una orden. Quizá resultase interesante, incluso, una muestra de ADN de Clara Múgica —dijo Valentina, que hizo una pausa, como cavilando en algo sobre lo que acababan de hablar—. Pero Riveiro... el caso es que esa extorsión de Pedro Salas a Jana Ongayo, del importe que fuese, estaba siendo igualmente pagada, puede que incluso desde hace años, con y sin bebé de Villa Marina. La aparición de ese cadáver tuvo que suponer un giro de tuerca, algo vinculado a la actualidad, que hizo que Pedro Salas investigase sobre Oliver Gordon, sobre Villa Marina y sobre los Ongayo; yo tampoco olvido los recortes de prensa y de internet que llevaba consigo.

Riveiro, también pensativo, esquivó un cojín que había salido por el aire en la pequeña batalla que su mujer y sus dos hijos habían iniciado en el dormitorio, y terminó saliendo de la habitación y apoyándose en el borde de la ventana del pasillo, profundamente concentrado.

—Es posible, o al menos se me ocurre que Pedro Salas descubriese algo jugoso con la aparición del cadáver en Villa Marina y quisiese aumentar el importe del chantaje. Por eso llevaría los recortes de prensa y por eso habría ido al espigón aquel día: no habría ido a pescar. Él sabía que aquellos días eran de mareas malas... luego, definitivamente, no estaba allí ni por deporte ni por casualidad. Había ido al espigón para algo concreto. Una hora temprana, pocos o ningún testigo... si alguien lo veía con quien fuera que se reuniese, él era un habitual de la zona, un pescador, y la otra persona, podría ser cualquier turista o paisano de los que dan la tabarra preguntando si ese día picaban o no los mujeles... una cita de negocios entre chantajista y chantajeado —concluyó, aunque por su tono de voz se evidenciaba que no estaba plenamente convencido.

—No es una hipótesis descabellada —dijo Valentina cerrando los ojos, concentrándose a su vez—, pero no veo a la señora Ongayo yendo hasta el espigón de Suances. El arma antigua podría cuadrar con ella, era de su época, y tenemos informaciones de que pudo colaborar tras la segunda guerra mundial como cazanazis, así que podría haber conservado la pistola, pero no, yo la vi, Riveiro, y era frágil y diminuta. Apenas podía caminar. Ella no pudo ser. Además, alguien de su servicio tendría que haberla llevado en coche, no iba a pedir un taxi, vamos, digo yo.

Riveiro contuvo una carcajada.

—¿Te imaginas?: «Señor taxista, espéreme un momento y baje el contador, que me cargo a este tipo en el muelle y vuelvo en un minuto».

—Anda ya —se rio Valentina, que enseguida volvió a ponerse seria, concentrada en el caso—. ¿Qué hay del ordenador y del móvil de Pedro Salas? ¿Tenemos algo?

—Nada. En el ordenador lo que ya te había contado, búsquedas de la empresa de bocartes, supongo que para verificar la solvencia de la compañía, dado que para Pedro Salas suponía una fuente de ingresos periódica. Habría escuchado lo del ERE de Santoña, lo de la crisis del sector y tal, y el muy pájaro andaba controlando que la gallina de los huevos de oro no se le rompiese. Sobre el teléfono móvil tampoco nada concluyente de momento, porque aún no tenemos el resultado del oficio librado a la compañía telefónica.

—Ya. Lo de siempre. Voy a ver si Clara Múgica autoriza a revisar las últimas llamadas que realizó y recibió su madre. No creo que ponga pegas; de lo contrario, si se lo tenemos que pedir al juez Talavera, entre que se libre el oficio a la compañía telefónica y el tiempo que pase hasta que esta nos responda, pueden pasar semanas; y más ahora, en pleno verano. Dime, ¿tienes algo más?

—Algo muy interesante, que creo que te gustará. A última hora de ayer, cuando volvía en coche de Comillas, me llamaron de uno de los hoteles cercanos al espigón. Un turista suizo que hacía *footing* por la mañana dice que recuerda haber visto a un hombre, que por la descripción podría ser Pedro Salas, en compañía de una mujer.

—¿Una mujer? A Juan Ramón Ballesta, sin embargo, parece que le atacó un hombre joven. Joder, tenías que haberme contado esto al principio. ¿Ha podido describirla?

—Muy poco. Dice que no le pareció muy mayor, morena, de media melena y coleta y bastante rellenita, ropa floja, como de chándal, pero poco más. Ni siquiera la vio de frente, solo de perfil, mientras él corría.

—¿Morena? —Valentina suspiró—. Al menos Clara Múgica es rubia.

—Podría llevar peluca —replicó Riveiro—, de momento no podemos descartar ninguna posibilidad.

—Lo sé. ¿Lo habéis citado para hacer un retrato robot?

—No, la verdad. Dice que la vio medio segundo, de refilón, que no acierta a dar datos concretos. Tampoco los detalles sobre Salas son muy definidos, así que tenemos serias dudas de que realmente viese a Pedro Salas con su asesino. Pero tengo algo más para ti.

—Riveiro, si me sigues dando todas las novedades por secciones y con cuentagotas, me va a dar un infarto, te lo prometo.

—Ya, pero es que son muchas cosas, y todas importantes. Lo que te voy a trasladar es lo que me han comunicado Camargo, Torres y Zubizarreta, de los que tendrás llamadas perdidas, pero no hagas caso si quieres porque ya te lo cuento yo: resulta que, volviendo locos a los del registro civil y a otros funcionarios, por fin localizaron el último paradero de Clara Fernández. Agárrate. ¿Lista?

—Lista. Dispara.

—El convento de Regina Coeli, en Santillana del Mar, donde ingresó como monja en el año cuarenta y nueve. A partir de ahí, hemos perdido la pista y se ha esfumado como el humo.

—Pero ese era... joder, Riveiro, ese era el convento donde estaban antes las Clarisas, que nos lo explicó el otro día Sabadelle. Ahora están en el que fui el otro día, cómo se llamaba, es un monasterio...

—El de San Ildefonso —completó Riveiro—. Lo sé, Torres llamó ayer allí para poder continuar la investigación, pero le dijeron que teníamos que esperar la autorización de la madre abadesa, sor Mercedes, que es con la que hablasteis el otro día, y que ahora, al parecer, muy oportunamente, dice encontrarse gravemente indispuesta.

—Podemos obligarla pidiendo una orden de registro. Además Sabadelle está convencido de que sor Mercedes nos mintió con el tema de Tlaloc, cree que ella tendría que saber que estaba en Santillana del Mar. Quizá quiera proteger a Clara Fernández. A fin de cuentas, ella sería, si aún vive, una Clarisa de su orden. Pero esto será delicado. Tendría que hablar con el capitán jefe, porque implicaríamos ya en el tema al obispado de Santander.

—Ya, yo también lo he pensado. Quizá sea mejor que lo dejemos para el lunes e intentar hacerlo por las buenas. Además, la orden de registro también tardaría unos días —dijo Riveiro, resoplando—. Al menos, te contaré una información que he conseguido gracias a un buen amigo que tengo en la Policía científica.

—Una información extraoficial, claro.

—Claro. Le he preguntado sobre el procesado de la habitación de Juan Ramón Ballesta, por si había algún dato que pudiesen adelantarnos, pero no han localizado nada de nada: ni huellas, ni restos biológicos, nada.

—¿Entonces? —preguntó, extrañada, Valentina.

—Que tampoco han encontrado óxido de plomo ni polvos de minio ni nada que se le parezca.

Valentina guardó silencio unos segundos.

—Según esa información, tendríamos dos posibles homicidas, que podrían ser cómplices o no. Por un lado la mujer joven que dice haber visto el turista suizo y por otra parte el hombre joven que dice Juan Ramón Ballesta que lo asaltó, aunque teniendo en cuenta que se le va la cabeza, su versión tampoco es completamente fiable.

—¿Crees que podríamos descartar a Jana Ongayo de los asesinatos, incluso del de David Viesgo? Aunque... ¿y si ella sí lo hubiese envenenado? Claro que no nos cuadran los tiempos según el tipo de veneno, pero podría haber ideado la forma, ¿no? —aventuró Riveiro.

—No, Jana Ongayo no pudo matar al médico. No cuadra: el personal de la casa dijo que se había ido sobre las cinco, y hasta la hora de la muerte median tantas horas que es imposible que el tejo hiciese un efecto tan retardado. Lo que no sé es por qué ella se habrá suicidado. ¿Sentimiento de culpa...?, ¿alguna idea?

—Ninguna.

—Pues entonces contactaré con el resto del equipo para que siga trabajando y devanándose los sesos en la medida de lo posible, pero hasta el lunes me temo que no podremos hacer mucho más, salvo cubrir informes y diligencias. De todos modos, yo iré hoy por la tarde al entierro de la señora Ongayo, no solo por acompañar a Clara, que dudo que necesite mi compañía en estos momentos, sino también por observar al personal que va por allí. Dado que en este caso está todo conectado, es muy posible que el asesino se pase por el cementerio, ¿no crees?

—Sí, de hecho pensaba comentarte a ver qué te parecería que me acercase yo hoy también por allí para echar un vistazo, aunque supongo que el asunto va a ser bastante concurrido y será difícil identificar perfiles entre la multitud.

—Por supuesto que no. Tú hoy no vienes a Comillas. Me ha dicho un pajarito que tienes a dos trogloditas por ahí que están deseando ir con su padre y su madre a la playa. Tómate un respiro, Riveiro. Te necesitaré fresco el lunes, o incluso mañana, si surge alguna novedad. Hablaré ahora con el resto del equipo para ver si podemos seguir rastreando datos en el SIGO y en todos los archivos y hemerotecas que se nos ocurran, pero ellos también tienen que tomar aire, descansar un poco y oxigenar la cabeza, cambiar la perspectiva, porque si no creo que atascaremos las ideas. Por mi parte, voy también a investigar a la orden de las Clarisas.

Riveiro, al otro lado de la línea, sonrió, agradecido de que la teniente Redondo no le presionase. Después de aquel caso habría otro, y otro, y otro más, y todos serían importantes. Era cierto que necesitaban coger aire, al menos una mañana o una tarde:

—Teniente, ¿y tú no vas a descansar?

—Claro que sí. Pienso montar una macrofiesta en mi apartamento este fin de semana, pero no quería decírtelo porque no estabas invitado —dijo, sarcástica, con una sonrisa.

—No es mal plan, pero como los vecinos llamen a la Guardia Civil tendrás un problema —replicó, irónico, al tiempo que volvía la vista hacia sus hijos, que ya empezaban a recoger el estropicio de almohadas del dormitorio.

—Cuento con ello, Riveiro... —dijo Valentina, cambiando el tono hacia uno más serio—. Si hay cualquier novedad nos avisamos, ¿de acuerdo?

—De acuerdo.

Cuando colgó, Valentina sintió un vacío más denso que en otras ocasiones. Escuchar el barullo familiar de fondo de la casa de Riveiro le había causado nostalgia de su propia familia, de sus padres, de su hermana pequeña y de sus dos sobrinos, que estaban en Galicia. Le consoló la idea de que, al menos, supuestamente, en pocos días ella también empezaría sus vacaciones. Valentina era independiente, activa y nada dada a los sentimentalismos, pero en aquel momento añoró el sonido de la voz de su madre, el aroma de la cocina cuando ella estaba trajinando sus recetas, e incluso las constantes críticas de su padre a su modo de vestir, de peinarse y a su falta de pareja estable. No es que no discutiese con ellos, al contrario, pero lo hacían de forma abierta, incluso constructiva, y Valentina, a pesar de las sombras afiladas de su pasado familiar, tenía en sus padres una referencia cálida y sólida; en las situaciones y decisiones más comprometidas y crudas de su vida, ellos nunca le habían fallado. El puerto escondido de la teniente Redondo no era un lugar, ni un recuerdo: eran sus padres.

Mientras marcaba el número de su casa en Galicia, Valentina no pudo evitar pensar que, en alguna parte, muy cerca, había un asesino, o incluso dos, rondando a algún anciano, o a Villa Marina, y supo que aquel fin de semana su alma, su corazón y su cabeza no iban a descansar ni un minuto. Sintió que era una sombra maligna, fría y poderosa, la que le esperaba ahí afuera.

Diario (15)

Con el tiempo se terminó solo recordando de vez en cuando el terrible crimen de Ubiarco, el del escudo del águila, de autor desconocido y misterioso, que acabó siendo identificado, como es normal gracias a la cultura y parloteo popular, con un espíritu endemoniado y asesino, que sin duda habitaba en la llamada cueva de las Brujas, en Suances. Del asesinato y descuartizamiento inexplicable, el boca en boca construyó una leyenda supersticiosa, que contaba que, las noches de verano, paseaba don Ignacio por la playa de Santa Justa, acercándose a la capilla, o a las ruinas de San Telmo, buscando, sin cesar, sus piernas perdidas, para poder pasar al otro mundo y vivir por fin con la calma que lo hacen los muertos.

Por su parte, Clara, calculadora, astuta, pero también extraordinariamente generosa, decidió abandonar paulatinamente su mundo gris, la sensación de vacío constante que la embargaba, en busca, quizá, de algo de calor para su corazón helado. Para conseguir esto, cuidando además del porvenir del bebé que venía en camino, ideó un mapa de actuaciones elaborado y vertiginoso, pero plausible.

Complaceré tu curiosidad, deslizándonos hasta noviembre de 1948.

Clara y Jana se encuentran en Suances, en la propiedad de los señores Ongayo, que han tenido que regresar a Sudamérica y volverán para Navidad. Su magnífica mansión de veraneo está en construcción, aunque el ala derecha se encuentra ya terminada. El resto de la vivienda estival tendrá que esperar su conclusión para cuando termine el invierno cántabro más crudo, allá por los meses de febrero o marzo.

Desde sus enormes ventanales se ve, de forma inmediata, toda la playa de la Concha, a la que tiene acceso privado y directo, asentándose en la meseta de piedra y tierra que separa esta playa de la de los Locos. La propiedad se encuentra, toda ella, en pendiente hacia la playa, con la mansión en la parte superior, y una vivienda para los criados, ya completamente terminada e independiente, en el extremo inferior de la finca, de forma que dispone de vistas menos amplias pero de mayor proximidad al arenal. Por capricho extravagante del señor Ongayo, hombre ya tan viajado, indiano honorable, la mansión veraniega, de dos plantas más el ático, guarda aires victorianos suaves, recorriendo los salientes de su enorme tejado molduras de madera trabajadas en formas geométricas y hojas de acanto, mientras que la vivienda de los sirvientes rompe la estética radicalmente, dibujándose más como una pequeña casona montañesa, construida entre grandes piedras cántabras y maderos enormes.

Para rematar el aire romántico, exótico e indiano de la propiedad, el señor Ongayo ha hecho plantar una secuoya, dos palmeras y varios árboles plataneros, estos últimos para hacer un pasillo de entrada y darle discreción a la vivienda desde la carretera.

Hoy, ahora, ambas hermanas discuten en la pequeña cocina que hay dentro de la casona del servicio.

—Sigo sin estar de acuerdo —niega Jana con la cabeza, mientras mira su abultadísimo vientre, sentada en una sencilla silla de madera, a la lumbre de la cocina de leña.

—Pues no te va a quedar más remedio que estarlo, hermana. Ya está decidido, y, además, es lo que quiero. Ya no hay nada para mí en este mundo.

—¿Cómo que no? Pero ¿cómo que no? Podrías buscar un marido, aunque no tuviese posición, y ser feliz. Podrías tener tu propia casa, podrías...

—Podría trabajar como una esclava toda la vida. Podría no encontrar marido; no lo he hecho hasta ahora.

—¡No es verdad! Eso es porque no has querido. Muchos jóvenes te han pretendido, Clara, lo sabes.

—Ninguno que me gustase lo bastante —contesta Clara, volviendo el gesto y el rostro hacia la ventana, con vistas hacia el ahora solitario y guarecido arenal de la playa de la Concha.

—Pero ¿y todos los planes que tenías?... ¿qué teníamos? Podríamos retomarlos sin que te recluyeses de por vida.

—Es un convento, no una cárcel —replica Clara, sin mirar a su hermana, que le habla con vehemencia.

—¿Y qué hay más parecido a una cárcel que las Clarisas? ¡Las Clarisas, nada menos! Podías haber escogido al menos una orden que no fuese de clausura. Aún estás a tiempo.

Clara suspira. Parece tratarse de una discusión manida. Su expresión es resuelta cuando contesta:

—Es lo mejor. Estaré cerca; lo hemos discutido ya tantas veces, Jana. ¿Pues no ves que Santillana del Mar está a dos pasos de todas partes? ¿Y no sabes que el convento de las Clarisas es la mejor inclusa de todo Santander? ¿No crees que será ahí donde mejor tratarán a lo que viene en camino? —termina cuestionando, mirando la voluminosa tripa de Jana, para terminar clavándole una mirada dura, sin piedad, en sus ojos verdes.

—Claro, santa Clara se marcha al convento de Regina Coeli para cuidar a mi pequeño bastardo y que nadie sepa ni lo que hicimos con el padre ni que yo soy madre soltera, ¿no es eso? ¡Pues para eso me meto yo a monja! —grita Jana, colérica, sintiéndose despojada de su título maternal, ninguneada por Clara—. ¡No te necesito para hacer sacrificios ni para que vayas de mártir, Clara! ¿No ves que así me vas a dejar sola? ¿No lo ves? —pregunta, empezando a sollozar y acercándose a Clara, cogiéndola de las manos, rogándole comprensión.

Clara abraza a su hermana pequeña.

—Lo que pasó aquella noche quizá fue pecado. Pero no tengo sensación de culpa, Jana. Y tú tampoco la debes tener. Era un cerdo y se lo merecía. No me voy al convento solo por el niño. ¿No ves que lo más probable es que lo terminen adoptando? Pero así podremos seguirle la pista, si queremos, y cuidarle. A nuestra manera. Pero merecemos una vida, Jana. Tú mereces una vida. Y yo. Y ya no quiero limpiar más, ni bajar la cabeza cuando llegan visitas, ni comer restos de los señores, ni soñar con un amor correspondido que nunca llegará. Quiero vivir otra vida. Eres tú la que no lo entiende. Podré leer, podré escribir... podré no preocuparme de guerras, ni de atentados, ni de hambre. Podré vivir tranquila —dice Clara, al tiempo que suspira y mira con cariño infinito a Jana, que replica de inmediato:

—Las Clarisas viven con austeridad. Quizá sí pases hambre. ¿Y cómo podré yo ayudarte a ti entonces? ¿Cómo? ¿Y cómo hablaremos?

Clara sonríe, casi divertida.

—Nos escribiremos. Y si hace falta me escaparé de vez en cuando; tan sencillo como ponerme mala para ir a ver al médico. Confía en mí. Y no creo que pasen mucha hambre. En todas las visitas que les voy haciendo, ¡aún no he visto ninguna monja delgada! —dice Clara, ahogando una suave carcajada, que contagia a Jana muy levemente.

Se abre un breve silencio entre las hermanas. Jana está pensando, con tristeza, en el momento en que su hermana ingrese definitivamente en el convento.

—¿Cuánto te queda para entrar?

—Pero ¡si lo sabes! Calculo que para final del verano que viene ya podré ingresar en el Regina Coeli. Estos contactos previos del postulantado son aburridísimos. Aunque necesito este tiempo para dejar aquí todo arreglado, mi voluntad de unirme a la orden y a Dios debería ser suficiente: son desconfiadas, las Clarisas. Además, la hermana maestra que me han asignado, sor Mercedes, no hace más que pedirme que rece y que busque dentro de mi alma si de verdad quiero romper con mi... «precedente condición de vida». —Clara se ríe de buena gana—. ¿Te lo imaginas? ¡Mi condición de vida! Pero ¡si desde niñas solo hemos trabajado sin parar!

Jana sonríe tristemente.

—Salvo en las verbenas... y aquellos veranos en Comillas.

—Sí —asiente Clara, con tristeza—, aquellos veranos en Comillas. No los olvidaré nunca. Ya no habrá más veranos así.

—No. Ni para ti ni para mí, aunque tú, cuando acabe el próximo verano, ya serás monja. ¿Y yo? ¿Qué será de mí, Clara? Tú aún esperas que encuentre marido, buena posición, pero yo ya lo creo imposible. Y no tengo ánimos, hermana. Tendré un hijo que criarán otros. Y será un milagro que no se entere nadie. Si alguien lo supiese... ¡madre soltera, Clara! Y me vincularán a la desaparición de Ignacio, seguro. La gente echará cuentas. Quizá me equivoqué, ¿no crees? Le doy muchas vueltas. Dejé escapar a Luis. Aún me pregunto por qué fue realmente a Ubiarco aquel día.

El rostro de Clara se endurece.

—Luis ya se ha casado con la costurera. Y será siempre un pobre miserable. Lo sabes. Si don Ignacio no hubiese sido un sinvergüenza todo habría ido bien. ¡Malnacido! —exclama Clara con rabia, apretando los puños. Recompone el gesto y sigue hablando, esbozando una sonrisa.

—Y señorita, cuando acabe el verano aún no seré monja. Comenzaré el noviciado... creo que son unos dos años. Llevaré ya el hábito, ¿sabes?, eso sí. Pero los votos aún serán temporales. Después vendrán los tres años de juniorado. Y después de eso ya tendrás una hermana religiosa. Rezaré por todos. Ahora, sobre todo, por David, que a saber qué le espera por esos mundos de Dios por donde anda metido. Ojalá termine por quedarse en Francia y no vuelva más a los montes, que no son más que nido de bandoleros. Y rezaré por ti, por tu porvenir. Tengo mucho por lo que rezar, Jana, y dispondré de tiempo para la labor. Quizá esté así más cerca de mamá... y de Antonio. Y cuidaré de ti, tontuca —dice, estrechando a Jana en un abrazo—. ¿No ves que todavía me queda casi un año para entrar?

—Un año... —repite Jana, triste.

—Tiempo más que suficiente para que te cases con el hijo mayor de los Ongayo.

—¿Cómo!? ¿Te has vuelto loca? —pregunta Jana, sorprendida, abriendo los ojos y frunciendo el ceño, separándose de su hermana.

—Tranquila, lo tengo todo pensado.

—Claro, como lo de don Ignacio —replica Jana, porque su condición de embarazada no la ha dejado completamente mansa. Al contrario, ha despertado sus sentidos y su viveza.

—No. Esta vez será diferente.

—Y tanto. Porque no pienso pretender a señorito alguno, Clara. Un embarazo clandestino es suficiente. Llevo escondida en esta cabaña cuatro meses. ¡Cuatro! Cuando nazca la criatura no quiero, no puedo verla. Llévala a la inclusa, como acordamos. Pero no me plantes más pájaros en la cabeza. Serviré a los Ongayo en tu lugar, ya que han accedido gustosos tras tu repentina vocación religiosa —dice Jana, exagerando el tono en las dos últimas palabras—, pero después, que la vida me mande lo que sea. Y, después de lo que ocurrió aquella noche... no creo que sea nada bueno.

—No seas mojigata, Jana —replica Clara, con mirada burlona—. De momento todo está saliendo según planeé. Has podido ocultarte aquí, las obras en la mansión no se retomarán hasta febrero o marzo, tendrás el bebé mucho antes, a fin de año o en enero, lo llevaremos a las Clarisas, te unirás a mí para servir a los Ongayo en Torrelavega hasta que yo deje el oficio a principios del verano...

—Pero ¿no entrabas en el convento a fin de la estación?

—Claro, pero no de un día para otro, tontuca. Además, esta Navidad retornan los señores con el señorito desde Uruguay.

Jana suspira.

—Pero ¿qué señorito?

—Pues cuál va a ser, el mayor. Son cuatro, uno casado, otro aún imberbe, el otro, el militar que no hace más que coleccionar armas pero que salió medio sardinuca, y el mayor.

—¿Don Eladio?

—Ese mismo.

—Pero ¿no está prometido con una de Puente Viesgo?

—Algo de eso hay. Pero hace meses que no se ven. Tú solo sonríe y sé amable. Y como tú dices, que «la vida» te mande lo que sea.

Jana menea la cabeza y se atreve a sonreír.

—Eres una bruja. No sé qué van a hacer en el convento contigo, la verdad.

Clara se ríe de buena gana.

—¿Pues qué van a hacer? Tener un poco de acción, hermana.

La risa de Clara se detiene de improviso, como radicalmente rajada por una navaja. El rostro de Jana ha empezado a desfigurarse por el dolor. Un chorro creciente de sangre desciende de pronto por sus piernas y se abre paso entre los pliegues de su falda.

Hoy, por primera vez, visitará la muerte Villa Marina.

No os espante la muerte. O extermina o transforma nuestra existencia.

LUCIO ANNEO SÉNECA (4 A.C.-65 D.C.)

La tarde del sábado estaba resultando sofocante, y no solo por el calor. El entierro de Jana prometía ser casi multitudinario. Riveiro había acertado: con tal cantidad de gente era prácticamente imposible identificar posibles perfiles sospechosos. Lo que Valentina sí constató, al menos, fue que Jana era una mujer querida en Comillas; quizá no de forma cercana e íntima, personal, pero sí de manera institucional, como si se tratase de un pueblo calladamente agradecido, posiblemente por ser ella la mano que había estado detrás de muchos avances en la villa, y también de muchas ayudas caritativas y mecenazgos diversos. ¿Habría sido Jana Ongayo una asesina? Quizá, pero, desde luego, un lado de su mente, de su personalidad, se había esforzado por hacer el bien. Un contraste extraño, incluso insólito.

La teniente Redondo tuvo una larga charla con el juez Talavera, que, al igual que ella misma, había acudido a la Casa del Duque antes del sepelio. Cuando el magistrado prestó conformidad, se atrevió a pedirle a Clara Múgica algo extraordinario, y más, precisamente, aquel día. Esperó el instante en que pudieron quedarse a solas, casualmente en la misma sala donde Valentina y Oliver habían tomado un café con Jana, días atrás. Parecía que hubiese pasado una eternidad.

—Clara, lo siento, pero voy a tener que pedirte algo que quizá no te agrade. Entiendo que no es buen momento, yo...

—No, no es buen momento, Valentina —replicó la forense, negando suavemente con gestos de la cabeza. Suspiró. Tomó aliento, resignada—. Dime, qué necesitas.

La teniente se aproximó a Clara, que estaba sentada en el mismo diván de seda y terciopelo rosa donde había visto por última vez a Jana. Se acuclilló y se puso a su altura, cogiéndole las manos.

—Sabes que no te pediría nada en estas circunstancias, salvo que lo considerase estrictamente necesario. —Tomó aire, dándose unos segundos antes de continuar—. Pensamos que el fallecimiento de tu madre puede estar conectado con todo el asunto de Villa Marina.

—Se ha suicidado, Valentina. Suicidado, ¿comprendes? Nadie le ha pegado un tiro en el estómago, ni la ha envenenado... —Clara elevaba el tono, aunque sin fuerzas—. ¿O sabes algo que yo no sepa?

—Sé que tenemos que sopesar todas las posibilidades. Es algo que tú también sabes y que haces regularmente. No cuestiono el suicidio, sino su causa. Y tu madre ha tomado esta decisión tras la aparición de un cadáver en una casa que fue de su propiedad. Como sabes, ha habido algunas muertes violentas desde entonces. Clara, nos conocemos desde hace años: sé que tú también querrías llegar al fondo de este asunto.

Clara se limitó a asentir. En otras circunstancias habría hecho bromas sobre difuntos, haciendo gala de cierto humor negro que había adquirido en la Facultad de Medicina Legal y Forense, pero hoy no. Hoy iba a enterrar a su madre. Miró a Valentina a los ojos.

—¿De qué se trata?

—Necesito registrar de nuevo la casa. Al menos, el cuarto y el despacho donde ella solía trabajar: algo se nos escapa. Y el ADN. Necesito el tuyo. Y... el de tu madre.

—El de... ¿mi madre? Pero...

—Lo sé, de ahí la urgencia. Puedo obtener cabellos con folículo de peines o cepillos, pero si no lo consigo, necesitaré...

—Cogérselos al cadáver —concluyó Clara, sin dejarla terminar.

—Exacto —dijo Valentina, casi en un susurro—. Lo haría con mucho cuidado, solo uno o dos cabellos bastarían para obtener una prueba biológica fiable —concluyó, mientras Clara parecía reflexionar.

—Lo entiendo... Haz lo que tengas que hacer. Confío en tu criterio. ¿Has traído el material necesario? —preguntó Clara, que por unos instantes adoptó su tono profesional, intentando ser pragmática.

Valentina respondió sacando de su bolso un bastoncillo, que se encontraba dentro de una cápsula aséptica de plástico, y se lo pasó a su amiga; la forense lo sacó sin ceremonias de su envoltorio y lo introdujo en la boca sin remilgos, imprimiéndole su ADN, por si así la biología forense pudiese encajar alguna pieza del puzle. Clara se levantó, dirigiéndole una sonrisa cansada a Valentina. Antes de salir del cuarto, y ya casi dándole la espalda a la teniente, volvió el rostro y medio torso y le clavó la mirada:

—Si hay algún cabrón hijo de la gran puta que tenga que ver con el suicidio de mi madre, cógelo. No quiero verlo en ningún sitio que no sea la sala de autopsias.

Valentina contestó con un gesto de sus ojos bicolor, asintiendo con toda la firmeza y credibilidad de que fue capaz. Cuando comprobó que Clara ya estaba en compañía de su marido y demás familiares, se puso manos a la obra. Por suerte, en el cuarto de Jana, inspeccionando sus cepillos, pudo localizar material aceptable, que pensaba llevar personalmente, preservando la cadena de custodia, a uno de los laboratorios privados de Santander a donde ya habían llevado otras de las pruebas. Fue un alivio: no le habría hecho especial gracia tener que manipular el cadáver de Jana para obtener muestras de ADN. Rebuscando entre el correo y la documentación de Jana, no localizó nada de interés, salvo la última factura telefónica, que acababa de llegar, y que se guardó para trabajar con ella cuando terminase el sepelio. Ella había ido hasta allí para darle su apoyo a Clara, pero esa entrega personal implicaba no solo el abrazo, sino también la acción, la investigación. No pensaba marcharse de Comillas con las manos vacías, aunque por unos instantes hubiese llegado a dudar de la posible colaboración de Clara. Creía conocerla bien, pero en momentos de duelo, de dolor intenso, no siempre era fácil determinar cómo iban a reaccionar y a comportarse las personas. Sin embargo, su amiga había aceptado todo lo que Valentina le había solicitado sin cuestionar nada en absoluto, quizá intuyendo que Talavera lo había aprobado, o quizá, sencillamente, buscando también algo de luz. ¿Sería posible que el Ángel de Villa Marina tuviese algo que ver con Clara Múgica? ¿O con los asesinatos de aquellos días?

A media tarde Clara enterró a su madre guardando una sobria compostura, sin derramar lágrimas, aunque parapetada tras unas enormes gafas oscuras. En el aire se respiraba cierta inquietud, un halo de suspense herido, como de incógnita no resuelta, ya que aquello no había sido una muerte natural, sino un suicidio. Todos se preguntaban las causas. Muchos especulaban, murmuraban.

Clara también se preguntaba por qué su madre había tomado ventaja a la muerte, adelantándose a las instrucciones que para los decesos guarda la naturaleza. Su angustia no era solo por la despedida inesperada, por la tristeza intrínseca de un final, sino por su responsabilidad ante el suicidio. Quizá, si la hubiese visitado con más frecuencia, si la hubiese llamado justo el día anterior... ¿Cuándo demonios habían hablado por última vez? Sin contar con la llamada tras la entrada del cadáver de David Viesgo en el IML, hacía ya casi tres semanas: una gestión rápida. ¿Qué tal la artrosis? ¿Bien? ¿Y qué libro estás leyendo? Ajá. Estupendo. Por supuesto, iré a verte pronto, tengo tanto trabajo. Sí, Lucas perfecto, con sus alergias, ya sabes. Llámame si necesitas algo. Un beso, mamá.

Qué sola debía sentirse su madre. Ella, Jana Ongayo, que siempre había sido un mujer de negocios, emprendedora, adelantada incluso a su tiempo, fuerte y decidida. Al menos, así la veía ella: una mujer de acero, agradable, pero, en realidad, siempre sola, siempre alerta. Clara sabía del pasado de su madre colaborando con espías, cazanazis y políticos, pero aquella cápsula de cianuro... ¿cómo era posible que su madre dispusiese de algo semejante sin que ella lo supiese? Quizá había muchos secretos de la famosa Jana Ongayo que ella desconocía. La quería, pero su enfado permanente con ella había sido determinante durante muchos años. Se había sentido abandonada en tantas ocasiones... su madre siempre estaba de viaje, incluso durante meses, o en reuniones, u ocupada haciendo galas de caridad, atendiendo a desamparados, como si tuviese que dejar su conciencia impoluta y reluciente, mientras ella estaba a cargo de niñeras o interna en colegios terriblemente caros. Clara contuvo un sollozo. La pena que sentía dentro era tan densa que le estrangulaba la garganta. Intentó visualizar los últimos momentos de su madre. ¿Por qué decidió marcharse allí, sola, sentada en aquel banco? La encontraron con una sonrisa en los labios. Aún la conservaba cuando ella llegó, antes del levantamiento del cadáver. Parecía una niña que hubiese hecho una travesura: los años la habían encogido; era ya tan chiquitina, tan delgada... su rostro, relajado, emanaba una paz que difícilmente podría asociarse a un suicidio. ¿Qué fue lo último que quiso ver su madre? ¿El mar abierto? ¿Aquel cementerio? El ángel alado que lo dominaba, blandiendo una espada, parecía a punto de despertar a la vida, de quebrar una delgada película pétrea bajo la que se ocultaba carne y músculo real. Aquella estatua de mármol blanco desgastado, con furia templada en los ojos, había sido testigo del último momento secreto de su madre.

Clara intentó concentrarse en el sepelio, para no pensar, para no derrumbarse allí mismo. Observó a Valentina. Era tan recta, tan profesional, tan aséptica. Pero allí estaba.

Y sabía que no solo por obligación. De su pecho salió el suspiro triste de una media sonrisa: su amiga Valentina estaba escrutando a todos los asistentes al sepelio. Comprendió que la teniente seguía trabajando; no descansaba nunca. Sin embargo, aunque le costaba mostrarse, Clara sabía de la calidez de Valentina. La delicadeza de sus preguntas tras el suicidio de su madre, la forma en que la había abrazado... había algo más que rigidez, formalismo y exigencia tras la mirada bicolor de la teniente.

Clara sabía cómo Valentina había perdido el brillo de uno de sus ojos verdes. Y sabía de su tristeza por aquel hermano que se diluyó por el camino, una pérdida que pocos conocían y que la teniente guardaba con celo, como un peso muerto del que no quisiera deshacerse. La presencia de Valentina reconfortó a Clara; sabía que podía contar con ella. Sin embargo, y aun del brazo y apoyo de su marido Lucas, sintió un cansancio infinito, mientras sus pensamientos navegaban, dolidos, surcando la figura de su madre. Mamá, ¿qué has hecho? ¿Cómo puedo pedírtelo ahora? Dime, ¿cómo pedirte que te quedes?

Valentina, por unos segundos, se había sentido observada por Clara. La tristeza de la forense no era ostentosa, pero sí evidente. Aquel ambiente, aquel silencio respetuoso seguido de murmullos, le recordó el entierro de su hermano. De aquello hacía más de dos décadas. Ella no tendría que haber ido, le habían recomendado reposo absoluto. Tenía solo doce años y su ojo izquierdo, sin luz, era algo indefinido tras unos vendajes y unos terribles hematomas morados, casi negros. Fue él quien la golpeó. No quiso hacerle daño, de eso estaba segura. Solo quiso apartarla, quitarla de su camino: estaba fuera de sí. ¿Quién era aquel chico? No era su hermano. Era otro con su voz y su cuerpo, emponzoñado por las drogas. Él necesitaba dinero. Punto. Largarse de allí y comprar material. Punto. Así se lo dijo. Y así, mientras se lo decía, cogía sin pudor las perlas del aparador de su madre. Sus padres lo habían llevado a un centro. Se estaba rehabilitando. El futuro aún podía ser una agradable promesa de posibilidades. ¿No era cierto que eran una familia unida, que enfrentaba los problemas de frente, cogidos de la mano? Pero él había conocido a una chica en el autobús. Algo había surgido en el viaje, algo bueno de verdad. Estaba prohibido tener novia hasta estar recuperado: lo sabía. Eran las normas. Y a él qué, las normas. Podía salir de aquella mierda cuando quisiese. Pero en unas semanas la chica se había evaporado, y él había sucumbido. De nuevo, su cuerpo fue esclavo de la droga, de una clase variada y heterogénea de estupefacientes.

Valentina lo sabía. Lo había visto con la chica. Tendría que haber dicho algo. Que hacer algo. Pero entonces los habrían separado: ¿no habría adelantado el desenlace? Quizá se mereció aquel brutal puñetazo. Ella sabía que si él no hubiese estado bajo el efecto de las drogas nunca la habría pegado. Cuando Valentina se desplomó en el suelo, él ya no estaba en el cuarto, había huido veloz, llevándose todo lo de valor que había podido, sin que ella pudiese hacer nada por evitarlo. ¿Supo él lo que había hecho? Quizá sí. Quizá sí tuvo conciencia de sus actos, de todos los que se venían sucediendo desde hacía meses, y quizá por ese motivo excedió la dosis. Un toxicómano sabe perfectamente hasta dónde le resiste el cuerpo. Y Valentina también era consciente de esa realidad. Le torturaba la idea de que él, en un momento de cordura, de lucidez, hubiese decidido despegarse de su cuerpo para no hacerle más daño a nadie. A sus padres. A ella. Su hermano mayor, valiente y honorable gilipollas. Se había ido marchitando una promesa.

La teniente intentó sacudirse el recuerdo de las entrañas. No estaba allí para sucumbir a la melancolía, al dolor gratuito. Escrutó, con detalle, a la multitud, y respiró el ambiente, que, unido a su ánimo, le caló dentro con tristeza, como si fuese niebla húmeda de la que se agarra a los huesos. En pleno sepelio, de reojo y con disimulo, miró la pantalla de su móvil, que había silenciado. Varias llamadas y mensajes, ninguna de quien esperaba. Había telefoneado varias veces a lo largo del día a Oliver Gordon, sin resultado. Necesitaba algo de él, y ahora ya empezaba a preocuparse: acababa de recibir una amenaza muy contundente en su propia casa. ¿Le habría pasado algo? Valentina abandonó casi por completo su pesadumbre, su ánimo melancólico, y comenzó a notar en su pecho el pálpito de una preocupación sincera: ¿dónde demonios estaba Oliver Gordon?

El misterio es la cosa más bonita que podemos experimentar. Es la fuente de todo arte y ciencia verdaderos.

ALBERT ENSTEIN (1879-1955)

Domingo, 14 de julio.

Era temprano, y no estaba resultando un fin de semana fácil ni tranquilo. Valentina programaba su agenda del día en su apartamento, impoluto y ordenado como ella misma, al mismo tiempo que disfrutaba de una enorme taza de café con leche caliente y miraba de reojo el gran esquema que tenía sobre la mesa, que incluía datos del caso de Villa Marina, apenas ya legibles entre innumerables apuntes en los márgenes del papel, cubierto de flechas que se disparaban de una punta a otra del plano.

El recuerdo de la tarde anterior, de su tristeza profunda y hueca, aún le acompañaba, acompasando su respiración y su ánimo.

Teléfono.

—¿Diga? ¿Oliver? ¿Dónde te habías metido? Intenté localizarte ayer por la tarde y te llamé media docena de veces, por lo menos. ¿Estás bien?

—Sí, estoy bien. De momento no me han vuelto a echar gasolina por ninguna parte... Siento no haber contestado ayer, me dejé el móvil en casa y cuando lo vi por la noche ya era bastante tarde para llamar.

—Ya. Pues necesitaba verte, si es posible. Y me gustaría que no fuese en un tanatorio, así que llévate el teléfono hasta que terminemos con este asunto, ¿conforme?

—Sabía que terminarías echándome de menos.

—En absoluto. Quería verte, única y exclusivamente,

para que me des una muestra de tu ADN, si te parece bien —replicó Valentina, sin ocultar su sonrisa al otro lado de la línea.

—¿Mi ADN?

—Sí, por eso te estuve llamando ayer.

—Vaya, y yo que pensaba que era para invitarme hoy a desayunar. Entonces, ¿no hay *brunch*?

—Los ingleses parece que tenéis buen humor los domingos por la mañana. Me alegro. Hoy no están abiertos los laboratorios, de modo que, si no tienes inconveniente, me gustaría recoger la muestra mañana por la mañana, para que se desvirtúe lo menos posible antes de entregarla.

—¿Mañana? De acuerdo, por mí no hay inconveniente. ¿Qué tengo que hacer? ¿Me vais a quitar sangre o algo?

—No —sonrió Valentina, al otro lado del hilo telefónico—. Bastará con que mojes de saliva un bastoncillo, nada más.

—Muy bien, sin problemas, ¿a qué hora voy a la Comandancia?

—A primera hora estaría bien... ¿a las nueve es muy temprano?

—Por favor. Soy británico, ¿cómo va a ser temprano?

—Gracias, Oliver. —Valentina hizo una pausa—. Esta prueba no es obligatoria, quiero decir que podrías negarte... y ya determinaría el juez que instruye el caso sobre la procedencia o no de su necesidad.

—Teniente —la interrumpió Oliver—, ya te he dicho que no hay problema, colaboraré en todo lo que haga falta. Pero no sé muy bien para qué quieres mi ADN. ¿Crees que el bebé podría ser de mi familia? ¿Va por ahí la investigación? Porque te recuerdo que mi madre era adoptada, así que no creo que tenga nada que ver con la casa...

—Ya lo sé, Oliver —reconoció Valentina, que ni por asomo pensaba manifestar que estuviese dando palos de ciego—, pero quiero descartar posibilidades, tener toda la información posible para poder después elaborar una hipótesis razonable que resuelva este caso.

—Lo comprendo. De todos modos, quizá pueda ayudaros yo a vosotros.

—¿Ah sí?

—Sí. Te dije que investigaría. Que no me iba a quedar quieto. Ayer por la tarde no pudiste localizarme porque volví a Santillana, a la casa de los Chacón.

—¿Qué has hecho qué? Pero ¿cómo se te ocurre? ¿No te dije que no te inmiscuyeses en la investigación? —Valentina resopló, evidentemente muy enfadada—. Esto no es un juego, Oliver, y ni tus bromitas ni tu nuevo plan detectivesco podrán hacer que esquives una bala o que no te envenenen o que no te rocíen a ti, y no a tu cabaña, de gasolina. Joder... ¿y qué ha pasado?

—Si dejas de gritarme te lo cuento.

—¿Que yo...? —comenzó a bramar Valentina, que de inmediato comprendió que sí que había elevado el tono, y se esforzó por recuperar la calma—. Muy bien, Sherlock, ¿qué has averiguado?

—Que el tal Izan Sáenz ese que os atendió el otro día os mintió.

—¿Que nos mintió? ¿En qué? ¿Por qué lo dices?

—Porque cuando fui, él no estaba, sino su mujer con los críos en la casa, que por cierto eran unos terroristas de cuidado, y tenían allí, en el salón, a la abuela, en una silla de ruedas...

—¿A la abuela? Te refieres a la hermana de Ignacio Chacón, el chico que desapareció en el cuarenta y ocho.

—Esa misma: Dolores Chacón. Pues bien, me identifiqué, le conté a la mujer de Sáenz que había aparecido una figurita de Tlaloc en Villa Marina...

—Pero ¡eso es secreto de sumario, Oliver!

—No exactamente. A ver, no le dije que había aparecido con el cadáver. Ella ya me conocía y sabía de la historia por los periódicos, pero yo no vinculé a Tlaloc con el bebé. Tampoco dije que había estado allí el otro día, en el vestíbulo, ni que colaborase con la Guardia Civil.

—Bueno, es que técnicamente no eres un colaborador, Oliver...

—Ya. Pues dije, simplemente, que había encontrado una figurita por la casa, y que quería saber si era de ellos o si sabrían su procedencia, dado que su abuelo había traído el símbolo desde México.

—¿Y...?

—Y que Berta, que es la mujer de Sáenz, no tenía ni idea, salvo por el hecho de que su marido le había contado que vosotros habíais estado allí el otro día, y que había mandado registrar el trastero para ver si daban con uno de los hombrecillos verdes. Por cierto, me dijo que de momento no habían encontrado nada. Pero la anciana, que al principio parecía que no se enteraba de nada, después se puso a cantar allí *La Traviata*.

—Explícate.

—A ver, le conté a Berta que Villa Marina había pertenecido a los Ongayo antes que a mi familia, y ahí ya se empezó a liar todo; cuando la anciana escuchó el apellido Ongayo, se volvió medio loca... pero antes de continuar, confírmame esto: según os dijo Sáenz, él no sabía nada del asunto de su tío, salvo que podía estar implicado en turbios asuntos políticos de la posguerra, ¿no es así?

—Sí.

—Pues su madre, como te dije antes, una vez que escuchó el apellido Ongayo, pareció regresar del limbo de donde estuviese y dijo que la culpa de todo la tenía «la zorra de la criada». Que sepas que cito literalmente, por cierto. La llamó zorra al menos seis veces, y Berta tuvo que enviar a los niños a la cocina con la sirvienta.

—La criada... Jana, por supuesto.

—Por supuesto. Trabajó para ellos en el hotel de Ubiarco, que se llamaba la Casa Azul, y después su hermano llevó a Jana a Santillana, aun cuando ya había bastante servicio, según dijo la señora. Bueno, exactamente dijo que «les sobraban pobres y paletos para servir», y que «la zorra de Jana» fue la que mató a su hermano, que estaba convencida, y que siempre se lo dijo a sus padres, y que había sido muy raro que hubiese aparecido por la Casa Azul el novio de «la zorra» al día siguiente de que hubiese desaparecido Ignacio. Dijo que una vez, incluso, pilló a su hermano dándole un beso a Jana en la boca, en el zaguán de la casona donde estaba Tlaloc... y remató la historia diciendo que estaba convencida de que «la muy hija de Satanás» se había cargado a sus maridos para mantener su fortuna y hacer lo que le diese la gana y vivir como una reina.

»Lo curioso del tema es que Berta sabía esta versión, que por lo visto lleva años machacando la pobre señora, acusando sin parar a Jana Ongayo de cada desgracia que pasa continuamente en Cantabria, incluso en la actualidad, pero me dijo que no le hiciese caso, que tenía alzhéimer y ahora solo decía barbaridades. Así que me despedí fingiendo que solo estaba interesado en saber la procedencia de Tlaloc.

—Es decir, que si lo sabía la mujer de Izan Sáenz, este, que ha vivido toda la vida con su madre, tendría que saber esa versión de memoria. ¿Es eso? ¿Esa es tu conclusión?

—Sí. Pero lo que no entiendo es por qué él desvincula a Jana de esta historia; ¿por qué no os contó la verdad? ¿Qué más le daba, a estas alturas? ¿Por qué no iba a querer encontrar al verdadero responsable de la muerte de su tío? Ya sé que podría no haber sido Jana Ongayo la asesina de Ignacio Chacón, pero me resulta extraño que un hombre mienta a la Guardia Civil por un asunto que, aparentemente, y más a estas alturas, ni le va ni le viene.

Valentina guardó silencio unos segundos, reflexionando.

—Gracias, Oliver, creo que es una información muy interesante, pero no vuelvas a inmiscuirte en la investigación, por favor, podría ser peligroso. Tómate el día de descanso. Hace un sol espléndido. Nosotros seguiremos trabajando. ¿Nos vemos mañana en la Comandancia?

—Conforme. Allí estaré. ¿Me invitarás a un café?

—Solo si hoy te comportas como un perfecto caballero inglés y no te metes en problemas.

Oliver se rio:

—Lo intentaré. Un perfecto *gentleman*. Hasta mañana, teniente.

Cuando Valentina colgó el teléfono, el corazón le galopaba rápido. El pasado. Ignacio Chacón. Allí tenía que estar la clave. Llamó al cabo Camargo por teléfono, para ver cómo llevaban el rastreo de datos él y los agentes Torres y Zubizarreta: lamentablemente, la búsqueda de empresas que trabajasen con polvo de minio y óxido de plomo en Cantabria estaba resultando lenta y farragosa, añadiendo el hecho de que, en fin de semana, no podían contrastar datos con los responsables de las compañías.

Valentina estaba decidida a no desperdiciar el domingo. Llamó a Santiago Sabadelle por teléfono.

—¿Sabadelle? Pero cómo, ¿estabas durmiendo? ¿A estas horas? Van a ser las diez de la mañana, ¿no te da vergüenza? —le preguntó, riendo.

—La vergüenza la perdí ayer en el último bar, me temo. La función terminó tarde y luego nos fuimos todos los del grupo de teatro de parranda.

—Vaya, ¿y qué tal fue la representación?

—Lleno total. Un éxito. Torres y Zubizarreta fueron, por cierto.

—¿De veras? —Valentina percibió cierto tono de reproche en la voz de Sabadelle—. Pues avísame cuando sea la próxima representación e iré a verte, ¿de acuerdo?

—Sin problema, teniente. —El tono de voz de él era neutro, aún adormilado, pero no dormido: era consciente de que debía llevarse bien con Valentina, incluso hacerle un poco la pelota, aunque seguía detestando la idea de que fuese su superior.

—Sabadelle, necesitaría reunirme contigo esta mañana, solo un rato, ¿puede ser?

—Por supuesto. Sin problema, teniente —repitió, poniendo en blanco los ojos y comiéndose en silencio una maldición.

—¿Cuánto tardas en estar listo? ¿Una hora?

—O menos. ¿Por qué?

—Porque quiero revisar contigo los informes antiguos de la Guardia Civil sobre el caso del chico desaparecido en el cuarenta y ocho. ¿Has localizado al guardia que llevó el asunto?

—Fue un sargento, pero murió hace veinte años, en un accidente de coche. He buscado al primo del que se llevaron preso, Luis Salvador, que era guardia en Ubiarco, pero ese también murió hace ya más de cinco años. Así que tendremos que conformarnos con los informes que tenemos.

—Parece que no tenemos mucha suerte. Todos los rastros que seguimos están fríos desde hace más de cincuenta años. Por cierto, ¿has avanzado con las Clarisas?

—No; con relación a Clara Fernández, me han dicho en el monasterio que tardarán en localizar los registros de las antiguas novicias, porque se traspapeló y perdió bastante documentación en el traslado que hicieron hace años desde el Regina Coeli hasta el monasterio de San Ildefonso donde están ahora...

—Suena a excusa.

—Una trola monumental, diría yo. Además, la madre abadesa dice seguir indispuesta, y desde que la conozco no recuerdo que tuviese ni un catarro. Es muy raro —dijo, sin poder evitar chasquear la lengua.

—Ya. ¿Tenías planes hoy?

—No especialmente.

—Vale. Pues quedamos en la Comandancia en una hora, ¿conforme?

—Conforme —dijo él, al tiempo que mascaba un pensamiento: pero ¿es que esta zorra no descansa nunca?

Cuando colgó el teléfono, Valentina marcó el número del cabo Camargo.

—Buenos días, teniente.

—Buenos días, cabo. Tengo algo para ti y para Torres y Zubizarreta. Dentro de una hora estaré en la Comandancia, y os dejaré allí la última factura telefónica de Jana

Ongayo, a ver si podéis sacar algo en claro de ahí, ¿de acuerdo?

—Muy bien, sin problema.

—Otra cosa: Oliver Gordon estuvo comprometido con una tal Anna Nicholls, que supuestamente enfermó gravemente de cáncer, se recuperó y ahora trabaja en una ONG en la India. Comprobadlo, ¿vale?

—Lo intentaremos.

—Bien. ¿Qué tal va la búsqueda sobre el óxido de plomo? ¿Alguna empresa o taller que encaje? ¿Alguna pista?

—Nada. Es una aguja en un pajar. Estamos filtrando por zonas. De hecho, acabo de hablar con Torres sobre el tema, y ella va a rastrear Comillas y Santillana; Zubizarreta, Santander y Torrelavega, y yo el resto de la provincia. Si hay novedades te llamaremos enseguida.

—De acuerdo. A cualquier hora, Camargo.

Cuando se despidieron, Valentina dudó unos instantes sobre si llamar o no al sargento Riveiro. Confiaba en él, en su intuición y en su experiencia, que siempre le abría caminos que ella, en ocasiones, ni imaginaba explorar, pero no quería arrebatarle tiempo para estar con su familia; a fin de cuentas, era domingo y hacía un día espléndido. Finalmente, y aun con la duda en su pulso, marcó su número.

—¿Riveiro? Buenos días —lo saludó, para acto seguido contarle las novedades de la tarde anterior y las que aquella misma mañana Oliver Gordon y el subteniente Sabadelle le habían trasladado.

—Sí, está claro que en este asunto la clave arranca con la desaparición de Ignacio Chacón en los cincuenta, y que ha resucitado con la aparición del bebé en Villa Marina —dijo el sargento, una vez que Valentina hubo terminado su exposición—; pero no sé si estaremos de manos atadas hasta que tengamos todos los resultados forenses y podamos acceder a las Clarisas... va a haber lío con el obispado, como no se muestren colaboradoras.

—Lo sé. Por eso he pensado indagar por otra posible

fuente de información para saber qué pudo pasar en el cuarenta y ocho con Ignacio Chacón... si tú no puedes venir esta tarde, lo entiendo, no te preocupes, se lo pediré a Sabadelle o iré sola.

—¿Esta tarde? Teniente, iré a donde sea necesario para solucionar este caso. Cuenta conmigo. ¿Adónde vamos?

—Te lo confirmaré tras la reunión con Sabadelle esta mañana... antes, tendré que hacer un par de llamadas. Si todo va como tengo previsto, por la tarde nos vamos a Comillas.

La tarde del domingo 14 de julio, la teniente Redondo y el sargento Riveiro fueron por la costa, desde Santander, hasta Comillas, apenas sin hablar, disfrutando del paisaje, y comentando solo a quién iban a ver, tras el estudio intensivo que Valentina había realizado por la mañana, con Sabadelle, sobre la vieja documentación de la Guardia Civil.

Cuando llegaron a su destino, tras sortear una densidad de tráfico considerable, con la playa de Comillas atestada de sombrillas, veraneantes y lugareños, serían casi las cinco de la tarde.

Era una casita encantadora, casi al borde del mar, sencilla, pero con indiscutible aire marinero que incitaba a la curiosidad de saber cómo sería por dentro. Les abrió la puerta un chico joven, que dijo llamarse Eric, y que al parecer era el nieto de la persona a la que iban a visitar. Les hizo pasar a un saloncito modesto, que tenía dos ventanas, una con vistas al muelle de Comillas y a sus barcos de pescadores, y otra con un sencillo horizonte azul, que solo enfocaba al mar.

Una anciana, a los pies de esta ventana de eterno fondo azul, cosía sentada en un sillón antiguo, decorado con un sinfín de cuadritos escoceses, y que no hacía juego con nada de lo que hubiese en la habitación, que resultaba ser extrañamente acogedora.

—Buenas tardes, soy Valentina Redondo, de la Policía Judicial de la Guardia Civil, hablamos antes por teléfono... este es mi compañero, el sargento Riveiro.

—Hola —contestó la anciana con una sonrisa—, les esperaba. Vengan, siéntense. ¿Quieren tomar algo? —les preguntó, al tiempo que se levantaba, enérgica, para saludarles.

—No, gracias, no queremos entretenerla ni molestarla demasiado.

—Claro que no. Cómo van a molestarme: me sobra el tiempo. Han venido a preguntarme cosas del pasado, ¿verdad? Dentro de poco yo también seré historia —dijo, con una sonrisa llena de buen humor—. Pero de momento sigo aquí, dando guerra.

Valentina le devolvió la sonrisa.

—Le agradezco que nos atienda, Sara. ¿Le importa que tome notas? —preguntó, al tiempo que iba sacando su libreta de su ligero maletín, que llevaba colgado al hombro.

—Claro, apunte lo que quiera, aunque poca cosuca de interés podré yo contarles, me imagino.

Valentina miró a Riveiro, hizo una pausa y expuso el motivo de su visita:

—Sara, hemos venido por algo que ocurrió hace mucho tiempo, para saber qué visión tiene usted de lo que pasó, ya que su marido, Luis Salvador, lamentablemente, falleció hace años.

—Sí... —afirmó Sara, dejando entrever nostalgia y tristeza en su mirada—. Va a hacer diez años. Pero yo hablo con él todos los días, como una vieja loca, ya ven. Pero me reconforta. Ustedes quieren hablar de cuando se lo llevaron preso, ¿no? ¿Es por el suicidio de la señora Ongayo? ¿Tiene algo que ver?

—Es posible, Sara.

—Nunca dejó de quererlo, yo lo sé. Vi cómo lo miraba una vez, cuando nos la cruzamos en la plaza. Hubo una época en que la odié, ¿saben?

—¿Sí? ¿Por qué?

—Porque él la quiso mucho tiempo también, aun después de ya estar casado conmigo —dijo, desviando la vista hacia la ventana—; pero yo lo perdoné. Siempre se busca lo que no se puede tener, supongo que es algo natural en los hombres. Pero terminó por olvidarla, también lo sé. Hemos sido muy felices. Hemos tenido dos hijas y tres nietos, que lo adoraban... se marchó muy pronto, un cáncer... en fin, pero no puedo quejarme —concluyó, con media sonrisa, haciendo una pausa y mirando a Valentina directamente a los ojos—. ¿Qué quieren saber?

—Queremos saber qué le contó él sobre el día en que fue a Santa Justa, a Ubiarco, para ver a Jana. ¿Sabe usted por qué fue allí?

—Nunca quiso explicármelo. Me dijo que había sido como una especie de despedida, porque a su regreso, aquel día, me pidió que me casase con él.

—Pero yo pensaba, según el informe de la Guardia Civil de entonces... ¿no estaban ustedes prometidos desde hacía tiempo?

—No, habíamos empezado a salir alguna vez, me acompañaba a casa a veces, pero casi siempre estábamos en grupo. Éramos solo medio novios, supongo.

—¿Y no le pareció raro que, precisamente, aquel día le pidiese en matrimonio?

La anciana meditó unos instantes.

—Posiblemente quise creer que no era raro. Que tendría su lógica que le hubiese ido a decir adiós a su antigua novia porque se había enamorado de otra... claro que hacía mucho tiempo que apenas tenían relación, aunque un par de meses atrás había ido a verla con su hermana a Santillana del Mar... en fin, ya no me acuerdo muy bien de aquello. Hace tanto tiempo...

—Bien, ¿y qué ocurrió después, tras la visita de Luis a Ubiarco?

—Que en un par de días se revolucionó el pueblo, vino la Guardia Civil por aquí, lo tuvieron creo que hasta tres días en los calabozos del pueblo de Ubiarco, para después mandarlo a la Prisión Provincial en Santander. Fue horrible. Mi padre después ya no me dejaba casarme con él, pero yo ya estaba loquita por Luis, lo tenía cruzado en la cabeza, y cuando lo soltaron tardamos solo tres meses en casarnos. Menos mal que movió todo su primo de Ubiarco, que también era guardia civil, y demostró que él no tenía nada que ver, mi Luisuco, pobrecito mío. Siempre fue un hombre bueno, no se metía con nadie, se lo juro.

—No le acusamos a él de nada, Sara, no se preocupe. ¿Recuerda algo más de aquellas semanas?

—No especialmente —dijo la anciana lentamente, como escudriñando en su memoria—. Solo la revolución que hubo en toda la zona cuando se encontró el saco aquel con las piernas del golfo de Chacón. ¡Y con el escudo del águila, nada menos! Menos mal que apareció, porque solo entonces dejaron de murmurar de mi marido, y se empezó a pensar que podía haber habido algún ajuste de cuentas con los del monte o los nacionales. Yo no sabría decirle. Fue todo muy raro.

Valentina tomó aire. No estaba desatascando el caso especialmente.

—Sara, ayer, en el entierro de Jana Ongayo... había mucha gente, ¿fue usted?

—Oh, no. ¿Para qué? Jamás había cruzado una palabra con ella. Pero ya le he dicho que ya no la odiaba. Llegó un momento en que ya no le tuve celos, a pesar de que envidiaba todo lo que ella tenía: era tan guapa, y vestía aquellos vestidos tan bonitos... ¡y qué zapatos! Pero mi Luis terminó por olvidarla y ella nunca nos molestó; nos dejó que siguiésemos nuestro camino, algo que incluso le agradezco. Ya se lo dije: vi cómo ella lo miraba. Tuvo que costarle mucho esfuerzo no acercarse a mi marido. Otra cosa era su hermana, Clara: yo ya conocí a las dos cuando vinieron a pasar varios veranos seguidos a Comillas, aunque me llevaban un par de años de diferencia. Las niñas, entre nosotras, a Clara, la llamábamos Lucibel.

—Perdone, ¿cómo...?

—Lucibel. De Luzbel. Era tan guapa, pero tan soberbia y extraña. Daba hasta miedo. Su manera de observarnos, cómo manipulaba a su hermana... era fría como el hielo. Con solo una mirada hacía que te temblasen las entrañas. Pero ¿no saben ustedes qué es Luzbel? —preguntó la anciana, casi extrañada.

—Sí —atajó Riveiro, serio, mirando a Valentina, que buscó en sus ojos una explicación—. La luz bella, el ángel más hermoso al servicio de Dios —dijo, haciendo una pausa, concentrándose para recordar lo que había leído en los libros de catequesis de su hijo mayor—. Luzbel es solo una de las formas de denominarlo.

—¿De denominarlo? ¿A quién? —cuestionó Valentina, que, con extraña inquietud, ya estaba deletreando una respuesta en su cerebro.

—Al diablo: el ángel que se rebeló por su soberbia, arrastrando a otros ángeles rebeldes... —replicó Riveiro, dudando en sus palabras y entrecerrando los ojos como para hacer memoria—. Luzbel, Lucero, Lucifer...

—Eso es —afirmó, complacida, la anciana, al tiempo que negaba suavemente, con gestos de su cabeza—. Se lo juro; aquella chica era preciosa, pero con solo mirarla sabías que era como un demonio, la pura personificación del mal.

Diario (16)

Nada, o al menos pocas cosas, son lo que en realidad aparentan. Yo también puedo caer en el engaño de las apariencias: no soy infalible. Existió una persona que, durante mucho tiempo, me engañó con su aparente indiferencia, cuando en realidad tenía el alma más cálida de todas. Te contaré algo asombroso: fue David quien introdujo el escudo del águila en el saco donde reposaban las putrefactas piernas de don Ignacio. Para comprender esta acción, este desenlace, que no fue más que el comienzo de otra callada historia, tendré que hablar de él; ¿de quién sino? Hablaré de David.

Cuando David dejó su pequeña aldea de Hinojedo para irse a trabajar a la granja de La Tablía, en Suances, tuvo una sensación a camino entre el vacío intenso de la soledad, y el impulso adolescente de ser libre, de comenzar a vivir, a ser hombre. Para ser tan joven, la vida le había llegado a pesar demasiado: su madre, su hermano, los rojos caídos a pies de la montaña de Castío. Muchos muertos archivados tras su retina infantil. Muchos trabajos, responsabilidades y preocupaciones para un zagal de trece años.

El camino desde Hinojedo a La Tablía, cargado con sus cuatro enseres básicos, lo hizo andando, acompañado de su padre, Benigno. A buen paso, podrían haber despachado el viaje en una hora, pero lo hicieron casi en dos, hablando de la vida, del futuro, y de lo bien que iría todo cuando terminase la guerra: como si se despidiesen porque el muchacho se marchase de verdad de vacaciones, como Benigno le había dicho a Jana. Pero, durante la travesía entre prados y caminos, que no era más que una despedida, había recordatorios de que la guerra seguía presente: se notaba en la cara de las personas que se cruzaban, en la tristeza y en el hueco del aire, en el que a veces parecía que ya ni los pájaros silbaban, incapaces de seguir el baile etéreo de la brisa.

Cuando giraron la esquina de la playa de la Concha, para ascender por la cuesta que daba al faro de Suances y, que si se desviaban hacia Tagle, daba camino a La Tablía —y mucho más allá, a Ubiarco y a Santillana del Mar—, vieron el hotel más custodiado de Cantabria. Era curioso que, estando tan cerca, nunca hubiesen pasado por allí en los últimos meses, porque el hotel, reconvertido en una zona internacional protegida, llevaba ya casi un año rodeado por una tapia y con varias capas y pisos de alambrada, bajo una protección diplomática creada por el gobierno para dar asilo a los extranjeros en aquella penosa guerra. Era como una embajada multicolor, con banderas no desplegadas de identidad suiza, italiana, chilena, argentina, norteamericana, inglesa, griega... una torre de Babel artificial y blindada, fortificada en Suances y no en Babilonia.

Al pasar, la Guardia de Asalto los miró descaradamente de arriba abajo, calibrándolos en un solo vistazo como inofensivos pueblerinos. David, al tiempo que seguía caminando hacia su destino ganadero, captó esa mirada, que, al parecer, al buen Benigno le pasó desapercibida. Y a David le revolvió la rabia por dentro. Le hubiese gustado que lo mirasen con respeto, incluso con miedo. ¿No veían que él no era ya un niño? Él también podía ser un guerrero, un soldado, y darles una lección a los que habían arrasado su familia, su tierra y sus recuerdos.

Pero todo a su tiempo. Dentro tenía una semilla profunda de rencor, de rabia, de odio. Tenía claro su bando en la guerra. Sin embargo, aún era pronto. Demasiado joven: le quedaban por delante unos cuantos años en la ganadería. En La Tablía le trataron razonablemente bien. Sin privilegios extraordinarios por el ser el más chico, pero con un tratamiento ajustado a lo acordado con su padre Benigno. Pudo incluso ir casi todas las mañanas al colegio, hasta terminarlo a los catorce años.

Mantuvo alguna correspondencia con sus hermanas, pero poca. No le gustaba escribir, y tampoco tenía la sensación de tener nada que contar. Se sentía descolocado, como si no formase parte de ningún sitio, de ninguna familia, de ningún grupo con una entidad común. ¿Qué vida, qué futuro podía permitirse soñar? Sus hermanas, tan pequeñas, tampoco le daba la impresión de que lo tuviesen fácil: la una, de criada; la otra, limpiando una taberna. Y él, despachando vacas, cerdos, matanzas, partos vacunos, limpieza de establos y venta de leche al por mayor.

Cuando sus hermanas, al terminar la guerra civil, regresaron a casa, a Hinojedo, se sintió un poco mejor. Como si el mundo volviese a asentarse donde debía, como si se recolocasen en su sitio, al menos, algunas de las piezas de un puzle diseminado sobre una mesa. Tenía la vaga sensación de que así vivían más protegidas, como si el mundo fuese prácticamente normal. Cuando podía, se hacía la caminata y les llevaba carne de cerdo o, en muy contadas ocasiones, de ternera.

Por su parte, gustaba de andar con muchachos mayores, aunque tampoco le quedaba mucho más remedio, porque en La Tablía no había chicos de su edad. A veces, los domingos, bajaba a Suances y se daba un paseo por el puerto, donde trabajaba Pedro, uno de sus antiguos vecinos de Hinojedo. Desde que había ocurrido lo de la cueva, aquella mañana helada y horrible, no habían vuelto a hablar mucho. Ahora, a Pedro le llamaban el Manco. Pero a Pedro le era indiferente su apodo, se había acostumbrado. Salía a las mareas y trabajaba como cualquier marinero, bregando con el mar, de igual forma que si tuviese mano o no. Aquella mano que salió por los aires sin que apenas se enterase, percibiendo solo un calor intenso y ácido en su brazo.

Fue Pedro quien, un domingo, invitó a David a una cerveza, en una tasca oscura del puerto. Y allí, de forma paulatina, creció un grupo cada domingo, uniéndose otros marineros, otros vecinos de Suances e incluso algún compañero de La Tablía, hablando de política, de economía sumergida, de mareas, de mujeres y de la puta vida. Fue así como David encontró el camino, la vía, para dar cauce y salida a su rencor, a su odio, a su rabia infinita. Fue así como, por fin, empezó a sentirse parte de algo, a acomodarse en una identidad propia, y a marcarse objetivos que le diesen fuerzas para entender su existencia, qué sentido tenía todo, por qué él seguía vivo y su madre y Antonio no. Empezó a forjarse ideales por los que luchar, no solo con la impulsividad propia del adolescente, que a menudo carece de más sentido que el de la propia lucha contra el sistema, sino con el asentamiento de ideas y posiciones razonadas, aunque matizadas siempre por su rencor y su odio arraigado contra los nacionales.

David comenzó a manejarse entre ideales románticos y literarios de cómo cambiar el mundo, de cómo conseguir que ganasen «los buenos» y perdiesen «los malos». Algo así como una justicia universal en equilibrio.

Y pasó el tiempo.

En el año 1940 excarcelaron a los primeros republicanos. Regresaron a sus pueblos, a sus aldeas. Pero todo era intranquilidad, suspicacia y temor. Las nuevas autoridades locales —médicos, curas, falangistas— podían facilitar o no la reinserción a la vida de los derrotados. Unos lo hacían, otros no. Cuando las palizas eran insoportables, algunos decidían echarse al monte.

Entretanto, David seguía trabajando duramente en La Tablía, creciendo y perfilando cuerpo de hombre, reuniéndose a escondidas con miembros de la resistencia silenciada de la República, ayudando a los que se habían echado al monte, facilitando leche, nata, tortas y alguna borona para que se llevasen a sus cuevas. En realidad, la resistencia se desplazaba, itinerante, hacia el occidente de la provincia de Santander, porque hacia Potes, hacia la comarca del río Miera y montes de Comillas, era donde se encontraban las montañas, los montes y los prados con más recovecos, cuevas y cabañas perdidas donde esconderse de la Guardia Civil. Sin embargo, muy cerca, próximo a la mina de Reocín, en la montaña de Mercadal, había un nutrido grupo de rojos que resistía escondido, ayudado por los vecinos, aunque la gran mayoría terminaron por marcharse a Perpiñán o a París, en Francia.

Y siguió derramándose el tiempo en gotas sólidas y constantes, como las de un reloj de arena. Y ardió Santander en el año 1941. El casco histórico se desvaneció con el humo, mientras muchos lloraban que solo hubiese sobrevivido al fuego el edificio del Banco de España y el de Correos. «Son los pobres los que dan de comer a las llamas», escuchó decir David en la taberna del puerto.

A él todo le parecía injusto, absurdo, infernal. Aunque, a pesar de los racionamientos de posguerra, no pasó hambre en La Tablía, tampoco disfrutó de la abundancia, que no añoraba, porque nunca la había conocido. La vida era tan rutinaria, tan trabajosa y tan gris, que a David no le parecía tan mala la cosa de echarse al monte, de unirse a esa resistencia que, en cualquier momento, esperaba recibir ayuda de los que se habían ido al extranjero. Sin duda, estarían reorganizándose, pensaban. Pero ese mismo año cayó en Santander uno de los maquis más conocidos, el Cariñoso. Un toque de desánimo para los jóvenes idealistas.

A veces, David dudaba. Pensaba que si el nuevo orden franquista se asentaba definitivamente podría llevar, incluso, una vida normal. Llena de cobardía y sumisa, pero normal. Había una chavaluca en Suances que le gustaba mucho. Se llamaba Conchita. Quizá pudiese arrancar la vida por ahí con ella. Irse a alguna parte, lejos de España. Quizá le pidiese acompañarla a la verbena de Nuestra Señora del Carmen. Él nunca iba a fiestas, y, sin embargo, le constaba que sus hermanas sí lo hacían. En justa medida y con recato, pero lo hacían, aunque Jana se empezaba a dejar ver más de lo correcto con un muchacho de Comillas. Le parecía que era demasiado joven, pero ya se había informado sobre el chavaluco y no era mal crío. Trabajador, huérfano de padre, colado por su hermana. Había que ver con la niña. Ella y Clara no lo sabían, pero él siempre estaba al tanto de adónde iban y venían. El Manco y sus amigos le iban informando siempre de todo.

David, a pesar de haber catado ya el calor y la proximidad excitante del amor joven, terminó despidiéndose, entre promesas y en abrazos intensos de su Conchita, que sí quiso que le acompañase a aquella verbena del Carmen, y a otras muchas otras tardes y casi noches enteras, para subir a los montes y hacer lo que su hombría, su dignidad y su raza le pedían desde las entrañas. Quizá vengar a su madre, a su hermano y a su familia, destrozada. Quizá luchar por ideales políticos que a él le parecían justos, adecuados, necesarios.

Los que habían subido a los montes en el invierno del treinta y siete, y al terminar la guerra en el treinta y nueve, fueron, sencillamente, «huidos». Pero, los que, como él, bien organizados, subieron a las montañas a finales de 1944, todos les llamaron «guerrilleros». Cada guerrilla se componía de unos diez hombres. En la de David estaba Pedro, el Manco, y otros republicanos, la mayoría venidos de la Prisión Provincial de Santander o del penal del Dueso en Santoña. Algunos de estos hombres no eran idealistas, ni siquiera revolucionarios, pero la opresión en sus aldeas era tan brutal que prefirieron el monte a la vida mansa y sumisa.

Les llamaban bandidos, por sus robos y atracos de subsistencia, pero ellos invertían el capital en la causa: elaboración de propaganda política, reparto de octavillas y siembra de pegatinas por todas partes, celebración de asambleas secretas de reorganización, artículos de subsistencia, esa clase de cosas. Aunque, a decir verdad, con relación a la subsistencia, la colaboración vecinal era tan fuerte en cuanto a comida, enseres e información, que las autoridades llegaron a prohibir la presencia de vecinos en el monte.

Caían bien al pueblo, los guerrilleros.

Por supuesto, dado que a la prensa solo se le permitía publicar éxitos de las fuerzas gubernamentales, a David le hervía la sangre, porque cada una de sus acciones solo parecía trascender el boca en boca, y nunca en prensa escrita, como si fuesen fantasmas invisibles, bandoleros ninguneados por la indiferencia.

Por eso era tan importante la publicidad de su causa, el mantenimiento de la resistencia armada. David, en el año cuarenta y cinco, y coincidiendo con el aniversario del golpe de Estado, participó en la difusión de una octavilla, firmada por una guerrilla que no era la suya, que rezaba así:

> Joven patriota: tú que supiste en el 18 de julio de 1936 luchar contra los traidores de la República, no puedes estar pasivo a la lucha y olvidar la lucha titánica de los guerrilleros; ellos te llaman para liberar a España del verdugo Franco, incorporándote a las guerrillas. 18 de julio de 1945. Agrupación Guerrillera de Santander.

Había un guerrillero, en las montañas más cercanas a Potes, que se llamaba Juanín, y que desde el año cuarenta y tres estaba saltando de monte en monte, como un Robin Hood cántabro, y que comenzó a hacer leyenda, por sus esquinazos a la Guardia Civil, por su buen temple y honestidad, e incluso por su buen humor. Comenzaba a ser un referente para todos, David incluido. Sin embargo, con el paso de los meses y los años, y atravesando la dureza de los montes el cuerpo de los hombres, que eso eran y no otra cosa los guerrilleros, los grupos empezaron a disolverse, a desorganizarse, a diluirse. Llegado el año 1948, no constaba un apoyo político real a las guerrillas, y empezaba a resultar difícil justificar la continuidad en los montes de tantos hombres y de algunas mujeres bravas.

David, cansado, hastiado de una lucha infructuosa y de una vida de fugitivo, decidió escapar de sus ideales políticos románticos, de su sed de venganza. Decidió darse una oportunidad. Tenía casi veinticuatro años. Ya era hora de formar una familia. Su relación con Conchita había sufrido descansos, altibajos, agotamiento, a pesar de que ella era de una familia de izquierdas que había terminado apoyando su resistencia firme al régimen. La vida estaba llena de aristas. El verano estaba comenzando. Se irían a Francia. David hablaría con su padre, se despediría de él y de sus hermanas. Debía hacerlo todo con discreción, ya estaba fichado por la Benemérita desde hacía casi dos años.

Cuando David le dijo a Benigno que se marchaba a Francia en un par de meses, y que se iba a casar allí con Conchita, su padre no pudo reprimir un sollozo de alivio, un respiro para su alma machacada. Al fin. Su hijo fuera de los montes y del ángulo de tiro de la Guardia Civil. Todo empezaba a encauzarse. Un hijo casado y en Francia. Otra hija sirviendo en Torrelavega y, la más pequeña, antes en Santillana y ahora en Ubiarco —Jana retomaría su trabajo estival en la Casa Azul aquella misma semana.

David se sorprendió al saber que Clara no estaba en Torrelavega, sino con Jana en Ubiarco, disfrutando un descanso parcial al encontrarse los señores Ongayo en Uruguay, que al parecer ya se habían ido hacía una semana. Le pareció un gran gesto por parte de Clara, porque tendría que seguir llevando la casa de sus señores en Torrelavega, por mucho que quisiese echar una mano a su hermana pequeña.

David, acompañado del Manco, que de momento no dejaba la resistencia y había bajado a la civilización para ir al dentista —un rojo discreto, colaborador constante de los guerrilleros en la trastienda de su consulta dental—, decidió ir a despedirse de sus hermanas a Ubiarco, pero tendría que hacerlo escondido, por si acaso, aunque posiblemente la Guardia Civil no lo buscaría por esa zona, sino por Reinosa o, como mucho, por Mercadal.

Camuflados de campesinos, atravesaron prados y caminos y fueron hasta Ubiarco andando, de forma que llegaron entrada la noche. Decidieron dormir en una de las casuchas de marineros vacías que había cerca de la Casa Azul, y que semejaban no haber albergado nunca vida alguna, sino solo aparejos, cañas y redes.

A David se le ocurrió, divertido, que, una vez que se fuesen todos a dormir, podría intentar localizar el cuarto de sus hermanas, y despertarlas dándoles un susto de muerte, como hacía cuando eran pequeñas. Él y el Manco esperaron pacientemente tumbados en el prado, camuflados entre las hierbas y la oscuridad densa de aquella noche, al tiempo que charlaban, cenaban queso con pan y vino, y terminaban fumando tranquilamente, disfrutando de la agradable temperatura que empezaba a desperezarse tras la húmeda primavera.

Por fin, el trajín de la cena dio paso al silencio, y esperaron, pacientes, a que la última de las luces se apagase, aunque había una, de una habitación que ellos no sabían que era la biblioteca, que se resistía a dormir, a dar espacio a la oscuridad. Cuando, después de un buen rato de espera, y agotada la conversación política, decidieron acercarse al hotel de verano, se quedaron atónitos. Observaron a Clara y a Jana llevando sendos sacos al acantilado. Había poca claridad, y lo que veían y asimilaban era confuso. ¿Seguro que serían ellas? No las escuchaba hablar, así que no pudo distinguirlas por la voz.

Calma. Cautela. Somos fugitivos. ¿Y si no son ellas? Sí, sin duda alguna, son ellas. Dios del cielo, Clara está cubierta de sangre. Jana, sin embargo, apenas tiene manchada su ropa, aunque de esta destila el color rojo oscuro de la sangre, sin duda. El primer impulso de David fue acercarse a sus hermanas. Pedro, el Manco, lo frenó, vehemente. Eran guerrilleros. ¿Quién sabe qué pasaba dentro de la casa? ¿Y si estaba todo el mundo en pie y los descubrían? Y lo que era peor, ¿y si los delataban? Quizá no hubiese solo criados, sino también huéspedes. David se marcharía a Francia, pero Pedro aún se quedaría por estas tierras. Estaba ya pensando en bajarse del monte, pero todavía tenía que ver la forma de hacerlo y adónde.

Atención. Segundo viaje de las hermanas al acantilado. A su regreso, se pasaron un buen rato dentro de la casa. Después, las observaron subir, extenuadas, por el sendero. ¿Se marchaban, acaso? No. Se detuvieron en un manantial caudaloso pero oculto, cerca del camino. A David ya no le cabía ninguna duda. Lo que hacían sus hermanas estaba al margen del resto de los criados y del señorito, porque si no se lavarían en la Casa Azul. Tuvo que hacer grandes esfuerzos para no acercarse a ellas. Pero llegó un momento en que no pudo resistirlo. Tenía que saber qué estaba pasando. Pero, cuando comenzó a incorporarse desde su escondite, recibió un golpe tremendo y sordo en la cabeza, y él mismo pasó a unirse a la oscuridad de la noche.

Cuando, pasada más de media hora, David recuperó el sentido, el Manco se justificó de forma austera y escueta: no podía permitir que los pusiese en peligro. Allí había habido algún delito de sangre, sin duda, y no debían implicarse, que ya bastante tenían ellos con lo suyo. Ya no se trataba del jueguecito de irle a dar las buenas noches a sus hermanas porque el muchacho se marchaba a París o a sabe Dios dónde por tierras gauchas. Se trataba de que las hermanitas —que por cierto, cuidadito con las niñas de los cojones— estaban metidas en algo gordo, y en que no quedaba más que un suspiro para que la Benemérita apareciese por allí con ellos dos de por medio. Dado que Jana y Clara habían desaparecido ya de su ángulo de visión y que, según el Manco, habían vuelto a entrar en la casa, donde todo parecía calmo y tranquilo, David decidió hacer caso a su amigo y dejar pasar un par de días, tras los que ya hablaría con sus hermanas para aclarar las cosas. Así que ambos regresaron la misma noche, andando, a Hinojedo, para esconderse en la casa de Pedro, que tenía un pequeño sótano oculto, por si fuese menester usarlo.

Sin embargo, no les hizo falta esperar más de un día para enterarse de la desaparición de don Ignacio. Los escándalos vuelan ligeros en los labios de las gentes de cualquier parte. David, atónito, empezó a comprender qué podía haber dentro de los sacos. Dado que la Casa Azul fue cerrada temporalmente, tardó solo una semana en hablar con sus hermanas, sin necesidad de acercarse a Ubiarco. Mejor, porque estaba plagado de guardias civiles: al final, había resultado que el Manco tenía razón.

No les dijo a sus hermanas que había estado allí. Se limitó a, primero, comunicar que se marchaba en unas semanas y, segundo, indagar qué sabían ellas con relación a la desaparición del señorito. Le sorprendió la frialdad de Clara, lo tajante de sus respuestas; mentía con una tranquilidad escalofriante. En cuanto a Jana, mucho más nerviosa, no obtuvo mayor información. Si seguía presionando, suponía que terminaría por derrumbarse, pero la joven mantenía la dureza de su mirada, su poso de ambición en la voz. Ninguna de las dos se comportaba como si hubiese pasado nada terrible, solo que Jana había perdido un trabajo y que Clara, como siempre ejerciendo de madre protectora, se preocupaba por buscarle otro. En cuanto a él, no le cabía duda de que ambas estaban implicadas en la desaparición del señorito, como tampoco le cabía duda de que el muy cabrón se habría merecido cualquier cosa que le hiciesen los pequeños diablos que tenía por hermanas. No quiso presionarlas más, revelarles que tanto él como el Manco sabían, o al menos intuían, lo que había pasado. Desconocía el motivo. Tampoco le importaba. Una de ellas, o ambas, se habían sentido acorraladas y habían actuado. Eso ya le había pasado a él en el monte en alguna ocasión. Y había tenido que actuar. Así era la vida.

Dejó a Ballesta, uno de los amigos del Manco, de plena confianza y vecino de Ubiarco, paseándose por la zona a diario, porque desconfiaba de que lo que sus hermanas hubiesen arrojado al mar este lo devolviese, escupiéndoles en el rostro y complicándoles la existencia.

Una semana antes de marcharse a Francia lo avisaron de que, en efecto, el mar había regurgitado un paquete bastante revelador. Él mismo fue caminando por los prados hasta la playa de Santa Justa para verlo. Comprendió, con horror, que sus sospechas no eran infundadas. Pero lo que había imaginado, al verlo allí, putrefacto, tangible, le revolvió el estómago. Introdujo el escudo de los nacionales —que guardaba como recuerdo de unos zurrones que habían birlado a la Guardia Civil— como pista que esquivase suposiciones con relación a sus hermanas y al pobre muchacho de Comillas, que acababa, por cierto, de ser excarcelado, a falta de pruebas. David sacó del bolsillo cien pesetas, de las mil que había conseguido recaudar en distintos golpes para marcharse a Francia con algo más que la hombría, y se las dio al muchacho que había encontrado el saco. Para que callase y para que, si avistaba otro, lo hundiese en el mar bien profundo. Aquel no, aquel que lo dejase allí, que le preguntasen a los hijos de puta de los de Franco, a ver qué les contaban. Teniendo en cuenta que el salario medio de un obrero era de trece pesetas al día, el chico, Ballesta, no iba mal pagado. Pero Juan Ramón Ballesta habría guardado silencio con o sin pesetas de por medio: resultó ser uno de esos singulares seres con honor y sentido extremo del corporativismo. Lo que hubiese pasado en aquella playa de Santa Justa, allí se quedaría, y de sus labios solo saldría silencio.

Y así, David dejó que sus hermanas bregasen con sus propios demonios, mientras él, sin juzgarlas y sin que ellas supiesen ninguno de sus movimientos, lo hacía con los propios, muy lejos de allí.

Ahora, quizá, te preguntes cómo puedo saber todo esto. No creas que no me llevó tiempo averiguarlo: otros tuvieron que ayudarme para hacerlo. Te preguntarás cómo he podido descubrir la verdad de David, de su vida, que era, desde el principio, parte indisoluble de la mía. Cómo he sabido la forma en que se tejió la historia, qué hizo, qué omitió y qué pensó el joven guerrillero.

Lo sé, sencillamente, porque el Manco se fue de la lengua.

Y porque David era mi hermano.

> Cuando la muerte se precipita sobre el hombre, la parte mortal se extingue; pero el principio inmortal se retira y se aleja sano y salvo.
>
> PLATÓN (427 A.C.-347 A.C.)

Lunes 15 de julio.

Valentina había pasado gran parte de la noche en vela, investigando a través de su portátil y recomponiendo sus esquemas sobre el caso de Villa Marina. Cuando se levantó, a las siete de la mañana, sin ayuda del despertador, tuvo claro quién era el asesino que buscaban, aunque, para su desesperación, le faltaban cabos por atar y por comprender. Una llamada del subteniente Sabadelle, quince minutos más tarde, llena de excitación y nerviosismo, confirmó lo que ella ya pensaba, aunque seguía habiendo márgenes de la historia que no cuajaban con el resto.

Llegó a Peñacastillo, a la Comandancia, a las ocho de la mañana: había citado a todo el equipo media hora más tarde, y aprovechó para tomarse un segundo café y llamar al juez Talavera. A este, que habitualmente tenía buen humor, no le hizo especial gracia ni la petición de Valentina ni la hora de la llamada, pero, dados los indicios evidentes, autorizó la orden de registro que solicitó la teniente: en un par de horas, el secretario judicial pasaría por la Comandancia para acompañarles.

El primero en llegar fue Riveiro.

—Sargento, tenemos novedades —le dijo directamente Valentina al verlo, sin siquiera saludarle.

—¿Qué ha pasado?

—Sabadelle y yo hemos localizado datos que creo que identifican sin margen de dudas al homicida, aunque faltan cabos por atar. Ayer, tras hablar con la viuda de Luis Salvador, me quedé dando vueltas a un asunto que tenía pendiente, y que por lo visto, aunque por otro camino, a Sabadelle le ha llevado al mismo sitio que a mí. Te cuento: resulta que el óxido de plomo...

Toc, Toc, Toc.

El cabo que, ya casi como una costumbre, le interrumpía últimamente todas las mañanas, abrió directamente la puerta del despacho de Valentina y le dejó un sobre en su mesa.

—Es urgente, lo esperaban. Acaba de traerlo un mensajero —se limitó a decir, con cara de estar lo bastante ocupado como para dar mayores explicaciones, marchándose y cerrando la puerta tras de sí.

—De verdad, como siga entrando de esta forma cada vez que nos reunimos, yo misma lo estrangularé —dijo Valentina, al tiempo que cogía el sobre para ver su procedencia—. Es de Madrid, del laboratorio de biología forense. Los resultados del bebé de Villa Marina.

—Ábrelo —le apremió Riveiro, impaciente. Ambos leyeron a la vez el contenido del informe, que era breve pero conciso. No había lugar a dudas. Era imposible, pero era real: un resultado científico, incuestionable. Lo volvieron a leer. La explicación del laboratorio sobre lo que leían había sido redactada de forma técnica, pero clara para legos en la materia: «Cada secuencia de ADN completa comprende unos tres mil millones de pares de bases... ese par de bases es exclusivo de cada persona, ya que una secuencia jamás es idéntica en dos individuos... sin embargo, la secuencia de ADN del individuo estudiado...».

Había un «sin embargo». Una particularidad en el «individuo estudiado»:

> ... nos encontramos una excepción a la regla general, que es la que exclusivamente se da en el caso de gemelos homocigotos, cuya secuencia de ADN es idéntica. Realizado el cotejo de la secuencia del individuo n.º 03625 con las secuen-

cias indubitadas o de referencia del Registro Fénix, se ha determinado sin margen de error la identificación de las citadas bases de ADN entre el individuo referenciado y el n.º 7425 del Registro Fénix.

El Registro Fénix. Un programa de identificación genética creado por la Guardia Civil, hacía ya más de diez años, para reconocer, por comparativa y según el ADN de los de los familiares que buscasen personas desaparecidas, restos humanos que se localizasen sin identificación o en un estado de degradación considerable. Y había habido alguien que, desesperadamente, había buscado a una persona desaparecida, agotando todas las vías y posibilidades, rastreando la Tierra sin resultado: Lucía Gordon, la madre de Oliver, muy poco antes de fallecer, había dejado muestras de su ADN a la Guardia Civil española para el Registro Fénix, desencantada, esperando al menos que, si algún día encontraban el cadáver de su hijo Guillermo en alguna parte, pudiesen identificarlo y enterrarlo. ¿Cómo iba a suponer la señora Gordon que su ADN no iba a servir para identificar a un hijo difunto, sino a su hermana gemela?

Diario (17)

Debo contar lo que ocurrió en Villa Marina, en aquella cocina, el mes de noviembre de 1948. Jana ha comenzado a desangrarse, en lo que parece un mal parto.

—No... no puede venir ya. Es demasiado pronto. Demasiado pronto —acierta a decir Jana, mirando su enorme tripa, retorciéndose de dolor, que se presenta súbito, inesperado, al tiempo que su espalda, ya apoyada en la pared, resbala hasta el suelo, que empieza a cubrirse de sangre.

Clara se apresura a atender a su hermana. La tumba suavemente en el suelo. Corre hacia uno de los cuartos, trae dos mantas, una almohada. Siente el vértigo en las entrañas. Ya sabe cómo nacen los niños, ha visto parir a las vacas muchas veces, y ha ojeado un libro de medicina de la biblioteca de los señores Ongayo en Torrelavega. Ya sabía, incluso, a qué botica iba a ir a comprar el hilo aséptico con el que atar el cordón umbilical. Pero todavía no había ido a aquella botica donde nadie la conocía. ¡Todavía no! Si era necesario, ataría el dichoso colgante sanguinolento con el cordón de sus botas.

Un bebé de siete meses y medio. ¿Podría sobrevivir en la inclusa sin leche y sin el calor de una madre?

Jana pierde el conocimiento. Clara, que se templa ante situaciones extremas, siente un nerviosismo interno indómito: en esta ocasión sí tiene algo propio que perder. Solo le queda su hermana en este mundo, además de David, al que apenas ya ve nunca, a excepción de pasados y furtivos encuentros acordados en caminos perdidos... ahora hace ya meses que vive en Francia. Su padre tiene también ya otra vida, otra familia.

—¡Jana! ¡Despierta, por Cristo! Creo que sí viene. Tendrás que empujar, ¡por Dios Jana, despierta!

Pero su hermana pequeña no reacciona. ¿Podría morirse desangrada? Necesitaría un médico. Pero seamos realistas: ni aun estando en Hinojedo, con su padre, tendrían dinero para llamar a matrona alguna, cuando menos a un médico. Además, aquel parto tendría que ser secreto. Nadie podría saberlo, nunca. La criatura ya casi era lo de menos, el sambenito de madre soltera, también. Pero el crimen, no. ¿Podría haber alguien que no comprendiese quién era el padre del bebé? Las llevarían al garrote, a las dos. Por lo que habían hecho aquella noche que no existió. Que no querían que existiese.

Clara, atenazada por un miedo inusitado en ella, recupera su ánimo glacial y pone agua a calentar. Localiza unas tijeras, que prepara para hervir y desinfectar, junto con los cordones de sus botas. Jana, por fin, parece recuperar el sentido. Comprueba que Clara ya la ha desnudado de cintura para abajo. El dolor es literalmente insoportable. Sabe que no habrá recompensa tras el parto: ni abrazo de marido, ni felicitación de una madre, de una amiga, de un hermano. Ni nueva vida a la que despertar de la inocencia. Clara no cesa de darle instrucciones: que respire rápido, que respire despacio. No. ¿Qué ha dicho? ¿Que empuje? Jana empuja. Y con cada impulso siente que algo se le arranca por dentro, buscando el desenlace de la luz. Si esto es un parto, se desarrolla a velocidad vertiginosa: nunca habría imaginado que fuese así.

Por fin, expulsa un ser de sus entrañas, inundándose su cuerpo de alivio. No escucha llanto alguno. Levanta la mirada; observa cómo Clara envuelve al bebé entre sábanas y lo deposita sobre una manta, en el suelo. Su hermana parece estar muy concentrada. Seria, resuelta.

—¿Qué... qué haces? ¿Está bien el niño? —pregunta Jana, jadeando por el esfuerzo.

Clara tarda varios segundos en contestar.

—Era una niña.

Jana siente un dolor intenso y agudo, como una navaja, en el pecho. ¿Era? Iba a darlo en adopción, no lo quería, y sin embargo, la tristeza por la pérdida de lo que nunca iba ya a tener era intensísima, densa, gris. Quizá sí amaba a la criatura, lo suficiente como para alejarla de sí misma y darle la oportunidad de un futuro mejor. Jana siente que está a punto de desmayarse otra vez, pero un nuevo dolor en su vientre reaviva sus sentidos. Continúa teniendo contracciones. Intensas, rápidas.

—Dios del cielo —dice Clara, con su color de voz congelado, atónito—. Prepárate. Viene otro, hermana.

Y nació, entre gritos de dolor, un segundo bebé, también niña. Pero esta respiraba. Pequeña, gris, como el ánimo de su madre, pero viva. Empezó a coger color. Clara la limpió amorosamente con agua templada, ató su cordón umbilical con el de sus botas, al tiempo que también ataba, a la pierna de Jana, rodeándola por completo, el resto de la extremidad umbilical aún unida a su cuerpo, a la espera de que saliese la placenta. Sabía que si se quedaba dentro, o que si dejaba que el resto del cordón volviese a las entrañas, tendrían problemas. Deberían esperar un tiempo prudencial hasta su expulsión.

Envolvió a la niña en sábanas limpias y la puso en el pecho de Jana, de forma que se calló de inmediato. Como un milagro natural. Era tan diminuta, tan frágil. Clara miró a su hermana, sin querer, con una sonrisa llena de ternura hacia la criatura, pero comprobó que Jana había vuelto a desmayarse. Se dispuso a limpiar a su hermana, y, con ella, la cocina, al tiempo que movía una cama de los dormitorios hasta allí mismo, porque madre e hija debían estar en un cuarto caldeado. El frío y la humedad exteriores matarían a la criatura. Ya se le ocurriría cómo justificar a los vecinos la lumbre encendida: obras interiores de la casona, calentones invernales para evitar humedades... podría haber muchas razones, ¿o no? Además, aquellos meses apenas había almas perdidas por la playa, y el puerto y los marineros estaban en la otra punta de Suances, a la salida de la ría, ocultos a sus ojos.

Cuando Clara terminó de limpiar y de acomodar a su hermana, sin saber si seguía desmayada o estaba profundamente dormida, agotada por el esfuerzo, se permitió observar a la criatura, dormida en el pecho de Jana. Pronto para saber si sería hermosa. Tarde para darle un futuro. Su plan debería continuar, tal y como había pensado desde el principio, aunque quizá la niña, prematura, débil, debiese permanecer un tiempo allí, antes de hacer la entrega. ¿Lo soportaría Jana?

Ella también debería purgar sus culpas: sabía que no eran pocas. Se dirigió hacia la otra criatura. Había nacido muerta. Era como una muñeca rota, con un blanco opaco y pálido en su piel, inquietante, mortuorio. Tendría que hacer algo con el cadáver. Sonrió, cansada, burlándose de sí misma: últimamente no hacía más que limpiar sangre y eliminar cadáveres por vías que no eran las del camposanto. Sería una Clarisa con mucho por lo que rezar, sin duda. Sin embargo, y de momento, tenía un objetivo claro que cumplir, y haría todo lo necesario para ello. Absolutamente todo lo que fuese necesario: sin cargar la conciencia, sin más culpas que redimir, sino con la lógica y la justicia de quien procura lo mejor para su familia.

Y, mirando hacia la mansión veraniega, se le ocurrió dónde ocultar a la criatura, a la que ya había cubierto el rostro, que no soportaba mirar. Antes de salir de la caldeada cocina, que ahora ya casi olía a bebé y a su esperanza, recordó un último enlace con el pasado, una última llave que conduciría hasta ellas y que su hermana había guardado estúpidamente: uno de aquellos regalos inútiles que le había hecho don Ignacio, y que ella consideraba que sin duda tendría mucho valor, por si hiciese falta el día de mañana. Aquel símbolo familiar, horrible y de poco gusto, tallado en piedra verde brillante, cuyo nombre no recordaba, y que su hermana llevaba en un largo colgante oculto a la vista, entre sus ropas. No tardó en localizarlo y lo enterró dentro del ropaje mortuorio de la criatura, compuesto de sábanas superpuestas, eliminando así cualquier vínculo de su hermana con don Ignacio y los Chacón. Probablemente Jana se enfadaría, pero probablemente, también, y conociendo al señorito, aquello no fuese una joya, sino una baratija indiana. Además, aunque fuese valioso, ¿a quién se lo venderían? ¿No las terminarían vinculando con la familia Chacón por culpa de aquel ridículo colgante?

Por fin, Clara iba soltando cabos, sin dejar estela alguna, para liberar a su hermana y a sí misma de la sospecha, de la duda, del peso del pasado. Claro que... seguía coleando en su mente el asunto del escudo del águila; ¿cómo demonios había llegado aquel trozo de tela al saco donde reposaban las maltrechas piernas de don Ignacio? Le había dado muchas vueltas al asunto; imposible que se les colase dentro de ninguna de las maneras, y era mucho menos posible, incluso, que el escudo ya estuviese dentro del saco cuando lo cogieron. Por Dios de los cielos, ¡si no era más que un saco de patatas! Ya lo pensaría más adelante, tendría que haber una explicación: siempre la había, para todo.

Resuelta, introdujo el cadáver de la recién nacida en un cesto de leña, y le puso algunos maderos encima, por si acaso algún marinero, algún paseante, se preguntase qué portaba ella aquel día de invierno en que, caminando resuelta y como si tal cosa, se dirigía, en calidad de criada de los señores Ongayo, de la casona del servicio a la gran mansión estival, que, muda e inerte, era ya testigo y sepultura de tantos secretos.

> El final de una obra debe hacer recordar siempre el comienzo.
>
> Joseph Joubert (1754-1824)

Aquello había dado un giro inesperado a los acontecimientos. Tras leer el informe sobre el ADN del pequeño Ángel de Villa Marina, Riveiro guardó silencio unos segundos, reflexionando: el bebé había resultado ser la hermana gemela, idéntica, de Lucía Gordon, la madre de Oliver. Y aquella niña llevaba consigo un símbolo de la familia Chacón. Según el informe que había rescatado Sabadelle, las malas lenguas de Ubiarco e incluso de Santillana, habían insinuado que Jana Ongayo había tenido una relación con Ignacio Chacón, algo que, incluso, había sido corroborado por Dolores, la hermana del desaparecido...

—Teniente, tenemos que verificar la fecha de nacimiento de Lucía Gordon —dijo, al tiempo que seguía pensando y construyendo en su cabeza una secuencia de hechos que imaginaba como plausibles.

—No hace falta: lo recuerdo, lo estuve viendo anoche: enero del cuarenta y nueve. Al menos, eso consta en el registro civil. Y Chacón desapareció a primeros de junio del cuarenta y ocho... —Ambos se miraron. Supieron que pensaban lo mismo. Fue Riveiro el que habló:

—Vale, la cosa podría ser así: Ignacio Chacón deja embarazada a Jana, y, no sabemos por mano de quién, este desaparece. Podría haber sido la propia Jana, que lo dudo, porque el tío estaba troceado dentro de un saco y con la bandera de los nacionales de compañía... pero ya no descarto ninguna posibilidad. Podría, incluso, habérselo cargado el propio hermano de Jana, si este no se hacía cargo de la barriga de su hermana. El caso es que desaparece. Jana, imagino que ante la vergüenza de ser madre soltera, tiene a la criatura en secreto, escondiéndose en la casa de los Ongayo, que estaba en obras, y donde imagino que le daría cobijo su hermana Clara, ya que por entonces era la criada de esos señores, que pasaban largas temporadas en Uruguay haciendo las Américas. Jana da a luz una hija viva y otra muerta. Vamos a pensar que nace muerta, y no que la ha matado, porque en ese caso se supone que habría matado a las dos niñas...

—... Y entonces, esconde a la niña muerta entre las paredes en construcción de Villa Marina, suponiendo que van a ser selladas y cubiertas con cemento, y a la niña que sobrevive la da en adopción... —continuó Valentina, siguiendo el hilo de la explicación— convenciendo, tiempo más tarde y no sabemos bien cómo, a los guardeses de Villa Marina, para que adoptasen una criatura del orfanato que había en Regina Coeli, donde, casualmente, había ingresado su hermana Clara como novicia.

—Quizá Jana animó a los guardeses diciéndoles que les regalaría la casa y que no iban a pasar miserias el resto de su existencia... date cuenta que estaban en la posguerra. Tuvo que ser como si les tocase la lotería. O quizá los cogió como guardeses, precisamente, porque sabía que querían tener niños y no podían... y ella podría darles así la solución en bandeja, aparentando generosidad, pero sin desvelarles la verdad.

—Pues al marido de Jana por entonces no tuvo que hacerle mucha gracia el regalito. Villa Marina, entonces y ahora, debía de ser todo un lujo, a los pies de la playa.

—No, no debió de hacerle gracia —asintió Riveiro—, pero recuerda que el tipo murió poco tiempo después... Además, la prescripción adquisitiva no fue inmediata, supuso el paso de varios años. Increíble: Jana consiguió ver crecer de cerca a su hija a pesar de todo. Pedro Salas, el

Manco, debió de enterarse de esto a través del hermano de Jana, David Fernández, y comenzó a extorsionar a la ya señora Ongayo con ello.

—Puede ser, pero me cuadraría más en el pasado: por entonces, ser madre soltera debía de ser una tortura, pero... ¿ahora? ¿Qué más le daría a Jana que se supiese todo esto? Su hija Lucía murió hace ya un año.

—No tengo ni idea. Algo se nos escapa; pero quizá le daba más miedo el qué dirán que otra cosa. O dañar su imagen: a fin de cuentas era empresaria. O hacer daño a su hija Clara.

Valentina cambió su gesto, de pronto, a la seriedad absoluta, como asimilando una verdad de la que hasta ahora no se había dado cuenta.

—Riveiro, ya tenemos un móvil para los asesinatos. Pero no cuadra con la persona que creo que los ha cometido.

El sargento la miró, expectante.

—Explícate.

—La fortuna de Jana Ongayo es considerable. Si nos remitimos a la mayoría de los casos que hemos llevado, la gran mayoría de los crímenes han sido motivados por dinero... en este caso, se me ocurre que podría ser por la herencia.

—¿Por la herencia?

—La única heredera de Jana Ongayo es su hija, Clara Múgica. Pero si se descubría que Oliver Gordon también era descendiente de Jana, la fortuna se partiría en dos. Oliver es nieto de Jana, descendiente directo, heredero de lo que a su madre le habría correspondido, ¿me entiendes?

—¿Estás diciendo que Múgica...?

—No lo sé, Riveiro, no lo sé. Pero sí tendría un móvil. Cuando llegue ahora Camargo, espero que me confirme las coartadas de Clara para los asesinatos.

—Olvidas algo.

—¿El qué?

Riveiro se mostró concentrado.

—Oliver Gordon no solo heredaría vía materna, sino también según su ascendencia paterna —dijo el sargento, mirando a Valentina directamente a los ojos, haciéndole entender. Ella negó con la cabeza, para después asentir, incrédula.

—¡Claro! Por eso nos mintió Izan Sáenz cuando fuimos allí, negando conocer a Jana Ongayo y desvinculando a Tlaloc completamente de ella. Él lo sabía, conocía el vínculo. Lo que no quería es que nosotros lo estableciésemos, porque en ese caso dejaría de ser él el único heredero de la fortuna de los Chacón, y tendría que compartirla con Oliver, pero... ¿cómo lo sabría?

—Creo que Pedro Salas, el hijo del Manco, debió de ser el que destapó la caja de los truenos —replicó Riveiro, reflexionando, concentrado—. Si sabía la verdad, no debió de querer limitarse a una sola fuente de ingresos, sino que debió de ampliar sus movimientos a dos posibles pagadores: Jana Ongayo e Izan Sáenz, de los Chacón. Es muy posible que Sáenz no supiese nada hasta que Salas le contase la historia; por eso el chantajista tendría toda la documentación tan bien ordenada en aquella carpeta de plástico, lista para enseñar, para exponer, para justificar su petición de dinero.

—Y por eso alguien de los Ongayo, o de los Chacón, quería a Oliver fuera del mapa... —dijo Valentina, asombrada, pensativa—, pero las amenazas en su cabaña... Jana no pudo ser, se suicidó aquella misma mañana. Tuvo que hacerlo Sáenz. ¿Y quién atacaría a Juan Ramón Ballesta en el hospital? Alguien quería silenciarlo, evitar que contase algo que sabía sobre la desaparición de Ignacio Chacón. Quizá solo querían advertirle, o ver si estaba lo suficientemente demente como para que lo que dijese pasase inadvertido. Todavía no sé por qué hablaba de la «familia del Zorro», pero sí podría entender que hablase de otra estirpe: supongo que se referiría a los Chacón.

—Ya, pero ¿y el doctor Viesgo? —preguntó Riveiro.

—No lo sé —reconoció Valentina—. Piensa que era el

médico de Jana desde hacía años; es más, fue su ginecólogo. Ella nos dijo que pensaba que no podía tener hijos... sin embargo, si Lucía Gordon fuese su hija, nos habría mentido, porque ya habría tenido gemelas antes de casarse por primera vez. Quizá Viesgo, como ginecólogo, lo sabía, y al aparecer el cadáver en Villa Marina ató cabos y fue a hablar con ella. Pero esto es pura especulación, Riveiro. Además, ahí seguirían sin cuadrar los tiempos: no pudo ser Jana quien lo matase.

—¿Quién, entonces?

—Su hermana.

—Cómo que su hermana. ¿Clara? Pero si aún no la tenemos localizada.

—Quizá sí. Anoche estuve hasta la madrugada buscando información sobre el convento de Regina Coeli y sobre las Clarisas, y hasta me imprimí un decálogo de las actitudes y comportamientos esperados en una buena cristiana que desee ingresar en un convento.

—Estás de coña.

—Para nada. Y te diré algo asombroso: ¿sabías que el noviciado comienza con la toma del santo hábito y la recepción de un nuevo nombre religioso?

—¿Un... nuevo nombre religioso? Pero entonces...

—Entonces, es muy posible que siempre hayamos tenido a Clara Fernández ante nuestras narices, y por la edad y por los datos que tenemos gracias a Camargo y los chicos sobre las monjas de clausura del monasterio de San Ildefonso, estoy convencida de que la madre abadesa sor Mercedes es, en realidad, Clara, la hermana de Jana.

Riveiro soltó un exabrupto y se apoyó en la mesa de Valentina, realmente sorprendido.

—Pero, que sea su hermana, si es que lo es, no quiere decir nada, al menos con relación a los asesinatos. Pudo mentir con relación a Tlaloc simplemente para proteger a Jana, pero de ahí a matar de un tiro a Pedro Salas y a envenenar a Viesgo, hay un trecho. Además, no tenemos pruebas.

—Podríamos tenerlas. Con una prueba de parafina

podríamos demostrar si ha disparado recientemente un arma o no, y más tratándose de un cacharro antiguo como el utilizado contra Salas: tuvo que dejarle restos en la piel.

—Pero el testigo suizo vio a una mujer joven, no a una anciana.

—Ya lo he pensado. Es posible que la madre abadesa se hiciese acompañar por una monja que conocimos cuando estuvimos allí. Era morena, regordita, creo que se presentó como sor Pilar, y podría encajar con la descripción. Estaba todo el rato con la abadesa, como si fuese un perro guardián. No olvides que si Clara Fernández es una psicópata, como creo, puede llegar a ser extremadamente manipuladora. Pero, ya de entrada, tenemos un indicio tan contundente que el juez Talavera acaba de autorizar una orden de registro del monasterio.

—¿Cómo? —exclamó Riveiro, que terminó por sentarse en la mesa, completamente alucinado y soltando un exabrupto mayor que el anterior.

—Te lo iba a contar antes: el maldito óxido de plomo. Sabadelle sabía que había visto o estudiado algo sobre ello hacía tiempo, y no se le desatascó de esa cabeza de chorlito que tiene hasta esta misma madrugada. Recuerda que es graduado en Historia del Arte; rebuscó entre sus libros universitarios y lo encontró: el puñetero tetróxido de plomo y el polvo de minio se utiliza en la restauración de obras de arte, para respetar la textura y material originales. Resulta que antiguamente se usaban muchas sustancias raras para conseguir los tonos en las telas, como la hiel de animal para el color verde, por ejemplo. Adivina con qué conseguían el color rojo.

—¿Óxido de plomo?

—Eso es: óxido de plomo. Y apostaría mi cabeza a que el enorme cuadro que estaba restaurando la madre abadesa cuando fuimos allí está recibiendo una buena dosis de ese material. Recuerdo que había un fondo granate bastante amplio, aunque quien más se fijó en la pintura fue Oliver Gordon.

—Entonces... eso explicaría que hubiese óxido en los zapatos y bajos de los pantalones de cualquiera que hubiese estado en el taller, incluyendo a David Viesgo: ¿por qué habría ido hasta allí? ¿Para hablar con Clara sobre el bebé de Villa Marina tras reunirse con Jana? Supongo que no le resultaría raro tomarse una sana infusión con las monjitas. Joder.

—... Y se sustentaría la teoría que apuntaste tú mismo el otro día en la reunión, conforme alguien, bien Clara o bien su pupila, sor Pilar, le habría dado un suave empujón con el pie a Salas para que terminase por caer al agua tras el disparo —concluyó Valentina—. Nos quedan algunos hilos sueltos, pero la madeja principal de la historia creo que la hemos ido desenredando. Haremos el registro en el monasterio esta misma mañana, y pienso llevarme a alguien del SECRIM para que tome algunas muestras en el taller de restauración.

En aquel instante, ocho y media en punto de la mañana, entraron por la puerta el resto de los miembros del equipo de la Sección de Investigación, que percibieron de inmediato la alteración que reinaba en la conversación entre Redondo y Riveiro, absortos en sus deducciones. Valentina saludó a todos con un único gesto con la mano, y, directamente, sin preámbulos, y esperando apenas a que se sentasen, les informó de todos los detalles nuevos con relación al caso, y de las deducciones sobre las que Riveiro y ella estaban trabajando.

—Clara Múgica es inocente —intervino Marta Torres, cuando Valentina terminó su exposición—. Hemos verificado sus coartadas. Hay dos compañeros del Instituto de Medicina Legal que confirman que, el día del asesinato de David Viesgo, estuvieron con ella todo el día, incluso a la hora de la comida en la cafetería. Sobre el tema de Pedro Salas, hablamos con Lucas, su marido, que también dijo haberse despedido de ella a las ocho y media de la mañana, cuando se iban a trabajar, y este hecho lo corrobora el portero de su edificio. Para el ataque del miércoles del

10 de julio a Juan Ramón Ballesta, que fue a las nueve de la noche, Clara estaba cenando con su marido y dos de sus tres sobrinas políticas en el Burger King que está en el centro, en Santander. Así que creo que podemos descartarla como sospechosa o cómplice.

—Estupendo —dijo Valentina, sin disimular su alivio—, ¿qué más tenéis?

—He investigado a la tal Anna, la antigua novia de Gordon —intervino el cabo Camargo— y parece que la historia puede ser cierta. Ella incluso tiene página de Facebook, donde hace dos años tuvo la mala idea de anunciar su compromiso formal con Oliver.

—¿Compromiso? —preguntó involuntariamente Valentina, que al momento recordó que, en efecto, Oliver le había contado esa parte de su historia personal.

—Sí, iban a casarse. Después, en esta página hubo muy poca actividad, prácticamente nula, durante una larga temporada, tras la que ya reapareció con una pañoleta en la cabeza y muy delgada, contando su experiencia con el cáncer. En fin, lo típico. Y ahora cuelga fotos casi semanalmente, aunque parece ser más con ánimo publicitario y solidario que otra cosa. Trabaja en una ONG que se llama Shiva, en Patna, en el estado de... —hizo una pausa para leer— de Bihar, al norte de la India.

—Vale —dijo Valentina, disimulando ahora su sincero alivio al saber que Oliver no le había mentido—, ya sé que apenas habéis tenido tiempo, y más en domingo, pero ¿ya tenéis algo con la factura de teléfono que os dejé de Jana Ongayo?

El cabo Camargo miró a Zubizarreta, que asintió con un gesto de cabeza.

—Sí, algo tenemos. La mayoría de las llamadas se repiten a los teléfonos de las fábricas de bocartes en Santoña y en Santander, aunque también hay alguna internacional a Chile, donde hemos confirmado que mantenía negocios prósperos, pero no de conservas, sino de telas y ropa.

»Hay una única llamada, al mediodía, al monasterio

de San Ildefonso, el viernes 5 de julio, es decir, justo al día siguiente de la aparición del cadáver en Villa Marina. Supongo que Jana Ongayo la haría después de leer las noticias de los periódicos de la mañana. Hay alguna otra llamada a móviles, pero esas nos llevarán más tiempo.

Toc, Toc.

Otra vez. Nueva interrupción. Pero ¿qué demonios pasaba en aquella Comandancia? Asomó la cabeza el agente que, unos minutos antes, había traído el sobre urgente de Madrid.

—Ha llegado Oliver Gordon. Asegura que lo esperaban —dijo, aguardando confirmación para dejarlo pasar, completamente indiferente al hecho de interrumpir o no la reunión.

Valentina suspiró.

—Espera cinco minutos y déjalo entrar —ordenó, para acto seguido mirar a Riveiro—. Viene a que le tomemos la muestra del ADN. Quizá ya no haga falta.

—Sí, no está de más para asegurarnos —replicó Riveiro—; aunque la prueba de ADN que de verdad necesitaremos será la de los Chacón.

—A ese, a Izan Sáenz, de los Chacón, lo vais a invitar a que venga a la comisaría a contestar unas preguntas —dijo Valentina, mirando a Camargo, a Torres y a Zubizarreta—. Y si no autoriza que tomemos ADN de su madre ni de él mismo, pediremos autorización judicial. Espero que no haga falta y que cante en la sala de interrogatorios. Camargo, no sé cuánto tardaremos nosotros, así que llevarás tú el mando en esto.

El cabo asintió, al igual que los otros dos guardias, aunque Marta Torres parecía farfullar algo hablando consigo misma.

—¿Pasa algo, Torres? —cuestionó Valentina.

—Nada, teniente. Pensaba que, al final, resulta que la Hipótesis del Círculo que comentamos hace unos días no estaba tan desencaminada. La asesina está en el centro del perímetro, en Santillana del Mar. Es curioso.

Valentina asintió con un movimiento de cabeza, admitiendo con un gesto de su rostro que no había todavía caído en ello, y volvió la mirada a Sabadelle y a Riveiro: vosotros, conmigo al monasterio de San Ildefonso, ¿conforme?

—Conforme —contestaron los dos a la vez.

—Y ahora —dijo Valentina tomando aire—, vamos a contarle a Oliver Gordon que a quien encontró en el sótano de Villa Marina era su tía.

Cuando Valentina y sus compañeros llegaron al monasterio de San Ildefonso, el día ya se había abierto como un abanico azul, invitando al paseo y a la alegría estival. A pesar de que los vehículos no llevaban serigrafías de la Guardia Civil, el despliegue llamaba la atención: un furgón y otros cuatro vehículos —el coche del secretario judicial, el del SECRIM y dos más entre Sabadelle, Riveiro y Valentina—. No tuvieron impedimento alguno para entrar; ni siquiera les pidieron la orden de registro, aunque la mostraron. Parecía que los estuviesen esperando. Valentina observó a la monja que les había abierto la puerta: su rostro era agradable, cercano, aunque con cierta palidez monacal que ya le resultó familiar. Los primeros en entrar fueron ella, Sabadelle y Riveiro. La monja les llevó directamente hasta el taller de restauración; parecía claro que había recibido instrucciones concisas. Allí les esperaba la madre abadesa, sor Mercedes, que, sin mirarles, y al tiempo que seguía trabajando en la restauración de su lienzo, *La ascensión de San Francisco*, les recibió sin ceremonias.

—Pasen, les esperaba. Termino en un momento.

—Sor Mercedes, no hemos venido de visita —aclaró Valentina—, sino a hacerle un interrogatorio, que puede tener lugar aquí o directamente en la Comandancia, como prefiera —le dijo, gélida, decidida a no darle margen para que jugase con ellos.

—¿Van a detenerme? ¿A mi edad? Qué acción tan

inútil —dijo con calma, sin inmutarse, y manteniendo la mirada en el lienzo, en el que siguió trabajando.

—Sor Mercedes, tenemos suficientes indicios como para creer que su verdadero nombre es Clara Fernández. ¿Es así?

—Nunca lo he negado. Lo tomé prestado de la hermana maestra que tuteló mi entrada en la orden. ¿Acaso me lo habían preguntado antes?

—No, es cierto. Pero sí le preguntamos si sabía qué era el símbolo mesoamericano que encontramos en Villa Marina, y nos mintió: sabía perfectamente que pertenecía a una casona de la familia Chacón, en Santillana del Mar.

—Era mi obligación proteger a mi familia. Siempre lo he hecho, tal y como hace el Padre Zorro con sus crías. Es la sangre la que mueve el mundo —dijo, girando lentamente la cabeza hacia Valentina y mirándola descaradamente a los ojos, con frialdad, como una depredadora.

¿El Padre Zorro? Valentina recordó las palabras de Juan Ramón Ballesta sobre la familia del Zorro... se dio cuenta de que Clara se sabía descubierta, y de que este hecho le resultaba indiferente. Se les estaba mostrando sin disfraz, y creyó adivinar en su mirada un brillo de locura. Unos ojos de hielo, duros, despiadados, la traspasaban. Tomó aire.

—Ya sabrá que su hermana ha muerto. Se ha suicidado.

—*Cotidie morimur, cotidie conmutamur, et tamen aeternos esse nos credimus* —dijo lentamente, para traducirse pocos segundos después a sí misma—. «Cada día morimos, cada día cambiamos, y sin embargo nos creemos eternos.» Yo no podía protegerla de su propia debilidad. Ella ha decidido su camino: ahora ya no tengo más misión que la divina —dijo, bebiendo despreocupadamente de una taza que tenía al lado del lienzo, y esbozando una sonrisa que a Riveiro le erizó el escaso vello de su espalda. Valentina continuó el interrogatorio.

—¿Incluía su misión divina el asesinato de Pedro Salas y el de David Viesgo?

—Me gusta su sentido del humor, joven. ¿Asesinato? Una limpieza, más bien. Pedro Salas era una rata minúscula, una de esas personas invisibles, pero mezquinas, que se aprovechan de los débiles. Yo defiendo a los débiles. Defendí a Jana de ese reptil, y la habría defendido del Manco si lo hubiese sabido antes.

—¿Si lo hubiese sabido antes? ¿Se refiere al chantaje?

—Me refiero a los cobardes, a las inmundicias humanas que nadie elimina de la Tierra. El Manco empezó a chantajear a Jana cuando murió mi hermano David, hace nueve años. Desgraciado —dijo con rabia—. Con él vivo no se hubiese atrevido. Cuando el Manco murió, parece que le confió nuestro pequeño secreto al inútil de su hijo, y mi pobre Jana... solo se atrevió a llamarme cuando apareció la niña en Villa Marina.

—Lo sabemos. Sabemos que la llamó al día siguiente. ¿Qué secreto era tan importante, Clara? Si habían asesinado a Ignacio Chacón, el crimen ya había prescrito.

—Si los secretos se cuentan, dejan de ser secretos —contestó, con voz cantarina y aflautada, que definitivamente le dio a su rostro un deje de locura enfermizo. Su mirada era diabólica. Riveiro hizo ademán de adelantarse, pero Valentina lo frenó con un gesto de su mano, pues quería saber más: quería la verdad.

—Seguramente encontraremos el arma que mató a Pedro Salas en su habitación, o en alguna parte de este monasterio, ¿me equivoco, Clara?

—Ese trasto es una vieja reliquia que tomé prestada hace mucho tiempo de la colección que había en casa de los Ongayo. En su época era de lo más moderno, incluso tenía silenciador. Nunca se sabe: una mujer sola puede verse acechada por los más turbios peligros. Esa rata asquerosa parecía no querer morirse. Tuve que darle un empujoncito. La venganza es sabrosa, teniente Redondo. Quien diga lo contrario, miente. Si hubiese sabido antes que extorsionaba a Jana, lo habría degollado. A él y al manco de su padre.

—¿Y dónde está sor Pilar? Fue ella la que le llevó hasta allí, hasta el espigón de Suances, para su cita con Salas, ¿no es cierto? Ella le ayudó —sentenció Valentina, arriesgando un farol, confiando en el testimonio de un suizo que no había visto ni escuchado en su vida.

Clara dudó medio segundo, en que Valentina pensó que casi perdía la compostura, el aura de superioridad con la que se dirigía a ellos.

—Sor Pilar ya no está aquí. Le he ordenado que se marchase; era solo cuestión de tiempo que ustedes viniesen. Y cabía la remota posibilidad, extraordinaria, de que una mente brillante, o la suerte, vinculase a sor Pilar con este asunto. Es interesante que usted no sea completamente estúpida. Perdone, no estoy acostumbrada a que me sorprendan. Los humanos son tan previsibles.

—¿Los... humanos? ¿Nosotros somos *los humanos*? ¿Y usted no lo es?

Clara miró a la teniente y a sus compañeros con condescendencia. Bebió otro sorbo de su taza y permaneció sentada, pero abandonó ya por completo el lienzo y volvió todo su cuerpo hacia los agentes. Riveiro acercó su mano derecha hacia la pistola de su cinto.

—Siempre he sido diferente. Soy humana, pero, además, soy *otra cosa*. Cristo también era humano y, además, divino. Cuando entré aquí, fijé mi mente en el espejo de la Eternidad, fijé mi alma en el esplendor de la Gloria, y mi corazón en la figura de la Divina Sustancia, transformándome entera, por completo, por la contemplación, en la imagen de la Divinidad.

—Esos son preceptos de las Clarisas, pero solo para entenderlas como dignas de ser esposas del Rey de los Cielos, no para asimilarlas a ellas mismas como divinidades. Ha pervertido el concepto a su gusto —replicó Valentina, seria, concentrada, recordando todo lo que había estado estudiando la noche anterior sobre la orden.

—Además, para ser sobrehumana, ha tenido que utilizar métodos bastante terrenales para matar a Pedro Salas y a David Viesgo —añadió Sabadelle, que hasta el momento había guardado silencio, alucinado, viendo quién era realmente la mujer que le había echado una mano en otras ocasiones, en investigaciones de patrimonio que, gracias a ella, habían logrado resolver.

—Vaya, no me esperaba esto —contestó Clara, con total tranquilidad—. Ahora la Guardia Civil es experta en asuntos divinos. ¿Piensan hacerme aquí mismo un Concilio de Nicea, como si fuese un juicio? Creo que incluso sería divertido —añadió, con una sonrisa cansada y mirándolos con abierto desprecio.

—¿Qué coño dice de Nicea? —preguntó Riveiro, dirigiéndose a Sabadelle.

—Un concilio que se hizo en el siglo IV para resolver la naturaleza divina o no de Jesús... —contestó Sabadelle, sin apartar la vista de Clara, que sonreía en silencio, mirándoles—. Se ha representado bastante en la pintura medieval: es lo que se conoce como la controversia arriana.

—Me aburre la ignorancia humana —dijo Clara, con absoluto desdén, mirando a Riveiro—. No sabéis ni por lo que rezáis, ni quiénes sois, ni adónde vais. ¿De dónde cree que sale la doctrina trinitaria? ¿No se santiguan usted, y sus hijos, en nombre del Padre, del Hijo y del Espíritu Santo? —concluyó, negando con la cabeza, con un gesto de aburrimiento.

Sabadelle, sin apartar la mirada de Clara, le aclaró las palabras de ella a Riveiro:

—En aquel concilio se aclaró solo que Cristo era creación de Dios, pero, habiendo sido creado, no podía ser genuinamente divino, de forma que para tener a todos contentos, se acordó poner al Espíritu Santo al mismo nivel de Dios y de Cristo, y así se construyó la doctrina trinitaria.

Riveiro resopló. Estaba empezando a cansarse de tantas gilipolleces. Valentina, decidida a saber más, a desvelar todo lo que pudiese antes de tener que detener a Clara, siguió con su interrogatorio. Dio dos pasos al frente, se acercó a menos de dos metros de la madre abadesa, que la observó con frialdad.

—David Viesgo murió el martes 9 de julio, envenenado. Vino a verla a usted, y charlaron en esta misma habitación. Quizá aquí mismo, o en otra dependencia del monasterio, usted fue tan amable de invitarle a un té, que no era otra cosa que una infusión letal de tejo. ¿Era este médico también una rata inmunda, como usted cree que era Pedro Salas? ¿Era realmente necesario matarle?

—No deja de sorprenderme, teniente. Sabía que encontrarían el camino, pero no que podrían ver el color de sus adoquines tan claramente. Y tan pronto. Enhorabuena. A Salas lo eliminé haciendo un magnífico favor a la humanidad. A Viesgo me vi obligada a eliminarlo por pragmatismo. Una lástima, no era mal médico. Pero solo era un humano, y tampoco le quedaba mucha vida útil. Cuando, hace ya una eternidad, exploró a Jana para ayudarla a tener descendencia, comprobó que ya había sido madre: algo quedó mal allí abajo tras aquel horrible parto. Ella al principio lo negó todo... mi inocente Jana. Pero Viesgo era bastante listo, y supuso que había sido madre soltera, sin más, la pobre criada que había llegado a señora de mano de un acertado matrimonio. Pero cuando apareció el cadáver en Villa Marina ató cabos y fue a hablar con Jana, pensando que había podido matar a su propio bebé y esconderlo en la casa donde antes servía su hermana y de la que después fue dueña y señora.

—¿Y no fue así?

—Claro que no. Mi hermana no era una asesina. La niña nació muerta, yo misma la metí en aquel hueco. La masa aún estaba fresca. Solo tuve que retocarla después un poco. Era un bebé tan pequeño. No sabíamos que venían dos. La segunda vino bien: nos gustó el nombre de Lucía. Pero ese médico fue a ver a Jana el otro día, y ella le contó la verdad, y él después vino aquí haciendo preguntas, diciendo que no podíamos ocultar lo que había ocurrido, y que había que darle cristiana sepultura a la criatura... me vino a decir eso ¡a mí! Su desfachatez me molestó. Sabía que iba a darle problemas a mi hermana, así que lo eliminé.

Sencillo, lógico, no entiendo a qué viene tanto revuelo por dos viejos. ¿Acaso el mundo va a dejar de girar sin ellos?

—Parece que sí. Dejó de girar para Jana. Le recuerdo que se ha suicidado —replicó, dura, Valentina.

—No debió hacerlo. Debería haber supuesto que me haría daño con ello. Fue débil.

—¿Daño? ¿A usted? Quizá quiso que dejase de protegerla matando personas, Clara. ¿No lo ha pensado? A su hija, Clara Múgica, le dijo que la muerte de David Viesgo era su responsabilidad. Ella se sentía responsable de lo que usted hacía en su nombre, cuando supongo que nunca le pidió que asesinase a nadie.

—¿Cómo iba a pedírmelo? Esa posibilidad no encajaba con su carácter. Era ambiciosa, pero no práctica. Hubiese dejado que el lobo se la comiese. Yo no, yo siempre la he cuidado, desde la luz y desde la sombra, incluso sin que ella lo supiese, y gracias a mí no le fue nada mal. Los humanos sois tan hipócritas, tan absurdos, moralistas y empalagosos... ¿acaso cree que ella hubiese logrado vivir la vida que tuvo sin mi respaldo, oculta tras estos muros?

Valentina recordó en aquel instante las palabras de Oliver cuando habían estado hablando en el mirador de la playa de los Locos; ella le había explicado que un psicópata siempre solía estar en movimiento, y él había tenido la lucidez de mostrarle la excepción: sí... salvo que dispusiese de un refugio seguro. ¿Qué mejor velo de invisibilidad, de refugio, podía haber que un monasterio?

—Sin embargo, cuando conocimos a su hermana Jana, ella nos dijo que usted estaba muerta. ¿Por qué? ¿También ella quería protegerla a usted?

Clara estalló en una carcajada hueca, histriónica, casi histérica, teatralizada.

—¿Protegerme a mí? ¡A mí! No... digamos que surgieron algunas diferencias. Hice algo que no le agradó. No debería haberlo sabido nunca, pero aquella pequeña... —hizo una breve pausa, como buscando la palabra adecuada, que, según la mueca terrorífica que expuso como sonrisa, parece que se deleitó en encontrar—, sí, aquella pequeña *travesura* hizo que tomase distancia. Decidió que dejase de cuidarla, muy oportunamente, cuando ya tenía el mundo bajo sus pies. Mi dulce Jana. Ya ve, para ella estuve muerta más de cuarenta años, pero en cuanto vio que surgían los problemas volvió a recurrir al Padre Zorro: la sangre es poderosa, ¿no lo ve? Y actué tal y como debe hacerlo una hermana mayor, cuidándola y protegiéndola, como siempre he hecho. Así de sencillo... ¿quién la protege a usted, teniente?

Valentina hizo caso omiso a la provocación. Dio otro paso al frente, aproximándose. Riveiro y Sabadelle hicieron lo mismo.

—¿Y Juan Ramón Ballesta? ¿Hizo que sor Pilar fuese hasta el hospital de Santa Clotilde a amenazarle?

—Me decepciona. ¿Cree realmente que la reina pierde tiempo jugando con el peón? ¿Con un simple recadero? Algunos humanos, que no dejan de ser invisibles e insignificantes, tienen un puntito de brillo minúsculo, una línea de honor y de principios que respeto... y Ballesta, a diferencia del Manco, nunca habría traicionado a mi hermano. Yo hablé una vez con él y le dejé claro que no debía importunar a la familia del Zorro, pero supe que no habría hecho falta que me tomase la molestia, porque era un humano con honor. ¿Por qué iba a perder el tiempo con él?

—¿Y Oliver Gordon? Es su sobrino nieto. ¿Tampoco tiene usted nada que ver con las amenazas y los desperfectos ocasionados en Villa Marina?

Clara enarcó las cejas, aparentemente sorprendida.

—¿Se han metido con el pequeño cachorro? No lo sabía. No he vuelto a leer la prensa desde que supe que Jana, mi linda Jana, había decidido dejarnos. Me gustó verlo el otro día: es igualito a su abuelo —dijo con una sonrisa maliciosa.

—¿Ignacio Chacón? —preguntó Valentina.

—¿Sabe qué me sorprende? —replicó Clara, haciendo oídos sordos a la pregunta de Redondo—. Que hayan llegado tan rápido hasta aquí: ¿un juez ha saltado tan pronto por encima del obispado? Qué valiente, atreverse con unas pobres monjas de clausura.

—El óxido de plomo y el polvo de minio que ha utilizado para restaurar *La ascensión de San Francisco* han dejado pruebas evidentes en los cuerpos de Pedro Salas y de David Viesgo, que los vinculan a este taller y a usted misma. Los indicios eran bastante contundentes. Voy a tener que detenerla, Clara. Le ruego que extienda las manos: su hábito disimulará los grilletes, seremos discretos cuando salgamos. Por favor, levántese.

Clara sonrió.

—¿El minio les ha traído hasta aquí? Desde que la vi por primera vez supe que no era tan absolutamente idiota como los demás. Si yo hubiese nacido en su tiempo, habría disfrutado con un trabajo como el suyo. Y habría sido buena policía. Pero no todos tenemos la suerte de nacer en épocas doradas. En fin, se nos termina el tiempo. Mi tiempo. No ha estado mal el paseo. *Fatum fatis ego perea.*

—¿Cómo?

—«Hágase el destino aunque yo perezca» —dijo mirando a Valentina directamente a los ojos, maquiavélica, al tiempo que, sin apartar la mirada, daba un último sorbo a la taza que tenía al lado del lienzo.

Valentina tardó dos segundos en comprender.

—¡Joder! ¡Llamad a una ambulancia! ¡Rápido! —exclamó, al tiempo que se aproximó a Clara, arrebatándole la taza que aún tenía en las manos. Nada más tocarla, la anciana empezó a desvanecerse. Riveiro la cogió en peso justo antes de que se desplomase y, mientras, Sabadelle, sin entender nada, marcaba ya el teléfono de urgencias.

—Es increíble —murmuró Valentina, negando con la cabeza—, ha empezado a envenenarse a sí misma desde el momento en que llegamos, y no nos habíamos dado cuenta. ¡Mierda! ¿Cómo no lo vi?

—El puto tejo. ¡Se ha estado tomando la infusión de tejo ante nuestras narices! —exclamó Riveiro, al tiempo que comprobaba que Clara ya había perdido el sentido. Intentó meterle los dedos en la boca, para que vomitase, pero sin éxito. El cuerpo de la madre abadesa empezó a convulsionarse violentamente. Era la muerte la que lo golpeaba, y el espectáculo, bajo el enorme lienzo de *La ascensión de San Francisco,* y con los hábitos que llevaba Clara, no podría ser más desolador y desagradable. El final fue irremediable en solo dos minutos, cuando aún no había llegado ninguna ambulancia, sino solo el resto de los compañeros de la Guardia Civil que les habían acompañado. Clara, que se sabía distinta a los demás, a los que calificaba como vulgares humanos, y a los que despreciaba, había muerto, con casi noventa años, rodeada de desconocidos.

Diario (18)

Me han descubierto, lo sé. Vendrán a por mí, sin saber que soy yo quien permite que se aproximen. Su simpleza es tan abrumadora. A ti, que absorbes mis palabras, te he permitido respirar retazos de recuerdos, te he obsequiado un diario de memorias encadenadas, para que comprendas quién es el Padre Zorro, quién cuida a los cachorros, a la sangre de su sangre. No te conozco, humano: quizá seas esa teniente extraña, de ojos alternativos y certeros. Quizá una de mis hermanas Clarisas. Me resulta completamente indiferente quién encuentre y devore mis recuerdos. Solo he querido deshacerme de mis secretos, de ese peso ligero que iba conmigo. Pero no te confundas: mi conciencia está limpia. No me justifico ante ti. Te muestro mi poder. ¿Serás capaz de comprender algo más allá de lo impuesto por tu propio tiempo? Confío en el milagro.

Dirán que fui malvada, fría, diabólica. No es más que una cuestión de perspectiva. Negar el instinto básico de supervivencia es de necios. ¿Acaso tú no harías todo, absolutamente todo lo posible, para salvarte a ti mismo y salvar del abismo a la carne de tu carne, a tu única referencia mortal? ¿Resultan tan importantes unas pocas vidas segadas, por puro pragmatismo? ¿No matan los humanos a ciegas en las guerras?

Ahora que ella se ha marchado y que no tengo nadie a quien cuidar, dejaré que la muerte me lleve. Pero el abandono de este cuerpo ajado es solo un tránsito, porque mi espíritu es incorruptible y eterno.

Acaban de avisarme: ya están aquí. Han sido rápidos, pero, en realidad, les llevo esperando una eternidad. Una vez la traicioné: mi linda y confiada Jana. Pero expié mi culpa durante mucho tiempo. Quizá ella me esté esperando. Mi pobre niña: ¿dejará de nuevo que la cuide?

El futuro no es un regalo, es una conquista.

Robert Francis Kennedy (1925-1968)

El tiempo se había escurrido a la velocidad del relámpago: habían pasado ya tres semanas desde el suicidio de la madre abadesa del monasterio de San Ildefonso. Para Oliver, habían sido unos días intensos, donde las tareas de investigación de la Guardia Civil habían terminado de dibujar el esbozo de lo que realmente había pasado.

Izan Sáenz Chacón, el mismo día de su detención, confesó ser el autor del asalto e intento de homicidio a Juan Ramón Ballesta, aunque juró por sus cuatro hijos que no había pretendido matarle. Pedro Salas, tal y como habían deducido Riveiro y Redondo, se había puesto en contacto con él para extorsionarlo una vez que apareció el cadáver de Villa Marina, amenazándolo con contarlo todo a la Guardia Civil, con lo cual perdería su derecho íntegro de herencia. Había tenido incluso la desfachatez de decirle que había más personas que sabían del asunto, incluyendo a Juan Ramón Ballesta, al que se comprometía a tener «a raya» si Sáenz le pagaba puntualmente una cantidad discreta. Este, dudando sobre qué hacer, se vio liberado de su chantajista por su oportuno e inesperado asesinato, de forma que decidió localizar a Ballesta para ver si de verdad sabía algo que pudiese perjudicarle. Este terminó siendo su gran error. Se puso nervioso en aquel hospital terminal, con aquel viejo que no dejaba de hablar y de decir barbaridades.

Era normal que Izan Sáenz estuviese nervioso; de hecho, su nivel de vida dependía básicamente de la herencia que pretendía percibir, ya que la consignataria de buques de la que era gerente estaba prácticamente en la bancarrota, y estaba agilizando los trámites para ser declarado tutor legal de su madre y poder disponer de su patrimonio libremente. El descerebrado sobrino de Ignacio Chacón terminó por completar su breve recorrido criminal procurando asustar a Oliver para que regresase a Inglaterra, con el ánimo de que su supuesto sobrino bastardo no tuviese la ocurrencia de comprobar filiaciones, y mucho menos derechos de herencia. Resultó ser un tremendo chapucero: encontraron los bidones de gasolina que habían sido vaciados sobre la cabaña de Oliver, todavía, en su garaje de Santillana del Mar. Ahora, de momento, y aun careciendo de antecedentes penales, se encontraba en prisión provisional, asesorado por un carísimo bufete de abogados de Santander.

Pero la magnitud de las actuaciones de Clara había sido mucho más grande de lo que inicialmente la Guardia Civil había calculado. Para ser honestos, nunca habrían averiguado todas las atrocidades que cometió si no hubiese sido por la carta que recibió Clara Múgica el día siguiente a que su tía se suicidase. Jana, el día antes de morir, con una letra clara aunque desvaída, le había enviado por correo una carta de despedida a su hija, que había resultado ser larga, sorprendente y reveladora:

Mi querida niña:

No te sientas culpable. No hagas caso de lo que diga la gente y ten fe en ti misma y en quien eres. Lo que voy a hacer, o lo que ya he hecho cuando recibas esta carta, me compete solo a mí, y ni tú ni nadie podría haberlo evitado. Nadie que esté vivo, al menos.

He hecho muchas cosas mal en mi vida, mi niña. Te alejé de mi lado para protegerte, sin entender que un hijo debe sufrir, que así es la vida, y que la misión de un padre no es evitarle a su hijo el dolor, sino enseñarle a enfrentarse a él. Enseñarle cómo sufrir. Te he querido y te querré siempre, con total entrega, no caigas en el precipicio de la duda respecto a eso.

Tengo ochenta y cinco años, una artrosis insoportable, y progresivamente me convierto en una sombra que desconozco, de manera que mi marcha, aun en plenas facultades, debes entenderla como una despedida digna, pero también como una huida. Huyo de alguien enfermo y de todo lo que hace en mi nombre, del exterminio que siembra a su paso. Sé que te dije que mi hermana Clara había muerto, pero te mentí. No debes buscarla, ni hacerle saber que conoces su existencia. Es fría y manipuladora, y solo el hecho de hablar con ella, si no fueses de su agrado, podría ponerte en peligro.

Cuando éramos niñas la quise y admiré con devoción. Crecimos en momentos difíciles, y yo me dejé guiar por ella, por su seguridad y su ambición, que hice mía. No creas que descargo en Clara mi parte de culpa de la historia que voy a contarte; sé que la condena que he llevado conmigo muchos años es merecida.

Empezaré desde el principio, pero intentaré ser breve. De joven, me enamoré de un chico de Comillas. Un muchacho maravilloso, pero pobre y humilde, sin perspectivas. Le hice caso a Clara e hice algo estúpido: dejé marchar al amor y conseguí que un señorito con dinero se fijase en mí, logrando incluso que me preñase, como billete hacia la felicidad de una vida sin carencias y sin miseria. Pero una noche me dejó claro que, o bien perdía el bebé, o bien no lo reconocería. Me quedé en *shock*. Recuerdo haber salido de la habitación hacia el vestíbulo de aquella casa y quedarme mirando hacia la nada, sin ver, como es un estado inconsciente. Debió de ser como uno de mis desmayos, esos que me dan a veces, pero permaneciendo en pie. Regresé a la conciencia, creo, por causa de unos golpes secos y rotundos que escuché a mi espalda. Cuando entré en aquella biblioteca, el señorito yacía en el suelo con los miembros diseccionados, y mi hermana Clara sostenía un hacha que chorreaba sangre. Esa fue la primera vez que asesinó a alguien para protegerme. Yo la ayudé a deshacernos del cuerpo; fue, sin duda, la noche más negra de mi existencia.

Mi hermana siguió «ayudándome». Nadie debía saber

que yo estaba embarazada, no solo por lo grave que resultaría estando soltera, sino porque fácilmente podrían relacionarme con la desaparición del señorito y con su asesinato, que meses más tarde se confirmó con la aparición de parte de sus restos; disculpa que no entre en detalles, es muy desagradable. Mi primera hija nació muerta, y Clara la escondió en el sótano de Villa Marina. Me temo que, sin saberlo, habrás sido tú quien le haya hecho la autopsia a tu hermana. Lo lamento de corazón. Mi segunda hija, ya que parí gemelas, fue entregada al orfanato de un convento en Santillana del Mar, y seguí de cerca su crecimiento en la infancia y adolescencia. Lamentablemente, falleció el año pasado por un accidente de tráfico, y nunca llegarás a conocerla. Esa noticia, y no la artrosis, fue la que me postró en cama durante todo el mes de mayo del pasado año, ¿lo recuerdas?

Cuánto siento contarte estas atrocidades de esta forma, mi niña, pero ya no hay tiempo. Mi hermana, en el pasado, siguió protegiéndome varios años, aunque yo no vi, o no quise ver, ni creer, lo que ella estaba haciendo. Comenzó asesinando a la prometida de mi primer marido, Eladio Ongayo. Era una encantadora muchacha de Puente Viesgo. Todos pensaron que había sido una peritonitis. Por aquel entonces, salvo casos extraordinarios, no se hacían esas autopsias que tú tan bien conoces. Tras una merienda de té con pastas, falleció en el suelo del mismísimo salón de los señores Ongayo en Torrelavega. El té que tomó, preparado por mi hermana, resultó ser una infusión envenenada, por supuesto. Clara dijo que era su «té especial». Su objetivo era eliminarme obstáculos para que yo pudiese ascender de criada a señora, casándome con un hombre de familia adinerada.

Cuando mi primer marido comenzó a ser molesto, a cuestionarlo todo y a ella misma, y ante mis quejas, aprovechó una visita de las pocas que por entonces nos podía hacer, para envenenarlo también a él y darme libertad. Pobre hombre. Si hubiese sido completamente imbécil, habría vivido mucho más tiempo.

Mi segundo marido, tu padre, al que llegué a tener sincero afecto, falleció de forma natural. Como sabes, un ataque al corazón. Al menos, y que yo sepa, ella, Clara, no rondaba por allí cuando ocurrió. Pero sí vino a su sepelio y se quedó dos días en casa: incluso jugó contigo. Yo estaba realmente triste, y me sentía extraordinariamente sola, de modo que hicimos algo que nunca habíamos hecho antes: emborracharnos. Una copa de vino tras otra. Y con ello, Clara perdió su autocontrol, su habitual dominio sobre sí misma, y aquella noche pude quitarme la venda que por tantos años había llevado incrustada sobre mis ojos.

Por primera vez la pude ver como lo que realmente era, un monstruo enfermo, una persona desequilibrada y terrorífica. Me confesó abiertamente el asesinato de mi primer marido y el de su primera prometida. Se rio de sus ridículas existencias. Yo había llegado a sospechar que ella hubiese hecho algo, pero nunca había querido creer, ¿comprendes? Lo del señorito había sido distinto: un momento de ofuscación, de rabia, sabiendo que aquel golfo pensaba dejarme tirada y abandonada... incluso podía justificarlo... mi empatía con mi hermana era extraordinaria.

Pero aquella no fue la única confesión de Clara. Hubo otra que me revolvió las tripas, y que me hizo comprender en qué forma ella y yo misma habíamos destrozado nuestras vidas, guiadas por el dolor y la miseria. ¿Recuerdas que te dije que me había enamorado de un muchacho de Comillas? Se llamaba Luis. Se presentó en la casa donde había desaparecido el señorito, justo al día siguiente de que lo matase Clara y con la Guardia Civil a punto de llegar. Lo apresaron y casi lo pasan por el garrote vil, pero por fortuna en pocas semanas demostraron su inocencia y le devolvieron la libertad. Siempre me pareció extraño e incomprensible que hubiese hecho aquello, cuando jamás había ido antes a aquel lugar.

Pero aquella noche, tras haber enterrado a tu padre, gracias al alcohol que Clara llevaba en el cuerpo, supe la verdad. Que yo alcanzase un buen estatus social y saliese de la miseria no había sido más que un objetivo secundario para mi hermana. Su objetivo primero siempre había sido Luis, el hombre con el que yo siempre debí de haberme casado y llevar una vida sencilla. Se enamoró de él, me dijo, nada más verlo: tan moreno, tan guapo y fuerte, tan noble, y con aquellos ojos azules que envolvían todos mis sueños. Su plan era sencillo y perfecto: una vez que yo estuviese embarazada del señorito, este me llevaría al altar y a la vida holgada que yo tanto deseaba (o que ella me había obligado a desear, te juro que ya no lo sé), y con la criatura de otro en la barriga, Luis me olvidaría, o, al menos, estaría libre para casarse con otra. Durante la ejecución de su plan, Clara actuó como la perfecta cómplice y amiga: nos hacía oficialmente de carabina, cuando en realidad, supuestamente, nos dejaba solos. O eso creía yo, porque también me confesó, con ojos de loca, que, la mayoría de las veces, se quedaba escondida, espiando nuestros besos y caricias.

Clara buscaba excusas para traerme comida o ropa hasta la casa donde yo servía, acompañada por Luis para no ir sola por el camino: entre nosotras, era el favor que me hacía para que yo pudiese ver a Luis, cuando, en realidad, yo misma era la excusa para que ella pudiese pasear horas con mi novio. Volviendo la vista atrás, me sorprende haber sido tan estúpida.

El día antes de que Clara matase al señorito, no vino directamente desde Torrelavega hasta la casa donde yo estaba, en Ubiarco, sino que pasó antes por Comillas, fue a casa de Luis y le contó que yo estaba embarazada de otro, que no lo quería, y que debía olvidarme. Se desnudó por completo ante él, ofreciéndose, dándole lo que yo le negaba, y él la apartó lleno de furia. Por eso Luis fue al día siguiente a la casa donde yo estaba, para ver si aquello era verdad. Allí descubrió que el señorito había desaparecido, y debió de convencerse de que era cierto que yo llevaba en mi vientre un hijo bastardo de otro, porque en aquel momento decidió dejarme para siempre y anunciarme su próxima boda. Es curioso: años más tarde supe que el compromiso con su mujer fue posterior a aquel día, y no antes. Mi bajeza se alimenta de la idea de que se casase con ella por despecho, y no porque dejase de quererme. Clara, llena de rabia y de rencor, me contó lo que había ido a hacer a Comillas aquel día, pretendiendo burlarse de Luis conmigo, de aquel pobre paleto al que yo no quise y que, en el colmo de la impertinencia, no la quiso a ella. Pero yo no me reí. Comprendí, por fin, que en todas aquellas muertes, en todo aquel dolor, yo había sido manipulada y utilizada por una mente enferma y peligrosa. Ella no había ido hasta Ubiarco para ayudarme, sino para cerciorarse de que su plan salía bien.

Tuvimos una discusión terrible, que evaporó el alcohol definitivamente de nuestros cuerpos, y no volvimos a hablarnos en más de cuarenta años. Pasé una terrible depresión, me alejé de todo y de todos, y me temo que también de ti. Quizá para protegerte: ¿acaso no me había convertido yo también en un monstruo? Pero el otro día fui débil. Apareció mi pobre bebé entre las paredes de Villa Marina y volví a ser la cobarde del pasado, la que necesitaba la instrucción y el dominio de su hermana mayor. Si terminaba por descubrirse la verdad, todos los diablos del pasado volverían a martirizarme, extendiéndose como telarañas hasta ti. La llamé, y su voz, por teléfono, fue como una corriente eléctrica. Al segundo supe que había hecho un movimiento equivocado, pero Pedro Salas me atosigaba constantemente... había averiguado lo del señorito por boca de su padre, el Manco, que ya me chantajeaba desde hacía años, desde que murió tu tío David, que, incongruencias de la vida, era uno de sus mejores amigos. Con tu tío vivo nunca se habría atrevido a ser tan rastrero. Clara eliminó el problema, ya lo sabrás... pero también mató al doctor Viesgo. No necesito pruebas, sé que fue ella. No puedo permitir esto ni un segundo más, por eso me marcho, libero mi alma y mi mente del peso de mi conciencia, y para evitar que la muerte siga pisando allá por donde voy, seré yo la que se acerque a ella, por fin.

Pero te diré una última cosa: esta semana he recibido, aunque no lo creas, una de las alegrías y compensaciones más dichosas de mi vida. He sabido que, durante sesenta y cinco años, he vivido engañada. Lucía, la hija que llevaba en mi vientre antes de llevarte a ti, no fue engendrada por aquel señorito mezquino y adinerado que Clara asesinó. Aquella niña fue fruto de la pasión, del amor sincero que Luis y yo nos tuvimos. La última vez que lo vi, antes de aquella noche oscura llena de sangre, fue dos meses atrás, en una visita que me hizo a Santillana, precisamente, con mi hermana Clara. Nos dejaron solos, casi de casualidad, solo veinte minutos, en aquella despensa diminuta a la que me ayudó a llevar un saco de harina, y fue solo una vez, la única vez... ¿cómo iba yo a pensar que mi niña era suya? Quizá él albergó la duda y por eso se decidió a ir a Ubiarco aquel día... y al verme a mí, y a mi hermana, y todo aquel revuelo por la desaparición del señorito, posiblemente desechó la posibilidad de que ambos hubiésemos hecho juntos nada que fuese bueno. Sin embargo, esta semana recibí una visita inesperada. Vino a casa una teniente de la Guardia Civil, acompañada de Oliver Gordon. Espero que no resulten demasiadas impresiones seguidas para ti, pero Oliver es el hijo de tu hermana Lucía: has ganado, al menos, un sobrino con todo esto.

Cuando llegaron, yo estaba sentada en mi diván de siempre, el que está junto a la ventana, y los vi acercarse. Cuando él bajó del coche, lo supe de inmediato. Oh, Clara, no te imaginas la sorpresa, la felicidad inmensa... ¿sabes qué sensación produce, tras muchos años en silencio, escuchar las palpitaciones aceleradas de tu propio corazón? Oliver Gordon era la viva estampa de Luis, de mi Luis, su misma mirada, el mismo tono azul en los ojos, incluso la forma de la mandíbula y la nariz. Me desmayé, por supuesto, sabes que siempre me pasa. Yo ya había visto varias fotografías en los periódicos, pero, en ellas, solo me recordaba a su madre. Al verlo en persona, esa forma de moverse, de mirar... lo supe, y sé que no me equivoco. Es un joven tan encantador... creo que debes conocerle, me ha parecido incluso simpático.

Debo despedirme. Me marcho de este mundo sabiendo que te he dado la vida a ti, y a Lucía, y a Oliver, y a un hermano suyo que no conozco, y me llevo dentro una felicidad inmensa de saber que Luis y yo fuimos padres y somos abuelos, aunque sin tocarnos, sin hablarnos, y sin ya casi ni conocernos, pero juntos.

Vive tu vida, mi niña. Es el único consejo que puedo darte.

Te quiero, te he querido siempre, y los días que tú me odiaste, te quise yo por las dos.

Mamá.

Ridículo. Absolutamente ridículo. Izan Sáenz Chacón estaba en la cárcel por nada; había peleado por una nuez de oro que estaba vacía. Oliver Gordon no era de su familia, nunca lo había sido. Era solo un joven que había vuelto a sus veranos de la infancia, al recuerdo de una tierra que le daba seguridad, escapando del vacío, de la angustia y de la incertidumbre. Sin embargo, en el lugar que se proyectaba como un paréntesis de calma, había desenterrado el frágil cadáver de un bebé, que había resultado ser su tía carnal, de la que nunca había ni siquiera sospechado su existencia. Había también conocido a su abuela, para perderla de inmediato, en un suicidio lleno de sacrificio, y había llegado incluso a conocer el lado oscuro y temible de su familia, el de un ser poseído por la locura, por una conducta psicópata que había estado discretamente camuflada durante muchísimos años: su tía abuela, Clara, también había muerto por su propia mano. Podría decirse que Oliver no había tenido un último año fácil, feliz ni alegre, aunque procuró conservar su flema británica y salpimentar todo lo que le estaba ocurriendo de un ácido humor azul oscuro, casi negro.

Su padre, dado el devenir de los acontecimientos, había abandonado temporalmente su propio refugio escocés para pasar con él una larga semana, en la que, entre paseo y paseo por la playa de la Concha de Suances, habían llegado a reencontrarse. También visitaron Villa Marina, desde Londres, y tal y como había estado pensando desde el principio del verano, tres amigos de Oliver: Walter y Angelina, que, aunque ya viviendo juntos, se presentaban desde siempre como eternos novios, desde la universidad, en la que habían conocido a Oliver estudiando filología; y Michael, un músico excéntrico y trotamundos que conocía a Oliver desde el instituto y que formaba parte del variopinto grupo de amigos de este, que muchos sábados, en Londres, se juntaba en el pub Rose de Chelsea para desdibujar la realidad entre pinta y pinta de cerveza. Oliver los llevó a hacer un memorable recorrido por Cantabria, incluyendo, por supuesto, una visita al dios Tlaloc de Santillana del Mar. Michael llegó a quejarse enérgicamente de no haber sido avisado con antelación de lo que había estado ocurriendo en Villa Marina, ya que ellos habían llegado cuando todo había terminado y se habían perdido el grueso de lo que él llamó «diversión».

Cuando se marcharon y Oliver volvió a quedarse solo, comenzó por fin a digerir, desde la distancia de los días, todo lo que realmente había ocurrido. Le hizo bien, cuando los hechos estaban aún recientes, la compañía del sol, del tiempo para gastar y de su padre y sus amigos. Michael había amenazado, incluso, con pasar en Villa Marina una temporada para buscar nuevos aires y colores para su música.

Pero hoy, y ahora, Oliver estaba solo. Las obras en la casona de Villa Marina estaban terminando, y él, tras una ligera comida, disfrutaba en su porche de un delicioso café recién hecho, observando tranquilamente la playa de la Concha, donde las tardes ya empezaban a ser más frescas y cortas. Disfrutaría también, cuando anocheciese, de los tranquilos e infalibles rayos de luz que el faro de la punta del Torco, sabio y repetitivo, haría que iluminasen la playa de la Concha, dándole un reflejo de romántica quietud.

—Deberías cerrar el portón de entrada. Si no lo haces, cualquier demente podría pensar que sería fácil derramar gasolina en casa de un inglés medio desequilibrado.

—¡Valentina! ¿Cómo has entrado? —exclamó Oliver, sorprendido, levantándose al instante y casi derramando su café.

—Acabo de decírtelo —sonrió ella, burlona—, tenías la puerta abierta. Te lo digo en serio, debes tener cuidado. Sor Pilar aún anda suelta por ahí, y quién sabe lo loca que podría estar.

Oliver, aún sorprendido, pero con una sonrisa, se acercó a Valentina.

—Esa adorable monjita asesina no tenía nada en mi contra. Es más, creo que me puso ojitos cuando coincidimos en el monasterio. Normal, con mi toque británico irresistible. Pero a estas alturas debe de andar ya por Río de Janeiro... —Oliver miró a Valentina a los ojos—. Dime, ¿cómo tú por aquí? Pensé que no querías saber nada de mí, y eso que te dejé recados en la Comandancia... ¿todavía sigues pensando que soy un maldito loco sospechoso de las maldades más siniestras?

—Por supuesto que eres un maldito loco —contestó sonriendo Valentina—, pero de momento no te veo haciendo maldades. Al menos no de las siniestras —replicó, enarcando una ceja—. He estado fuera y he tenido mucho trabajo, por eso no he venido antes...

—Ya. Pues te lo has tomado con calma... vienes por el caso, supongo... ¿hay alguna novedad? —preguntó, serio.

—Sí, Oliver, la hay... —Valentina observó la taza que Oliver aún llevaba en la mano—. ¿Me invitas a un café?

—Claro... —contestó, al tiempo que ya acercaba la cafetera y cogía una taza de la cocina, que estaba justo al entrar en la cabaña, a la derecha, y en la que siempre estaba la puerta abierta, de forma que Oliver, cuando descansaba en el porche, pudiese escuchar la música que constantemente sonaba en la radio o en su reproductor. Le hacía compañía. Ahora, como otras muchas veces, sonaba aquel grupo de Las Vegas, Imagine Dragons, que comenzaba los acordes de *On the Top of the World* («En la cima del mundo»), desde un tono más tranquilo, *in crescendo*, hasta otro más animado y alegre, radicalmente optimista.

Mientras preparaba la taza siguió hablando, más alto, para que Valentina lo escuchase desde el porche:

—Entonces, ¿has tenido mucho trabajo estas semanas?

—Podría decirse así —se rio Valentina—. He tenido vacaciones y he ido a Galicia a ver a la familia... ¡vengo agotada! Y eso que solo he estado un par de semanas, aún me quedan otros siete días para descansar aquí —dijo, al tiempo que Oliver ya regresaba al porche—. Además, antes de irme, en la Comandancia, hemos tenido un jaleo tremendo. Ha habido mucho trabajo, muchos informes que hacer, otros casos que resolver... pero que sepas que por el de Villa Marina nos han felicitado el coronel, el capitán jefe de la Unidad Orgánica de la Policía Judicial, y hasta el mismísimo delegado del Gobierno. Un éxito —concluyó, guiñándole su único ojo verde.

—Sí, lo leí en la prensa —reconoció Oliver—, pero no vi tu nombre ni el de Sabadelle, o el de Riveiro y tu equipo por ningún sitio.

Valentina se rio.

—Claro que no, Oliver... hace mucho que dejamos de soñar con que nuestros TIP saliesen en ninguna parte... el objetivo no es conseguir los laureles de los periódicos, sino resolver el caso y hacerlo rápido.

—Ya. ¿Qué son los TIP?

—TIP: Tarjeta de Identificación Profesional. Nuestro número, nuestro «nombre» interno en dígitos, digamos —dijo, al tiempo que daba un sorbo a su taza de café y miraba a Oliver al fondo de los ojos— ... y tampoco he venido antes porque sabía que estaba aquí tu padre y más amigos o familia... hasta que no hubiese novedades concretas, no quería molestar.

—Pero ¿cómo sabías...?

—El cabo Maza, del cuartel de Suances, me contó que tenías gente en casa.

Oliver asintió, recordando y comprendiendo.

—Sí, he hablado con él varias veces en estas semanas. Ha pasado por aquí en un par de ocasiones para ver si estaba todo bien. No me digas que me lo enviabas tú... —cuestionó, animado. Valentina no contestó, y siguió la conversación por otro camino.

—Oliver, vengo a contarte las novedades y conclusiones con las que cerramos el caso de Villa Marina.

—Espera... ¿no acabas de decir que estabas todavía de vacaciones? —preguntó, suspicaz.

—Lo estoy, pero soy así de eficaz y resolutiva, ya ves. Además, te debía un café. Al final no pude invitarte aquella mañana que viniste a la Comandancia.

—Entonces, aún me lo debes, porque a este te estoy invitando yo —contestó él, sonriendo.

Valentina le devolvió la sonrisa. Se sentía como una niña ante Oliver. Maldito inglés. Antes de bajar a Villa Marina, había hecho tiempo paseando por Suances, buscando pensar con cordura y no logrando encontrar esta en ninguna parte de su anatomía. «Mantén la calma —se dijo—, mantén la maldita calma y sé una puñetera princesa.»

—Verás, Oliver. He venido por dos motivos. Comenzaré por el primero. Debo confirmarte que las últimas pruebas de ADN verifican tu parentesco con Clara Múgica y Jana Ongayo, que era tu abuela. Acaban de llegar los resultados que hicimos con los descendientes de Luis Salvador, y el porcentaje de afinidad es, en efecto, muy elevado.

—¿Acaban de llegar los resultados? ¡Cuánto se han retrasado!

—Y has tenido suerte. A veces tardan más. Las pruebas de ADN del bebé fueron rápidas porque requerimos la colaboración de un laboratorio privado, dada la vertiginosidad con la que estaba ocurriendo todo. Por cierto, también te diré que, según los perfiles de ADN cotejados, quedan descartados los Chacón como posibles parientes tuyos.

—Entonces... tengo algo así como unos primos en Comillas, ¿no?

—Eso es: las dos hijas y los tres nietos de Luis Salvador tienen parentesco contigo. Y tienes otra pariente en Santander, que es tu tía, Clara Múgica. Por cierto, es amiga mía... creo que te caerá bien... ¿no te animarás a hablar con ella?

—Sí, ya la conozco —replicó Oliver, sorprendiendo a Valentina—. Me llamó hace un par de semanas y me acerqué con mi padre hasta Santander para saludarla. Ella y su marido son muy agradables. Le he comunicado que pienso renunciar a la posible herencia que me correspondiese con relación a Jana. No siento que tenga ningún derecho sobre sus posesiones, francamente. He quedado para comer por ahí con ella y Lucas algún día de esta semana. A lo mejor te apetece venir... —aventuró Oliver.

—A lo mejor. —Valentina escondió su sonrisa tras la taza de café, que ya estaba prácticamente vacía—. De todos modos, también tengo que informarte de que cerramos el caso atando todos los cabos, ya que hemos comprobado que Pedro Salas llamaba con su móvil a otro que Jana Ongayo tenía de su empresa. Tardamos en confirmarlo, ya que era un móvil de tarjeta y no de contrato, pero al fin hemos ido hilando todo. En cualquier caso, reconozco que, si no llega a ser por la carta que Jana envió a tu tía, muchos aspectos habrían quedado sin resolver.

—Sí, la leí, Clara me dejó hacerlo. Parece de película, algo que solo podría pasarle a los demás, a los que salen en las noticias de los telediarios, y resulta que ha pasado en mi propia familia.

—Hablando de películas... sabrás que el caso ha sonado tanto en los periódicos que han llegado a comentar que hay varios productores interesados. Supongo que lo que más ha llamado la atención del asunto ha sido el diario que Clara escribía. En el ámbito de la psicología criminal es un documento impagable.

—Sí, leí lo de ese diario —se interesó Oliver—, y Riveiro me resumió un poco su contenido, pero desconozco los detalles y me gustaría mucho leerlo, ¿crees que será posible?

—Supongo que sí. Te confieso que yo lo he leído tres veces. Parece que Clara comenzó a escribirlo cuando apareció el cadáver de Villa Marina. De momento forma parte del sumario, así que habrá que esperar a ver qué dice el juez Talavera, que no quiere más filtraciones a la prensa. El diario es un documento impresionante sobre la forma en que en la mente de una persona puede entremezclarse la locura y la psicopatía. Clara lo escribió en primera persona, pero identificándose a sí misma como un ser supraterrenal, endiosándose, hablándole directamente a un lector imaginario de cómo había sido la vida de Jana y de su familia, hablando de todos, incluso de ella misma, en tercera persona, pero poniendo como protagonista de cada capítulo de su diario a Jana. Es como si estuviese obsesionada con ella; le otorgaba una perfección absoluta, pero también la mostraba, falsamente, como la culpable del asesinato de Ignacio Chacón, como si Jana fuese la responsable final de todas las atrocidades que ella misma, en realidad, estaba cometiendo.

—Sí, algo así me dijo Riveiro. Que se dirigía a los demás calificándolos de *humanos*, como si ella fuese superior.

Valentina asintió con un gesto de cabeza:

—Sí; además, dejó el diario sobre su cama en su celda del monasterio, sabiendo y esperando que lo encontrásemos. En el último capítulo, incluso, intuye la posibilidad de que yo misma, como teniente que llevaba el caso, pudiese leerlo. Tuvo el detalle de dejar al lado la pistola con la que mató a Pedro Salas. Quería y necesitaba lucirse, mostrar, bajo su prisma visual, por supuesto, lo lista que era y hasta dónde podía llegar y burlarse de los demás. En Clara Fernández se daba a la perfección lo que, en psicología criminal, conocemos como la Tríada Oscura.

—¿La Tríada Oscura? Ya estamos con cosas raras —rio Oliver—. ¿Qué es eso?

—Es la definición más radical de un psicópata de alto nivel; en él, se dan tres caracteres de forma clara y fuerte. El «narcisismo», con una autoestima estratosférica. Tanto, como para que Clara se considerase superior a los humanos normales, prácticamente una diosa o un ente sobrenatural, eterno. En segundo lugar, el «maquiavelismo», que envolvería una gran capacidad para explotar a los demás, falsear actitudes y comportamientos. No se me ocurre mayor manipuladora que tu tía abuela —añadió Valentina, negando con la cabeza—. ¿Sabes que colegas de tu país, de Inglaterra, ya nos han pedido el expediente para sus estudios de comportamientos criminales complejos?

—Caray —se sorprendió Oliver, que, a su vez, dio un último sorbo a su taza de café—. ¿Y cuál es el tercer elemento de la Tríada Oscura?

—La «psicopatía» en sí misma —suspiró Valentina, mirando hacia la playa—, que vuelve al individuo intrépido, cruel e impulsivo. No creo que podamos decir que tu tía se manejase de modo contrario a estos adjetivos...

—Ya... quizá sea mejor para mí no leer ese diario. Cerrar de una vez este capítulo de mi vida. Es todo demasiado sórdido y espeluznante, la verdad —dijo, bajando la vista—. Sin embargo, sí hay un detalle que no habéis confirmado —dijo, serio.

—Ah, ¿sí? ¿Cuál?

—Mi madre. Se supone que tras ver a las Clarisas se marchó a ver a Jana Ongayo hasta Comillas. ¿Tuvo realmente lugar ese encuentro? Quiero suponer que sí. Al menos San Román, mi abogado, me confirmó que sí se habían reunido. ¿Qué pasó en aquel encuentro? ¿Descubrió mi madre algo en aquella visita o se marchó sin saber nada?

Valentina se mostró pensativa.

—Es cierto, cuando estuvimos en Comillas no pudimos preguntárselo a Jana... cuánto lo siento, Oliver. Quizá le mintió, como hizo con nosotros, sin más. Es algo que tampoco nombra en la carta de despedida a Clara. No siempre podemos averiguarlo todo sobre los demás, Oliver.

—Lo sé —confirmó, resignado. Volvió a mirar a Valentina a los ojos—. Dijiste que venías por dos motivos. Uno de ellos era el caso de Villa Marina. ¿Cuál es el otro?

—Tu puerto escondido.

—¿Mi qué...?

—¿Recuerdas que, cuando eras pequeño, ibas a una cala con tu hermano Guillermo, que solo conocían los lugareños, y que ahora no encontrabas? Me lo contaste cuando fuimos juntos a Comillas.

—Sí, lo recuerdo.

—Pues ya sé dónde es. No creas que no me ha costado trabajo, pero la he encontrado. No olvides que soy teniente de la Policía Judicial... un crac absoluto en el campo de la investigación —concluyó con un guiño, al tiempo que se levantaba y se apoyaba, divertida, en una de las columnas del porche.

Oliver se rio, sorprendido.

—¿En serio? ¿Te has tomado la molestia por mí? Qué honor. ¿Y dónde está? ¿Te traigo un mapa y me la enseñas?

—Claro que no. Te vas a poner un bañador y vienes ahora conmigo a verla. Está a menos de media hora de aquí, cerca de Puerto Calderón.

—¿De verdad? Pero ¿y tú...?

—Llevo el biquini puesto y tengo toallas en el coche. Y yo, señor Gordon, estando de vacaciones, te aseguro que no tengo tiempo que perder.

Oliver sonrió, feliz. Ya había observado que Valentina llevaba hoy ropa más femenina y veraniega que las otras ocasiones que la había visto, pero no se esperaba aquello.

—Genial, me cambio y vamos ya, porque ahora refresca enseguida... si después no tienes prisa, te invito a cenar en un buen restaurante —le dijo, acercándose a ella—. Me encantaría que me contases alguno de tus secretos.

—¿Mis secretos?

—Una mujer con una mirada de dos colores tiene que tener, como mínimo, una conversación interesante.

Valentina le mantuvo el contacto visual cinco largos segundos:

—No nací así, Oliver. Antes era... era normal —replicó suave, sin acritud, mientras él, torpe, apuraba una disculpa.

—Lo siento, yo...

—No lo sientas. Cosas que pasan. —Valentina tomó aire—. Antes de que me invites a cenar uno de esos generosos sándwiches que sueles comer, dime... si empezases a salir con alguien, de manera informal, quiero decir... ¿soportarías cierta manía por la limpieza, unos horarios imposibles, que tu chica no siempre te llamase cuando tocase, que tuviese que levantarse de la cama a las cuatro de la mañana porque hubiese surgido algo grave en su trabajo, o que tuviese que llevar pistola, pongo por caso? Es solo un ejemplo imaginario, por supuesto.

Oliver sonrió, a pesar de que ella continuaba seria.

—Por supuesto, ya imagino que es un caso hipotético. Creo que sí sería capaz de soportar ese infierno, pero solo si ella tolerase mi equipo de música, las tres toneladas de libros que dejo que se acumulen allá por donde voy, mi insomnio perenne y mi humor inglés.

—La acumulación de libros es intolerable, pero subsanable con una buena distribución. Sin embargo, lo del humor inglés es bastante grave... —Valentina fingió reflexionar—. En ese caso, no creo que quiera cenar hoy contigo, Oliver.

—¿No?

—No. Al menos, no en un buen restaurante. Podemos cenar aquí, y mañana, si te has portado bien, te preparo yo el desayuno—. La sugerencia fue hecha por Valentina mirándole a los ojos, divertida, retadora. Un flirteo en toda regla: juego abierto.

—Seré un perfecto *gentleman* —dijo Oliver, sonriendo y aproximándose más a Valentina. Llegó un momento en que entre ellos ya no existió distancia.

Un momento en que solo habló la música, bailando en el aire.

El beso sonó suave, caliente y natural, como si siempre hubiese estado allí, en aquel porche, esperándoles. Dentro, en la cabaña, comenzó a sonar el móvil de Oliver, pero ni él ni Valentina, que ya estaban en su propia isla de calor cálido y amable, lo escucharon. Al otro lado de la línea, Guillermo Gordon, pálido, demacrado y con unas gotas de sudor frío bajándole por la espina dorsal, tras más de año y medio sin ponerse en contacto con su hermano, terminaba colgando el teléfono, desesperado, y con la mirada marcada por la sombra de un terror afilado.

Valentina y Oliver no verían la llamada hasta varias horas más tarde. En aquel momento se exploraban, se buscaban, se devoraban a besos. Muchos años atrás, un joven marinero de Comillas miró desde un muelle, embobado y enamorado, a una niña que tendía la ropa y que se llamaba Jana. Oliver, por unos segundos, mirando a Valentina, y al igual que su abuelo entonces, pensó que el futuro, sin duda, era un lugar inmenso.

Agradecimientos

Gracias a Silvia Sesé y a Juan Vera, sin cuyas tareas de edición mi trabajo podría haber desquiciado irremediablemente a algún lector. Mi agradecimiento más sincero, además, a las editoriales españolas y extranjeras que han confiado en la magia y potencial de *Puerto escondido*.

Mi reconocimiento y gratitud a los profesionales que, con gran generosidad e ilusión, colaboraron para dar forma y rigurosidad técnica al manuscrito que yo había dibujado en mi cabeza:

Jesús Pastor, subteniente de la Unidad Central Operativa (UCO) de la Guardia Civil: sus observaciones y su libro *Objetivo beato* me sirvieron como inspiración y guía para saber cómo trabaja una unidad de la Guardia Civil de este tipo.

Jesús Alonso, guardia civil de la Unidad Orgánica de Policía Judicial (UOPJ) de Cantabria en Santander.

Marcos Catalina, cabo del cuartel de la Guardia Civil en Suances.

Pilar Guillén Navarro, directora del Instituto de Medicina Legal (IML) de Cantabria en Santander.

Por supuesto, si algún lector suspicaz detecta una barbaridad forense o de protocolo policial, toda la responsabilidad será mía; aunque me temo que lo más extraordinario es lo que, con frecuencia, más se acerca a la realidad.

Gracias a mi marido por su calma y paciencia, por respetar mi ilusión de escribir, sin reservas, y por ser mi apoyo incondicional. Y a mi hijo Alan, que, apenas sin percibirlo, cedió muchas horas de su tiempo para que me dedicase a investigar y a dar forma a esta historia. Vosotros sois mi fuerza y mi fuente de perseverancia.

Gracias a mis padres, por muchos motivos, pero especialmente porque, a pesar de los diversos contextos de mi vida personal, nunca cuestionaron mi decisión de escribir; a mi familia gallega y a la cántabra, y en especial a mis abuelos, cuyas anécdotas e historias sobre Cantabria me ayudaron e inspiraron para conducir de forma natural y creíble la vida de Jana y su familia; a mis queridas amigas Beatriz y Ruth, y a sus familias, que creyeron en mí, que no es poco. Mi agradecimiento, en definitiva, a todos los que se interesaron por mis avances en esta aventura, e incluso a los que solo lo hicieron cuando ya soplaba viento a favor.

Gracias a los que creen en la literatura, la difunden, la sueñan, le imprimen pasión y tiempo, ese oro líquido que se desliza sin remedio. Espero que todo el que haya terminado este libro haya podido visitar, incluso sin querer, su propio y secreto puerto escondido.

Apéndice-curiosidades

Puerto escondido es una historia de ficción, y todos los personajes son imaginarios, aunque los lugares que se describen en la novela son reales: parques, pueblos, paisajes... incluso establecimientos y pequeños comercios, a los que he cambiado el nombre, pero describiéndolos tal y como yo los veo y siento.

En Comillas, tanto la Casa del Duque como el parque frente al que se encuentra (Parque Güell y Martos de Comillas) son reales, y su ubicación, mirando hacia el mar y hacia el famoso Ángel Exterminador de Josep Llimona, es realmente espectacular.

En Santillana, calles, edificios y blasones descritos son estrictamente verídicos, incluso Tlaloc, que en efecto se encuentra burlándose del paso del tiempo justo enfrente de la famosa colegiata románica de Santa Juliana, aunque el motivo de su ubicación lo desconozco: la explicación que consta en *Puerto escondido* es la que a mí, en realidad, me ha parecido más plausible.

La descripción externa e histórica del convento de las Clarisas, de su taller de restauración artística, incluso de su sala del torno y de sus famosos pasteles y bizcochos, también obedece a la realidad, pero nunca he entrado en el convento propiamente dicho, y ni siquiera he contactado con ninguna hermana Clarisa. Mi imaginación ha revestido los muros de esta congregación, me temo.

En Suances, tanto la casona de Oliver —que es una propiedad en la que no he entrado en mi vida— como las descripciones paisajísticas (incluyendo la Estatua de los Vientos, sobre el acantilado de la playa de los Locos) existen y obedecen también a la realidad y a mi visión de la misma.

En Hinojedo, ninguna mirada puede escapar del hechizo de Masera de Castío, esta extraña montaña con forma de ancho taburete, que se llamó Masera, precisamente por parecer una artesa invertida. Las cuevas de su cumbre, descritas en *Puerto escondido*, diminutas, olvidadas y ocultas entre matojos, existen, y sirvieron de escondite para los lugareños en los bombardeos de la guerra civil española, pero no me consta que nadie falleciese en estas cavidades.

Las anécdotas históricas sobre la guerra civil en Cantabria y en la zona norte, así como sobre *los que se echaron al monte* son verídicas; al menos, en la versión de la historia que a mí me ha llegado documentalmente. Las alusiones a una espía cántabra al servicio de los franceses, Marina de la Vereda, son libres por mi parte, pero me he basado en la figura de Marina Vega de la Iglesia, que, nacida en Torrelavega en 1923, con solo diecisiete años entró en la red española de las Fuerzas Francesas Libres, comenzando su carrera como espía.

Para terminar, al lector curioso le diré que, en el año 1953, una joven ama de llaves, al servicio en una hospedería llamada Las Fondas, en Ubiarco, mató, descuartizó y arrojó por el acantilado a su señorito. Desde entonces, aquel hostal estival pasó a llamarse la Casa del Crimen, aunque en la actualidad ya no existe, pues fue derribado en el año 2006. Este hecho me hizo cuestionar e investigar las coordenadas sociales y culturales de aquella joven. Su verdadera historia, en realidad, y todavía hoy, la desconozco; sin embargo, sí he podido verificar que muchas familias, que por entonces vivían en la miseria más literal, empujaron a sus hijas a servir y a *cazar* señoritos como medio de subsistencia. Supe de la existencia de este antiguo crimen de la forma más inverosímil, pero esa, querido lector, es otra larga y curiosa historia.

Los libros del Puerto Escondido
en Booket: